갑현

많은 사랑 감사드립니다♡
늘 행복하세요 :)

황민헌

소용없어 거짓말과 함께 해주시고
사랑해주셔서 감사합니다 :)
늘 건강하고 행복하세요~

소용없어
거짓말

소용없어 거짓말

1

서정은
대본집

니들북

작가의 말

✳

2018년 가을부터 '소용없어 거짓말'을 구상하기 시작했다. 2023년 여름에 드라마가 방영됐으니 대충 5년의 시간이 걸린 셈이다.

처음 솔희의 직업은 수의사였다. 거짓말에 지쳐 사람보다는 동물과 있는 것을 더 편안하게 여긴다는 설정이었다. 그 후 은행원이 됐다가, 래퍼를 꿈꾸는 타로 카페 알바생으로 바뀌었다가 결국 지금의 라이어 헌터 솔희가 됐다.

대본을 쓰고 수정하는 동안 솔희뿐 아니라 내 삶에도 변화가 있었다. 이사를 갔고, 회사를 그만뒀고, 5년의 시간만큼 나이도 먹었다. 나 같은 신인 작가에게는 대본을 쓰고 고치는 지난한 과정보다 과연 이 대본이 드라마로 나올 수 있을까 하는 불안감이 더 힘든 법이다. 전업 작가가 돼보겠다고 다니던 회사까지 그만뒀는데 드라마가 만들어지지 않으면 나는 어떡하지? 깊은 밤, 8평짜리 원룸에서 불 끄고 침대에 누우면 이 좁고 컴컴한 어둠이 앞으로의 내 인생인 것만 같아 잠이 오지 않았다. 할 수 있는 것은 그저 쓰는 것밖에 없었기 때문에 계속 썼다.

그러다 보니 대본을 재미있게 봤다는 남성우 감독님과 이야기도 나누게 됐고, 배우들에게도 대본이 전달되기 시작했다. 김소현 배우가 긍정적으로 검토 중이라는 이야기를 듣고 보조 작가와 작업실에서 손잡고 방방 뛰며 기뻐하던 때가 아직도 생생하게 떠오른다. 그날 집으로 돌아가는 버스에서 창밖을 바라보며 김소현 배우가 연기하는 솔희를 상상했다. 내 한글 파일 속에만 있던 솔희가 저렇게 창밖에 지나다니는 평범한 사람처럼 생명을 얻게 될 생각에 가슴이 두근거렸다. 그때부터는 그 힘으로 남은 대본을 써나갔던 것 같다.

떨리는 마음으로 첫방을 기다리고 시청률 걱정에 밤을 꼬박 새우던 날들도 이젠 다 지난 일이 됐다. 그때도 지금도 더 잘 쓰지 못했다는 아쉬움은 여전히 남지만 그저 다음에는 더 잘 써야지 다짐할 뿐이다. 이런 아쉬움을 가지고 감히 대본집을 내도 될까 처음에는 고민도 했지만 장면을 상상하며 얻는 즐거움은 드라마와는 또 다를 수도 있을 거라 생각하며 용기를 냈다.

《소용없어 거짓말 대본집》이 세상에 나올 수 있도록 애써주신 신인수 대표님, 소재현 CP님, 윤소연 PD님, 지용호 PD님, 작업실에서 함께 머리 싸매고 고민해준 김보형 작가, 정다연 작가, 더운 여름 현장에서 고생한 남성우 감독님, 노영섭 감독님을 비롯한 모든 스태프와 배우님 들, 대본집을 제안해주고 정성스럽게 편집해준 출판사, 드라마를 사랑해준 모든 분들과 작가가 되겠다는 딸을 한 번도 말리지 않고 믿어주신 부모님, 드라마 곳곳의 로맨스 신에 일조해준, 곧 남편이 될 남자 친구에게 감사한 마음을 전하고 싶다.

일러두기

- 이 책의 편집은 서정은 작가의 집필 방식을 따랐습니다.

- 대사는 글말이 아닌 입말임을 감안해 한글 맞춤법과 어긋나더라도 표현을 살렸습니다. 지문은 한글 맞춤법을 따르되 어감을 살리기 위해 고치지 않고 그대로 둔 경우도 있습니다.

- 대사에 은어나 비속어, 표준어가 아닌 말이 포함되어 있습니다.

- 대사와 지문에 등장하는 말줄임표, 쉼표, 느낌표, 마침표 같은 문장 부호는 작가의 집필 의도를 살리기 위해 그대로 실었습니다.

- 신 번호가 빠져 있거나 순서대로 나오지 않은 부분은 다른 신으로 대체된 것입니다.

- 이 책은 작가의 최종 대본으로서 방영된 내용과 다를 수 있습니다.

차례

사람은 하루 평균 200번의 거짓말을 한다고 한다.
거짓말은 아주 사소하고 익숙하게 우리 생활 속에 존재한다.
월요일 아침에 억지로 웃으며 '좋은 아침!'이라고 인사하는 것부터가
거짓말의 시작이 아닌가.

우리는 습관적으로 거짓말을 하고, 알면서도 거짓말에 속는다.
상사의 사진첩에 가득한 못생긴 아기 사진을 보며 예쁘다고 호들갑 떨어주고,
뒤에서는 내 욕을 했을 게 뻔한 부하 직원의 낯간지러운 아부에 속아준다.
오랜만에 만난 친구에게 살 빠졌다는 인사치레를 잊지 않고,
인스타그램이 허세와 거짓으로 가득한 걸 알면서도 보다 보면 내심 부럽다.
사회생활, 자기만족, 눈치, 배려 같은 다양한 이유로
나름의 정당성을 갖고 당연한 듯 우리 일상 속에 존재하는 거짓말.
우리는 진실을 원한다고 말하면서도
막상 진실뿐인 세상에서는 살아갈 수 없다는 걸 이미 잘 알고 있다.

그럼에도 유독 진실에 엄격해지는 순간이 있는데, 바로 사랑을 대할 때다.
다른 건 몰라도 사랑하는 사람만은 내게 진실하길 원한다.
그 진실이 믿음과 신뢰를 만든다고 믿기 때문에.
믿을 만한 사람임을 확인한 후 사랑을 시작하는 것이 요즘의 추세다.
소개팅 전 신상 조사, 결혼 정보 회사 가입서의 수백 가지 문항,
썸을 타며 상대를 지켜보는 모든 것이 이 확인의 과정이다.
가끔은 지겹다. 그냥 사랑하니까 좋은 사람일 거라 믿어보는 건 미친 짓일까.

사랑에는 가끔 그런 무모하고 무조건적인 모습도 필요하지 않을까.
누군가의 무조건적인 믿음은 한 사람을, 한 인생을 변화시키기도 한다.

거짓말이 들리는 능력 때문에 그 누구도 믿지 않던 인물을 통해
진실의 아름다움이 아닌, 믿음의 아름다움에 대한 이야기를 하고 싶다.

'소용없어 거짓말' 포인트

하나. 거짓말을 들을 수 있다는 '판타지'
#라이어헌터 #VIP전문 #내귀에거짓말탐지기 #녹음파일불가

누구나 한 번쯤은 상대방의 말이 진실인지 거짓인지 미치도록 궁금했던 적이 있을 것이다. 눈을 마주치지 못하거나, 코를 만지면 거짓말이라고 하는 그런 단순한 구별법으로는 충분치 않다. 그래서 불법 흥신소와 심부름 센터가 존재하고 촉이나 싸한 느낌 같은 밑도 끝도 없는 감각에 의존하기도 한다. 만약 일회용 거짓말 탐지기나, 거짓말을 걸러주는 보청기가 판매된다면 그 옛날 허니버터칩 같은 품귀 현상이 일어날 정도로 불티나게 팔릴 거다. 그래서 생각해봤다. 거짓말을 들을 수 있는 사람이 있다면 어떨까 하고.

그녀는 그 희귀한 능력을 이용해 돈을 번다. 얼굴이 많이 팔리면 곤란하니 정체를 숨기고 은밀하게. 재벌가 사람들이나 고위급 정치인들의 중요한 순간에 항상 함께한다. 덕분에 그들은 사기 결혼을 피하고, 잘못된 투자를 피하고, 뒤통수칠 놈을 피한다. 하지만 평온한 일상도 그녀를 피해 간다는 게 문제다. 일찍 잠들어 전화를 못 받았다는 연인의 거짓말부터 옷이 참 잘 어울린다는 백화점 판매원의 거짓말까지 들어야 하는 삶은 피곤하다. 수없이 뒤통수를 맞다가 결국 그 누구도 믿지 않기로 한다.

거짓을 꿰뚫는다면 관계의 우위를 점할 수 있을 거라 흔히 생각하겠지만 그

것이 꼭 행복한 것만은 아니라는 것을, 거짓과 진실의 복잡미묘한 세계를 보여 주려 한다.

둘. 어쩌면 살인자일 수도 있는 남자와의 '로맨스'
#썸남의과거 #살인자남친가능? #달콤살벌한연인 #호신용품필수

생판 모르는 남녀가 만나 사랑을 하는 것. 그만한 도박이 어디 있을까. MBTI 궁합이 찰떡으로 나온다 해도 한 개인의 내밀한 속내를 파악하는 건 불가능하다. 그래서 우리는 과거에 대해 묻곤 한다. 어디에서 자랐고, 어떤 유년기를 보냈는지. 학창 시절에는 누구의 덕질을 했고, 지난 연애는 어땠는지. 그런데 그 수많은 정보들 중 과거, 살인 용의자였다는 정보가 나온다면? "그럴 수도 있지. 살면서 한 번쯤은 용의자도 돼보고 하는 거 아닌가?" 하며 아무렇지 않게 넘어갈 수는 없다. 사랑하는 남자에게 살인 용의자라는 과거가 있다면 어떤 선택을 할 수 있을까. 사랑으로 이해하고 받아들일 수 있는 부분은 어디까지일까. 극한의 갈등 상황 속에서 뻔하지 않은 로맨스를 그리려 한다.

셋. 4년 전 미제 사건의 진범을 쫓는 '미스터리'
#4년전실종사건 #학천해수욕장미스터리 #백골시신발견 #재수사

'그것이 알고 싶다'는 뻔한 범인을 증거가 없어서 잡지 못한 채 끝난다. 취재하던 PD는 오죽 답답하면 그 뻔한 범인한테 대놓고 묻기도 한다. "혹시 그때 그분 죽이셨어요?" 하고. PD의 입에서 저 질문이 나왔을 법한 '학천 해수욕장 실종 사건♦', 그 사건의 전말은 이러했다.

　　그날은 서울에서 대학 생활을 하던 남자가 학천이라는 촌구석에서 오랜 시간 함께했던 여자에게 이별을 고하던 날이었다. 헤어짐의 장소는 두 사람의 추억

♦　　극 중 가상의 사건.

이 가득한 학천 해수욕장. 여자는 너 없이는 살 수 없다며 붙잡았지만 남자는 매정하게 떠났고 다음 날 아침, 피 묻은 샌들 한 켤레만 남겨둔 채로 여자는 감쪽같이 사라졌다. 남자의 셔츠에서 사라진 여자의 혈흔이 검출되면서 사건은 쉽게 해결될 것 같았다. 그는 여자 친구가 자살했다며 자신의 무죄를 주장했지만 정작 거짓말 탐지기 진술은 거부하면서 더 큰 의심을 샀다. 하지만 그 후 행적의 알리바이가 입증되고, 무엇보다 그의 모친이 학천에서 한 가닥 한다는 학천 시장인 덕에 수사는 빠르게 종결됐다. 그렇게 흐지부지 묻히나 싶었지만 시사 교양 프로그램에서 '학천 해수욕장 미스터리'라는 제목으로 이 사건을 다루면서 그는 여자 친구를 죽인 암묵적 살인범으로 낙인찍혀 인터넷에 졸업 앨범 사진까지 떠돌아다니게 됐다. 그리고 4년 후, 학천 해수욕장 근처 야산에서 실종된 여자의 백골 시신이 발견되면서 미제로 남을 것 같았던 사건은 다시 급물살을 타게 된다. 이 미스터리한 사건의 진범은 과연 누구인가.

: 주요 인물 :

♥ 목솔희 (27세 / 여 / 라이어 헌터)

그녀의 첫인상에 대해 묻는다면 누군가는 센 여자, 누군가는 인상 별로인 여자라고 할 것이다. 개중 좀 예민한 사람은 꿰뚫어 보는 눈빛이 기분 나쁜 여자라고 할지 모른다. 태어날 때부터 세상 거짓말을 다 들으며 살아왔으니 그럴 법도 하다. 거짓말 목소리를 구별하는 선천적인 능력 탓에 세상은 착한 사람과 나쁜 사람이 아닌, 속이는 사람과 속는 사람으로 굴러간다는 걸 일찌감치 깨달았다. 이런 능력을 세상에 오직 저 혼자 가지고 있다는 사실에 우쭐하던 것도 잠시, 서서히 깨달았다. 이건 초능력이 아니라 저주임을. 누구도 온전히 믿을 수 없는 저주. 웃으며 뒤통수를 맞아야 하는 저주. 남들이 웃을 때 웃지 못하다가 결국 외로워질 수밖에 없는 저주. 기왕 이렇게 된 거 이 저주를 최대한 효과적으로 써먹기라도 하자 싶어 검사나 경찰이 돼야겠다는 생각도 잠시 했다. 하지만 공부에 소질도 없고, 가난한 집안 살림에 돈벌이는 한시가 급했다. 결국 친구들이 문과, 이과를 고민하던 때 진실의 신령님을 모시는 무당으로 진로를 결정했다. 일명 '라이어 헌터'. 녹음본이나 전화 통화로는 거짓말이 들리지 않는다는 한계 때문에 거짓말을 직접 듣기 위해 출장을 다니며 팔자에 없던 재벌가 자제도 됐다가, 국회 출입 기자도 됐다가, 정장 차려입은 면접관이 되기도 한다. 용하다고 알음알음 소문나서 타로 카페로 위장해놓은 상담소 앞에는 의뢰인들이 타고 온 최고급 세단이 끊이지 않는다. 그러던 와중에 마스크로 얼굴을 꽁꽁 가린 수상한 남자가 옆집에 이사 온다. 입만 열면 거짓말이 줄줄 쏟아질 거라 예상했건만 신기하게도 거짓말을 안 한다. 처음 만난 사람은 외모도, 직업도, 배경도 아닌 그가 내뱉는 첫 번째 거짓말로 첫인상을 결정하는 솔희로서는 아주 당혹스러운 상황. 그렇게 이 수상한 남자의 첫 번째 거짓말을 기다리다가 저도 모르게 점점 마음을 열게 된다. 이렇게 솔직한 남자라면… 어쩌면 다시 한번 사랑이라는 걸 해볼 수도 있지 않을까.

♥ 김도하 (29세 / 남 / 작곡가)

현재 국내 저작권료 수입 1위의 잘나가는 작곡가이지만, 5년 전 실종된 여자 친구를 죽였다는 혐의로 살인 용의자가 돼 세간을 떠들썩하게 했던 과거가 있다. 결국 무혐의로 풀려났지만 세상은 그에게 사형 선고를 내렸다. TV에서는 그를 살인자로 몰아가는 동창 녀석의 인터뷰가 흘러나왔고, 인터넷에서는 살인자 신상이라며 졸업 사진이 떠돌아다녔다. 동네 시장 바닥에서 난데없이 몰매를 맞고 쫓기듯 이사를 갔다. 그 후 마스크로 얼굴을 가려야만 외출을 할 수 있게 됐고, 밤에는 악몽 때문에 제대로 잠을 이루지 못했다. 이대로 다시는 세상 밖에 나올 수 없을 것 같았는데 음악에 소질이 있었던 덕에 대중음악 작곡으로 3년 만에 어마어마한 돈을 벌었다. 이제는 서울 전망이 훤히 내려다보이는 펜트하우스에서 사는, 누가 봐도 성공한 인생이다. 비록 여전히 대인 기피증과 불면증에 시달리고 있지만. 개명한 이름 덕에 과거를 들킬 일은 없지만 애초에 궁금해하는 사람도 없다. K팝이 아무리 대세라 한들 누가 작곡가에게까지 관심을 가지겠는가. 하지만 글로벌한 인기를 누리고 있는 톱 가수와 열애설이 난 작곡가라면 상황은 달라질 거다. 그렇게 도하는 J 엔터의 간판스타이자 국민 여동생 샤온과의 열애설로 요새와 같던 자신의 집에서 다시 도망치는 신세가 되고 말았다. 연서동의 어느 다가구 주택으로. 그런데 도무지 적응 안 될 것 같던 그 낡고 좁은 집이 어쩐지 점점 편안해졌다. 정겨운 동네 분위기에 창문도 활짝 열게 됐고, 비록 마스크를 썼지만 동네 산책도 즐기게 됐다. 오랜 시간 그를 괴롭힌 악몽도 사라졌다. 단, 다 좋은데 옆집 여자가 걸린다. 자신의 정체를 다 알지만 모른 척해주는 것 같고, 촉이 좋은 건지 남들 다 속을 때 혼자 속지 않는다. 그저 마주치지 않는 게 상책이다 싶어 피하고 도망쳐보지만 어느 순간 이 여자 앞에서는 아무 소용없음을 깨닫게 된다.

결혼 정보 회사 모델로 어울릴 법한 반듯하고 훈훈한 외모. 노약자를 보면 벌떡 일어나 자리를 양보하고 도움이 필요한 사람을 그냥 지나치지 못하는 내면까지 갖췄으니 그에게 경찰만큼 어울리는 직업은 없을 것 같다. 그런 따뜻한 심성 때문일까. 세상 사람을 적으로 보듯 날이 서 있는 솔희에게 상처도 많고 사랑도 많다는 것을 금방 눈치챘다. 센 척하는 표정에 가려진 감정을 읽고 "힘들지?" 물으면 그제야 훌쩍훌쩍 울던 솔희를 사랑할 수밖에 없었다. 솔희는 유독 눈치가 빠르고 센스가 있었다. 마치 마음을 읽어내는 것처럼. 아빠의 부재, 사고 치는 엄마의 뒤치다꺼리를 하느라 일찍 철이 든 탓이라 생각하면 짠했다. 그래서 빨리 좋은 가족이 돼주고 싶었다. 하지만 인생은 생각대로 흘러가지 않았다. 솔희 입에서 헤어지자는 말이 나왔다. 말로는 붙잡으면서도 차라리 잘됐다는 마음이 든 것도 사실이다. 돌아서던 솔희의 마지막 말은 '사랑했었다' '행복해라' 같은 상투적인 말이 아니었다. "오빠 거짓말… 다 들려." 그 이상한 말이 마지막이었다. 멀어지는 솔희를 보면서도 이건 헤어지는 게 아니라 그냥 잠시 떨어져 있는 거다, 우리 사랑이 이렇게 쉽게 끝날 리가 없다고 믿으며 버텼다. 연서 경찰서에 배치되어 솔희를 다시 만난 건 우연이 아니었다. 처음부터 욕심낸 건 아니고 그저 멀리서 얼굴이라도 보고 싶다는 생각이었는데 막상 다시 만나니 3년의 공백이 무색하게 심장이 쿵쾅거린다. 그사이 남자 친구가 생겼다지만 얼마든지 기다려줄 수 있다. '다 만나고 와. 마지막만 내가 되면 돼.'

민낯마저 화려하고 청바지에 티만 걸쳐도 멋이 흐르는 본투비 연예인. 고등학교 졸업을 앞두고 나간 동네 노래자랑에서 득찬의 눈에 띄어 J 엔터에 들어온 초창기 멤버다. 소름 끼치는 가창력, 방탄유리도 깨뜨릴 것 같은 고음은 없지만 대신 섬세한 감성 표현, 청중을 집중시키는 타고난 목소리와 매력이 있다. 그렇게 한국 가요계의 독보적인 존재로 자리 잡는 데 성공했다. 남다른 팬 사랑에, 일에 있어서만큼은 프로 정신이 투철해 업계에서 소문도 좋은데 이상하게 도하 문제만 얽히면 정신줄을 놓는다. 자신에게 딱 맞는 노래를 만들어주는 도하가 소울메이트로 느껴졌다. 피아노 연주가 잘 어울리는 도하의 긴 손가락도 좋고, 종일 집에 있어서인지 자외선 한번 구경 못한 것 같은 흰 피부도 좋고, 과묵해서 가끔 들을 수 있는 귀한 목소리도 좋고, 사람들의 시선을 두려워하는 약한 모습조차도 귀여워서 좋고⋯. 그냥 다 좋다! 어차피 나 말고는 알고 지내는 여자 하나 없으니 5년이 걸리든, 10년이 걸리든 결국엔 해피 엔딩이 될 거라고 확신한다. 우리는 운명이고, 우리의 영혼은 이미 음악으로 뜨겁게 교류하고 있으니까.

: J 엔터테인먼트 사람들 :

조득찬 (31세 / 남 / J 엔터테인먼트 대표)

도하와 샤온이 속해 있는 J 엔터테인먼트의 대표이자 도하의 친한 형. 대표로서의 권위를 보이기 위해서 늘 정장을 차려입는다. 학천에서 알아주는 사업가 집안의 장남으로, 남들 취업한다고 원서 쓸 때 서울에서 엔터테인먼트 사업을 시작했다. 부모에게 돈뿐 아니라 사업가적 기질, 사람 다루는 리더십을 물려받은 덕에 큰 어려움 없이 J 엔터테인먼트를 국내 굴지의 기업으로 성장시켰다. 물론 거기에는 히트곡을 만들어준 도하와 끼 넘치는 샤온의 역할이 컸다. 도하와의 인연은 여러모로 각별하다. 코흘리개 때부터 매일 어울려 논 덕에 동네 친구들은 득찬의 친동생을 재찬이 아니라 도하라고 착각할 정도였다. 대학 진학을 한 후에는 서울에서 함께 타지 생활을 하며 더욱 각별해졌다. 어디 그뿐인가. 시기가 맞아떨어져 도하와 군대까지 동반 입대했으니 도하에 대해서는 가족보다도, 어쩌면 도하 자신보다도 더 잘 알고 있다고 자신한다. 이런 도하가 엄지 사건 후 칩거하며 폐인처럼 살자 작곡과 전공을 살려 대중음악을 해보라며 끊임없이 권유했고, 결국 도하를 샤온의 전담 작곡가로 성공시켰다. 서로에게 은인이 돼준 셈. 속도 위반으로 결혼했지만 단란한 가정도 있고 회사도 안정적으로 굴러가는데, 딱 하나 사업해보겠다며 일 저지르는 동생 재찬이 그의 유일한 골칫거리다.

조재찬 (29세 / 남 / J 엔터테인먼트 기획실장)

득찬의 동생. 공부 잘하고, 성격 좋고, 인기도 많은 형이 늘 1순위였던 집안 분위기 속에서 기죽고 살았다. 그래서 그는 좀 다른 방법으로 관심을 받으려 애썼다. 교실 맨 뒷자리에 앉아 잠만 퍼질러 자는 문제아. 술, 담배는 기본. 친구들 괴롭히는 양아치 짓하며 학창 시절을 보냈다. 성인이 된 후에는 부모에게 손 벌려 와인 바, 이탈리안 레스토랑, 카페… 유행에 맞춰 있어 보이는 가게를 차려봤으나 줄줄이 말아먹었다. 잘나가는 형이 인간답게 살아보라며 서울로 불러 J 엔터의 기획실장이라는 자리까지 내줬지만 제대로 출근도 하지 않고 돈만 받아가는 월급 루팡. 직원들이 대표 동생이라는 이유로 앞에서는 굽실거리지만 뒤에서는 손가락질하며 뭐라고 쑥덕일지 잘 안다. 역시 남 밑에서 일하는 건 체질에 안 맞는다. 사업에 대한 미련을 버리지 못해 최근 수제 버거집을 차렸는데 또다시 파리만 날리자 속이 쓰리다. 형을 미워하고 질투하면서도 한편으로는 선망하고 동경한다. 그런 형 앞에 있으면 꼬리 내린 강아지처럼 온순하지만 만만한 사람 앞에서는 기세등등 소싯적 양아치 짓이 튀어나온다. 그중 가장 만만한 사람한테는 삥까지 뜯는데, 그 상대는 바로 도하다. 5년 전 그 사건 이후로 도하의 약점을 꽉 쥐고 있기 때문이다.

박무진 (42세 / 남 / J 엔터테인먼트 이사 겸 작곡가)

J 엔터테인먼트 이사이자 작곡가. 자칭 김도하의 라이벌. 샤온에게 수많은 곡을 제안해봤지만 결국 샤온이 고르는 건 항상 김도하의 곡이었다. 어쩌다 도하의 곡과 붙어 나란히 1위 후보에 오르면 항상 1위 자리를 빼앗기고 그토록 염원했던 코리아 뮤직 어워드 수상도 도하에게 빼앗기니 영화 '여고괴담' 속 만년 2등

인 양 열등감에 휩싸일 수밖에. 도하를 싫어하지만 알고 보면 도하의 음악을 제일 열심히 듣는 사람이다. 미친 듯이 듣고, 분석하고, 곱씹다가 감탄하고 경멸한다. '미친놈, 왜 이렇게 잘 만들어?' '이 새끼 이거 어디서 표절해온 거 아니야??' 도하를 만나면 묻고 싶은 게 많다. 어떻게 이렇게 쓴 거냐고, 어디서 영감을 얻고 레퍼런스를 찾냐고. 내 곡은 어떻게 생각하냐고, 나처럼 너도 날 라이벌로 생각하냐고.

: 솔희의 주변 인물 :

백치훈 (26세 / 남 / 솔희의 경호원 겸 운전기사)

해맑은 미소가 보기만 해도 미소를 짓게 한다. 뇌는 더 해맑다. 솔희의 경호원이자 운전기사. 탄탄한 팔뚝, 키 190에 육박하는 피지컬. 비주얼만으로도 웬만한 남자들은 자동으로 눈 깔게 만드는 포스를 풍기지만 이름에서 알 수 있듯이 백치미가 넘쳐 흐른다. "영화 '사도'에서 사도세자가 죽는다고요?? 아씨, 아직 안 봤는데 스포하지 마세욧!" 그렇다고 매사 백치미가 흐르는 건 아니다. 맡은 바임무는 성실하게 수행하며 절대 허술한 모습을 보이지 않는 프로. 샤온의 열혈 팬이라 샤온의 경호원이 되는 것이 원래 꿈이었다. 하지만 인생사 어디 뜻대로 되나. 어쩌다 보니 솔희의 경호원이 됐고, 어쩌다 보니 경호보다는 운전을 더 많이 하게 됐다. 이러려고 경호학과를 나왔나 자괴감을 느낄 때도 있지만 솔희의 사업이 확대되는 것을 지켜보며 뿌듯한 순간도 있었고, 라이어 헌터를 모신다는 나름의 자부심도 있다. 이제는 솔희가 친누나처럼 편하다.

카산드라 (27세 / 여 / 타로술사 겸 바리스타)

솔희가 운영하는 타로 카페의 알바생. 본명은 윤예슬. 똘똘하고 야무지다. 인생사 노력해도 계획대로 되지 않는다는 진리를 일찍 깨닫고 운명론과 허무주의에 빠져 잘 다니던 명문대를 자퇴했다. 사주와 타로, 명리학을 독학하다가 일하게 된 곳이 바로 솔희의 타로 카페. 타로 카페이지만 어쨌든 카페이니까 그에 걸맞게 바리스타 자격증까지 취득했다. 화려한 라테 아트까지 선보이며 타로도, 카페도 제대로 하려고 한다. 진실의 신을 모신다는데 아무리 생각해도 그런 신은 처음이었다. 솔희의 능력을 살짝 의심하던 순간도 있었지만 곁에서 지켜보며 찐임을 인정. 동갑이지만 존댓말을 써가며 깍듯이 모시게 됐다. 솔희가 출장으로 자리를 자주 비우니 타로 카페의 실질적인 안방마님이나 다름없다. VIP 손님의 예약 접수, 솔희의 스케줄 관리는 물론 일반 손님들의 타로점도 봐주고 커피도 내리고…. 몸이 열 개라도 모자란 와중에 솔희의 미묘한 감정 변화까지 빠르게 읽어낸다. 어쩌면 솔희보다 그녀가 더 무당에 어울리는지도 모른다.

차향숙 (50세 / 여 / 솔희의 엄마)

어렸을 때부터 예쁘다는 소리를 질리도록 들으며 자랐다. 주변에선 늘 예쁘니 돈 많은 남자 만나 시집만 잘 가면 된다고 말했다. 잘생긴 부잣집 도련님 태섭과 연애하며 결혼 이야기가 오갈 때만 해도 그 말이 실현되는 것 같았다. 하지만 갑작스러운 부도로 태섭의 집안은 풍비박산 났고, 왕자님 같던 태섭은 순식간에 거지꼴이 됐다. 하지만 그 정도로 태섭을 버리기엔 그녀는 너무 어렸고 뜨거웠다. 그깟 돈 좀 없어도 된다며 시작한 결혼 생활은 고생의 연속이었다. 없는 살림에 덜컥 솔희까지 갖게 되자 고민이 커졌다. 물려줄 숟가락은 없으니 내 배 속에 있는 이 아이가 기가 막힌 재능을 타고나게 해달라고, 평생 먹고살 숟가락을 쥐고 태어나 나도 그 숟가락 덕 좀 보게 해달라고 빌고 또 빌었다. 솔희가 거짓말을 듣는 능력이 있다는 걸 알았을 때 이걸 어떻게 써먹을 수 있을까 행복한 고민을 했었다. 하지만 그 능력이 비수가 돼 등에 칼을 꽂을 줄이야. 더 망가질 게 뭐 있나 싶어 태섭에게 이혼을 요구하고 고삐 풀린 망아지처럼 막 살기로 했다. 그렇게 퇴직한 승무원, 어린이집 원장, 대학 병원 의사, 지방대 교수 흉내를 내며 남자들 주머니를 탈탈 터는 데 소질을 발휘하는 중이다. 딸을 보면 온갖 복잡한 감정에 혼란스럽다. 재를 사랑하는 건지 미워하는 건지… 질투

하는 건지 불쌍해하는 건지 잘 모르겠다. 근데 자기 마음은 몰라도 솔희 마음은 잘 안다. 옛날 일을 아직도 미안해하고 입으로만 독한 말하면서 눈으로는 애정을 갈구한다는 걸, 어렸을 때부터 그 눈빛만큼은 변함없다는 걸 세상 그 누구보다 잘 안다.

목태섭 (53세 / 남 / 자연인)

유복한 집에서 외동아들로 자랐다. 향숙을 만나 결혼 이야기를 할 때만 해도 부모님이 아파트 한 채쯤 마련해주시겠지 안일하게 생각했다. 하지만 갑작스러운 부도로 순식간에 빚더미에 앉게 됐고, 결혼은 먼 이야기가 돼버렸다. 괜찮다며 끝까지 가보자는 향숙의 말에 태섭은 맹세했다. 죽을 때까지 이 여자를 사랑하고 책임지겠다고. 막노동도 하고, 대리 기사도 하고, 퀵서비스도 하고… 할 수 있는 건 다 했지만, 손에 물 한번 묻히지 않고 살아왔던 탓인지 오래하지는 못했다. 때로는 쫓겨났고, 때로는 스스로 그만뒀다. 그렇게 살다가 어느 순간 돌아보니 향숙은 사기꾼이 돼 있었고, 사랑하는 딸은 제 엄마를 경찰에 넘긴 불효녀가 돼 있었다. 그때까지만 해도 향숙과 결혼하며 했던 맹세에는 변함이 없었는데… 향숙이 다른 남자를 만나는 것을 알았을 때 그 맹세가 무너졌다. 돈도 사랑도 줄 수 없다면 난 그녀에게 무엇을 줄 수 있을까. 향숙을 더 이상 사랑하지 않아서가 아니라 향숙에게 더 이상 줄 수 있는 게 없음을 깨닫고 순순히 이혼 도장을 찍어줬다. 충격으로 산속 깊은 곳에서 자연인으로 살아가며 세상과 담을 쌓았다. 가끔씩 솔희에게 편지로 안부를 전하는 것이 소통의 전부다.

: 도하의 주변 인물 :

정연미 (50대 / 여 / 국회 의원)

도하의 엄마. 세련되고 고상한 이미지를 풍기지만 그 속에는 권력욕이 가득하다.

교통사고로 남편을 잃고 홀로 도하를 키웠다. 그때 도하 나이 열 살이었다. 학천 토박이. 학천 유지의 딸로 부유하게 자랐고 서울에서 대학을 졸업한 후, 학천 시장이 될 요량으로 다시 학천에 돌아와 결혼했다. 남편을 잃은 비극을 싱글 맘 이미지 메이킹에 활용했고, 도하가 서울대에 진학하자 아이를 성공적으로 키운 엄마 이미지로 교육감 후보가 됐다. 하지만 아들이 살인 용의자가 되자 프로필에서 엄마라는 이름을 지웠다. 도하는 자신이 죽였다고 말했다가 아니라고 말했다가, 또 어떤 날은 아무런 말도 안 하고 입을 다물었다. 뭐가 진실인지 알 수 없었다. 두려웠다. 내 아들이 살인자일 수도 있다는 게 두려웠고, 아들 때문에 지금껏 쌓아온 정치 인생이 끝날까 봐 두려웠다. 가지고 있던 인맥을 총동원해서 사건을 황급히 마무리 지었다. 그후 대외적으로 도하는 독일에서 유학 중인 걸로 해뒀다. 이런 이유로 작곡가 김도하의 정체가 드러나지 않길 바라는 건 그녀 역시 마찬가지다.

최엄호 (35세 / 남 / 무직)

엄지의 오빠. 입이 걸고 행동도 거칠지만 총명하고 예리한 눈빛을 가졌다. 정황상 도하가 엄지를 죽였다고 확신했기에 무혐의로 풀려난 도하의 등에 칼을 꽂았다. 살인 미수로 형을 살고 나온 뒤에도 엄지의 실종 사건에만 매달렸다. 경찰청 앞에서 경찰의 수사를 촉구하는 1인 시위도 했다가, 신분증을 위조해 형사 행세를 하고 다니며 엄지의 사건을 파헤치기도 했다. 불우한 가정 환경에서 엄지는 여동생 그 이상이었다. 딸 같기도 했고 때론 엄마 같기도 했다. 그토록 애틋한 동생이라 5년이 넘은 지금까지도 도하를 용서할 수 없다. 도하는 거짓말 탐지기 진술을 거부했고, 도하의 엄마는 자신의 권력으로 사건을 급히 마무리시켰으니까. 이제 그의 목표는 엄지의 시신을 찾는 것과 도하를 죽여 복수하는 것, 이 두 가지뿐이다.

장중규 (50대 초반 / 남 / 재즈 바 '오아시스' 운영)

오아시스 라이브 재즈 바의 사장이자 드러머. 4년 전 위태로워 보이는 도하를 발견하고 무작정 가게로 끌고 와 앉힌 것이 인연의 시작이었다. 그 후 도하는 가끔 오아시스에 찾아와 음악을 듣고 갔다. 피아노 세션이 그만둬 고민이라고 하자 자신이 쳐보겠다고 하면서 한 가지 조건을 달았다. 선글라스든 마스크든 얼굴을 가리고 연주하겠다는 조건. 연주 1분 만에 취미로 배운 솜씨가 아님을 단번에 알아차렸고 무슨 일을 하는지, 피아노는 어디서 배운 건지 궁금했지만 아무것도 묻지 않았다. 제 입으로 말해준 건 김 씨 성뿐이라 김 군으로 부른다. 확실한 건 피아노를 칠 때 행복해 보인다는 것. 어쩌면 이곳이 김 군의 진짜 '오아시스'일지도 모르겠다.

: 연서동 사람들 :

소보로 (34세 / 남 / 연서 베이커리 사장)

내 욕하는 건 참아도 내 빵이 욕먹는 건 못 참는다. '매력 하나도 없으시네요'보다 '빵이 맛없네요'가 더 화난다. 그에게는 누구에게도 말못할 두 가지 비밀이 있다. 하나는 이 나이 되도록 모솔이라는 것, 나머지 하나는 결혼 정보 회사의 장기 회원이라는 것이다. 소심한 성격에 자신감이 부족해서 여자 앞에서는 말도 제대로 못하지만 빵에 있어서만큼은 도전 정신이 충만하고 자부심도 넘친다. 여자는 없어도 자식처럼 키운 빵들이 있으니 자기 인생이 제법 괜찮다 싶다.

오오백 (34세 / 남 / 부어 비어 사장)

연서동 골목길의 수제 맥주집 부어 비어의 사장. 화장품, 향수, 명품 같은 것들에 빠삭한 그루밍족으로 집 앞 편의점에 가더라도 전신 거울 앞에서 30분은 서성거린다. 이렇게 자신을 꾸미게 하는 원동력은 역시 여자. 유튜브에는 '여자 꼬시는 법'에 대한 구독 채널이 한가득이고, 예쁜 여자라면 자다가도 벌떡 일어나 플러팅을 날린다. '오빠가~' 요즘 여자들이 싫어하는 3인칭 오빠 화법을 여전히 애용

하면서도 마음만 먹으면 세상 어떤 여자든 꼬실 수 있다고 굳게 믿고 있다. 이 모든 것이 통하지 않는 딱 한 명의 여자가 있다. 샐러드 가게 사장, 초록.

황초록 (30세 / 여 / 초록 샐러드 사장)

솔희의 타로 카페 근처에 위치한 샐러드 가게 사장. 솔직하다. 하지만 지나치게 솔직하다. 말에 필터링이 없어 본의 아니게 '팩폭'을 시전하는 것이 일상. 신나서 떠들 때는 모르다가 주변 분위기가 싸해지면 그제야 서서히 눈치챈다. 혹시 지금 이 분위기 내 탓? 나 방금 무슨 말했더라…? 그만큼 음흉한 구석이 없고, 남 뒤통수 칠 일이 없는 단순한 성격. 팔고 남은 샐러드를 꾸역꾸역 먹으며 이렇게 다이어트 하면 뭐 하나… 하루 빨리 나만 바라봐주는 착한 남자 만나 진하게 연애하고 싶다.

1화 | 31신
연서동 풍경

연서동이라는 공간은 당시 자취하던 관악구 행운동에서 많은 아이디어를 얻었다. 그전에는 직장과 가까운 종로에서 자취를 했었다. 마주치는 사람들은 사원증을 차고 한 손에는 스타벅스 커피를 든 세련된 직장인들이 대부분이었다. 그들은 동료들과 이야기할 때는 웃고 있다가도 혼자가 되면 피곤에 찌든 무표정한 얼굴이 됐다. 화려한 고층 빌딩의 높이만큼이나 직장인들의 한숨과 담배 연기로 가득한 곳이었다. 퇴사 후 이사 온 행운동은 2, 30대 1인 가구들이 밀집된 지역이었는데 골목에는 젊은 사장들이 이끄는 아기자기한 가게들이 많았다. 연서 베이커리 같은 빵집도 있었고, 부어 비어 같은 작은 맥주집도 있었다. 그곳은 소박했지만 '우린 아직 젊으니까 괜찮아'라고 말하는 듯한 특유의 밝은 분위기가 있었다. 솔희와 도하가 사는 드림 빌라도 당시 내가 살고 있던 빌라에 착안해서 만들었다. 글을 쓰는 내내 내 머릿속 연서동은 행운동이었다. 내가 계속 종로에 살았다면 연서동이라는 배경이 나올 수 없었을 거다. 그러고 보면 작가는 어떤 동네에 살고, 어떤 환경에 처해 있는지도 중요한 것 같다.

2화 | 12신
버스 신 솔희의 대사

"내가 그렇다면 그런 거예요."

솔희는 거짓말을 듣는 인물이다. 살면서 진실을 다 알고도 혼자만 품고 있을 때가 많았을 테지만 가끔은 그 진실을 주변에 알려야만 하는 순간도 있었을 거다. 그러면 주변 반응은 대부분 "니가 그걸 어떻게 알아?" "왜 그렇게 생각하는데?" 하며 의심의 눈초리를 보낼 것이다. 자신의 능력을 털어놓을 수 없는 솔희는 사실상 아무 근거도 없이 상대방을 납득시켜야 하는데 그럴 때 할 수 있는 말이 뭘까 고민하다가 생각해낸 것이 "내가 그렇다면 그런 거예요."였다. 실제로 드라마 내내 솔희가 자주 하게 되는 말인데 솔희의 당차고 조금은 뻔뻔한 캐릭터를 잘 보여주는 적당한 대사 같아 마음에 든다.

3화 | 70신
드림 빌라 앞

기자들이 찾아온 것을 알게 된 솔희가 도하의 얼굴을 가려주려고 달려가는 3화의 마지막 신은 고민이 많았다. 처음에는 얼굴 잡고 뽀뽀하는 척만 하려다가 삐끗하며 진짜 입술이 맞닿는, 로코의 클리셰 장면을 썼었다. 감독님은 전에 없던 참신한 신을 원했고, 나도 좀 더 새로운 신을 쓰고 싶어서 여러 번 수정을 해봤지만 마땅치 않았다. 결국 생각해낸 것이 솔희가 도하의 얼굴을 확실히 가려야겠다는 생각으로 폴짝 뛰어올라 도하의 허리에 다리를 감고 안기는 것이었다. 하지만 현장에서는 대본과 달리 솔희가 토끼처럼 깡총깡총 뛰어서 도하의 얼굴을 가리는 것으로 연출됐다. 그 장면을 보는데 너무 귀엽고 신선했다. 곧바로 감독님께 연락했다. 엔딩 신 귀엽게 찍어주셔서 감사하다고.

4화 | 43신
J 엔터 구 사옥 뒷문 샤온의 대사

"나 꼭 성공해서… 상 받으면서 오빠 이름 말할 거야. 두 번째 세 번째 아니고, 꼭 첫 번째로 말할 거야…"

샤온이 왜 이렇게 도하를 좋아하고 집착하는지를 보여줄 만한 신이 필요하다고 생각해서 넣은 과거 신이다. 아무도 알아주지 않는 나의 재능을 알아보고 믿어주는 유일한 사람이 있다면, 그리고 그 사람의 믿음 덕분으로 끝내 성공하게 됐다면 운명처럼 느껴질 수밖에 없지 않을까. 여기서 이시우 배우가 연기를 정말 잘해줘서 샤온이 도하에게 안겨 울 때 나 역시 울컥했다.

5화 | 1신
학천 고등학교 운동장 (과거)

승주였던 도하의 밝은 모습이 처음 나오는 장면이다. 현재 도하의 모습과 가장 극명하게 대비되는 과거를 보여주고 싶어서 의도적으로 도하와 모두 반대되는 승주의 모습을 담았다. 집에서만 있는 도하와 달리 밝은 대낮에 마스크 없이 운동장을 뛰어노는 승주, 사람들을 피하고 두려워하는 도하와 달리 친구들에게 둘러싸여 해맑게 웃는 승주. '그 사이에 어떤 일이 있었길래 도하가 이렇게나 달라진 걸까?' 하는 궁금증을 주고 싶었다. 어둡고 말 없는 도하의 신을 쓸 때는 내 기분도 착 가라앉았었는데, 이 신을 쓸 때는 덩달아 신이 나고 기분이 좋았다. 생각해보면 이때 승주의 모습이 황민현 배우의 실제 모습과도 가장 비슷할 것 같다. 차갑고 내성적인 냉미남일 줄 알았는데 실제로 만났을 때 친절하고 다정한 성격이라서 놀랐던 기억이 난다.

5화 | 65신
오아시스

도하가 마스크를 벗는 엔딩 신이다. 사실 도하가 마스크를 쓰는 설정 때문에 고민이 많았다. 처음 대본 쓸 때는 코로나 발병 전이어서 마스크를 쓰는 것만으로도 어느 정도 수상하고 비밀스러운 느낌이 들었는데, 코로나 팬데믹으로 모두가 마스크를 쓰게 되자 도하 혼자 마스크를 쓰는 세계관과 부딪쳐 어색할 것 같았다. 다행히 드라마가 방송될 즈음에는 마스크 착용 의무가 해제되면서 이 부분이 어느 정도 해결됐다.

도하가 마스크를 언제 어떻게 벗느냐에 대해서도 고민이 많았는데, 누군가의 강요나 설득에 의해서가 아니라 도하의 의지로 마스크를 벗는 것이 중요하다고 생각했다. 사칭남 사건이 계기가 되고, 솔희가 용기를 쥐서 스스로 마스크를 벗는 도하를 보여주고 싶었다. 어느 날 갑자기 짠 하고 마스크를 벗고 나오는 것보다는 솔희의 눈앞에서 마스크를 벗으면 좋겠다는 생각에 지금과 같은 신이 완성됐다. 완성된 장면을 화면으로 보는데 마스크를 벗고 미소 짓는 도하와 그런 도하를 바라보며 놀라는 솔희의 모습이 아름답고 따뜻하게 표현돼서 좋았다.

6화 | 69신
밀실 솔희의 대사

"이게 그렇게 부러워?? 난 귀를 도려내고 싶어! 잘라서 줄 수 있으면 줄게! 가져가!"

여기서 솔희의 대사 수위가 세서 내심 걱정했는데 김소현 배우가 훌륭하게 연기해준 덕분에 대사에 담긴 솔희의 슬픈 감정이 잘 전달돼서 좋았다. 김소현 배우뿐 아니라, 향숙 역할의 진경 배우도 시종일관 감탄이 나오는 연기를 보여줬다. 내가 쓴 대사가 이토록 훌륭한 배우들을 통해 전달되는 것을 볼 때 작가로서 참 행복했다.

7화 | 17신
수제 버거집

특찬   더 말하기도 싫다…(일어나며) 여기 당장 정리해. 넌 사업 깜냥이 아니야…

득찬, 햄버거 손도 대지 않고 나가버린다. 빡친 재찬, 그대로 앉아서 부들거리는데. 어느새 옆에 앉아 어깨동무하는 친구.

친구　야~ 니네 형 겁나 꼰대네~. 백종원인 줄?
재찬　(버럭) 너 때문이잖아! (어깨동무한 친구 손 보다가 뿌리치며) 너 내가 위생 장갑 끼고 일하랬지? 넌 요리할 깜냥이 아니야….

재찬은 질투심과 존경심이 혼재된 복잡한 마음으로 득찬을 바라보는 캐릭터다. 득찬에게 인정받고 싶어 차린 가게지만 사업 깜냥이 아니라는 모욕적인 말을 듣는다. 재찬 성격에 다른 누군가에게 그런 말을 들었다면 바로 발끈했겠지만 이미 사업으로 성공한, 내가 동경하는 형이 하는 말이니 딱히 반박할 수도 없다. 그래서 괜히 애꿎은 친구에게 화를 내며 감정을 드러낸다. 형이 했던 말을 친구에게 똑같이 따라 하며 형을 닮고 싶은 재찬의 심경을 담았다. 실제 드라마에서는 가게에서 나가는 득찬의 대사를 끝으로 신이 마무리돼 아쉬웠다.

8화 | 55신
레스토랑 강민의 대사

"예쁜데 착하기까지 한 여자 잘 없잖아."

처음에는 강민을 좀 더 강력한 도하의 라이벌로 붙여 솔희와의 삼각관계를 강화하려 했다. 하지만 두 남자 사이에서 갈팡질팡하는 여주는 비호감이 될 거라는 의견과 강민이 자칫 빌런처럼 느껴질 수도 있을 거라는 우려가 있어 현재의 강민으로 수정됐다. 대신 강민을 최대한 매력적인 남자로 그려내고 싶었다. 여자들이 듣기에 설렐 만한 대사도 많이 쓰려고 노력했는데 이 대사도 그중 하나다.

용어 정리

※

S#	장면(Scene). 같은 장소와 시간 안에서 이루어지는 일련의 행동이나 대사가 한 '신'을 구성한다.
INSERT	특정 동작이나 상황을 강조하기 위해 삽입된 화면. 인서트가 없어도 장면을 이해하는 데 큰 지장은 없지만, 인서트가 들어가면 상황이 명확해지고 스토리가 강조된다.
CUT TO	하나의 신이 끝나고 다음 신으로 넘어가는 장면 전환.
플래시백	화면과 화면 사이에 들어가는 순간적인 장면. 주로 회상을 나타낼 때 쓰이며, 사건의 인과나 인물의 성격을 설명하기 위해 쓰이기도 한다.
몽타주	따로따로 편집된 장면들을 짧게 끊어 붙여서 하나의 긴밀하고 새로운 장면을 만드는 기법.
오버랩	현재 화면에 다음 화면이 겹쳐지면서 장면이 바뀌는 기법. 혹은 한 인물의 대사가 끝나기 전에 다른 인물의 대사가 맞물리는 것.
NA	내레이션. 장면 밖에서 들려오는 목소리를 나타낸다.
E	효과음(Effect). 보통 등장인물은 보이지 않고 소리만 나는 경우에 쓰인다.
FADE OUT	화면이 차츰 어두워지는 효과.

1화

내가 그렇다면 그런 거예요!

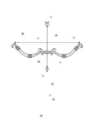

S#1. 평창동 골목 / 낮

높은 벽으로 둘러싸인 고급 주택이 늘어선 조용한 평창동 골목길. 검정색 고급 세단 한 대가 미끄러지듯 골목에 들어오더니 한 주택 앞에 멈춰 선다. 뒷좌석 문이 열리고, 섹시한 셰이프의 새틴 구두를 신은 솔희가 차에서 내린다. 머리부터 발끝까지 명품으로 세련되게 차려입은 모습. 또각또각 대문 앞에 다가가 초인종을 누르는 솔희. 딩동-.

S#2. 고급 주택 다이닝 룸 / 낮

고상한 클래식이 흘러나오는 고급 주택 다이닝 룸. 최후의 만찬이라도 해야 할 것 같은 커다란 식탁에 앉아 스테이크를 썰고 있는 솔희. 맞은편에는 재벌녀(50대/여)와 젊은남(20대/남)이 나란히 앉아 있다. 언뜻 모자지간으로 보이는 두 사람. 그 앞의 솔희는 꼭 예비 시댁에 초대받은 것처럼 보이는데. 젊은남, 열심히 썬 스테이크를 재벌녀의 접시와 맞바꾼다. 재벌녀, 민망한 척 솔희의 눈치를 보면서도 기분 좋은 표정 숨기지 못한다.

재벌녀	내가 애도 아닌데… 꼭 이래. 니 앞에서 민망하다.
젊은남	민망해? 난 좋은데….
솔희	(스테이크 썰며 무심하게) 잠자리도 좋아요?
젊은남	('잘못 들었나?') 네…?
솔희	(젊은남 빤히 보며) 둘이 잠자리도 할 거 아니에요. 만족하시냐구요.

그제야 식탁 아래로 재벌녀의 허벅지 쓰다듬고 있는 젊은남의 손이 보이고, 둘이 연인 사이임이 드러나는데.

재벌녀	(젊은남의 팔을 잡으며) 대답해봐. 나도 살짝 궁금한데?
젊은남	(수치스럽다, 어쩔 수 없이) 네…. 만족합니다.
솔희	으음~ 진짜네.
젊은남	(솔희의 반응이 의아한) 네…?
재벌녀	(만족스러운 미소, 스테이크를 한 조각 찔러 입에 넣어주는) 아~.

젊은남, 우물우물 스테이크 먹으면서도 솔희가 마음에 안 들고 어딘지 의심스럽다.

젊은남	근데 두 사람… 진짜 사촌 맞아요? 하나도 안 닮았는데.
솔희	(아무렇지 않게) 두 사람도 하나도 안 닮았어요. 사랑하면 닮는다던데…. 안 사랑해서 그런가?
젊은남	(불쾌한) 네에??
솔희	솔직히 말해봐요. 우리 언니… 돈 때문에 만나는 거죠?
젊은남	(재벌녀 보며) 하, 지혜 씨, 나 이런 질문에 대답해야 돼?
재벌녀	얘가 원래 좀 직설적이야. 나 많이 걱정해서 그러는 거니까 자기가 안심시켜줘. 응?
젊은남	(어쩔 수 없다는 듯) 네…. 솔직히 말하죠. 돈에 혹해서 시작했던 건 사실인데요. 지금은… 사랑입니다.
솔희	(의외라는 얼굴로 끄덕끄덕) 이것도 진짜네요?

재벌녀	(기다렸던 답이다, 가슴에 손 올리고 감격스러운 표정) …!
젊은남	(피식) 처제는… 진짠지, 가짠지 들으면 다 아나 봐요?
솔희	(시크하게) 네. 제가 그렇다면 그런 거예요.

젊은남, 솔희의 답에 황당한데. 대뜸 젊은남의 얼굴 잡고 뽀뽀하는 재벌녀. 솔희, 못 볼 꼴 본 듯 고개를 돌리는데. 그런 두 사람을 침울한 얼굴로 바라보며 와인 디켄딩하는 메이드가 눈에 들어온다.

재벌녀	(기분 좋아진) 식은 가을쯤 어때? 난 늦은 결혼이라고 작고 소박하게 할 생각 없어. 크고 화려하게 할 거야!

메이드, 다가와 재벌녀의 잔에 와인을 따르는데.

재벌녀	아! 인사해. 이제 자주 보게 될 테니까.
젊은남	(메이드 보며 정중하게) 장지훈입니다. 처음 뵙겠습니다.

젊은남의 "처음 뵙겠습니다."라는 말이 솔희의 귀에 들어가더니 음성 변조 목소리로 바뀌어 고막에서 진동한다. (솔희의 능력 매커니즘 설명을 위한 CG 처리. 이하 솔희가 듣는 거짓말은 '이탤릭체'로 표시.)

솔희	(젊은남 의심스럽게 보며) 처음 보는 게 아닌데? 둘이 따로 만났어요?

메이드, 너무 놀라서 들고 있던 디켄더를 떨어뜨린다. 와장창! 엄청난 소리와 함께 사방으로 튀는 유리 파편과 피처럼 쏟아진 와인.

젊은남	(놀라서) 괜찮아!?

메이드에게 튀어나가려고 한발 내딛었다가 멈칫하는 젊은남. 그 모습을 예리한 눈빛으로 바라보는 솔희. 재벌녀, 젊은남을 이상하게 쳐

다보는데.

젊은남 　(재벌녀 눈치 보며) 놀라서 나도 모르게 반말이 튀어나왔네….

메이드 　죄, 죄송합니다…. 얼른 치우겠습니다. (자신의 배에 손 올리고 있고)

솔희 　(메이드에게) 혹시… 임신하셨어요?

메이드 　(놀라서 얼른 배에서 손 떼고) 네…? 아뇨….

솔희 　(젊은남 보며) 그쪽이 임신시킨 거예요?

젊은남 　(쩌렁쩌렁, 삿대질하며) 그게 무슨 말도 안 되는 소리…! (재벌녀에게) 내가 아까부터 참고 있었는데 동생분이 너무….

솔희 　(재벌녀 보며 차분하게) 이분 아이… 맞아요.

그 순간 클라이맥스에 치달으며 격정적으로 변한 클래식. 재벌녀, 휘몰아치는 상황에 정신이 없다. 혼란스러운 얼굴로 젊은남과 메이드를 번갈아 바라보는데.

메이드 　(무너지듯 무릎 꿇으며) 잘못했어요! (젊은남에게) 그냥 같이 잘못했다고 빌자…. 응?

젊은남 　(당황) 저, 저 여자 왜 저래?! (솔희에게) 야, 너 왜 말도 안 되는 소리로 멀쩡한 사람을 쓰레기로 만들어? 어?!

솔희 　(다 먹고 고상하게 입 닦으며) 내가 그렇다면 그런 거라고 했죠?

잔뜩 약이 오른 젊은남, 때릴 것처럼 솔희에게 위협적으로 다가오는데. 어디선가 나타난 치훈이 젊은남을 툭 민다. 자신보다 한참 큰 치훈을 올려다보며 움찔하는 젊은남.

솔희 　(재벌녀에게) 이만 가볼게요, 언니. 잘 먹었어요. (나가려는데)

재벌녀 　하나만 더!

솔희 　(멈칫)

재벌녀 　(젊은남 노려보며) 나야, 쟤야. 둘 중에 누구 더 사랑해? 아니… 누가 더 여자로 매력 있어?

젊은남	왜 이래, 지혜 씨….
재벌녀	(부들부들) 대답해! 얼른!
젊은남	*당연히 자기지!*
재벌녀	(솔희 답을 기다리는)
솔희	거짓말이에요. (나가는)

S# 3.   고급 주택 정원 + 평창동 골목 / 낮

"아아악!" 소리 지르는 재벌녀의 목소리, 와장창 그릇 깨지는 소리에 정원에 있던 정원사와 연세 지긋한 이모님이 후다닥 집 안으로 들어간다. 그들과는 달리 여유롭게 집에서 나오는 솔희와 치훈. 차에 탄다.

S# 4.   주택가, 솔희의 차 안 / 낮

운전하는 치훈. 뒷좌석의 솔희가 신고 있던 명품 구두를 벗고 삼선 슬리퍼로 갈아 신는다. 구두의 먼지를 솔로 털어내며 통화 중이다.

솔희	어. 의뢰 막 끝났는데 잔금 입금은 시간 좀 걸릴 거야. 지금 최 여사님 상황이 안 좋아서. (구두를 케이스에 넣고)
카산드라(E)	아니에요. 지금 막 잔금 입금 확인했습니다.
솔희	(반색) 역시… 있는 사람들은 달라. 그 와중에 계산 깔끔하게 하고. 응~. 수고.

전화 끊고는 입고 있던 재킷을 벗어 접어 '명품 렌탈 NO.1' 상호가 박힌 더스트 백에 집어넣는다. 대신 편안한 후드 집업으로 갈아입는데.

치훈	(그 모습 익숙하게 보는) 헌터님은 그렇게 아껴서 어디에 쓰세요?
솔희	난 신령님의 소명을 따를 뿐이야. 사치는 관심 없어.
치훈	(중얼중얼) 돈 좋아하면서….
솔희	(찌릿) 뭐?
치훈	매년 의뢰비가 오르잖아요.
솔희	그만큼 물가도 오르고, 니 월급도 오르잖아.
치훈	굿을 해보세요. 그거 돈 되게 많이 받던데.
솔희	(살짝 당황) 굿? 굿은… 나랑 좀 안 맞아.
치훈	굿이 안 맞는 무당도 있어요? 헌터님도 굿판에서 신내림 받은 거잖아요.
솔희	(얼버무리는) 그건 그런데….

차창 밖을 바라보는 솔희. 꽹과리, 북, 방울 소리가 선행하며.

S#5. 솔희의 과거 몽타주

굿판 / 낮
시골집 앞마당에서 누군가가 내림굿을 받고 있다. 꼭 솔희가 신내림을 받는 것처럼 보이지만 신내림을 받는 사람은 고깔을 쓰고 펄쩍펄쩍 뛰고 있는 웬 젊은 남자다. 구경꾼들 중 은근슬쩍 한발 앞에 나와 기도 중인 향숙. 간절한 얼굴로 지문이 닳도록 싹싹 빌며 중얼거린다.

솔희(NA)	사실 난 신내림을 받은 게 아니다. 거짓말을 구별하는 이 능력은… 엄마 배 속에서 만들어졌다.
향숙	(중얼중얼) 비나이다, 비나이다… 이 아이에게 재주를 주세요…. 평생 먹고살 재주! (자신의 살짝 나온 배를 쓰다듬는)

교회 / 새벽

이른 시간이라 신도들 몇 없는 교회. 맨 앞자리에 앉아 새벽 기도하고 있는 향숙.

향숙   (절절) 하나님 아버지… 흙수저밖에 없는 저에게 은총을 베푸시어 이 아이… 지 숟가락은 쥐고 태어나게 하여주시옵고…. 저도 좀 얻어먹을 수 있게…. 간절히 기도드립니다. 아멘!

절 / 낮

불룩한 배로 불상 앞에서 108배를 하며 수행문 외우듯 중얼거리는 향숙.

향숙   모든 괴로움의 뿌리는… 돈 때문입니다. 하여 돈 많이 드는 예체능은 걸러주시고, 돈 안 드는 재주를 주십시오….

성당 / 낮

미사포 쓰고 앉아 있는 향숙. 만삭이다. 미사 중 주먹 쥔 손으로 가슴을 치며 "제 탓이오. 제 탓이오. 저의 큰 탓이옵니다." 하고 있는데.

향숙   (가슴 치며) 부모 복, 남편 복도 없는 제 탓이옵니다. (갑자기 복받쳐 큰 소리로 십자가 향해) 자식 복까지 없어야겠어요?! 그거 하나는 주실 수 있잖아요…. 네?

사람들 수군거리는데 갑자기 진통이 오고, "윽!" 하며 쓰러지는 향숙. 주머니에서 묵주, 염주, 십자가, 부적 같은 것들이 와르르 쏟아져 나온다. 놀란 오르간 연주자가 콰쾅- 연주 실수를 하고. 주변 신도들 "애 나오려나 봐!" "여기요! 119 좀 불러주세요!" 하며 난리다. 미사는 중단되고.

솔희(NA)	엄마는 임신한 그 순간부터 세상에 존재하는 모든 신에게 매일같이 기도를 올렸고.

재래시장 / 낮
허름한 문방구 앞 TV에서 2002 월드컵 뉴스가 흘러나오고 있다. 어린 솔희(6세), 장난감 구경하느라 정신없는데. 옆 채소 가게에서 억척스럽게 나물 값을 깎고 있는 향숙.

향숙	그냥 천 원에 주세요오~.
상인	아휴, 이걸 어떻게 천 원에 줘~.

그 모습이 익숙한 솔희. 혼자 서성이다 문방구에 진열된 거북이 인형을 발견하는데.

어린 솔희	엄마! 나 저거~ 거북이 인형~. 응?
향숙	(건성으로) 나중에. 나중에 사줄게.
어린 솔희	(시무룩해져서 투덜거리는) 치… 안 사주려고….
솔희(NA)	그들 중 어떤 신 때문인지 모르겠지만… 나는 거짓말을 구별할 수 있게 됐다.

어린 솔희의 집 / 밤
낮에 산 나물로 반찬 만들어 식탁에 올리는 향숙. 어린 솔희, 향숙, 태섭이 낡고 좁은 빌라의 앉은뱅이 식탁에 둘러앉아 밥을 먹는다.

향숙	(갑자기 숟가락 놓고) 우리 언제까지 이렇게 살아야 돼?
태섭	(애써 미소 지으며) 곧… 괜찮아질 거야….
어린 솔희	(거짓말하는 태섭을 흘끗 보고)
향숙	(아이처럼 칭얼거리는) 곧이 언젠데~. 나 삼겹살 먹고 싶어~.

태섭, 마음 아프고 속상하다. 상추에 밥과 멸치볶음, 쌈장을 넣고 쌈을
만든다.

태섭   (쌈 먹여주려 하는) 삼겹살 들었다~ 생각하고 먹어볼까? 아~.
향숙   아, 됐어! 쌈 싼다고 멸치가 돼지로 변해?! (쌈 밀어내고 박차고 일어나는)

바닥에 툭 떨어진 쌈을 보며 비참한 태섭. 어린 솔희, 안쓰럽게 태섭 보
는데.

태섭   (애써 웃어주며) 괜찮아. 엄마 아빠 *싸운 거 아니야~*.

거짓말이 들리는 게 싫어 귀를 털어내듯 만지작거리는 어린 솔희.

솔희(NA)   거짓말이라는 건… 나쁘고, 슬픈 거라는 걸 어렴풋이 느꼈다.

고등학교 교실 / 낮
고등학생 시절의 솔희. 채점을 해보지만 틀린 문제가 반인 시험지.

솔희(NA)   엄마는 이 능력을 활용할 수 있는 검사가 돼보라고 했지만….

결국 68점이라는 점수를 매기고 좌절하는데. 뒷문을 통해 들어오는
옆 반 학생들. 그중 한 학생이 솔희를 손가락으로 가리키고.

옆 반 학생   (앞에 앉는) 야, 니가 뭐 그렇게 잘 맞힌다며?
솔희   (상대할 기분 아니다, 혼잣말하듯) 잘 맞혀서 68점이냐….
옆 반 학생   (막아서며) 나 과외해주는 오빠, 나 대학 가면 사귀자는데…. 그거 진짜
인지 알 수 있어?
솔희   일단 대학을 가. 그럼 알 수 있겠네. (더 말 걸지 말라는 듯 귀에 이어폰 꽂
으려는데)

옆 반 학생	돈 줄게!
솔희	(멈칫)
솔희(NA)	그때 깨달았다. 검사가 되는 것보다 더 쉽고 빠른 길이 있을 수 있다는 걸.
옆 반 학생	5만 원…. 어때?
솔희	(이어폰 빼고, 센 척) 7만 원.

카페 앞 / 낮

세련되게 차려입고 의뢰인 기다리는 솔희(24세). '진실의 신령님을 모시는 라이어 헌터'라고 찍힌 자신의 명함을 흐뭇하게 보고 있다.

솔희(NA)	하지만 내 귀에 거짓말 탐지기가 있다는 걸 믿어주는 사람은 없었고, 난 신내림 받은 무당 행세를 하기로 했다.

정장 차려입은 의뢰인(30대 후반/남)이 그런 솔희에게 다가온다.

솔희	(일어나 명함 건네는) 안녕하세요? 제가 라이어 헌터….
의뢰인	(말 끊고, 주변 의식하며) 여기서 얘기하는 겁니까? 어디 좀… 조용한 곳 없나요?
솔희(NA)	그리고… 돈 많은 사람들을 상대하게 될수록 은밀하고 비밀스러운 장소가 필요해졌다.

솔희의 난감한 표정에서.

타로 카페 앞 / 낮

현재의 타로 카페 자리. '루니 타로 카페' 간판이 올라가는 모습을 바라보는 솔희.

S#6.   도로, 솔희의 차 안 / 낮

다시 현재. 창밖을 바라보고 생각에 잠겨 있는 솔희.

솔희(NA)   그렇게 입소문 탄 덕에… 지금은 남부럽지 않게 버는 중이다.

잠시 신호 대기 중인 차. 창밖으로 '천상보살 비대면 상담(전화/톡) 1인
당 만 원부터 010-0000-XXXX 24시간 상담 가능' 현수막이 보인다.

솔희(NA)   내 능력에도 한계는 있다. 직접 듣는 목소리가 아니면 식별이 불가능
하다는 것. 이렇게 일일이 돌아다니며 목소리를 들을 수밖에 없는 이
유다.

갑자기 샤온의 노래를 트는 치훈. 샤온의 '스포일러'가 쩌렁쩌렁 들려
온다. '토요일 저녁~ 혼자 있는 시간이 많아져~'.

치훈   (응원 구호) 나, 랑, 만, 나!
솔희   (무심하게 듣다가) '나랑 만나줘'잖아…. 너 맨날 그 부분 틀리더라.
치훈   (뿌듯) 헌터님도 샤온 팬 다 됐네요? 응원법도 외우고.
솔희   니가 맨날 틀어놓고 불러제끼니까….
치훈   다 그렇게 입덕하는 거예요~. 이따 같이 갈래요, 시상식? 오늘 김도하
올 수도 있어요.
솔희   김도하는 또 누구야? 신인 가수야?
치훈   (어이없는) 가수 아니구요~. 샤온 전담 작곡가예요.
솔희   (기막힌) 이제 작곡가까지 챙겨?
치훈   그 사람 좀 특이하단 말이에요. 남자라는 것 빼곤 알려진 것도 없고…
사람도 아무도 안 만나고, 화상 회의 같은 거 해도 자기 얼굴은 가려놓
고 한대요.
솔희   (피식, 별거 아니라는 듯) 관종이네….

치훈	얼굴 가리는 게 무슨 관종이에요?
솔희	신비주의 컨셉. 그덕에 작곡가인데도 관심 받는 거고. 성공했네.
치훈	('그런가…?')

S#7.   도로, 도하의 차 안 / 밤

시상식장으로 갈 것처럼 정장 입고 있는 도하. 검정 마스크 쓰고 있다. 조수석에 놓은 핸드폰이 진동해서 보면, 발신자 '샤온'으로부터 온 전화. 하지만 받지 않는 도하. 전화 끊기면 '부재중 전화 12통' 알림 깜빡인다. 갑자기 차가 좀 막히는가 싶더니 저쪽에 보이는 '음주 운전 단속 중' 팻말. 시종일관 무심하던 도하의 표정이 긴장감으로 굳는다. 경찰차 경광등, 빨간봉 흔들며 음주 단속하는 교통경찰들이 보인다. 순간 유턴해서 도망칠 생각까지 하며 사이드 미러로 차선 확인해보지만 쉽지 않다. 그렇게 서서히 차례가 다가오고. 교통경찰 앞에서 어쩔 수 없이 창문 내리는 도하.

경찰	(음주 측정기를 들이대며) 실례하겠습니다. 후 불어주십쇼.

도하, 천천히 마스크에 손을 올린다. 그런 도하를 수상한 눈으로 주시하는 경찰. 마스크 내리려는 찰나 뒤에서 들려오는 우당탕 소리. 도하의 바로 뒤차가 단속 팻말 들이받고 도주한다. "야! 잡아!" 경찰들, 사이렌 울리며 도주 차량 쫓기 시작하고. 도하 옆 경찰도 어딘가로 달려간다. 그 틈을 타 얼른 단속 구간을 지나가는 도하.

S#8.   도로, 갓길 / 밤

갓길에 차 대놓고 헉헉거리며 숨 몰아쉬는 도하. 숨 쉬는 것이 불편해 마스크를 거칠게 벗는다. 잘생겼지만 어딘지 퇴폐적인 느낌이 드는 도하의 모습에서.

S#9.　　　시상식장 / 밤

샤온의 노래 이어지며. 화려한 시상식장. 수많은 팬들의 환호를 받으며 공연 중인 샤온(24세).

샤온　　토요일 저녁 혼자 있는 시간이 많아져~ 눈빛 가득하던 사랑은 이제 미안함으로 가득해~ 그 모든 것이 스포일러~ 오늘 이별의 스포일러~ ♪

2, 3층 객석은 팬들로 가득하고 그들 중에는 치훈도 섞여 있다. 핸드폰 LED 전광판 어플로 응원 중인데… '내 꿈은 샤온 body가드!'라고 적혀 있고. 1층 무대 앞에는 수상 후보들과 관계자들이 앉아 있다. '조득찬 대표님'이라는 이름표가 붙어 있는 자리에서 샤온을 흐뭇하게 지켜보고 있는 득찬. 하지만 득찬의 바로 옆 '김도하 작곡가님'의 자리는 텅 비어 있다. 노래 끝내고 엔딩 표정 짓는 샤온.

진행자1　샤온 씨, 환상적인 무대 잘 봤습니다.
진행자2　네. 이처럼 하나의 완성된 무대를 위해서는 가수의 아름다운 목소리, 멋진 안무, 그리고 무엇보다 그것을 담아낼 좋은 멜로디가 있어야겠죠?
진행자1　2023년 코리아 뮤직 어워드! 최고의 작곡가상을 시상할 차례입니다. 수상자는…. (수상 봉투를 열어보는) 김도하님! 축하드립니다.

카메라, 도하의 빈자리와 그 옆자리에서 일어나는 득찬을 비춘다. 무진, 표정 굳어 있다가 카메라 비추자 환히 웃는다. 득찬이 대리 수상할 분위기인데.

진행자2(E)　김도하 작곡가님은 개인 사정으로 참석하지 못하셨…. (살짝 당황한) 아… 샤온 씨가 대리 수상하시는 건가요?

무대 내려간 줄 알았던 샤온이 후다닥 득찬 대신 상을 받는다. 카메라 맨, 갈피를 못 잡고 허둥대는데. 빠르게 사태 파악한 득찬. 마치 기립 박수를 치기 위해 일어난 듯 샤온을 향해 박수 친다.

샤온　(눈물을 글썽이며) 김도하 작곡가님 덕분에… 평범한 사지온이었던 제가 샤온으로 다시 태어났습니다…. 이 상은… 이런 제 감사한 마음까지 더해서 잘 전달하겠습니다. 수상 축하해요!

마치 자기가 상 받은 듯 감격한 샤온의 모습.

S#10.　호텔 리셉션장 / 밤

시상식 후 리셉션장에서 열린 뒤풀이 파티. 샤온을 포함한 수상자들이 각자 받은 트로피를 들고 기념사진을 찍고, 아틀란티스 멤버들과 또래 아이돌들이 음악에 맞춰 춤을 추는 가운데…. 제법 연차 있는 솔로 가수나 소속사 관계자들이 샴페인 잔을 들고 점잖게 이야기를 나누고 있다.

솔로 가수　나도 김도하 곡 좀 받고 싶은데…. 루트 아는 사람 있어요?
관계자1　그 사람 샤온하고만 일하지 않나. J 엔터 사람들도 번호표 뽑고 기다린다는데. 외부 의뢰 안 받겠지….

관계자2   (답답한) 김도하… 얼굴 안 드러내는 이유가 대체 뭐래요?

관계자1   작곡은 세컨 잡이고… 본업이 정체를 숨겨야 되는 직업이라던데….

S#11.   인천 컨테이너 터미널 / 밤

산업 스파이로 추정되는 인물들과 3대 1로 싸우고 있는 도하. 격한 액
션이 이어진다.

관계자1(E)   국정원 요원 같은 거 아닐까?

S#12.   호텔 리셉션장 / 밤

관계자1의 상상 끝나고 피식 웃는 관계자2.

관계자2   이사님, 드라마 많이 보셨네요~.

관계자1   (머쓱한) 아냐?

관계자2   미성년자라는 얘기가 있더라고요. 고등학생.

S#13.   고등학교, 음악실 / 낮

음악실에서 자연광 받으며 연주 중인 도하(영화 '말할 수 없는 비밀' 느
낌). 혼자 조용히 연주하고 있지만 창밖으로 여학생들 바글바글 모여
구경한다.

관계자2(E) 근데 무슨 재벌집 아들인가 그래 가지고 음악 못하게 한대요. 경영 수
         업 받으라고.
관계자1(E) 재벌 어디? S 그룹??

S#14.   호텔 리셉션장 / 밤

관계자1의 말에 끝난 그들의 상상.

관계자2   (절레절레, 어깨 쓱) 그건 몰라요.
솔로 가수 (가만히 듣고 있다가) 근데… 노래 퀼리티가요. 세컨 잡일 수가 없어요.
         저는 완전 다른 얘기 들었는데요?

S#15.   녹음실 / 밤

온갖 오케스트라 장비가 세팅되어 있는 녹음실에 들어온 도하. 피아
노부터 차분하게 시작하더니 점점 흥이 올라 바이올린 켜고, 비브라
톤 마구 두드리더니 호른 불다가 뜬금없는 하프 연주까지. 녹음실을
헤집으며 모든 악기들을 신들린 듯 연주한다. 머리카락에서 뚝뚝 떨
어지는 땀방울. 스스로에게 잔뜩 취한 모습으로 연주를 마친다.

솔로 가수(E) 천재래요. 진짜 찐천재.

S#16.   호텔 리셉션장 / 밤

다시 끝난 상상.

관계자2	아니… 그럼 굳이 정체 숨길 이유가 없지 않아요?
솔로 가수	서번트 증후군! 천재긴 한데 사회성이 완전 제로라서 대중 앞에 나서질 못하는 거래요.
관계자1	(고개 끄덕이며) 하긴… 편곡 스타일 보면 클래식 냄새나잖아?

어느 틈엔가 그들의 뒤에서 이야기 듣고 있었던 샤온. 재밌다는 듯 미소 짓다가 슬쩍 지나가려는데. 관계자2, 그런 샤온 발견한다.

관계자2	어? 샤온 씨! 샤온 씨는 김도하 잘 알죠? 어떤 사람이에요?
샤온	(억지 미소) 아… 저도 잘 몰라요. 그냥 통화하고, 메일 주고받고 한 게 다라서.
관계자1	그래도 아는 거 하나라도 얘기해봐~.
샤온	(자신을 바라보는 모두의 시선을 느끼고) 확실히 말씀드릴 수 있는 건… 목소리가 좋다… 정도? (미소 짓고)

S#17.   펜트하우스, 작업실 / 밤

노트북 렌즈 부분에 포스트잇 붙이고 영상 통화 중인 도하. 상대방 화면만 보이는데. 외국인으로 구성된 화면 속 오케스트라단이 경쾌한 댄스 음악에 맞춰 스트링 연주를 하고 있다. 듣다가 뭔가가 거슬렸는지 살짝 미간을 찌푸리는 도하(*이하 영어).

도하	제가 찍어드린 스트링 가이드 그대로 연주해주신 거 맞나요?
오케스트레이터(E)	네. 편곡 없이 그대로 했는데요.
도하	두 번째 바이올린… 미 줄 튜닝 제대로 됐어요?

연주자, 바이올린 현 튕기며 조율 확인하는데.

도하   지금 G샵이에요. 좀 더 올리세요. (조율하며 소리 달라지자) 네. 좋아요.
다시 해주시겠어요?

다시 연주 시작하는 오케스트라단. 집중해서 연주를 듣는 도하의 진
지한 모습. 작업실 한구석에 액자 하나가 놓여 있다. 오래전에 찍은 듯
촌스러운 모습의 도하, 샤온, 득찬의 사진이 담겨 있다.

S#18.   펜트하우스, 주방 / 밤

하얀색 퍼 슬리퍼 신고 부엌으로 향하는 도하. 테이블에는 커다란 아
몬드 통 하나가 놓여 있다. 냉동실 열면 각종 레토르트 식품이 정갈하
게 정리되어 있다. 닭가슴살 하나 꺼내 전자레인지에 툭 넣고 2분 30
초 돌린다. 우웅- 돌아가는 전자레인지. 한입 먹으려는데 '득찬 형'에
게 걸려온 전화.

도하   (반갑게) 어, 형.
득찬(E)   시상식 봤지? 축하해.

S#19.   호텔 리셉션장 / 밤

통화하기 위해 한적한 곳으로 걸어가며 다양하게 마련된 핑거 푸드
집어 먹는 득찬.

득찬	니가 직접 받으면 좋았을 텐데. 뭐 하고 있어?
도하(E)	그냥 밥 먹으려고.
득찬	뭐 맛있는 것 좀 먹어. 또 대충 먹지 말구. (주변 둘러보고 작게) 여기 완전 노잼이다…. 이따 갈까?

S#20.   펜트하우스, 주방 / 밤

득찬의 말에 피식 웃는 도하.

도하	됐어. 오지 마. 어~.

전화 끊고 전자레인지 속 닭가슴살을 꺼낸다.

도하	앗, 뜨거….

넓다 못해 휑한 주방. 적막 속에서 단출하게 끼니 때우는 도하. 화려한 커리어와 달리 처량해 보인다.

S#21.   호텔 리셉션장 / 밤

득찬의 옆으로 슬쩍 다가가는 샤온. 미소 지은 채 주변 의식하며 복화술로 말한다.

샤온	(작게) 이 정도면 됐지? 나 이제 집에 간다?
득찬	쫌만 참아. 너 벌써 가버리면 뜨더니 변했다는 소리 듣는다?

샤온	(순간 정색) 아, 기 빨려…. 나 오늘 이 드레스 입느라 어제 점심부터 계속 굶었단 말이야. 쓰러지겠어~.

샤온과 득찬이 함께 있는 모습을 본 에단(27세)이 멤버들을 끌고 다가간다.

에단	샤온 선배님! 상 받으신 거 너무 축하드려요.
샤온	(급히 밝아진 얼굴로 과장된 리액션) 어웅~ 너무 고마워용~.
에단	그리고… 김도하 작곡가님도 축하해드리고 싶은데. 연락 한번 해주시면 안 돼요?
샤온	(난감) 아… 나도 일할 때 아니면 연락 못해서요….
에단	(득찬 눈치 보며) 저희도 J 엔터 소속인데…. 같이 일도 하구 싶구요.
득찬	에단아, 그건 내가 김도하 씨한테 따로 한번 물어봐줄게. 응?
무진(E)	김도하 그 새끼가 뭔데 다들 난리야?? 표절 작곡가 주제에!

딱 봐도 술 취한 무진(42세)의 목소리. '표절'이란 말에 이목이 집중되는데.

득찬	(놀라서 얼른 다가온) 이사님! 표절이라뇨…. 왜 이러세요. 괜히 이상한 소문나게.
무진	(모두 들으라는 듯 쩌렁쩌렁) 이번 샤온 신곡! 내가 3년 전에 쓴 곡이랑 코드 진행이 완전 똑같다니까?
샤온	(놀라서, 정색) 이사님!
득찬	(술 냄새 확 나고) 왜 이렇게 술을 많이 드셨어요. 기분 푸세요~. 다음에는 형님 차례겠죠.
무진	(발끈) 야!! 집에 쌓여 있는 게 상인데 내가 그딴 트로피 부러워서 이러는 것 같애? 김도하가 내 거 표절을 했다고! 직접 물어봐야겠으니까… 자리 마련해줘.
득찬	(난감) 왜 또 그러세요~. 김도하 씨 사람 안 만난다고 몇 번을….

무진	(막무가내로 핸드폰 들이대며) 여기 번호 찍어! 얼른?!

그러다가 "욱!" 하면서 토할 듯 비틀거리는 무진. 득찬, 무진 부축하며 주변을 살핀다. 샴페인 잔 들고 서성거리며 낄 자리 찾고 있는 재찬(29세)이 보이고.

득찬	(손짓하며) 조 실장!
재찬	어, 형! (하다가 실수 깨닫고 얼른) 네, 대표님….
득찬	이사님 많이 취하셨는데 화장실로 부축 좀 부탁해요. (재찬에게만 들리게 작은 소리로) 안 보이는 데로 치워라….

그렇게 소란을 마무리하고. 아무렇지 않은 척 웃으며 사람들 사이에 합류하는 득찬. 그 모습 흥미롭게 구경하던 사람들도 싱겁게 고개를 돌린다.

관계자1	박무진도… 예전 같지 않지.
관계자2	김도하 아니었으면 이번에도 상 받긴 했겠죠.

주변 눈치 보면서 슬쩍 자리를 피하는 샤온의 모습에서.

S#22.   호텔 앞 주차장, 오 기자의 차 안 / 밤

호텔 앞 주차장에서 대기 중인 뉴스 패치 기자들. 조수석 의자 최대한 뒤로 젖혀 누워 있는 오 기자(35세/남)와 대포 카메라로 호텔 입구를 주시하는 나 기자(28세/남).

나 기자	샤온은 남친 생기면 공개 연애한댔는데…. (카메라 내려놓고) 이렇게까

지 해야 돼요?

오 기자   (한심하게 보며) 그 말을 믿는 호구가 어디 있나 했더니⋯. 연예부 기자가 믿고 있었구나.

나 기자   (다시 카메라 보다가) 오! 샤온! 샤온이다! 손에 뭘 들고 있는데요? 트로피? 근데 왜 두 개지⋯?

오 기자   나머지 하나는 그 작곡가 꺼잖아. (잠시 생각하다가 깨닫고 벌떡 일어나는) 지금 전해주려고!?

S#23.   펜트하우스, 거실 / 밤

거실 소파에 앉아 아몬드 먹으며 코리아 뮤직 어워드 작곡가 수상 클립 영상에 달린 댓글을 확인하는 도하.
[당연히 받아야 할 사람이 받았네]
[난 샤온 앨범 타이틀보다 수록곡이 더 좋더라. 특유의 감성이 있음]
[김도하 작곡가님 앞으로도 저희 샤온 언니 잘 부탁드려요♡]
[퇴사하고 싶을 때마다 이 앨범 들으며 버텼는데 그게 벌써 1년이 됐네. 덕분에 대리로 진급합니다. 고맙습니다, 작곡가님.]
댓글에 별 감정 없는 듯 무표정하지만 손으로는 열심히 하트 누르고 있다.
[김도하 나올 줄 알고 처음부터 끝까지 봤는데⋯ 허무하다]
[다음 시상식에는 꼭 나와서 수상 소감 직접 말해주세요⋯]
[얼굴 나오면 안 되는 이유라도 있는 거 아냐? 님 진짜 국정원임??]

도하   (황당한, 중얼중얼) 국정원⋯?

딩동- 초인종 소리. 현관문 쪽을 돌아보는데.

S#24.   펜트하우스, 현관문 앞 / 밤

시상식 의상 그대로에 외투만 걸치고 온 샤온.

샤온   (도어 폰에 대고) 나야. 문 열어줘.

도하(E)   이 시간에 뭐야? 득찬 형도 같이 왔어?

샤온   응! 옆에 있어.

그러자 벌컥 열리는 문. 회심의 미소 지으며 들어온 샤온.

S#25.   펜트하우스 / 밤

샤온 혼자 들어오는 모습에 당황하는 도하. 뒤를 살펴봐도 득찬은 없다.

도하   뭐야, 득찬 형은?

샤온   (아무렇지 않게) 혼자 왔다고 하면 안 열어줬을 거잖아. (도하의 신발이 현관에 놓인 것을 보고 의아해하며) 어…? 어디 나갔다 왔어?

도하   (눈 피하는) ….

샤온   오빠 쓰레기 버릴 때 말고는 집 밖에 안 나가는 거 아니었어? (눈 가늘게 뜨고 보는) 수상해….

도하   (회피하는) 뭐, 뭐가….

샤온, 갑자기 신발장 열어 여자 구두 있는지 확인한다. 그런 모습 익숙한 도하.

샤온   (큰소리치며 들어가는) 저기요! 나 다 알고 왔어요. 도하 오빠랑 어떻게 만났어요? 나이 몇 살? 고양이상? 강아지상? 그래 봤자 나보단 안 예쁘죠? 나 샤온이거든요??

샤온, 어딘가 여자가 숨어 있을 거라 생각하며 욕실 문 벌컥 열어보고, 도하의 옷방 들어가 옷장 확 열어보고, 베란다, 팬트리, 식탁 밑까지 훑어본다. 허리 숙였다 일어서면 샤온 눈앞에 우뚝 서 있는 도하. 순간 깜짝 놀라 멈칫하는 샤온.

도하 (피곤한) 여자가 생기면 소개를 하겠지. 내가 왜 숨겨?
샤온 (샐쭉해진) 소개하지 마. 소개할 일 없어….
도하 (차갑게) 할 거 끝났으면 나가.
샤온 아직 안 끝났는데?

샤온, 팔에 걸친 외투 속에서 트로피 얼른 꺼내 도하 앞에 들이댄다. 깜짝 놀란 도하. 조심히 트로피를 건네받는데.

샤온 (도하의 반응에 안도하며 미소) 핸드폰 줘봐. 사진 찍자!

트로피 사이에 두고 도하와 함께 셀카 찍는 샤온. 샤온의 능숙한 표정과 달리 뻣뻣한 도하의 표정. 사진 찍는 게 영 어색한 모습이다.

샤온 (사진 확인하고 빵 터지는) 푸핫! 오빠 표정 웃겨~.
도하 폰 줘.
샤온 잠깐만~.

샤온, 도하의 핸드폰으로 빠르게 뭔가를 한다. 여전히 트로피 신기한 듯 보는 도하.

샤온 (핸드폰 도하에게 주며 아련해진) 반지하 작업실에서 곰팡이 냄새 맡으면서 일했었는데…. 이런 날이 오네…? 오빠 이렇게 성공할 줄 알았어?

도하	너 안 가?
샤온	알았냐구우~. 응?
도하	(귀찮은 듯) 알았지. 니가 녹음실에서 처음 내 노래 부를 때.
샤온	(심쿵) 오빠…! (금세 눈물 그렁그렁해지는)
도하	(그러려니) 가. 이제.
샤온	같이 축구 볼까? (바로 TV 틀면 스포츠 채널 나오고) 나도 요즘 오빠 따라서 축구 좀 보거든. 좋아하는 팀도 생겼어. 토토로.
도하	토토로…?
샤온	응! 손흥민 있는 팀.
도하	(어이없는) 토트넘이겠지…. 너 얼른 안 나가?
샤온	왜 자꾸 가래! (소파에 다짜고짜 누우며) 나 여기서 자구 갈 거야!
도하	….
샤온	(갑자기 벌떡 일어나 도하에게 등 보이며) 오빠, 오빠! 이 드레스 지퍼 좀 내려주라. 나 척추 측만증 땜에 손 안 닿거든?

샤온, 손이 등에 닿지 않아 낑낑대는 모습 과장되게 보여준다. 그 모습 무심히 보던 도하. 갑자기 벌떡 일어나 어딘가로 간다.

| 샤온 | 어디 가? 이것 좀 해달라니까? |

아무 답이 없어 불길한 마음에 휙 돌아보면 이미 사라진 도하. 저쪽에서 방문 닫는 소리 들리고. 놀라서 후다닥 가보지만 이미 잠긴 방문.

| 샤온 | (문 두드리며) 아이씨! 오빠! 이러기야?? 문 열어! |
| 도하(E) | 자고 간다며. 잘 자고 가. |

화나고, 당황스럽고, 굴욕적이고…. 제 성질을 못 이겨 방문을 발로 쾅 차는 샤온. 짜증 내다가 답답한지 스스로 지퍼 내리는데 손이 잘만 닿는다.

S#26. 펜트하우스, 현관문 앞 / 밤

결국 도하의 집에서 나온 샤온. 닫힌 현관문 노려본다. 걸치고 있던 외투가 툭 바닥에 떨어진다. 얼른 다시 외투 걸치고 발걸음을 돌린다.

S#27. 펜트하우스 앞 / 밤

펜트하우스에서 나온 샤온을 멀리서 바라보는 누군가의 시선.

S#28. 펜트하우스, 침실 / 밤

넓은 침대에 누워 있는 도하. 침대 옆 협탁 서랍을 열면 수면제 약통과 공황 장애 약이 보인다. 수면제 한 알 삼키고 한참을 뒤척이다 겨우 잠드는 도하. 멀리서 파도 소리가 들려온다.

S#29. (과거) 도하의 꿈

학천 바닷가 / 밤
철썩철썩 파도가 치는 을씨년스러운 분위기의 밤바다. 아무도 없는 바닷가에 덩그러니 서 있는 남녀의 실루엣. 도하와 엄지다. 돌연 백사장에 붉은 피가 주르륵 흘러내리더니 도하의 품에 쓰러지듯 안기는 엄지. 피 묻은 소주병 조각을 든 도하의 손은 피로 얼룩져 있다. 뒤늦게 놀라서 소주병 조각을 바닥에 툭 떨어뜨리는 도하.

고속버스 안 / 낮

무서운 얼굴로 도하에게 주먹질하는 엄호. 어디선가 들려오는 앙칼진 솔희의 목소리. "내가 그렇다면 그런 거예요!"

S#30.　펜트하우스, 침실 / 새벽

"헉!" 하며 잠에서 깬 도하. 자신의 두 손을 보며 피가 묻었나 확인한다. 꿈인 것을 깨닫고 안도한다. 흐르는 식은땀을 닦고. 테라스 문 열고 나와 어슴푸레 밝아오는 새벽빛을 바라본다. 퀭한 얼굴.

S#31.　연서동 골목 / 새벽 - 오전

연서동 골목의 아기자기하고 정겨운 느낌 스케치. 시작은 골목 초입에 위치한 '연서 베이커리(창에는 보로의 캐릭터 시트지 크게 붙어 있고)'. 파티세 복장으로 가게 입구에 걸린 거울(스마일 스티커가 붙어 있는)을 보고 활짝 웃는 표정 연습하는 보로(34세/남). 미소가 어딘지 부자연스럽지만 노력하는 모습이다. 이내 밖으로 나가고. 그 옆에 위치한 수제 맥주집 '부어 비어'. closed 간판이 걸려 있다. 닫힌 문으로 들어가면, 가게 안에서 의자 이어 붙여놓고 쿨쿨 잠들어 있는 오백(34세/남). 보로, 카운터에서 동전 바꿔서 나간다. 그리고 솔희의 타로 카페 바로 맞은편, '초록 샐러드'의 사장 초록(30세/여). 포장 용기에 샐러드 담고 있는데. 타로 카페에 멈춰 선 고급 외제 차를 발견한다. 눈 가늘게 뜨고 의심스럽게 바라보는데…. 어느새 옆에 와 있는 보로를 보고 깜짝 놀란다. 방금 전 연습한 미소를 선보이는 보로. 빵과 샐러드를 자연스럽게 물물 교환하는 두 사람의 모습에서.

　　타로 카페 / 낮

'루니 타로 카페' 간판 걸려 있는 카페 안. 드림 캐처, 수정 구슬, 향초 같은 신비한 소품들로 장식되어 있다. 보라색 벨벳 테이블보가 씌워진 테이블 위에는 인조 양귀비꽃이 화병에 담겨 있고. 무슨 제3 세계 음악 같은 묘한 음악이 흘러나온다. 전체적으로 음산한 분위기. 터번을 쓰고 카운터 앞에 앉아 있는 카산드라(27세/여)가 긴 인조 손톱 붙인 손으로 타로 카드를 카지노 딜러처럼 섞고 있는데. '여기가 맞나?' 하는 얼굴로 두리번거리며 타로 카페 안에 들어온 60대 사모.

카산드라　어서 오세요. 커피만 드실 건가요, 타로도 보실 건가요?

사모　　　그게…. (핸드폰 보며) 얼음 넣은 뜨거운 카푸치노를 주문하고 싶은데요.

카산드라　(눈빛 빛나는) 얼음은 몇 개 넣어드릴까요…?

사모　　　다섯 개요.

카산드라　휘핑크림은 얼마나…?

사모　　　두 바퀴 반이요.

카산드라　(그제야 확신하고 열은 미소) 쿠폰은… 가져오셨어요?

순간 당황하다가 핸드백에서 반질거리는 명함을 꺼내 건네는 사모. 카산드라가 명함 뒷면에 있는 QR 코드를 인식해 소개자의 이름과 서명을 확인한다.

카산드라　(그제야 미소) 기다리고 있었습니다.

은행 비상 버튼 같은 은밀한 위치에 설치된 버튼 하나를 누르는 카산드라. 지잉- 소리 내며 스르르 자동으로 내려가는 블라인드. 칙칙하던 내부가 더욱 칙칙해진다. 이게 다 뭔가 싶어 뒤돌아보는 사모.

카산드라   따라오시죠.

감춰진 공간으로 들어가는 카산드라. 벽처럼 보이는 문을 힘껏 밀자
스르륵 열리고.

S#33.   밀실 / 낮

타로 카페와는 완전 다른 분위기의 밀실. 창문 없이 사방이 하얀 벽으
로 되어 있고, 가운데에는 넓은 테이블이 덩그러니 놓여 있다. 모던하
다 못해 차갑다. 마치 영화 매트릭스 같은 분위기. 회장님 의자에 앉은
솔희가 여유로운 미소로 사모 맞이한다.

솔희   강 사장님 소개로 오셨네요? 저한테 이 동네에 집 사라고 추천해준 분
이신데…. (사모 바라보며) 그래서… 어떤 진실을 알고 싶으시죠?

S#34.   타로 카페 안 + 앞 / 낮

1화 32신의 사모가 카페에서 나가자 바로 블라인드 올리고 open으로
팻말을 돌려놓는 카산드라. 솔희가 카페 앞까지 사모 마중 나간다.

솔희   그럼, 그날 뵙겠습니다.

비즈니스적 미소 짓다가 돌아서며 바로 무표정해지는 솔희. 핸드폰
문자 진동에 핸드폰을 확인하고 "헉!" 눈이 휘둥그레진다.
[모두 카드 이번 달 결제금 12,780,500원입니다.]

S#35.   브런치 카페 / 낮

고급스러운 브런치 카페에서 멀끔한 정장을 입은 신사(50대 후반/남)
와 우아하게 에그 베네딕트를 자르는 향숙(50세/여). 포멀한 투피스를
입고, 안경 끼고 전문직 엘리트 느낌이 물씬 풍기는 향숙은 가정 의학
과 전문의 명찰을 보란 듯이 걸고 있다.

신사   지방 소도시에서 1차 진료를 받지 못한 환자들이 대도시로 올 수밖에
        없는 현실이 참 안타깝죠.
향숙   그러니까요. 의사를 늘릴 게 아니라 공공 의료원을 늘리는 게 우선인
        데 말이에요.

신사가 끄덕끄덕하며 곰곰이 생각한다. 향숙이 그 모습 보면서 탐욕
스런 미소 짓다가 착즙 오렌지주스에 손을 뻗는데 낼름 주스 잔을 가
져가는 누군가의 손. 향숙이 허공에서 손 휘적거리다 보면 어느새 옆
에 앉은 솔희가 주스를 마시고 있다.

향숙   (놀라서 눈 커지고) 뭐야…?
신사   누구…시죠?
솔희   (신사 보며) 누구 같아요?
신사   (잠시 솔희와 향숙 번갈아 보다가 향숙에게) 따님이십니까…?
향숙   (충격) 딸처럼 보여요?? 동생이나 조카… 아니구요??
신사   (당황) 그러고 보니… 동생으로도 보입니다. 하하….
솔희   (향숙의 명찰을 황당하게 보다가) 아저씨, 정신 차리세요. 이 아줌마 의사
        아니에요.
향숙   (흥분) 얘가 무슨…! (얼른 웃으며) 얘가 원래 이런 실없는 농담을 잘해
        요. 하하….
솔희   농담 아니구여. 가진 돈 탈탈 털리고 싶지 않으시면 (빌지 슥 밀어주는)
        이것만 계산하고 빨리 나가세요.

향숙	(성질 나오는) 야!

향숙	(성질 나오는) 야!

신사	(뭔가 이상함을 느끼고) 안 그래도… 3시에 예약 환자가 있어서 이만 일어나려고 했습니다….

솔희	(에그 베네딕트 보며) 이거 맛있어 보이네….제가 크게 도와드린 거니까 이거 하나 추가로 주문해주고 가세요.

신사	(떨떠름한 얼굴로 빌지 들고 일어나는)

향숙	김 교수님! 교수님! (따라가려는데)

솔희	(아무렇지 않게) 됐어. 저 아저씨 거짓말하고 튀었어.

향숙	(째려보고)

솔희	(카드 명세서 테이블에 올려놓고) 나 이 돈 못 내. 카드도 내놔.

향숙	(멈칫) 뭐…? (앉으며 인상 팍) 니가 생활비 하라며!

솔희	생활을 왜 이렇게 해? 혼자 돈 걱정 없는 사람처럼? 그리구 이제 이런 짓 안 하기로 약속해서 준 거잖아. 다신 전화 약속 안 믿어.

향숙	이런 짓? 너… 이게 얼마나 힘든 건 줄 아니? 전문 지식도 많이 배워야 하고, 연기 공부도 엄청 해야 하고, (의사 명찰 흔들며) 디테일한 소품 준비까지…. 진짜 피 터지게 노력해야 되는 거야! 알아??

솔희	(답답하고 기막힌) 그니까 그 피 터지는 노력 그만하면 되겠네.

향숙	(버럭) 나 너 땜에 깜빵도 다녀왔어!

향숙의 큰 목소리에 주변의 이목이 집중된다. 솔희, 당황스럽고 창피한데.

향숙	니가 나한테 이러면 안 된다? (카드 명세서 반으로 찢고 일어나는)

솔희	(얼른) 계속 이런 짓하면 나 다시는 엄마 안 봐!?

향숙	니가 날 안 봐?? (코웃음) 지 거짓말은 안 들린다고 거짓말 잘도 하네.

웃으며 나가버리는 향숙. 혼자 덩그러니 남은 솔희, 착잡하다. 주변을 둘러보면 다정한 연인, 단란한 가족…. 솔희를 빼고는 모두가 행복해 보인다.

직원	(눈치 보다가 다가오는) 추가로 주문하신 메뉴 나왔습니다.

결국 혼자 먹는 솔희. 외로워 보인다.

S#36. **재즈 클럽 오아시스 외관 / 밤**

오래된 3층짜리 건물에 '오아시스'라고 쓰인 간판이 반짝인다. 지하에서 음악 소리 들려온다.

S#37. **오아시스 / 밤**

한 뼘 높이의 턱이 있는 작은 무대가 정면으로 보이는 재즈 바. 세월의 흔적이 고스란히 쌓인 벽지와 인테리어. 하지만 어두운 조명과 음악 덕에 나름 운치가 있다. 멋들어지게 재즈 연주를 하는 연주자들. 느낌 있게 드럼을 치는 중규(50대 초/남)와 콘트라베이스 연주자. 각자의 핀 조명을 받으며 연주 중인데 구석 어둠 속에서 피아노를 치는 사람…. 선글라스 쓴 도하. 10개 남짓한 테이블에 손님이 많지는 않지만 연주하는 사람들끼리는 흥겹다. 연주가 끝나갈 때쯤 갑자기 애드리브를 넣는 중규에 맞춰 멋있게 피아노를 치는 도하. 화려한 피날레에 떠들고 있던 사람들도 집중한다. 여기저기서 터져나오는 박수. 만족스럽게 미소 지으며 마무리하는 도하.

CUT TO
피아노 정리하고 일어나려는 도하에게 다가오는 손님(28세/여). 섹시한 느낌의 미인이다. 인기척을 느낀 도하. 움찔 놀라며 경계하는데.

손님	아, 놀랐으면 미안해요. 연주가 너무 좋아서요.
도하	네. 감사합니다. (정중하게 목례하고 가려는데)
손님	피아노 잘 치는 남자가 이상형이라서요. 손가락도 너무 예쁘시구…. (유혹적으로 가까이 다가오며) 선글라스 속 얼굴이 궁금한데요?
도하	(당황스러운) 손님들과 사적인 대화는 하지 않습니다. 좋은 시간 되세요. (자리 피하려는데)
손님	좀 보여줘요. 잘생겼을 것 같은데!

장난스럽게 도하의 선글라스를 낚아채가는 손님. 순간 얼굴 보이지 않으려 고개 숙이는 도하. 손님, 천천히 고개 드는 도하를 기대감 넘치는 얼굴로 바라보는데. 고개를 든 도하는 다시 선글라스를 쓴 모습이다! 안주머니에 늘 소지하고 있던 스페어 선글라스를 잽싸게 썼던 것. 손님, 손에 쥔 선글라스를 다시 확인하는데. 꾸벅 인사하고 무대 뒤로 사라지는 도하. 멀리서 그 모습 보고 있던 중규, 피식 웃는다.

S#38.　오아시스 뒷문 / 밤

좁은 골목의 벽으로 나 있는 오아시스의 뒷문. 벽에 기대서서 바람 쐬고 있는 도하. 그런 도하에게 다가가는 중규.

중규	(도하의 선글라스 건네며) 자, 여기. 내가 받아왔다. 명품인데 잘 챙겨야지. 어?
도하	고맙습니다. (받아서 안주머니에 넣는)
중규	요즘 자주 오길래 젊은 손님이 뭘 좀 안다 했더니…. 김 군 번호 따러 온 거였네. 재즈가 죽어간다. 죽어가….
도하	(피식)
중규	(심각) 이러다 우리 나중에는 막… 아이돌 노래 커버해야 되는 거

아니냐?

도하   아이돌 것도… 좋은 거 많아요.

중규   (의외의 답에 배신감 느끼는) 이것 봐, 김 군도 외도하고 있었네….

도하   무슨 외도예요~. 좋은 건 다 듣는 거죠.

그때 저쪽에서 가까워지는 행인들의 목소리. 도하가 갑자기 긴장해서 고개를 푹 숙인다. 중규가 그 모습을 익숙한 듯 보다가 사람들이 지나갈 때까지 조용히 기다려준다.

중규   김 군.

도하   (사뭇 긴장해서) 네…?

중규   난 맨 처음에 무대에서 연주할 때 있잖아. 너무 긴장해서 스틱 잡은 손이 덜덜 떨리는 거야. 그랬더니 옆에 친구놈이 관객들을 다 좀비라고 생각하라 그러더라고. 그럼 좀 나아진다고.

도하   효과 있었어요?

중규   아니. 근데 김 군한테는 도움 될 수도 있잖아. (지나가는 사람들 가리키며) 그냥 다 좀비라고 생각하라고~.

도하   (피식) 그럼 도망가야죠.

중규   으이그… 사람 그렇게 무서워하면서… 돈도 안 되는 여기 꼬박꼬박 오는 이유가 뭐야?

도하   그래도 무대 위에서는 편하거든요. 재밌고.

중규   뭐야, 나 때문이라고 할 줄 알았더니. 참나.

도하   (순간 당황하다가 장난인 거 알고 콜라 마시는)

중규   어? 끝까지 맞다고 안 하네?

계속 틱틱거리는 중규. 두 사람의 다정한 모습에서.

S#39.   오아시스 / 밤

피아노 의자 위에 있던 도하의 핸드폰이 진동한다. '득찬 형'에게 걸려
온 전화. 부재중 전화로 넘어가는데 이미 부재중 15통으로 찍혀 있다.
이내 득찬에게 다시 전화가 걸려오지만 배터리가 다 되어 꺼지는 핸
드폰.

S#40.   펜트하우스 앞, 도하의 차 안 / 밤

마스크 쓰고 운전 중인 도하. 무슨 일인지 단지 앞이 시끌벅적하다. 카
메라를 든 기자들이 펜트하우스 보안 요원들과 실랑이를 벌이고 있
다. 근처로 오지 말라며 막는 요원들과 여기까지는 괜찮지 않냐며 항
의하는 기자들. 도하가 의아한 얼굴로 무슨 일이 있나 주변을 살피지
만 별다른 건 없다. 천천히 기자들 뚫고 지나가는 도하.

S#41.   펜트하우스, 지하 주차장 / 밤

주차장에 주차된 차. 마스크 쓴 도하가 차에서 내린다. 엘리베이터를
향해 뚜벅뚜벅 걸으며 핸드폰을 확인한다. 그제야 휴대폰 전원이 꺼
져 있는 것을 발견한다. 전원 버튼을 눌러도 켜지지 않는데.

오 기자(E)   김도하 씨…?

놀라서 돌아보는 도하. 차 뒤에 숨어 있던 오 기자다.

| 도하 | (당황, 사색) 누구…시죠? |
| 오 기자 | (슬슬 다가오며) 김도하 씨 맞구나! 저랑 잠깐 얘기 좀 하시죠. 네? |

그제야 오 기자의 목에 걸린 카메라를 발견한 도하. '기자구나!' 확신하는 순간, 미친 듯이 셔터를 누르는 오 기자. 터지는 플래시 세례.

S#42. (회상) 학천 경찰서 앞 / 낮

섬광처럼 짧게 떠오르는 도하의 기억. 기자들의 번쩍이는 플래시 세례 받으며 형사들에게 연행되는 도하. 후드 뒤집어쓴 도하의 시야에 성난 사람들의 모습이 얼핏 보인다. "살인자!" "왜 죽였어!" "얼굴 까라!" "사형시켜!" 같은 소리가 들려온다. 플래시에 눈부셔하며 눈 질끈 감는데.

S#43. 펜트하우스, 지하 주차장 + 엘리베이터 / 밤

다시 현재의 지하 주차장. 도하, 놀라서 뒷걸음질 치다가 엘리베이터를 향해 뛰어간다.

| 오 기자 | (따라 뛰어오며) 마스크 좀 잠깐 내려주세요! 네?! |

공포에 휩싸인 도하, 마스크 쓴 얼굴을 손으로 가리며 사수한다. 얼른 카드 키 꺼내 엘리베이터 있는 유리문 열고 들어가면, 바로 코앞까지 뛰어와 문 닫히는 순간까지 셔터 누르는 오 기자.

S#44.   펜트하우스, 거실 / 밤

심호흡하며 진정하려는 심란한 도하의 얼굴 위로 동그란 그림자가
진다. 뭔가 싶어서 보면 창밖으로 떠오른 드론 한 대. 천천히 회전하며
렌즈가 도하 얼굴을 비추기 직전, 잽싸게 블라인드를 내린다. 너무 놀
라 숨을 몰아쉬는 도하. 현관에서 똑똑- 문 두드리는 소리가 들리고.
날카로운 눈빛으로 돌아보면.

득찬(E)   나야! 문 열어봐!

CUT TO

여전히 불 켜지 않아 컴컴한 거실. 소파에 나란히 앉아 있는 도하와 득
찬. 도하, 핸드폰으로 샤온의 열애설 기사를 보면, [단독, 코리아 뮤직
어워드 대상의 주인공 샤온♥김도하 작곡가! 시상식 후 둘만의 핑크
빛 집 데이트 사진 공개!] 헤드라인. 택시 타고 펜트하우스로 들어가
는 샤온의 손에는 '김도하' 이름이 박힌 트로피가 들려 있지만, 새벽에
나올 때는 빈손인 사진이 함께 실렸다. 살짝 흘러내린 외투 때문에 드
레스 뒤 지퍼가 살짝 내려간 것까지 찍혀 빨간 동그라미로 표시되어
있다. 옆에 앉아 도하를 걱정스럽게 바라보는 득찬.

득찬   지금 직원들이 보도 자료 쓰고 있고, 최대한 빨리 열애설 반박 기사 나
갈 거야.
도하   샤온은…? 괜찮아?
득찬   니 걱정이나 해. 이제 기자들이 여기로 출근 도장 찍을 거다.

아직도 미세하게 떨고 있는 도하의 손을 보며 안쓰러운 득찬. 주소 적
힌 포스트잇을 바닥에 툭 붙인다.

득찬   예전에 누가 재개발될 거라고 해서 사놨던 집. 우리 와이프도 모르게

사놓은 거야. 당분간 거기서 지내라고. 지온이도 절대 모르게 할게.

도하   (포스트잇 떼서 보는)

득찬   그리고 기왕 간 김에… 마스크 벗고 편하게 지내봐.

도하   됐어…. 그냥 여기서 안 나가고, 창문 가려놓으면 돼.

득찬   (그런 도하 가만히 보다가) 언제까지? 언제까지 여기서 이렇게 살 건데?
        니 잘못 아니라고 했잖아.

도하   (똑바로 바라보며) 형은 진짜로 그렇게 생각하는 거야?

득찬   (살짝 눈빛 흔들린다, 시선 피하며) 하… 또 그 소리냐? 나는 너 믿는다고.

도하   (힘없이 피식) 그래….

득찬   (안쓰럽게 보다가) 돈 벌면 뭐 해. 맨날 혼자 밥 같지도 않은 거 먹으면서
        방구석 곰팡이처럼 사는데!

일어나 저벅저벅 현관문 열고 나가려다가 한마디 덧붙이는 득찬.

득찬   거기 가는 거… 잘 생각해봐!

쿵 닫히는 현관문. 복잡한 얼굴로 포스트잇 만지작거리는 도하. 어딘지 의미심장한 얼굴로 '연서동'이라는 글자를 바라본다.

S#45.   연서동 골목 / 밤

늦은 밤. 혼자 걷는 여자를 멀리서 주시하다가 옆에 붙는 검은 후드 차림의 남자. 여자, 누군가 싶어서 보면 검은 마스크를 쓰고 있어 얼굴이 보이지 않는데. 순간 여자의 옆구리에 날카로운 뭔가를 들이대는 남자. "헉!" 하며 당장이라도 소리 지를 것 같은 여자에게 검지로 "쉿!" 하더니 으슥한 골목으로 끌고 들어간다. "아악!" 여자의 짧은 비명 소리가 들려온다.

S#46.   연서동 골목 / 낮

평화로워 보이는 연서동 풍경. 무슨 일인지 전봇대에 모여 있는 보로,
초록, 오백. 전봇대에 붙어 있는 '강제 추행 용의자 수배' 전단지를 보
고 있다. CCTV 화면이 인쇄된 전단지에는 1화 45신의 남자 모습이
찍혀 있다. 검은 후드에 검은 마스크라 얼굴을 식별하기 어렵고.

초록   (팔 만지며) 어우, 소름 끼쳐!

오백   왜 나쁜 놈들은 항상 저런 룩이지…? 집에 저런 옷 없으면… 따로 구입
하는 걸까? 저런 놈들 집에는 늘 저런 옷이 있는 건가…?

초록   (오백 위아래로 훑으며) 댁이 지금 그런 옷 입고 있는데요.

오백   (기막힌) 아니, 이게 얼마짜린데…. (보로에게) 봐봐. 완전 다르지?

보로   (어색하게 눈 돌리며 딴소리) 빨리 잡혀야 될 텐데….

S#47.   편의점 / 밤

편의점에서 맥주와 감자칩을 바구니에 담으며 의뢰인과 통화 중인
솔희.

솔희   어휴, 몇 번을 말씀드려요…. 사장님, 제가 그렇다면 그런 거예요.

순간, 움찔하며 소리 나는 곳을 바라보는 도하. 솔희, 검은 후드에 검
은 마스크 쓴 도하가 자신을 빤히 바라보고 있는 것을 뒤늦게 발견한
다. 불쾌하지만 얼른 자리를 피하고 카운터 앞에 서는데 삑-삑- 바코
드 찍히는 걸 기다리다 문득 편의점 문에 붙은 수배 전단지를 본 솔희.
전단지 속 남자가 방금 본 남자와 같은 옷차림임을 알아차린 순간, 그
런 솔희의 옆에 선 도하. 묘한 긴장감이 흐른다. 콜라 한 캔 들고 있는

도하를 곁눈질하다가 얼른 편의점에서 나가는 솔희.

연서동 골목 / 밤

혹시나 도하가 따라올까 싶어 빠른 걸음으로 집으로 향하는 솔희. 한참 가다가 슬쩍 돌아보면 도하가 따라오고 있다. 오늘따라 거리에 사람도 없고…. 솔희의 걸음 더 빨라지는데. 실수로 콜라 떨어뜨린 도하. 데구르르 굴러 하필 솔희의 발밑에서 멈춘다. 소름이 끼쳐 우다다 도망치는 솔희. 그런 솔희의 모습을 보며 우뚝 멈춰 선 도하. 할 수 없이 방향 틀어 다른 골목으로 들어간다.

연서동 골목 일각 / 밤

같은 시각, 술에 취해 귀가하는 30대 초반의 여자. 으슥한 골목으로 들어가는데 뒤에서 들려오는 발자국 소리에 돌아보면 입 막으며 확 달려드는 검은 후드의 남자! 여자, "읍읍!" 하며 남자에게 끌려가는데. 때마침 연립 주택에서 쓰레기 들고 나온 남자 주민 덕분에 위기 모면한다. 후다닥 도망치는 검은 후드의 남자.

타로 카페 / 낮

손님 없는 한산한 타로 카페. 솔희와 카산드라뿐이다. 진지한 얼굴로 차르륵 반원 모양으로 카드 펼치는 카산드라.

카산드라	헌터님, 세 장 골라보세요. 연애 운 봐드릴게요.
솔희	(피식) 너… 백설공주가 어떻게 왕자님 만나게 된 줄 알아?
카산드라	(어리둥절) 그냥… 독사과 먹고 누워 있다가….
솔희	그래. 왕비 거짓말에 속은 덕에 독사과 먹고 왕자 만났지.
카산드라	…?
솔희	연애도… 잘 속아야 잘한다는 얘기야. 나는 그거 못하고.
카산드라	(바로 이해) 그럼 처음부터 속을 일 없는 남자 만나시면 되죠. 거짓말 안 하는 남자…. (해놓고 회의적으로) 힘들겠네요….
솔희	차라리 신령님 능력 안 통하는 남자 찾는 게 빠를 거야.

카산드라, 할 수 없이 카드를 다시 섞고 셀프 점을 본다. 처음 뽑자마자 악마 카드가 나오자 표정 굳어진다.

카산드라	(중얼중얼) 좋지 않네….
솔희	뭐가?
카산드라	오늘 제 운세요. 요즘 이 동네 흉흉해서 매일 체크해봐야 돼요. 죽더라도 언제, 어떻게 죽을지는 알고 죽어야죠.
솔희	(어제 일 생각나고) 맞다! 나도 어제 본 것 같애. 그 변태.

그때 솔희의 핸드폰이 진동한다. 문자를 확인하고 표정이 굳는다.

솔희	하… 상가 번영회 모인대. 오늘.
카산드라	그냥 빠지세요.
솔희	투표해야 된대. (어쩔 수 없다는 듯) 늦게 갔다 빨리 오지 뭐.

사실 싫지 않아 보이는 솔희 보며 살짝 미소 짓는 카산드라의 모습에서.

S#51.   부어 비어 / 밤

연서동 상가 사람들이 모여 있는 부어 비어. 20대 후반부터 30대 초
중반 사장님들이 많은 젊은 분위기다. 보로가 테이블마다 돌아다니
며 미리 준비해온 빵을 나눠준다.

보로   (억지로 웃으며, 작은 목소리) 저희 집 빵인데 남아서 가져온 거 아니구
        요…. 나눠드리려고 좀 더 만들어온 거예요.
상인1   네? 빵 남은 거 가져오셨다구요?
보로   아니, 그게 아니라 따로 만들어온….
상인1   (테이블에 빵 돌리며) 이거 빵 남아서 가지고 오셨대.
보로   그게 아니구….

"고맙습니다~." 하며 빵만 받고 자기들끼리 이야기하는 사람들. 보로,
테이블에 남아 있는 빈자리를 보기만 하다가 앉지 못하고 그냥 돌아
선다. 결국 구석 테이블에 혼자 앉은 보로. 남은 빵을 초라하게 혼자
먹는다. 한편, 양손에 맥주잔을 들고 주방에서 나온 오백. 매의 눈으로
테이블들을 훑는다. 여자만 있는 테이블이 오백의 레이더에 잡힌다.

오백   (자연스럽게 앉으며) 공주님들~ 다들 오랜만이다. 그죠?
여자1   (애써 웃으며) 아, 네…. 사장님두여.
오백   에이~ 저번에도 그러더니. 사장님이 뭐야~. 오빠라고 부르기로 했잖아.
여자1   (황당) 제가요…? 언제….
여자2   (보다 못해 나서는) 사장님 서른 넷이죠?
여자3   (여자1 가리키며) 얘가 나이 더 많은데?
오백   에이~ 잘생기면 다 오빠지~.

잔 번쩍 들고 짠 하는데 아무도 받아주지 않고. 머쓱하게 혼자 한 모금
마시고 슬쩍 일어나는 오백. 혼자 있는 보로의 테이블에 가서 앉는다.

보로	왔어?
오백	응….
보로	(단팥빵에 맥주 마시며) 이제 초록이만 오면 되겠네….

보로와 오백, 초록이 앉아 있는 테이블 동시에 쳐다본다.

상인1	이 동네는 순 애들뿐이라 2만 원만 넘어가도 비싸다고 그래요. 솔직히 똑같은 메뉴 들고 강남 가잖아? 4만 원 받아도 아무도 뭐라고 안 하거든.
상인2	맞아요. 커피도 원두 똑같은데 강남은 에스프레소도 5천 원에서 시작하잖아.
초록	(상인1 보며) 에이~ 솔직히 언니네 파스타… 새우 쪼끄만 거 몇 마리 들어 있구…. 나는 무슨 새우젓 넣은 줄 알았어요. 그거 강남에서 4만 원 받으면 욕먹지.
상인2	(웃음 나오려는 거 참는데)
초록	(상인2 보며) 넌 인테리어에 투자 좀 해. 요즘 커피 값이 원두 값이야? 자릿값이지. 접때 갔을 때 보니까 창밖으로 의류 수거함 보이던데. 그런 뷰에 커피 값 5천 원은 양심 없지~.

상인1에 이어 상인2도 초록을 도끼눈으로 노려본다. 뒤늦게 팩폭한 자신을 깨닫고 머쓱한 초록. 결국 초록도 보로와 오백의 테이블에 가서 앉는다.

오백	(그럴 줄 알았다는 듯) 너 말 세게 하는 습관 좀 고치랬지.
초록	또 이렇게 셋이야? 아우, 지겨워….
보로	(안 풀었던 빵 풀며) 낙오자들끼리 빵이나 먹자. 쓰린 속엔 부드러운 슈크림이 최고지….

그때 뒤늦게 부어 비어에 들어온 솔희. 들어오자마자 여기저기에서

들리는 거짓말에 미간을 찌푸린다. *"매출 오른 거 축하해요~." "내가 레시피 알려줄게." "친구들한테 그 집 소개해줬어요~."* 간신히 정신 차리고 어디에 앉을까 두리번거리는데. 다들 자기들끼리 얘기하느라 정신없다. 뻘쭘한 솔희. 역시 괜히 왔다 싶은데.

오백	어? 타로 사장 왔다! (앉으라고 손 흔들면)
초록	(쏙! 째려보며) 또 껄떡거리지 마? 도망간다?
오백	(피식 웃으며) 왜? 내가 너만의 남자였으면 좋겠어?
초록	(질색하는) 뭐래….
보로	(부스럭거리며 솔희에게 줄 빵 챙기는) 저분은 뭘 좋아하시려나….

솔희, 이미 손 흔드는 오백 봤지만 못 본 척 두리번거린다.

솔희	(복화술로 중얼중얼) 아… 저기 앉기는 싫은데….

하지만 둘러봐도 자리가 없고, 딱히 앉고 싶은 곳도 없다. 난감한 솔희의 표정에서.

S#52.　편의점 / 밤

수배 전단지(1화 47신)가 붙어 있는 편의점에 같은 차림의 남자가 들어온다. 편의점 조끼를 입은 영재(23세/남). 보지도 않고 영혼 없는 인사를 한다.

영재	어서 오세요….

남자, 물건을 구경하려다가 CCTV 인쇄물을 보고 멈칫한다. 영재 몰

래 인쇄물을 뜯어 주머니에 구겨 넣고는 그냥 나간다.

영재   (눈치 못 챈) 안녕히 가세요….

S#53.   부어 비어 / 밤

어느새 오백의 테이블에 합석한 솔희.

오백   (느끼하게 솔희 보다가) 야~ 더 예뻐지셨다.

솔희   (황당) 아까 점심때 인사하지 않았어요?

오백   그니까 그 잠깐 사이에 더 예뻐지셨네?

솔희   (듣기 싫은)

초록   나…궁금한 게 있는데…문 닫아놓고 상담하는 손님들 있잖아요. 그거 뭐 하는 거예요?

솔희   (별거 아닌 척) 상담 내용이 심각하면 비밀 지켜드리는 개념으로… 그렇게 하는 거예요.

초록   (피식) 그렇게 심각하면 전문가한테 가야 하는 거 아닌가? 카드 몇 장 뽑아 가지고 대충 이럴 거다 저럴 거다 말하는 게 인생에 무슨 도움이 된다고….

오백   (옆구리 쑤시며) 야….

초록   (오백 때문에 깨닫고 자중하는) 미안해요. 내가 이래서 친구가 몇 명 없어요.

솔희   (비꼬듯) 그래도 몇 명은 있나 봐요?

초록, 그런 솔희 째려보고. 솔희, 모른 척하는데. 마침 앞에 나온 회장 (50대 중반/남).

회장	회의에 앞서 공지해드릴 게 있습니다. (CCTV 전단지 보여주며) 다들 이 거 보신 적 있죠? 혼자 사는 여자 노리는 변태놈이라고 하니까요. 혹 시 이 동네 거주하는 사장님 계시면 퇴근길 각별히 유의하세요~.
오백	(솔희 보며 걱정스럽게) 어? 이 동네 살지 않아요?
솔희	어떻게 알았어요…?
오백	(능글맞게) 오빠가 모르는 게 어딨어~. 집까지 데려다줘요?

솔희, 기 빨린다. 지친 모습에서.

S#54.   타로 카페 앞 / 밤

카페에서 나와 열쇠로 출입문 잠그는 카산드라. 그 뒤로 검은 그림자 가 아른거린다. 불길한 기운을 느끼고 열쇠를 가방에 넣으면서 가방 속에서 뭔가를 찾는데. 순식간에 카산드라의 입을 막는 변태남! 얼른 스프레이를 치익- 뿌리는데 알고 보니 호신용 스프레이가 아닌 향수 다. 이제 죽었구나 싶은 카산드라. 변태남, 카산드라를 으슥한 골목으 로 끌고 가려는데. 핸드백 떨어뜨리면서 사방으로 흩어지는 소지품들. 호신용 스프레이도 데굴데굴 굴러간다. 손을 힘껏 뻗는 카산드라. 닿 을 듯 말 듯하다가 스프레이 잡는 데 성공한다. 치익- 변태남의 얼굴에 스프레이 뿌리는 카산드라. 변태남, 쿨럭거리며 후다닥 도망치는데.

카산드라	(주변 둘러보다가 있는 힘껏) 부, 불이야!!!

S#55.   부어 비어 / 밤

카산드라(E) 불이야!!!

카산드라의 비명에 회의 멈추고 귀 기울이는 사람들. "어머, 어떡해.
우리 가게 불난 거 아냐?" "누가 장난치는 거겠지…" "요즘 건조해서
불 금방 번지는데." 웅성거리다가 하나둘씩 가게에서 나가자 결국 우
르르 따라 나가기 시작한다. 거짓임을 아는 솔희만 여유로운데.

─────
S#56.   타로 카페 앞 / 밤

부어 비어에서 쏟아져 나오는 상인들. 주저앉아 "불이야!" 하고 외치
는 카산드라 발견한다.

회장   뭐예요?

카산드라 검은 후드, 검은 마스크 변태… (손가락질) 저쪽으로 도망쳤어요!

회장   그걸 왜 불이 났다고….

솔희, 제일 마지막으로 나왔다가 카산드라 발견하고 놀라서 다가온다.

솔희   너였어? 무슨 일이야? 괜찮아?

카산드라 네. (솔희만 듣게 작게) 신령님도 제 거짓말 들으셨죠…? 죄송해요. 안 그
        럼 아무도 안 도와줄 것 같아서….

회장   알바생 괜찮아 보이는데…. 신고하고 경찰한테 맡기죠?

보로   (소심하게) 다 같이 흩어져서 찾으면 금방 잡을 것 같은데요….

초록   맞아요! 나타났을 때 잡아야지. 다음 타깃이 누가 될지도 모르는데.
        (여사장들을 보며) 안 그래요?

상인1, 2, 3이 불안한 얼굴로 "맞아. 맞아…" 하며 고개를 끄덕인다. 그

모습 보고 나서는 오백.

오백   오빠가 잡아올게. 공주님들 걱정 말고. 응?

S#57.   연서동 골목 / 밤

검은 후드에 검은 마스크를 쓰고 걷고 있는 남자의 뒷모습. 멀리서 우다다- 뛰어오는 발소리가 점점 가까워진다. 뭐지 싶어서 돌아보면. 앞서 뛰는 보로와 뒤따르는 오백이 보인다. 둘의 추격전인가 싶은데.

보로   (몸 날리며 도하 꽉 잡는) 잡았다…!
도하   뭡니까?!
보로   (작은 소리로) 이 변태….
도하   (안 들린다) 뭐라고요? 이것 좀 놓고 말하세요!
오백   (큰 소리로) 이 변태 새끼야!!!

도하 잡으려고 뛰어오다가 발 접질려 휘청거리는 오백. 보로의 바지를 잡고 바닥에 엎어진다. 보로의 바지가 쭉 내려가며 커다란 도라에몽이 있는 팬티가 보이는데.

보로   (놀라서 도하 놓고 바지춤 올리는) 어흐흡…!

보로에게서 벗어난 도하. 영문 모른 채 반대편으로 도망치려는데. "저기 변태다!" 맞은편에서 우르르 뛰어오는 상인들 보이고. 사면초가다. 이러지도 저러지도 못하고 상인들에게 둘러싸인 도하.

S#58.　　　연서동 골목 일각 / 밤

　　　　　　카산드라와 함께 골목 돌아다니며 변태남 찾는 솔희.

솔희　　너 지금 그런 일 당하고도 그놈을 찾겠다고?

카산드라　네. 괜찮아요. 아까 마지막으로 뽑은 타로 카드가 좋았거든요. (가방에
　　　　　　서 청심환 꺼내 마시고)

솔희　　(그 모습 보다가) 가방에서 별게 다 나온다?

카산드라　늘 대비해도 모자란 게 인생이니까요. (아쉬운) 아… 아까 후추 스프레
　　　　　　이만 제대로 썼어도….

　　　　　　저쪽에서 "변태 잡았다!" 소리가 들려온다. 소리 나는 쪽으로 빠르게
　　　　　　걷는 솔희와 카산드라.

S#59.　　　연서동 골목 / 밤

　　　　　　도하의 왼팔과 오른팔을 각각 잡고 벽에 붙여놓은 보로와 오백. 그 주
　　　　　　변으로 연서동 상인들이 몰려 있다.

회장　　검정 후드에 검정 마스크…. 딱 이놈이네? 데리고 경찰서 가면 되나?

도하　　(겁에 질린) 왜들 이러세요…. 네?

　　　　　　상인들 중 누군가가 "그놈 마스크 벗겨봐요!" 하고 소리친다.

초록　　(바로 나서는) 그래… 얼마나 추잡스럽게 생겼는지 한번 볼까?

도하　　(겁에 질려 저항하는) 안 돼! 하지 마요! 나 아니라고!! 진짜!!!

개의치 않고 마스크를 벗기려는 순간, 솔희가 초록의 손목을 탁 잡는다.

솔희   이 사람 아닌데…? 범인 아니라고요.
초록   뭘 믿고요?

절박한 눈빛으로 솔희를 바라보는 도하. 도하 역시 솔희의 대답이 궁금한데.

솔희   내가 그렇다면 그런 거예요.

S#60.   (과거) 고속버스 안 / 낮

솔희   (자신만만한) 내가 그렇다면 그런 거예요.

솔희의 똑같은 한마디로 과거로 넘어간다. 5년 전 학천의 고속버스 옆자리에 나란히 앉아 있는 솔희와 도하. 지금보다 앳되고 촌스러운 솔희와 누구에게 맞은 듯 입가에 피가 맺힌 도하. 지금과 달리 마스크를 벗고 얼굴을 다 드러낸 도하가 솔희를 황당한 얼굴로 바라보고 있다. 무슨 일인지 이미 마주쳤던 두 사람의 모습에서. 엔딩.

2화

어떤 거짓말을 알고 싶으시죠?

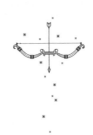

S#1.　　　(자막 5년 전) 폐공장 / 밤

입구가 뻥 뚫린 음산한 폐공장. 한눈에 봐도 조폭이구나 싶은 검은 정장의 무리가 위압적으로 서 있다. 그들의 시선은 드럼통 시멘트 반죽에 들어가 얼굴만 내밀고 있는 3명의 조직원들에 쏠려 있다. 이미 장시간 고문 받은 듯 얼굴은 엉망진창인데. 그 앞에서 회장님 의자에 앉아 아무렇지 않게 쩝쩝거리며 대게 먹고 있는 보스. 한쪽 팔은 깁스를 한 상태다. 옆에는 대게 껍질 수북한 비닐봉지 펼쳐 들고 있는 오른팔이 있는데…. 한쪽 다리를 다친 듯 목발을 짚고 있다.

보스　　　(오른팔에게 다리 하나 건네는) 니도 무라. 이런 걸 묵어줘야… 뼈가 빨리 붙는다.

오른팔　　감사합니다, 형님. (다리 먹고)

조직원1　　(힘겹게 고개 들어 보스에게) 행님… 우째 이러십니까…. 지는 진짜 아입니다….

집게 다리 먹다가 조직원1을 흘끗 보는 보스. 천천히 일어나 조직원1에게 다가가더니 집게 다리로 조직원1의 볼을 마구 꼬집는다.

조직원1　　(고통스러운) 으아아…!

보스   그럼 불곰파 그 쉐끼들이 우째 알고 거길 왔겠노? 어? (드럼통에 담긴 세 사람 번갈아 보며) 이 중에 밀고자가 있다는 거 아이가?! 빨리 불어라. 다 굳는다!

그때 자동차 전조등에 미간을 찌푸리며 돌아보는 오른팔. 조폭들의 시선이 일제히 폐공장 앞에 멈춰 선 2003년형 하늘색 마티즈에 쏠린다.

S#2.   (과거) 폐공장 앞 / 밤

시동을 끄고 차에서 내리는 사람은 손흥민 국가 대표 유니폼 상의와 청바지, 컨버스화 차림에 발랄한 포니테일을 한 22살의 솔희. 갑작스러운 쪼그만 여자애의 등장에 당황하면서도 "머꼬?" 하며 위압적으로 다가서는 조폭들.

솔희   (당황하지 않고) 의뢰 받고 왔는데요? (둘러보며) 의뢰하신 분?

그 말에 긴가민가한 표정으로 솔희에게 다가가는 보스.

보스   (솔희를 의심스럽게 보다가) 라이어 헌터…?
솔희   네. (당당하게 명함 건네는)

두꺼운 종이에 직접 쓴 '진실의 신령님을 모시는 라이어 헌터' 명함을 보는 보스. 이게 뭔가 싶다. 솔희를 위아래로 훑어보더니 대뜸 어딘가로 전화를 건다.

보스   어. 백 회장, 난데. 이 얼라 맞나? 완전 꼬맹인데? (듣는) 음.
오른팔   (솔희 위아래로 훑으며 다가오는) 내비 잘못 찍고 왔으면 퍼뜩 꺼지라~.

아구창 박살 나면 오 필승 코리아도 못 부른다. (손 올리며) 확, 마!

보스　(전화 끊고 위엄 있게) 치아라. (솔희에게 꾸벅 인사) 결례가 많았습니다. (매너 있게 안으로 안내하며) 일로 오이소.

보스의 명령에도 솔희를 수상하게 바라보며 어쩔 수 없이 길을 터주는 조폭들.

S#3.　(과거) 폐공장 / 밤

보스가 이끄는 대로 폐공장 안으로 들어선 솔희. 피투성이가 된 조직원이 드럼통에 담겨 있는 모습에 화들짝 놀라지만 덤덤한 척하려 애쓴다. 침을 꿀꺽 삼키는데.

솔희　(조직원1 앞에 서서) 불곰파한테… 정보 흘리셨어요?
조직원1　아입니다….
솔희　(조직원2 앞에 서서) 불곰파한테… 정보 흘리셨어요?
조직원2　내는 아이다.

솔희, 그럼 저놈이 범인이구나! 싶은 얼굴로 조직원3에게 다가가는데.

조직원3　(솔희가 묻기도 전에 소리치는) 내도 아이다! 억울하다!

질문을 끝낸 솔희. 보스에게 다가간다. 눈 반짝이며 답 기다리는 보스.

솔희　휴… 저 올 때까지 좀 기다리시지. 저분들 다 아니에요.
보스　(착잡하다, 부하들에게) 점마들 다 풀어줘라….
오른팔　(화들짝 놀라) 아입니다, 형님! 저 셋 중에 분명 배신자 있습니더!

갑작스러운 오른팔의 거짓말에 예리한 눈빛 되는 솔희.

솔희　　(오른팔에게) 혹시… 그쪽이신가? 불곰파에 정보 흘린 사람…?
오른팔　(화들짝 놀라며) 머라카노??
보스　　대답해라.
오른팔　(황당) 행님!
보스　　퍼뜩 대답 안 하고 뭐 하노!?

보스의 쩌렁쩌렁한 목소리에 조폭들의 시선이 쏠리고.

오른팔　(웃으며 간사하게) 당연히 저는 아이지요~.
솔희　　(확신) 이분이에요.

오른팔, 보스, 다른 조폭들 일제히 놀라고.

오른팔　(당황, 솔희 노려보며) 이게 뭔 소린교?! 니 뭔데!? 근거 있나??
솔희　　(단호하고 태연하게) 제가 그렇다면 그런 거예요.
보스　　(배신감 가득한 살벌한 눈빛으로 오른팔 앞에 서는) 이 새끼가….
오른팔　(쫄아서 얼른) 아입니더! 저 그날 불곰파한테서 형님 지킨다꼬 이래 다리도 뿐질러졌는데. 이런 아 말만 믿고 우째 이라십니까!

보스, 그런 오른팔 의심 가득한 얼굴로 보더니 기습적으로 목발을 확 걷어차버린다. 멀리 날아가는 목발. 그럼에도 멀쩡하게 두 다리로 서 있다가 뒤늦게 상황 파악하고 털썩 바닥에 주저앉는 오른팔. 하지만 때는 이미 늦었다. 너 나 할 것 없이 우르르 몰려와 오른팔을 족치는 조폭들.

솔희　　(걱정스러운 얼굴로 보스에게) 저분… 죽이려는 건 아니죠?
보스　　(안주머니에서 두툼한 흰 봉투를 꺼내 주며) 아입니다.

솔희	(찌릿 노려보며) 지금 제 앞에서 거짓말하십니까?
보스	(뜨끔, 눈을 깔고 마지못해) 마, 숨통은 붙여놓겠심더….

진실임을 확인하고 돌아서는 솔희. 조폭들이 "살펴 가십쇼!" 하며 90도 인사하면서 홍해처럼 갈라져 길을 터준다.

S#4.   (과거) 폐공장 앞 / 밤

얼른 차에 탄 솔희.

솔희	어우씨… 무서워 죽는 줄 알았네.

그제야 숨을 몰아쉬며 떨리는 손으로 주머니에서 뭔가를 꺼낸다. 커터 칼, 호신용 후추 스프레이, 노란색 호루라기 같은 것들이 도라에몽 주머니처럼 계속 나온다. 열쇠 꽂아 시동 거는데 이상한 소리만 날 뿐 시동이 안 걸린다.

솔희	(모양 빠진다) 아휴, 진짜 이놈의 똥차 진짜….

간신히 시동 걸리자 엑셀 꽉 밟고 도망치듯 현장에서 떠나는 솔희.

S#5.   (과거) 학천 국도, 솔희의 차 안 / 밤

라디오 뉴스 틀어놓고 운전 중인 솔희. 조수석에는 방금 받은 피 묻은 봉투가 있다.

아나운서(E) 2018 러시아 월드컵 조별 리그 F조 대한민국과 멕시코의 경기가 잠시 후 밤 12시에 치러집니다. 늦은 시간임에도 광화문 광장 등 곳곳에서 대규모 거리 응원이 펼쳐질 예정인데요.

솔희 아… 지금 광화문 가다가는 경기 다 끝나겠는데….

그러다 손흥민 국가 대표 유니폼 입고 갓길을 터벅터벅 걷는 남자를 발견하는 솔희.

솔희 (가슴이 벅차서) 역시 이런 시골에도 붉은 악마는 있구나…!

'빵빵 빵 빵빵' 응원 박수 클랙슨 가볍게 울리는데.

S#6. (과거) 학천 국도 / 밤

손흥민 국가 대표 유니폼 입고 있던 남자는 24살의 도하다. 멍한 얼굴로 터벅터벅 걷는 도하의 손에는 핏자국이 가득한 흰색 리넨 셔츠가 들려 있다.

S#7. (과거) 모텔 / 밤

할 수 없이 허름한 모텔에서 축구 본 솔희. "아쉬워하는 태극 전사들… 하지만 잘 싸웠습니다." 하는 캐스터의 목소리. 기분 잡친 듯 맥주 캔 확 구기고는 TV 꺼버린다.

솔희 (아쉬운) 16강은 물 건너갔네….

침대에 털썩 드러누운 솔희. 피곤한 듯 바로 곯아떨어진다.

S#8.　　(과거) 모텔 주차장 / 아침

입 찢어지게 하품하며 하늘색 마티즈로 터벅터벅 걸어가는 솔희. 차 키 꽂는 순간 드리운 그림자. 불길한 예감으로 돌아보면 얼굴 엉망이 된 오른팔이 날 시퍼런 칼을 들고 서 있다.

오른팔　　(살의 가득한 눈빛으로) 니… 내가 죽여쁜다…!
솔희　　　(너무 놀라 소리도 안 나오는) …!!!

후다닥 차에 탄 솔희. 왼쪽 다리에 붕대 칭칭 감고 진짜 목발을 한 오른팔, 솔희를 놓친다. 솔희, 덜덜 떨리는 손으로 차 키 집어넣고 시동 건다. 다행히 2번 만에 걸린 시동. 얼른 차를 출발시키지만 검정 세단을 타고 바로 뒤쫓아오는 오른팔.

S#9.　　(과거) 학천 국도, 솔희의 차 안 / 아침

한적한 학천 국도를 달리는 솔희. 하지만 조폭의 차 속도를 당해낼 수 없다. 최대한 밟는데 갑자기 푸지직 하며 시동이 꺼져버리고. 도로 한 가운데 멈춰 선 차.

솔희　　　(미칠 지경) 아휴, 왜 이래!? 이놈의 똥차! 내가 이 차 땜에 언젠가 죽을 줄 알았어!

백미러로 바로 뒤에 멈춰 선 검정 세단이 보인다. 후다닥 차에서 내리는 솔희.

S#10.　　(과거) 학천 국도 / 아침

텅 빈 도로를 무작정 달리기 시작하는 솔희. 저 멀리 학천 고속버스 터미널 간판이 보인다. 운전석에 여유롭게 앉아 천천히 앞으로 향하는 오른팔. 차가 솔희의 바로 옆에 서는데. 솔희, 일부러 도로가 아닌 갓길 논밭으로 들어가 뛰기 시작한다. 당황하는 오른팔. 일단 차에서 내려 절뚝이며 쫓아간다.

S#11.　　(과거) 고속버스 터미널 매표소 / 아침

뛰느라 땀에 흠뻑 젖은 솔희. 연신 뒤돌아보며 다급하게 매표소 앞에 선다.

솔희　　서울 가는 표! 제일 빠른 걸로요!!!

S#12.　　(과거) 고속버스 안 / 낮

표로 자리 확인하며 후다닥 버스 뒤편 창가에 앉는 솔희. 창밖을 빼꼼 보면 솔희 찾아 두리번거리는 오른팔의 모습이 보인다.

솔희	(다리 덜덜 떨며) 빨리… 빨리… 빨리 출발해라. 쪼옴…!

오른팔과 눈이라도 마주칠까 고개 푹 숙이는데. 그런 솔희의 옆자리에 앉는 사람… 도하다. 인기척에 흠칫 놀라 돌아보는 솔희. 도하도 덩달아 놀라는데. 잠시 한눈판 사이 창밖의 오른팔이 어디로 갔는지 보이지 않는다. 솔희, 불안한데…. 누군가 저벅저벅 가까이 다가오는 발소리 들리고. 오른팔이구나 싶어 거의 의자 밑으로 기어 들어간다. 옆자리 도하는 그런 솔희가 이상하고.

엄호(E)	니… 여서 뭐 하노?
솔희	살려주세요…. 살려주….
도하(E)	…서울 가요.

'오른팔이 아닌가?' 솔희, 빼꼼 고개 들면 성난 얼굴로 도하를 바라보는 엄호가 서 있다.

엄호	(급히 핸드폰 보여주며) 이 봐라…. 엄지가 새벽에 죽어버리겠다고 이래 보내놓고… 연락이 안 된다. 이 무슨 일이고?
도하	헤어졌습니다….
엄호	(순간 놀라지만 대수롭지 않게) 또 싸웠나? 됐다. 그건 나중에 얘기하고…. 같이 엄지 찾으러 가자. (잡아끄는데)
도하	(손 뿌리치며) 아뇨. 안 가요.
엄호	(욱하는) 니 뭐 믿고 이리 당당하노? 몇 번이나 딴 여자 만나 바람 피운 거 다 용서해줬드만…. 엄지가 만만하드나? 어?

바람 피웠다는 말에 웅성거리는 사람들. 도하를 손가락질하며 욕하는데.

도하	그런 적 없어요.

성난 엄호. 도하의 멱살을 잡아 자리에서 끌어내더니 바닥에 내동댕이친다. 험악한 분위기에 술렁거리는 승객들. 하지만 아무도 그런 도하를 돕지 않는다.

엄호   서울서 또 딴 여자 생깄나?! 그런 기가?

도하   하… 아니라구요.

엄호, 도하의 말을 믿지 않는다. 야속한 눈빛으로 다짜고짜 도하의 얼굴에 주먹을 날린다. 저항 없이 맞는 도하를 걱정스럽게 보던 솔희. 창밖에 서성거리는 오른팔을 발견하고 소스라친다. 안 되겠다 싶어 당돌하게 엄호 밀어낸다.

솔희   아, 그만 좀 하세요!

엄호, 웬 쪼그만 여자애가 막아서자 움찔한다. 도하는 뭐지? 싶어 솔희를 올려다보고.

솔희   아저씨 때문에 버스 못 가고 있잖아요! 내리세요!

엄호   (잠시 당황하다가 다 알겠다는 얼굴로, 도하에게) 니… 서울서 새로 사귄 아를… 여까지 데꼬 왔나?

솔희   (도하가 답하기도 전에) 아, 그래요! 내가 그 새로운 여자고요! 이 남자 이제 내 꺼니까 좀 꺼지시라고요오!! (필사적으로 엄호 밀어내는)

기가 막혀서 솔희가 미는 대로 밀려나는 엄호. 주변 승객들, 이제는 솔희까지 손가락질하며 수군거린다. 다 포기한 듯 솔희 손 탁 치우고 버스에서 내리는 엄호.

솔희   (얼른 자리에 앉으며 도하에게) 빨리 앉아요! 버스 출발하게!

도하   (얼떨결에 앉으면)

솔희   기사님, 출발하세요!

수상해하는 얼굴로 솔희가 탄 버스 문 앞에서 기웃거리던 오른팔. 버스에서 엄호가 내리자 물러서는데.

S#13.   (과거) 고속버스 터미널 / 낮

출발하는 버스. 두리번거리며 다른 곳으로 가는 오른팔. 씩씩거리며 멀어지는 버스 바라보는 엄호.

S#14.   (과거) 고속버스 안 / 낮

도하, 옆자리 솔희를 황당하게 바라보는데.

솔희   (민망함에 오히려 뻔뻔하게) 고맙다는 말은 됐어요. 빨리 서울 가야 돼서 그런 거니까.
도하   (상대할 기분 아니다, 외면하고) ….
솔희   좀 덤비지 그랬어요? 그냥 맞고만 있으니까 꼭 진짜 바람 피운 사람 같잖아요.
도하   (어이없는) 뭐 알고 말하는 거예요?
솔희   (자신만만한) 내가 그렇다면 그런 거예요.

황당한 표정의 도하에게 주머니 뒤적거려 뭔가를 건네는 솔희. 직접 쓴 명함(2화 2신)이다. 명함을 받지 않고 이상하게 바라보는 도하의 표정에서.

S#15.   연서동 골목 / 밤

다시 현재. 1화 59신의 연결.

솔희   (자신만만한) 내가 그렇다면 그런 거예요.
도하   (솔희를 기억하고 알아본) …!!!
초록   (피식) 그게 뭐야…. 뭐 그사이에 타로점이라도 봤어요?
솔희   저기요. 이럴 시간에 진범을 잡자구요.
초록   이 남자가 진범 아닌 이유를 대보시라고요.

기싸움하는 솔희와 초록. 그 틈에 마스크 더 올려 쓰는 도하. 솔희를 의
식하며 마스크 위에 손을 올려 철저하게 얼굴을 방어하는데. 갑자기
킁킁거리며 강아지처럼 도하의 몸 냄새를 맡는 카산드라. 도하, 왜 이
러나 싶어 움찔한다.

카산드라 이 사람 범인 아니에요. 제가 호신용 스프레이 뿌리려다가 실수로 향
        수를 뿌렸는데…. 그 독한 냄새가 하나도 안 나요.
오백   (얼른) 내가 향수하면 또 전문간데…. 무슨 향인데요?
카산드라 인센스 향이요.
오백   훗, 사연 있는 여자들이 좋아하는 향이죠….

오백, 회장에게 도하의 한쪽 팔을 맡기고 눈 감고 음미하며 냄새를 찾
아다닌다. 보로도 턱을 움직이며 킁킁대고, 상인들뿐 아니라 지나가
다 구경하는 동네 사람들까지 제법 모여 있는데. 그들 틈 파고들며 냄
새 맡다 발걸음이 멈춘 곳은… 하얀색 후드를 입은 남자 앞이다.

오백   이상하다…. 여긴데…?
변태남   (뒷걸음질 치며) 뭐, 뭐예요…?
오백   (변태남의 후드를 확 잡으며) 이거 리버서블이네…! 뒤집어 입었네!

당황해하는 변태남의 손에서 툭 떨어지는 검정색 마스크. 후다닥 도망치려는 변태남에게 누가 먼저랄 것도 없이 "으아아!" 하면서 달려든다. 카산드라와 보로, 초록도 합류한다. 솔희와 도하만이 남아 서로를 바라보는데.

솔희	이제 됐네. 가봐요. (돌아서는데)
도하	(겨우 입 여는) 왜….
솔희	(보는)
도하	(의심, 경계) 왜 도와준 거예요? 혹시 나… 알아요?
솔희	도와준 거 아닌데요? 그냥 범인 아니니까 아니라고 한 거죠. 그리고….
도하	(보는)
솔희	뭐가 보여야 알아보든 말든 하죠.

도하, 그제야 자신이 마스크 쓰고 있음을 자각하고 안도하는데. 그 사이 쿨하게 카산드라 쪽으로 향하는 솔희. 그런 솔희의 뒷모습 보다가 황급히 돌아서는 도하.

S#16.   도하의 집 / 밤

집에 들어오자 마스크 벗고 숨 몰아쉬는 도하. 하지만 여전히 진정이 안 된다. 급히 캐리어에서 공황 장애 약을 찾아 한 알 삼킨다. "하…." 그제야 길게 한숨 쉬며 진 빠진 듯 소파에 털썩 앉는데.

도하	(불안한 듯 중얼거리는) 학천에서 만난 사람이야…. 절대 얼굴 들키면 안돼….

도하, 캐리어에 가득한 마스크들을 보면서 마음을 안정시키는데.

S#17. 드림 빌라, 5층 현관 / 밤

지친 얼굴로 집에 돌아온 솔희. 엘리베이터에서 내려 오른쪽으로 보이는 자신의 집으로 들어가려는데…. 뭔가 소리가 나는 것 같아 뒤돌아본다. 고개 갸웃하다가 집으로 들어가는 솔희.

S#18. 솔희의 집 / 밤

휑한 도하의 집과 대조되는 솔희의 집 안 풍경. 아담한 투룸이지만 나름 아기자기하게 꾸며놓은 모습이 따뜻하고 편안하다. 축구 관련 굿즈들이 눈에 띈다. 어항에서 유유자적 헤엄치는 거북이(커먼머스크 터틀)에게 밥을 주며 수다 떨고 있는 솔희.

솔희 사람들이 마스크 벗기려니까 막 안 된다고 난리를 치는 거야. 내가 딱 가서 말했지. 이 사람 아니라고. (갑자기 의심스러운) 근데 얼굴 좀 보인다고 큰일 나나? 흉터 같은 거 있는 거겠지?

S#19. 도하의 집 / 밤

'학천 해수욕장'까지만 검색창에 입력하면 '학천 해수욕장 실종 사건', '학천 해수욕장 실종 사건 진범', '학천 해수욕장 실종 사건 남자 친구' 같은 검색어들이 자동으로 줄줄 뜬다. '학천 해수욕장 실종 사건 진범 근황'을 선택해서 검색해보려다가 관두는 도하. 캐리어에서 노트북, 헤드셋, 충전기 같은 것들을 꺼내고 있는데. 거실 전등이 꺼질 듯 깜빡거린다.

도하   (전등 올려다보며, 중얼중얼) 안 돼⋯. 안 돼⋯!

         퍽! 하고 기어이 나가버린 전등. 스위치 딸깍거려보지만 소용없고.
         스산한 분위기에 핸드폰 플래시를 켜보는데 벽에 귀신의 형체가 보
         인다!

도하   (뒤로 물러서다가 엉덩방아) 으, 으악! (핸드폰 떨어뜨리고)

S#20.   솔희의 집 / 밤

         거북이 루니를 쳐다보고 있다가 "으악!" 하는 소리를 들은 솔희. 벌떡
         일어나 테라스로 나가본다. 밖엔 아무도 없고, 혹시나 싶어 본 옆집도
         불이 꺼져 있다.

솔희   저 집은 원래 비었지⋯? (하면서도 불안해서 테라스 문을 꼭 잠그고)

S#21.   도하의 집 / 밤

         귀신의 형체는 벽에 핀 곰팡이 얼룩이었다. 가슴 쓸어내리는 도하. 무
         서워서 휴지로 대충 지워보려 하지만 끄떡없고. 캐리어에서 수면제
         통 꺼내 열어보는데 텅 비어 있다.

도하   아⋯.

         할 수 없이 챙겨온 아몬드라도 꺼내 먹는 도하. 소파에 누워 천장 바라

보고 있자니 아무래도 잠이 올 것 같지 않다. 괴로운 듯 잠시 뒤척이는데. 그러다 도하의 손에서 툭 떨어지는 아몬드 한 알. 곤히 잠든 도하의 모습에서.

S#22.　　드림 빌라 외관 / 밤 – 아침

밤에서 아침으로 변하는 연서동의 풍경.

S#23.　　도하의 집 / 아침

세상 편하게 잠들어 있는 도하. 따뜻한 아침 햇살에 기분 좋게 눈을 뜬다. 비몽사몽한 상태로 하얀 퍼 슬리퍼를 신고 베란다로 나가는데…. 한강 뷰 대신 너무나 낯선 동네 풍경에 잠이 확 깬다. 눈 동그래져서 얼른 베란다 문 닫고 들어가려다 멈칫하는 도하. 햇살이 쏟아지는 작은 발코니. 강아지 데리고 산책 나온 아줌마, 자전거 타고 지나가는 학생, 어딘가에서 들리는 웃음소리…. 평범한 동네 풍경과 소음에 묘하게 편안해지는 도하. 한동안 그렇게 서서 구경하다가 집안을 둘러보는데. 자연광 환하게 받은 집 안 풍경이 어제와 달리 따스하게 느껴진다.

도하　　(마음에 드는) 어제랑은 또 다르네?

S#24.　　야산 / 낮

산을 오르고 있는 솔희, 죽상이다. 하이힐이 땅에 푹푹 들어가 한 걸음 뗄 때마다 힘겹고. 옆에는 사모(1화 32신)가 솔희의 눈치를 살피고 있다.

솔희   (사모 팔짱을 끼며 볼멘소리로) 어머님~ 오늘 산 올라갈 거라는 말씀은 없으셨잖아요오….

사모   (미안한 듯 난처한 미소) 나도 이럴 줄은 몰랐네…. 미안해요.

사기꾼   (웃으며) 며느리한테 존댓말하는 시어머니라니 참 보기 좋습니다.

솔희   (사기꾼에게) 그냥 여기서 말씀하시면 안 될까요?

사기꾼   아휴~ 백문이 불여일견 아니겠습니까. 토지는 눈으로 확인하고 계약하셔야지, 아니면 사기당하기 딱 좋아요.

솔희, 경계의 눈빛으로 앞서가는 사기꾼을 바라보는데. 풀숲 사이로 바스락 뭔가 다가오는 느낌이 든다. 놀라서 돌아보면 고라니 한 마리가 멀뚱히 서 있고.

솔희   아, 깜짝이야!

사모   어머, 사슴이네. 이뻐라…. 너도 이런 거 먹니?

사모가 가방에서 츄르를 꺼내서 고라니에게 가까이 다가가는데.

솔희   (경계하며) 저거… 사슴 아니라 고라니 아니에요? (번뜩) 여기 혹시… 그린벨트?

사기꾼   (놀라서) 그린벨트라니 무슨 소립니까…?? 저쪽에 공사하는 거 보이시죠? 지금 gtx 개통 준비하는 건데….

고라니   엑!!!

사기꾼 말에 반박하듯 갑자기 우렁차게 우는 고라니. 사모, 깜짝 놀라서 츄르를 바닥에 떨어뜨리고 뒷걸음질 친다.

사기꾼	(돌 던지며) 훠이! 저리 가! (굴하지 않고) 이게 아직 미공개된 정보라서 아는 사람만 아는 거예요. 지금 알 만한 사람들은 다 사놔서 빨리 결정하지 않으시면….
고라니	엑!!!

하나같이 다 거짓말인 사기꾼의 말에 사모에게 속닥속닥 상황을 보고하는 솔희.

사모	(싸늘) 관절 아픈데 이만 내려가죠. 가자, 새아가.

솔희와 사모, 함께 산에서 내려가는데.

사기꾼	저기 숙녀분들~? 어디 가세요!?

사기꾼, 얼른 솔희와 사모를 따라가려는데 그런 사기꾼 앞 가로막은 고라니.

사기꾼	(뒷걸음질) 으으…. (뛰어가는) 으아아!!!

S#25.   **야산 앞 / 낮**

주차해놨던 외제 차 앞에 선 사모. 차에 타기 전, 사모가 솔희에게 두툼한 흰 봉투 건넨다.

사모	구두 더러워진 거 미안해서… 약속한 돈보다 조금 더 넣었어요.
솔희	(쿨하게) 그렇게까지 안 하셔도 되는데…. 감사합니다.

사모 가고 나면 쿨하던 얼굴에 확 번지는 미소. 신나서 봉투 속 액수 확인하는데.

사기꾼 저기요! 잠깐만요!

고라니와 한판 한 듯 흙 묻은 옷, 머리에 나뭇잎 붙이고 급히 솔희에게 뛰어오는 사기꾼. 마침 치훈이 몰고 온 차가 뒤에서 나타나고. 얼른 차에 타는 솔희. 멀어지는 차를 보며 허탈한 사기꾼. 당장 울 것처럼 울상이다.

S#26. **은행 대여 금고 앞 + 안 / 낮**

대여 금고 문 앞에 카드 키를 대고 지문 인식하는 솔희. 철컥 금고 문이 열리고. 안에 들어가 자신의 금고 문을 연다. 사랑스러워 죽겠다는 얼굴로 뭔가를 보는데. 500g짜리 금괴 8개다.

솔희 얘들아~ 드디어 새 친구 한 명 만들어왔다~. 언니 오늘 산까지 탔어. (새로운 금괴 넣고 뿌듯하게 보다가) 휴… 건물주 될 때까지만 한다….

S#27. **드림 빌라 앞 / 낮**

피곤한 얼굴로 집에 돌아온 솔희. 우편함에 있는 편지봉투 발견하고 표정 확 밝아진다. 보낸 사람 이름은 주소 없이 그냥 '아빠'다. 얼른 뜯어보면 들꽃, 작은 새, 노을 지는 하늘을 찍은 사진 몇 장들. 편지는 없다.

솔희 셀카나 좀 찍어 보내지…. (들어가는)

S#28.   필라테스 센터 / 낮

일대일로 필라테스를 배우고 있는 샤온. 캐딜락에서 유연하게 몸을 쫙쫙 찢는다.

강사   좋아요. 오늘도 수고 많았어요.
샤온   감사합니다~.

물 꺼내 마시다가 강사 나가는 것 보고 얼른 핸드폰 확인하는 샤온.
[당분간 조심하자] 라는 도하의 카톡 밑으로 한가득 보낸 샤온의 일
방적인 메시지들.
[오빠한테 피해 가게 해서 미안해… 이거 보면 연락 줘]
[오빠! 기사 봤어? 내 사진 무섭게 나왔지ㅠ]
[오빠 오늘 날씨 좋다>_<]
다이어트 음식 사진과 함께 [오늘 점심! 꼴랑 이게 200칼로리래]
[오빠… 혹시 화났어?]
죄다 읽지 않아 1이 그대로 남아 있다.

샤온   (울상, 심각한) 화 많이 났나…?

그러다 전신 거울에 비친 자신의 모습 보고 사진 찍어 보내는 샤온. 표
정은 우울하지만 포즈는 화려하다.

S#29.   J 엔터, 대표실 / 낮

득찬, 반가운 얼굴로 도하와 통화 중이다.

득찬	어제 거길 갔다고? 야, 진작 말하지. 미리 청소도 하고, 가구도 넣어줬을 텐데. 알았어. 내일 싹 다 보내줄게.

그때 갑자기 문을 확 열고 들어오는 샤온.

샤온	지금 누구랑 통화 중이야?
득찬	(바로 전화 끊고) 깜짝이야…. 야, 아무리 너라도 노크 정도는 하고 들어와라.
샤온	도하 오빠 아니야? (득찬의 핸드폰 향해 소리치는) 오빠!!
득찬	아, 끊었어!
샤온	(울상) 뭐야… 내 전화는 안 받으면서….
득찬	(화제 전환) 야, 지온아… 내가 얼마 전에 젊은 CEO 모임 나갔잖아. 다들 너 좋다고 난리더라. 소개해달라는 거 거절하느라 죽는 줄 알았어.
샤온	(정색) 그래서? 나보고 그런 돈밖에 없는 노잼 남자들 만나라고?
득찬	그냥 너 좋다는 놈 만나라는 거야….
샤온	(당당한) 오빠, 도하 오빠가 나 더 좋아해. 그냥 아직 깨닫지 못한 거야. 잘 알지도 못하면서…. (돌아서는)
득찬	(샤온 뒤에서) 야, 어떤 등신 같은 남자가 자기 마음도 모르냐?

도하에게 전화 걸며 나가는 샤온. 황당한 득찬의 모습에서.

S#30. 편의점 / 낮

마스크 쓰고 편의점에 온 도하. 생수와 제로 콜라, 간편한 레토르트 식품을 바구니에 담는데. 들려오는 음악이 마음에 든다. 음악 서치 어플로 검색을 해보지만 '결과를 찾을 수 없습니다'가 뜨고. 할 수 없이 카운터에 바구니 올려놓는 도하. 무심히 바코드 찍는 영재. 도하, 노트북

플레이 리스트를 훔쳐보려다가 영재와 눈이 마주친다.

영재   23,500원입니다….

도하   (고개 숙이며 카드 내밀고)

S#31.   솔희의 집, 거실 / 밤

TV 앞 소파에서 불 켜놓고 자다가 새벽 3시 삐비빅- 알람 소리에 비몽 사몽 일어나는 솔희. 잠 깨려고 찬물로 세수까지 하고 나와 주섬주섬 루니 이름 박힌 유니폼으로 갈아입는다. TV에서 맨유 선발 명단 소개 가 나오자 번쩍 눈이 떠진다.

솔희   (자세 고쳐 앉으며 중얼중얼) 좋아…. 선발 명단 좋아….

S#32.   도하의 집, 거실 + 테라스 / 밤

불 꺼진 거실 소파에 누워 있는 도하. 아몬드 씹으며 멍하게 천장 바라 보는데.

솔희(E)   (우렁찬) 슈웃!!!

깜짝 놀라서 아몬드 목에 걸려 콜록거린다. 테라스에 나가 두리번거 리면 고요한 동네에 옆집만이 환하게 불 켜져 있다. 축구 중계 소리 작 게 들려오고.

도하   (퍼뜩 생각난) 오늘 경기 있지!? 노스웨스트 더비!

거실로 돌아온 도하, 급하게 핸드폰으로 중계 영상 튼다. 캐리어 뒤적
거려 리버풀 유니폼 찾아낸다. 밀너 이름 박혀 있고.

S#33.   드림 빌라, 5층 복도 / 밤

501호, 502호 현관문에 치킨 봉지를 하나씩 놓는 배달원. 양쪽 문을
톡톡 두드리고는 엘리베이터 타고 내려간다. 양쪽 문이 동시에 벌컥
열리고. 각자의 집에 놓인 치킨 가져가려다가 이마를 부딪친 두 사람!
도하는 그 와중에 마스크 쓰고 있다.

솔희   (놀란) 뭐야? 어?? 그때 그 사람 아니에요?
도하   (역시 놀란, 마스크 쓴 얼굴을 또 가리며) 어, 어제는… 고마웠습니다. (꾸벅
             인사하는)
솔희   (얼떨결에 같이 인사하고) 언제 이사 왔어요? 이사 오는 거 못 봤는데?
도하   어젯밤에요….
솔희   (더 수상한) 밤에… 이사를 와요…?
도하   네. 급하게 몸만 오느라….
솔희   아니, 무슨 이사를….

하는 대답마다 수상한 도하를 이상하게 바라보는 솔희. 도하, 보란 듯
이 도어 록 비밀번호 누른다. 삐삐- 에러 알림음이 요란하게 들려오고.
치킨 들고 들어가려던 솔희, 멈칫한다. 역시 수상하다는 눈빛으로 도
하 지켜보는데.

도하   (솔희가 본다는 것 알고 중얼중얼) 아, 왜 안 돼….

다시 번호 누르는 도하. 띠로링- 경쾌한 소리 내며 문이 열린다. 안도하는 도하.

도하   이삿짐은 내일 들어올 겁니다. (얼른 들어가고)
솔희   아, 네… (들어가는)

S#34.   솔희의 집 / 밤

솔희, 휘몰아친 상황에 정신도 없고 어딘가 찝찝하다. 치킨 봉투 뜯는데.

솔희   마스크는 집에서도 쓰는 거야?? (양념 치킨에 콜라 나오고) 어? 뭐야…??

S#35.   도하의 집 / 밤

혼자 불안하고, 초조하고… 난리 난 도하.

도하   이 정도 우연이 말이 되나…?

그러다 프라이드와 맥주 페트병 발견하고 의아한 도하. 영수증 주소를 확인하는데. 501호로 되어 있다. 난감한데…. 영수증 하단에 '리뷰 이벤트 신청합니다, 치즈 볼 부탁드려요'라고 써 있다. 근데 아무리 봐도 치즈 볼은 없고. 그때 딩동딩동 초인종 소리가 들리고. 마스크 단단히 쓰는 도하.

S#36.   드림 빌라, 5층 복도 / 밤

서로의 치킨 교환하는 솔희와 도하.

솔희   혹시 제 꺼… 안 드셨죠?
도하   네. 손도 안 댔습니다.
솔희   (진실에 만족) 네. 그럼.
도하   (망설이다가) 저기… 잠깐요.

도하, 자신의 봉투에서 뒤적거려 치즈 볼 들어 있는 상자 건넨다.

도하   이거… 드세요. 치즈 볼 안 온 것 같아서. (마스크 더 올려 쓰고)
솔희   (순간 흥분) 안 왔어요? 아~ 이 사람들…. (다시 진정하고) 괜찮아요. 그쪽
        드세요. 그쪽 건데.
도하   드세요. 그때 도와주셨는데….

치즈 볼 내밀고 있는 도하. 솔희, 어쩔 수 없다는 듯 치즈 볼 받는다.

솔희   고마워요. 잘 먹을게요.

후다닥 집으로 들어가는 도하의 뒷모습을 보는 솔희. 그제야 도하의
상의가 리버풀 유니폼임을 알아차린다.

솔희   (싸늘) 뭐야… 리버풀 팬이셨어?

S#37.   솔희의 집 / 밤

치킨 먹으며 멍한 솔희. 생각할수록 이상하다.

솔희　　마스크 왜 쓰고 다니는지 물어볼걸!

아쉬워하며 도하가 준 치즈 볼 꺼내 먹으려다 멈칫.

솔희　　나 맨유 팬이라고 독 탄 거 아니겠지? (킁킁 냄새 맡고 먹는)

S#38.　도하의 집 / 밤

아직 긴장 풀리지 않은 도하. 소심하게 치킨 포장 벗기는데.

솔희(E)　크로스 올려!!!
도하　　(솔희 목소리에 안심하는) 그래… 얼굴만 안 들키면 돼… (하다가 맨유가
　　　　골 넣자 발끈하며) 아오! 저거!
솔희(E)　(신나서) 워후!

도하, 테라스 너머로 들려오는 솔희 함성에 바짝 약 오르는데.

S#39.　솔희의 집 + 도하의 집 (교차, 스케치) / 밤

각자 축구 보며 슈팅 하나하나에 일희일비하는 솔희와 도하. 솔희가
기뻐하면 도하는 좌절하고, 도하가 기뻐하면 솔희는 좌절한다. 서로
들으라는 듯이 소리치는 두 사람. 점점 줄어드는 두 사람의 치킨. 뼈만
한가득 쌓여가는데. 후반 추가 시간에 골 넣고 세리머니하는 래시포

드를 보며 망연자실한 도하. 뜯고 있던 닭다리를 툭 떨어뜨린다. 반면 신나서 "와악!" 소리 질렀다가 입 틀어막고 집 안을 뛰어다니는 솔희. 테라스 너머로 들려오는 솔희의 함성에 기분 팍 상하는 도하. 테라스 문 탁 닫아버린다.

S#40. 도하의 집 / 낮

도하 없는 도하의 집. 청소하고 도배하러 온 사람들이 한가득이다. 누군가는 가구를 들고 들어오고.

S#41. 드림 빌라, 1층 현관 + 앞 / 낮

빡세게 꾸미고 집에서 나온 솔희. 부산스러운 현관 풍경에 당황한다. 인부들이 사다리차로 도하의 집에 짐 올리고 있다. 작곡가용 전자 피아노 보이고.

솔희 피아노? 뭐야, 안 어울리게….

S#42. 드림 빌라 주차장 + 도하의 차 안 / 낮

도하의 차 안
빌라의 흔한 필로티 주차장. 운전석에 앉아 스피커폰으로 득찬과 통화 중인 도하.

도하	뭘 이렇게 많이 보냈어. 내가 여기서 얼마나 산다고.
득찬(E)	그래도. 있는 동안이라도 제대로 갖추고 살아야지. 혹시 아냐. 너 거기 서 사람답게 살지?
도하	이상하게… 잠은 잘 와. 아몬드 덕인가…?

그때 빌라에서 나오는 솔희 보인다. 지금껏 봤던 모습과 달리 헤어, 메이크업, 패션 모두 잔뜩 힘준 모습이다. 커리어 우먼 느낌 물씬 풍기는데. 그 모습 멍하게 바라보는 도하.

득찬(E)	잠이 잘 온다고? 야~ 그 동네 너랑 잘 맞나 보다?
도하	어, 어….

그런 솔희 앞으로 차 한 대가 멈춰 선다. 운전석에서 치훈이 내리는데.

도하	뭐야? 저 남자….
득찬(E)	뭐? 누구??

뒷좌석 문 열어주던 치훈. 갑자기 시선 마주친 것처럼 도하를 빤히 보더니 위압적으로 다가온다.

도하	내가 보일 리가 없는데…? (하면서도 급히 마스크 쓰는)
득찬(E)	야… 너 지금 누구랑 얘기하냐?

드림 빌라, 주차장
팔짱 끼고 차 바로 앞에 선 치훈의 시선으로는 선팅 때문에 도하가 보이지 않는데.

솔희	(치훈에게 다가가며) 뭐 해?
치훈	(미간 찌푸리며) 이 차 뭐예요? 왜 이런 차가 여기 있어요?

솔희	(별 관심 없이 흘끗 보는) 이런 차가 뭔데?
치훈	이게 뭐냐면···. (설명하려다 관두는) 엄청 비싼 차예요. (솔희의 차 슬쩍 만

지면서) 이거의 다섯 배는 될걸요?

솔희	(그제야 눈 휘둥그레지는) 다섯 배? (차 두리번거리며) 진짜야?
치훈	김도하도 이 차 타고 다닌댔어요.

영 마음에 안 드는 듯 차를 노려보더니 슬쩍 차에 몸을 기대고 셀카를 찍으려는 치훈. 도하, 그 모습에 어이없는데. 차 위로 핸드폰을 떨어뜨린 치훈. 삐용삐용 요란한 경보음이 울린다. 당황한 솔희. 놀라서 펄쩍 뛴다.

솔희	야! 미쳤어? 다섯 배 비싸다며!
치훈	그냥 빨리 타세요! (후다닥 차에 타는)
솔희	이거 어떻게 해야 소리 꺼지는 거야. 응? (하다가 핸드폰 떨어뜨린 곳에 자

국 난 것 발견하고) 헉! 어떡해···!

솔희 혼자 어쩔 줄 모르는데 마스크 올려 쓰며 조용히 차에서 내리는 도하. 사람이 내리자 "헉!" 하며 당황하는 솔희. 도하라는 것에 더욱 당황하는데.

솔희	아, 안에 있었어요···?
도하	(경보음 끄고) 네.
솔희	죄송해요. 그게···.
도하	(얼른) 괜찮습니다.
솔희	사실··· 안 괜찮은 게··· 지금 여기 자국이 났거든요.
도하	(슬쩍 보고) 네. 괜찮아요.
솔희	(진심인 것이 이상한)
치훈	(상황 보고 후다닥 뛰어나온) 죄송합니다! 제가 그랬어요···.
도하	정말 괜찮으니까··· 가보세요.

도하, 또 꾸벅 인사하고는 다시 차 안으로 들어간다. 덩달아 인사하는
솔희와 치훈.

S#43.　솔희의 차 안 / 낮

차에 탄 솔희. 계속 마음에 걸려 찜찜한 표정이다.

치훈　(신나서) 진짜 다행이다! 그죠?
솔희　너… 거짓말 중에 제일 흔한 게 뭔지 알아? '괜찮다'는 말이야. (중얼중
　　　얼) 진심으로 괜찮다는 게… 너무 이상해….
치훈　돈이 많은가 보죠. 저 정도는 신경도 안 쓸 정도로.
솔희　그렇게 돈 많은 사람이 내 옆집으로 이사 오냐?
치훈　헌터님도 돈 많은데 재개발 때문에 여기 사는 거잖아요.

말문 막힌 솔희의 모습에서.

S#44.　편집 숍 / 낮

득찬, 아내와 화상 통화하며 옷을 고르고 있다.

득찬　이거 별로야? 이건?

행거에 걸린 옷 사이로 불쑥 튀어나오는 무진.

득찬　으악!

무진	조 대표… 사람 바보 만들어놓고…. 재밌어??
득찬	네? 그게 무슨…. 내가 이따 전화할게! (얼른 전화 끊는)

무진, 핸드폰 들이밀며 기사 헤드라인 보여준다.
[공식, 샤온 열애설 적극 부인, '한밤중 밀회 → 지인들과 함께했던 자리']

무진	김도하랑 메일로만 연락한다더니… 집까지 찾아가는 사이야…?
득찬	이사님, 그런 게 아니라요…. 저는 그냥 방패막이 돼준 거예요.
무진	그럼 샤온이랑 단둘이 있었던 거… 팩트야?
득찬	네. 근데 진짜 둘이 사귀는 건 아니구요….
무진	(스마트워치로 녹음한) 오케이! 레코딩 완료!
득찬	(당황) 이, 이사님… 뭐 하시는 거예요?
무진	역시 작곡가는 녹음이 몸에 배 있어야 돼. 언제 어디서 대박이 터질지 모르니까.
득찬	이사님… 아니, 형님! 같은 식구끼리 왜 이러세요….
무진	그니까… 식구끼리 얼굴은 알아야지. 만나게만 해줘. 그럼 이거 지울게.
득찬	하… 뭐 때문에 이렇게 만나려는 건데요….
무진	같은 아티스트끼리 교류하고 싶은 것뿐이야. 이번 주 중으로 확답 받아와. 아니면 이거… 기자들한테 넘길 테니까.

득찬, 눈치 보다가 잽싸게 무진의 스마트워치 빼앗으려는데.

무진	(더 잽싸게 피하며) 와… 조 대표 그렇게 안 봤는데…. 괘씸죄 추가! 이번 주 아니고 오늘까지 확답 받아와!
득찬	(괴로운) 아오, 씨….

S#45.   도하의 집 / 낮

양손 가득 대용량 아몬드 통 들고 온 득찬.

도하   (부담스러운) 어후… 너무 많은 거 아냐?

득찬   이거 먹고 잠 온다며. (도하 얼굴 빤히 보는) 너 근데… 뭐 좋은 일 있냐? 얼굴이 밝다?

도하   내가? 아니. (커피 내리러 가는)

득찬   (중얼중얼) 좋은 일이 있어야 되는데…. 그래야 나쁜 일도 받아들이고….

도하   (득찬 말 못 듣고) 집 어떤지 보러 온 거야?

득찬   어… 뭐 그것도 그렇고….

도하   형은 아이스로 마시지?

도하, 유리잔에 얼음을 가득 채우는데. 갑자기 그런 도하의 손을 덥석 잡는 득찬.

도하   (당황) 왜 이래…?

득찬   도하야! 우리 이사님… 아니, 박무진 작곡가… 한 번만 만나주라!

도하   (눈 동그랗게 뜨고) 내가 그 사람을… 왜 만나?

득찬   바보같이… 그날 샤온이 너희 집에 혼자 있었던 거 내가 얘기해버려서… 협박당하고 있어. 너 못 만나면… 기자들한테 다 불겠대!

도하   (골치 아픈) 하….

득찬   (눈치 보며) 사실… 너 만나고 싶다고 조른 지 오래되긴 했거든….

도하   업계 사람이고… 같은 회사 사람이잖아. 어떻게 만나. 그 사람이 나 알아보면 끝장인데….

득찬   그치? 아무래도 그렇지? 그래…. 그냥 대타 한 명 세워야겠다.

속이 타는 득찬, 유리잔의 얼음 입에 넣고 와그작와그작 씹어 먹는다.

난감한 도하의 표정에서.

S#46.   드림 빌라, 주차장 / 저녁

득찬이 타고 온 평범한 국산 차를 보고 있는 도하. 마스크를 쓰고 있다.

득찬   정말 이 차로 바꾼다는 거지?
도하   (마음 무거운) 응. 저거 너무 튀는 것 같아서.
득찬   그래. 나 가볼게. (도하 차 타고 가려는데)
도하   아무래도 아닌 것 같아!
득찬   (멈칫) …?
도하   분명히 음악 얘기할 텐데…. 대타는 금방 눈치챌 거야.
득찬   …!
도하   딱 한 번만 만나면 되지?
득찬   (감격) 도하야!
도하   샤온 스캔들엔 내 책임도 있고…. 그것 말곤 방법 없는 거잖아.
득찬   얌마! 이 자식아!

저쪽에서 걸어오던 솔희. 득찬이 도하에게 헤드록 거는 것을 발견한
다. 그러더니 도하의 차를 타고 가버리는 득찬. 멀어지는 차 바라보며
덩그러니 서 있는 도하.

솔희   뭐야…? 차 뺏긴 거야. 지금??

S#47.   드림 빌라, 엘리베이터 / 저녁

어색한 공기의 흐름. 솔희와 도하가 최대한 멀리 떨어져 엘리베이터에 함께 타고 있다. 도하는 솔희 앞이라 더욱 긴장해서 마스크 한껏 올려 쓰는데.

솔희   (도하 슬쩍 보고) 근데… 그 마스크는 왜 맨날 하시는 거예요? 요즘 미세먼지가 그렇게 나쁜가?

도하   (찔려서 멈칫) 아….

솔희   쫓겨 다니는 거죠?

도하   (놀란) 네…?

S#48.   드림 빌라, 5층 복도 / 저녁

엘리베이터 도착하고. 먼저 내리는 솔희. 찜찜한 기분으로 집에 들어가려는데.

도하   (얼른, 심각하게) 내가 뭐에 쫓기는데요? 뭐 아는 거 있어요?

솔희   (미끼를 물었구나 싶은, 의기양양) 네. 눈치 못 채는 게 바보 아닌가?

도하   …!!!

솔희   이 동네… 특히 이 빌라에는요. 정말 조용한 사람들만 살고 있거든요. 보니까 빚 문제로 쫓겨오신 것 같은데… 계시는 동안 시끄러운 일 없으면 좋겠네요.

도하   네…? 그게 무슨 말씀인지…?

솔희   방금 차 넘기시는 거….

도하   아… 잠깐. 잠깐요. 그러니까 내가 빚쟁이한테… 차를 넘겼다는 거죠?

솔희   네. 다 봤어요.

도하   그건 그냥… 차가 너무 튀는 것 같아서 바꾼 겁니다.

솔희   너무 튀어서 차를 바꿔요? 무슨 그런 말도 안 되는…. (하다가 진실인 거

깨닫고 어리둥절)

도하   (다시 경계) 그게 다라는 거죠?

솔희   네….

안도하며 예의 바르게 꾸벅 인사하고 집으로 들어가는 도하. 황당하고 답답한 솔희.

솔희   뭐야아??

S#49.   도하의 집 / 밤

집에 들어온 도하. 시원하게 마스크를 벗는데 표정 밝다.

도하   못 알아보는 거… 확실한 것 같네.

그때 누군가에게서 걸려온 전화. 순간 표정 싹 굳는 도하. 받지 않고 핸드폰만 가만히 보다가 결심한 듯 전화 받는다.

도하   네, 어머니….

S#50.   연미의 사무실 앞, 도하의 차 안 / 밤

차 안에서 '국회 의원 정연미 지역 사무실' 간판을 올려다보는 도하. 마스크로 얼굴을 가린 모습이다. 곧 사무실에서 직원들과 함께 나오는 연미. 다들 보내고 혼자가 되자 도하에게 전화를 걸며 두리번거리는

데. 그런 연미를 향해 가볍게 클랙슨을 울리는 도하.

CUT TO

조수석에 앉아 가져온 김치 통을 발밑에 두는 연미.

연미   너 주려고 굴 넣고 시원하게 담갔어. 입맛 없을 때 먹으면 입맛 확 돌
      거야.

도하   네. 잘 먹을게요.

연미   그래… 엄마가 부탁한 건?

도하, 안주머니에서 봉투 하나를 꺼내 건넨다.

연미   (봉투 속 콘서트 티켓 확인하고) 고맙다. 의장님 아들이 샤온을 그렇게 좋
      아한대. 덕분에 엄마가 점수 좀 따겠다. (핸드백에 티켓 집어넣고)

도하   (그 모습 보며) 다행이네요.

연미   근데 너 정말… 샤온인지 뭔지… 걔랑 사귀는 건 아니지?

도하   아니에요.

연미   그래. 엄마는 이제 니가 결혼할 여자 만났으면 싶다. 겪어봐서 알겠지
      만… 여자 신중하게 골라야 돼.

도하   ….

연미   (도하 보며) 마스크 쓴 사진 찍혔던데…. 이 정도로 되겠니? 모자를 더
      쓰든지 해. 다음에는… 어디 조용한 룸에서 같이 밥이라도 먹자.

도하   됐어요. 저랑 이렇게 둘이 있는 거… 불편하시잖아요.

연미   (뻔뻔하게) 불편하다니? 엄마가 아들이랑 있는 게 뭐가 불편해?

도하   (연미를 똑바로 바라보며) 저 무서워하시잖아요.

도하의 돌직구에 눈빛 흔들리는 연미. 그 눈빛을 캐치하는 도하.

도하   제가… 어머니도 죽일 것 같아서 그래요?

연미   (당황, 분노) 넌 무슨 그런 농담을…! 말 조심해!

연미, 서둘러 차에서 내려 문 쾅 닫는다. 백미러로 멀어지는 연미의 뒷모습을 바라보는 도하. 자신의 말이 이내 후회된다. 바닥에 놓인 김치통을 보는데… '혼자 사는 어르신을 위한 김치 담그기' 스티커가 붙어있다. 씁쓸하다.

S#51.   연서동 골목 / 낮

무진의 고급 세단이 타로 카페 앞에 선다. 모자에 선글라스, 마스크로 얼굴을 가린 무진이 차에서 내린다. 연예인 병 걸린 사람처럼 주변을 엄청 의식하지만 아무도 보는 사람 없고.

S#52.   밀실 / 낮

솔희 앞에서 모자와 마스크, 선글라스를 하나씩 벗는 무진. 자기를 알아봐달라는 듯 솔희를 빤히 바라보는데.

솔희   (덤덤하게) 네. 어떤 거짓말을 알고 싶으시죠?

무진   ('날 모르나??') 제가 누군지는 아시죠?

솔희   아… 연예인이시죠? (명함 보고) 근데 1년 전 명함인데 이제야 오셨네요?

무진   자리를 마련하기가 워낙 힘들어서. 상대가… 김도하거든요.

솔희   (누구? 싶다가 생각난) 아… 네네. (별 관심 없) 질문 리스트는요?

무진   어차피 오늘 밤이라… 질문은 제가 즉흥적으로 할 겁니다. 대신… 조용히, 몰래 들어주셔야 돼요. 그놈… 웃기지도 않은 신비주의라.

솔희 　(보는)

무진 　판은 제가 다 짜놓을 테니까. 컨디션만 잘 유지하고 와주세요. (비열한 미소)

S#53. 　J 엔터, 대표실 / 낮

도하와 통화 중인 득찬.

득찬 　응. 저녁 7시 청담 일식. 둘만 있을 수 있는 룸으로 예약해뒀대.

S#54. 　도하의 집, 작업실 / 낮

작업실에 앉아서 통화하고 있었던 도하.

도하 　응. 알았어.

전화 끊고 일어나면 긴장한 표정이 역력하다.

S#55. 　도하의 집, 욕실 / 낮

욕실에 들어가 샤워하는 도하. 등에 커다란 흉터 자국이 선명하다.

S#56.   학천 버스 차고지 / 낮

정차된 버스들 사이를 뛰어다니며 벌어지는 추격전. 그런데 이상하다. 앞서 도망치는 사람은 교통경찰복 차림의 남자(엄호/35세)고, 뒤에서 쫓는 사람은 평상복 차림의 남자(강민/31세)다. 마치 경찰이 누군가에게 쫓기는 듯한데. 한참 달리던 엄호, 지쳤는지 뒤돌아서 순순히 체포에 응한다.

강민   (수갑을 채우며) 최엄호! 경찰 사칭, 공문서 위조 혐의로 체포한다. (미란다 원칙 말하려) 당신은 묵비권을….

엄호   (악에 받쳐 씩씩거리며) 묵비권을 행사할 수 있고, 변호인을 선임할 권리가 있고! 알아! 다 안다고!

강민, 황당한데. 차 타고 쫓아온 곽 형사가 두 사람 발견하고 차에서 내린다. 곽 형사는 지긋지긋하면서도 짠한 눈빛으로 엄호를 보고, 엄호는 경멸의 눈빛으로 곽 형사를 바라본다.

S#57.   학천 경찰서, 형사과 / 낮

가짜 경찰 공무원증, 가짜 명함, 가짜 공문, 업체에서 빌린 경찰복까지. 증거물 모아놓고 조서 쓰고 있는 강민.

강민   5년 전에 끝난 사건 때문에 경찰인 척하고 여기저기에 자료를 요청했다, 그겁니까?

엄호   (눈 부라리며) 끝나긴 뭐가 끝났노? 범인도 못 잡고, 실종된 내 동생은 찾지도 못했는데.

강민   수사가 종결됐으니 끝났다는 표현을 쓴 겁니다. 동생분을 못 찾은 건 저희도 죄송스럽게 생각하고요. 추가 증거가 발견되면 언제든 재수사를….

엄호 추가 증거가 뭔데? 내 동생 시신? 그거 기다리나?

강민, 엄호의 말에 말문이 막힌다. 난감한데.

곽 형사 (엄호 앞에 자판기 커피 놓으며) 그놈 등짝에 칼 한번 꽂았으면 됐다 아이가. 니도 인자 사람답게 살아야지. 5년 내내 없어진 동생 꽁무니만 쫓아다녀서야 되겠나?

엄호, 수갑 찬 손으로 힘들게 커피를 마시나 싶더니 곽 형사에게 확 뿌린다. 너무 갑작스러워 피하지 못한 곽 형사. 옷이 커피로 얼룩진다.

강민 (엄호 제압하며) 무슨 짓이야?! 괜찮으세요, 과장님?
엄호 (악쓰는) 그 새끼 와 풀어줬노? 그 새끼가 범인인 거 니도 알잖아!
곽 형사 (말없이 휴지로 옷 닦고)
엄호 와? 그 새끼 놔주고 한몫 단단~히 챙길라 했드나. 근데 지금 이 꼴이 뭐꼬? 아직도 이 시골구석에 만년 과장 아이가?
곽 형사 (턱으로 유치장 가리키며) …말 안 통하는 놈이다. 처넣어라.

CUT TO
유치장에 갇혀 있는 엄호. 눈 감고 벽에 쿵쿵 머리 박고 있다. 강민은 유치장 옆 캐비닛에서 파일을 찾고 있는데.

엄호 (조금 진정된) 형사님, 내는요, 와 거짓말 탐지기가 증거가 안 되는지 모르겠심더. 그기 정확도가 90프로 이상이라 카든데.
강민 (차근차근 설명해주는) 심리 상태나 컨디션에 따른 변수를 따지면 정확도는 좀 더 떨어집니다.
엄호 그 새끼가… 거짓말 탐지기를 거부했다는 게… 내한테는 100퍼센트 확신을 줬습니다.

강민 (공감의 눈빛) 네. 이해합니다. ('학천 해수욕장 실종 사건' 파일을 찾아내
     는데)

엄호 (피식) 이해는 개코나…. (눈빛 변하며) 범인 못 잡을 끼면… 내 동생이라
     도 찾아내라. 시신이라도 찾아내라꼬!

갑자기 벽에 이마를 세게 부딪치며 자해하는 엄호. 놀라서 유치장에
들어가 "이러지 마세요!" 하며 엄호를 말리는 강민. 다른 경찰들도 유
치장에 들어가 강민을 돕는다. 강민의 책상 위 파일을 쓱 훑어보는 곽
형사. 도하의 사진과 함께 '용의자 1번' 설명이 적혀 있다. 다시 캐비닛
에 파일을 집어넣는데.

S#58.   타로 카페 / 낮

카산드라와 단둘이 마주 보고 앉은 솔희. 속닥이며 은밀한 대화를 나
눈다.

카산드라 오늘 저녁은… 박무진 씨의 의뢰로 작곡가 김도하 씨를 만나실 겁니다.
솔희   응. 계약금 입금됐지?

그때 타로 카페 앞에 멈춰 선 솔희의 차. 운전석에서 내린 치훈이 두 사
람을 향해 활짝 웃으며 손 흔든다.

솔희   (손 흔들며 웃는) 이거 재한테는 비밀이다. 내가 그 작곡가 만나는 거 알
         면 무슨 짓을 할지 몰라.
카산드라 (역시 손 흔들며 웃는) 그럼요.

S#59.   일식집 룸, 4인실 + 2인실 / 밤

창호지를 바른 미닫이문을 여는 무진. 상다리 부러지도록 음식 세팅이 되어 있는 4인실 좌식 룸이 펼쳐진다. 룸과 연결된 또 다른 미닫이문을 열자 불 꺼진 다른 2인실 룸이 펼쳐진다.

무진   여기서 들어주시면 됩니다.
솔희   네. (진동 벨 건네는) 진실은 길게 한 번, 거짓은 짧게 두 번이에요.
무진   (받으며 감격하는) 드디어… 이 나쁜 놈 잡을 수 있겠네요. 추한 놈… 도둑놈 새끼….

'뭘 잘못했길래…' 솔희가 조금 궁금한 얼굴로 무진 바라보는데.

무진   (인기척이 들리자) 헉! 왔나 봐요. 숨어요!

무진에게 등 떠밀려 황급히 불 꺼진 룸에 들어가는 솔희. 미닫이문 탁 닫는 무진.

S#60.   일식집 룸, 2인실(솔희의 룸) / 밤

어두운 방 안에 혼자 앉아 있는 솔희.

솔희   (중얼중얼) 뭘 그렇게 잘못했길래….

드르륵 옆 룸 문 열리는 소리 들리고. 얼른 입 꽉 다무는 솔희. 룸으로 들어오는 도하의 실루엣을 바라본다. 큰 키에 날렵해 보이는 체구. 궁금한 듯 실루엣 속 얼굴을 바라보는데. 안경을 쓴 것 같은 모습이다.

S#61.   일식집 룸, 4인실(도하의 룸) / 밤

비즈니스 캐주얼 차림에 선글라스 쓰고 등장한 도하. 자신이 생각한 외모가 아니라 당황스럽고 자존심 상하는 무진.

도하   (꾸벅 인사) 안녕하세요, 박무진 이사님. 김도하입니다.

무진   (거드름) 같은 작곡가들끼리… 편하게 선배님이라고 불러. (마음에 안 드는) 근데… 선글라스를 쓰고 왔네?

도하   죄송합니다. 예의가 아니지만… 이건 좀 쓰고 있겠습니다.

무진   (벌써 의심스러운) 진짜 김도하가… 맞긴 한 거지?

도하   네.

길게 한 번 진동하는 진동 벨. 무진, 그제야 안심하고 사케 메뉴판을 펼친다.

무진   (하나 가리키며) 요게 깔끔하고 뒤끝 없더라. 어때?

도하   네. 그거로 하시죠.

무진   (벨 누르고)

직원(E)   네~. (드르륵 문 열고 들어오는)

무진   (메뉴판 가리키며) 이거로 하나 주시구요.

도하   (얼른) 저는 제로 콜라로 하나 주세요.

무진   (뭐지 싶은 얼굴로 도하 보는)

직원   죄송하지만 제로 콜라는 없는데요.

도하   (어쩔 수 없이) 아, 그러면… 그냥 콜라 주세요.

직원   네. 알겠습니다. (나가는)

도하 황당하게 바라보는 무진. 놀리는 건가… 싶고.

CUT TO

무진은 술, 도하는 콜라를 마시고 있다. 영 마음에 안 드는 무진.

무진   내가 조득찬 대표… 약점 잡고 있는 거 알지? 여기는 나 기분 좋으라고 만든 자리 아니었나…?

무진, 그렇게 말하며 도하의 빈 콜라 잔에 사케를 가득 따른다. 압박을 느끼는 도하. 하는 수 없이 무진 따라서 술을 마시는데.

무진   (이제야 좀 만족스러운) 술도 안 마시면… 도하 후배는 스트레스 뭐로 푸나?
도하   축구 좋아합니다.

S#62.   일식집 룸, 2인실(솔희의 룸) / 밤

축구 좋아한다는 말에 동질감 느끼는 솔희. 씩 웃으며 진실의 신호 보내는데.

도하(E)   리버풀 팬입니다. 밀너 제일 좋아하고요.

솔희, 바로 마음에 안 든다는 듯 표정 싹 바뀌면서 도하의 실루엣 노려보는데.

S#63.   일식집 룸, 4인실(도하의 룸) / 밤

무진, 선글라스 쓴 도하의 모습이 아무래도 거슬린다.

무진	근데… 얼굴은 왜 그렇게 가리는 거야? 그거 쓰고 안 불편해?
도하	저는 이게 편합니다. 옷 입는 것처럼 익숙해요.
무진	(이해 안 가는) 대체 왜 선글라스가 옷 같을까? 눈알 보인다고 야한 거 아닌데…. 진짜 국정원이어서 그래?
도하	이상한 소문 많은 거 아는데…. 저는 음악만 합니다.

무진, 계속 길게 한 번씩만 진동하는 진동 벨을 보며 슬슬 짜증 난다.

S#64.   일식집 통로 / 밤

도하의 룸에 조심스럽게 술을 넣어주고 가는 종업원.

S#65.   일식집 룸, 4인실(도하의 룸) / 밤

새 술을 따르는 무진. 음식이 절반 정도 줄어 있다. 무진, 조금 취한 모습인데.

| 무진 | 샤온이랑은…? 사귀는 거 맞지? |
| 도하 | 아뇨. 보도된 대로 그냥 좋은 동료 관겝니다. |

바로 길게 한 번 진동하는 진동 벨. 짜증 나는 무진.

무진	(자기도 모르게 중얼중얼) 뭐야, 이거 고장 난 거 아냐??
도하	네…?
무진	좋아. 도하 후배가 제일 피하고 싶었을 질문 하나 해볼게…. 이번 샤온

신곡 말이야…. 내 꺼 참고했지? 아틀란티스 1집 7번 트랙!

도하   (잠시 생각) 그 곡이 뭔지 모르겠는데요.

바로 길게 한 번 진동하는 진동 벨. 하지만 이젠 진동 벨도 믿기 싫은
무진.

무진   모르긴 뭘 몰라? (노래 흥얼거리고) 이거! 알잖아!
도하   모르겠는데요. 나중에 들어볼게요.

다시 길게 한 번 진동하는 진동 벨. 열 받아 이 악무는 무진.

무진   너 어시 몇 명이야! 밑에 애들 몇 명 데리고 있냐고!
도하   (침착한) 저는 혼자 일하는데요.
무진   (폭주) 야금야금 베껴 쓴 거 있지? 레퍼런스 다 불러봐!
도하   표절을 당연한 것처럼 말씀하시네요. 선배님… 표절하세요?
무진   (순간 당황) 내가 그럴 리가 있어?? 너한테 묻는 거잖아! 너한테!
도하   (단호한) 그런 거 안 합니다.

징-징-징- 진실의 신호, 연달아 여러 번 들리고…. 빡치는 무진.

S#66.   일식집 룸, 2인실(솔희의 룸) / 밤

솔희, 진실의 신호 여러 개 보내놓고 피식 웃는다. 마음에 드는 듯 도하
의 실루엣을 바라보는데.

S#67. 일식집 룸, 4인실(도하의 룸) / 밤

씩씩거리는 무진 보며 차분하게 자리 정리하려는 도하.

도하 취하신 것 같은데 그만 일어나시죠.

무진 안 돼!

도하 (멈칫)

무진 나… 이 자리 만드느라 돈 많이 들었어. 나도 뭔가 얻어가는 게 있어야
      될 거 아니야?!

도하 아… 여긴 제가 계산하겠습니다.

무진 (답답) 그 얘기가 아니라…. (눈빛 변하는) 그래. 너 좋아하는 콜라 한잔
      만 하고 가. 응?

테이블 밑에서 몰래 콜라 캔 마구 흔들어 따는 무진. 콜라가 팍! 터지
자 "어어~." 당황하는 척하면서 도하의 선글라스 근처로 가져다 댄다.
선글라스는 물론 도하의 흰 셔츠에도 잔뜩 튄 콜라.

무진 아휴! 어떡해. 선글라스 이리 줘. 내가 닦아줄게. 응?

무진, 도하가 당황한 틈에 몰래 사진 찍으려고 핸드폰 슬쩍 들이대는데.

S#68. 일식집 룸, 2인실(솔희의 룸) / 밤

실루엣으로 그 모습 보고 있는 솔희. 자기도 모르게 핸드폰 꺼내 찰칵
소리 낸다.

S#69.   일식집 룸, 4인실(도하의 룸) / 밤

찰칵! 사진 찍는 소리 들려온다. 놀란 도하. 무진을 바라보고.

무진   (핸드폰 얼른 숨기며) 아냐. 아냐…! 이상하네. 버튼까진 안 눌렀는데….
도하   (싸늘) 이만 가보겠습니다.

도하, 꾸벅 인사하고 나가려는데 약 올라 미칠 것 같은 무진. 선글라스
벗길 생각으로 기습적으로 달려드는데 잽싸게 몸 피하는 도하. 무진,
졸지에 밥상에 추하게 엎어진다. 볼에 미역 줄기가 붙고. 그런 무진 한
심하게 보다가 나가는 도하. 혼자 부들거리는 무진. 분해서 "아악!" 소
리친다.

S#70.   일식집 앞 주차장 / 밤

휑한 주차장으로 나온 도하. 자신의 차로 향하는데 뒤늦게 취기가 올
라온다.

도하   (정신없는) 대리 기사님? 여기… 청담 일식이고요. 목적지는… 한남 팰
리스인데요.

솔희의 차 옆에서 스트레칭하면서 샤온의 노래 흥얼거리는 치훈. 통
화 내용 듣고 도하를 흘끗 본다.

치훈   한남 팰리스면… 김도하 사는 곳인데…. 김도하 차는 아니고….

호기심에 도하를 자세히 보려고 하는데. 차 안으로 들어가버린 도하.

S#71.   일식집 룸, 2인실(솔희의 룸) / 밤

무진, 솔희가 있는 룸으로 들어와 냅다 진동 벨 집어 던진다. 솔희, 침착하게 그런 무진 바라보는데.

무진   이건… 말도 안 돼! 진실의 신은 무슨 진실의 신!? 그딴 게 어딨어? 엉터리 잡귀신 아냐? (솔희 노려보며) 당신 사기꾼이지?? 어?!

솔희   (싸늘) 그만하시죠. 표절 작곡가라고 소문내기 전에.

무진   (눈 동그래져서 아무 말 못하고) …!!!

솔희   오늘 내용은 정리해서 메일로 보내드릴게요. 잔금 입금은 내일까집니다.

바닥에 떨어진 진동 벨 줍고 일식집에서 나가는 솔희. 비참한 무진.

S#72.   일식집 앞 주차장, 솔희의 차 안 / 밤

대기하고 있는 자신의 차에 타려던 솔희. 구석 자리에 주차된 도하의 차를 발견하지만 별생각 없다.

솔희   (차에 타는, 뒤늦게 가슴 쓸어내리는) 아… 나 아까 왜 그랬지? 하마터면 큰일 날 뻔했네.

치훈   (운전석에 앉는)

솔희   (자기도 모르게 반갑게) 야, 샤온이랑 김도하, 진짜 안 사긴다더라.

치훈   (신나서) 정말요?? (하고 굳는) 그걸 어떻게…!

솔희   (당황) 아, 그게….

치훈   설마… 김도하를 만났어요??

플래시백 2화 70신 일식집 앞 주차장 / 밤

호기심에 도하를 자세히 보려고 하는데. 차 안으로 들어가버린 도하.

퍼뜩 떠오른 기억! 구석에 주차된 도하의 차를 보는데. 때마침 대리 기사 도착해서 막 주차장을 빠져나가는 차. 치훈, 감 잡은 얼굴로 망설임 없이 차를 쫓는다.

S#73.   일식집 앞 도로, 솔희의 차 안 / 밤

도하의 차를 바짝 쫓는 솔희의 차. 추격에 완전히 몰입한 치훈. 어처구니가 없는 솔희.

솔희   너 지금 이게 뭐 하는 거야??
치훈   너무해요! 어떻게 김도하 만나러 가면서… 저한테 한마디도 안 할 수가 있어요?
솔희   비밀 유지 계약서 쓰는 거 알잖아. 그리고 이것 봐! 니가 이 난리를 치는데 내가 김도하 만난다고 말할 수 있겠어??
치훈   얼굴은요? 얼굴 봤어요?
솔희   지인짜 못 봤어. 아, 눈코입 달렸겠지 뭐~.

치훈, 핸들 틀어 차선을 바꾼다. 도하의 차에 점점 가까이 다가가는데.

솔희   그만해라….
치훈   (이미 정신 나간) 얼굴만 살짝 볼게요!
솔희   (카리스마) 이게… 어디서 거짓말이야?

할 수 없이 도하의 차 추격을 포기한 치훈. 멀어지는 도하의 차 허무하

게 바라보다가 유턴 신호 대기한다.

솔희   너… 솔직한 거 마음에 들어서 옆에 둔 거야. 이런 식이면 같이 일 못해?
치훈   (쭈굴) 갑자기 눈 돌아가서…. 죄송합니다….
솔희   (치훈 어깨 툭 치며) 비켜. 내가 운전해.

S#74.   드림 빌라, 주차장 / 밤

직접 차 몰고 온 솔희. 주차하고 내리다가 뭔가를 발견하고 멈칫한다. 바닥에 철퍼덕 앉아 차 앞바퀴에 기대어 잠든 도하. 마스크 쓴 모습이다.

솔희   옆집 아니에요? 왜 여기서 이러고 있어요? (가까이 다가가다가) 어후! 술 냄새. 마스크를 써도 나네….
도하   (잠꼬대처럼 눈 감고 중얼거리는) 기사님… 한남 팰리스 아니고요…. 연서동 135번지…. 맞죠? (돈 건네는)
솔희   (징글징글한) 이봐요! 여기가 연서동 135번지 맞거든요?

도하의 손에서 툭 떨어지는 지폐.

솔희   어후… 확 가져가버릴까 보다….

말은 그렇게 하면서도 돈 주워서 도하의 안주머니에 쑤셔 넣어주는데. 그러다 도하의 안주머니에서 툭 떨어지는 선글라스. 솔희, 생각 없이 선글라스를 보다가 뒤늦게 도하의 흰 셔츠에 묻은 콜라 얼룩을 발견한다. 솔희의 머릿속을 휙휙 스쳐 가는 지난 기억들.

플래시백 2화 67신 일식집 룸, 4인실(도하의 룸) / 밤
선글라스 쓴 도하에게 콜라 캔을 터트리는 무진.

플래시백 2화 62신 일식집 룸, 2인실(솔희의 룸) / 밤
도하(E) 리버풀 팬입니다. 밀너 제일 좋아하고요.

그렇게 머릿속에서 짜 맞춰지는 퍼즐 조각.

솔희   설마… 김도하??

플래시백 2화 47신 드림 빌라, 엘리베이터 / 저녁
솔희 앞이라 더욱 긴장해서 마스크 한껏 올려 쓰는 도하.

고개 푹 숙이고 잠들어버린 도하의 마스크에 눈길이 가는 솔희. 조심스럽게 손 뻗다가 이내 관둔다.

솔희   (절레절레) 이러지 말자. 치졸하게….

하지만 도무지 참을 수 없는 궁금증. 다시 마스크를 향해 손을 뻗는다. 조금씩조금씩… 마스크를 턱 밑으로 내리는 데 성공한다. 그러자 드러난 잘생긴 얼굴. 솔희, 한참을 멍하게 바라보다가 겨우 정신 차린다. 조심조심 다시 마스크를 올리는데. 그런 솔희의 손목을 확 잡는 도하. 어느 틈에 눈 번쩍 뜨고 솔희 바라보고 있다. 놀란 솔희의 모습에서. 엔딩.

3화

솔직한 사람 같았어.

의뢰 내내 거짓말을

한 번도 안 했거든.

S#1.　　　드림 빌라, 주차장 / 밤

2화 74신의 연결. 솔희의 손목 잡은 도하의 눈빛이 매섭다. 이러지도
저러지도 못하고 당황한 솔희.

솔희　　　(어색한 미소로 아무 말) 아, 안녕하세요….
도하　　　(솔희 노려보며) …뭡니까?
솔희　　　그게….

술기운이 싹 사라진 듯 정신이 번쩍 든 도하. 마스크 얼른 올리고 벌떡
일어나더니 집이 아닌 큰길 쪽으로 저벅저벅 걸어간다.

솔희　　　(당황) 어, 어디 가요? 이제 막 들어온 거 아니에요?

멀어지는 뒷모습을 걱정스럽게 보는데 술기운에 바닥에 철퍼덕 넘어
지는 도하. 솔희, 놀라서 다가가 부축해주려는데.

도하　　　(정색, 차갑게 뿌리치는) 손대지 마요.
솔희　　　(놀라서 움찔) …!

도하, 집으로 들어가려다가 돌아서서 골목길을 빠져나간다. 미안하고 찝찝한 솔희의 모습에서.

S#2. 호텔 전경 / 밤

S#3. 호텔 룸 / 밤

불안하게 호텔 룸 안을 서성거리며 중얼중얼 혼잣말하는 도하.

도하   마스크 왜 벗긴 거야? 눈치챈 거야? 아, 씨….

그때 똑똑 방문을 두드리는 소리가 들리고. 흠칫 놀라서 돌아보면.

득찬(E)   (다급한) 나야!

득찬의 목소리에도 외시경까지 확인하고 나서야 조심히 문을 열어주는 도하.

득찬   (들어오자마자 급히) 무슨 일인데. 어? 박무진이 너 뭐 어떻게 했어? 응?
도하   (덩달아 호들갑) 내 얼굴을 봤어!
득찬   (눈 크게 뜨고) 박무진이??
도하   아니! 옆집 여자가!!!

S#4. 솔희의 집, 거실 / 밤

무거운 마음으로 루니에게 밥 주는 솔희.

솔희   아… 내가 잘못했지. 아는데…. 이 정도로 유난 떨 일이야? 그렇게 도망
       칠 정도로?

       플래시백 2화 15신 연서동 골목 / 밤
       도하   (의심, 경계) 왜 도와준 거예요? 혹시 나… 알아요?

       플래시백 2화 48신 드림 빌라, 5층 복도 / 저녁
       도하   (얼른, 심각하게) 내가 뭐에 쫓기는데요? 뭐 아는 거 있어요?

솔희   김도하인 거 들켰을까 봐 그러는 것 같은데….

       핸드폰 들고 '김도하 작곡가'를 검색해보는데. 화려한 프로필 밑으로
       으리으리한 펜트하우스 외관 사진과 그 주변에 가득 몰려 있는 기자
       들 사진이 보인다.

솔희   (좀 안쓰러운) 여기로 도망쳐왔구나….

       그러다 오 기자가 찍은 마스크 쓴 도하의 사진 보이고.

솔희   이게 다야?? 이걸로 어떻게 알아본다고…. (기막힌) 허.

S#5. 호텔 룸 / 밤

득찬, 핸드폰으로 솔희가 보는 것과 같은 사진을 도하에게 들이밀고 있다.

득찬　　이것 봐라. 어? 지금 너라고 공개된 사진이 겨우 이거 하나야…. 그 여자가 널 알아보겠냐고….

도하　　그게 아니라… 5년 전에… 본 적 있어. 학천에서.

득찬　　(놀란) 학천? 왜? 그 여자 학천 사람이야?

도하　　말투가 학천 사람은 아닌 것 같았는데…. 서울 가는 버스에서 도움 받은 적 있어.

득찬　　5년 전에 잠깐 본 여자를 기억한다고? 너 확실해?

도하　　확실해.

득찬　　(잠시 생각) 너 변태로 몰릴 때 도와준 것도 그 옆집 여자라고 하지 않았냐?

도하　　응.

득찬　　(안도의 미소 번지는) 야… 좋은 사람이네~.

도하　　…?

득찬　　그냥 어려운 사람 못 지나치는 그런 성격 아냐? 이번에도 너가 주차장에서 잠들어 있으니까 걱정돼서 깨워주려 했던 거고.

도하　　형은 그렇게 대충 넘어가져? 어쨌든 내 얼굴을 봤잖아.

득찬　　그래서 뭐? 그 옛날 일을 기억할 리도 없고…. 기억하면 뭐 어때? 니가 작곡가 김도하라는 것만 모르면 되는 거 아냐?

도하　　(답답한, 한숨) ….

득찬　　(진지한) 평균 수명대로 산다 치면 너 아직 50년은 더 살아야 돼. 계속 그렇게 얼굴 가리고 사람 다 쳐내면서 살 거야? 아우, 너랑 이런 얘기로 싸우는 것도 지겹다. 니 마음대로 해! (나가는)

S#6.　　솔희의 집, 욕실 / 밤

양치질을 하면서도 한 손으로는 계속 핸드폰 들고 도하 관련 기사를
보고 있는 솔희. [J 엔터테인먼트 조득찬 대표. 김도하 작곡가와 함께
일한다는 것은 행운] 이라는 인터뷰 속 득찬의 사진을 발견한다.

솔희   어?

플래시백 2화 46신 드림 빌라, 주차장 / 저녁
도하의 고급 차를 타고 가버리는 득찬.

그때를 떠올리고 모든 의문이 풀린 듯 고개를 끄덕이는 솔희.

솔희   아~ 그 사람이 대표~.

그러다 ['신흥 저작권료 부자' 작곡가 김도하… '수입, 무엇을 상상하
든 상상 그 이상!'] 기사 발견하고.

플래시백 2화 48신 드림 빌라, 5층 복도 / 저녁
솔희   보니까 빚 문제로 쫓겨오신 것 같은데…. 계시는 동안 시끄러
        운 일 없으면 좋겠네요.
도하   네…? 그게 무슨 말씀인지…?

그때를 떠올리고 완전히 빗나간 예측에 창피해진 솔희.

솔희   아이씨… 이런 사람한테 내가 뭐라고 한 거야….

S#7.   호텔 룸 / 밤

혼자 남은 도하. 어쩐지 쓸쓸해진 얼굴로 창밖을 보는데.

솔희(E) 나 이런 사람이거든요.

S#8. (과거) 고속버스 안 / 낮

2화 14신의 연결. 솔희가 주는 명함을 받지 않고 외면하는 도하.

솔희 (머쓱해져서) 싫으면 마시구….

그렇게 냉랭한 두 사람의 분위기.

CUT TO

한참을 달린 고속버스. 버스 안 사람들은 대부분 잠들어 있다. 공허한 눈으로 창밖만 바라보던 도하의 어깨에 뭔가가 툭 떨어진다. 놀라서 보면 도하의 어깨에 기대어 잠들어 있는 솔희. 도하, 성가신 듯 어깨를 움츠리다가 잠든 솔희의 얼굴을 보는데…. 예쁘다. 세상 모르게 잠든 모습이 어쩐지 안쓰럽기도 하고. 결국 그대로 두는데. 도하 역시 졸음이 밀려온다. 스르륵 잠이 들고…. 솔희의 머리 위에 기댄다. 얼핏 서로에게 기대 잠든 연인처럼 보이는 두 사람의 얼굴로 햇살이 따뜻하게 비추는데.

CUT TO

승객들 내리는 소리에 잠에서 깬 도하. 일어나보면 솔희는 이미 사라지고 없다. 도하의 얼굴에 왠지 모를 아쉬움이 스친다.

S#9.   호텔 룸 / 밤

다시 현재. 창밖을 보며 그때를 떠올리는 도하. 미니바에서 견과류 안
주를 찾아낸다. 아몬드 먹으며 잠이 오길 기대하는데.

S#10.   드림 빌라, 5층 현관 / 오전

출근 룩으로 차려입고 집에서 나온 솔희. 502호 앞에는 배달된 제로
콜라 박스가 놓여 있다. 어젯밤 일이 생각나 영 찝찝한 얼굴인데.

S#11.   호텔 룸 / 오전

잠을 제대로 못 자 퀭해진 도하. 견과류 캔은 이미 텅 비어 있다.

도하   아몬드 때문이 아닌가…?

피곤한 듯 마른세수하는 모습에서.

S#12.   타로 카페 / 오전

카산드라와 오픈 준비 돕고 있던 치훈. 솔희가 들어오자 바로 의기소
침해진다.

치훈	(쭈뼛쭈뼛) 죄송해요. 어제 제가 흥분해서…. (허공에 대고) 신령님… 죄송합니다!
솔희	(쿨하게) 됐어. 어제 얘기 끝났잖아.
치훈	(눈치 보다가 슬쩍) 근데요… 어떤 사람… 같았어요? 김도하….
솔희	(째려보는) 넌 아직 안 끝났구나…?
치훈	자세히 알려달라는 거 아니구요~. 그냥… 성격만….
솔희	솔직한 사람 같았어. 의뢰 내내 거짓말을 한 번도 안 했거든.
카산드라	(놀라서 자기도 모르게 불쑥 끼어드는) 한 번도요??
솔희	응.
치훈	(해맑게) 다행이다! 우리 샤온 속이고 그럴 것 같진 않네요?
카산드라	그걸 어떻게 알아? 그냥 질문 운이 좋았던 걸 수도 있지.
솔희	(치훈에게) 근데 김도하 그 사람… 마스크 쓴 사진 말고는 얼굴 공개된 적… 한 번도 없는 거지?
치훈	있었으면 이렇게 궁금해하지도 않죠.
솔희	(혼잣말로 중얼중얼) 아니, 근데 왜 그래…?

S#13. 호텔 룸 앞 / 낮

마스크 쓴 채 방에서 빼꼼 문 열고 나와 주변 두리번거리는 도하. 아무도 없는 것 확인하고 나서야 방 앞의 룸서비스 카트를 끌고 들어간다.

S#14. 호텔 룸 / 낮

조식 세트 시켜놓고 입맛 없어 깨작거리는 도하. 결국 포크를 놓고 새로 주문한 아몬드를 따서 열심히 먹어본다.

S#15.　　　백반집 / 낮

혼자 밥 먹고 있는 솔희. 보로, 오백이 식당에 들어온다. 솔희가 있는 것을 보지 못한 채 근처 테이블에 앉는데.

오백　　　예쁜 여자한테 예쁘다고 하면서 번호 따려고 하면 그게 먹히겠어? 요즘은 그런 거 다 성희롱이야.

보로　　　(놀라서 안절부절못하는) 진짜?? 어떡하냐…. 다신 안 그래야지….

오백　　　(맨입에 안 된다는 듯) 어우, 근데 오징어볶음도 맛있겠다~.

보로　　　것도 같이 시켜. 그럼 뭐… 어떻게 하면 되는데…?

오백　　　멘트를 세련되게 쳐야지. 예를 들면….

보로　　　(기대하는)

오백　　　안녕하세요? 나 캐스팅하는 사람인데…. 그쪽 내 여자 친구로 캐스팅하고 싶거든요? 번호 알려줄래요?

보로　　　(감탄) 와… 죽인다….

오백　　　(기세등등) 진짜 이 방법으로 번호 못 딴 여자 없어.

듣고 있다가 피식 웃음이 나는 솔희. 그제야 옆 테이블에 솔희 있음을 발견한 오백.

오백　　　어? 왜 밥을 혼자 먹어요? 오빠한테 같이 먹자 하지~.

솔희　　　(떨떠름) 원래 혼자 먹어요. (밥을 국에 말아 빨리 먹기 시작하는)

오백　　　(지켜보는 보로의 눈빛에 부담 느끼고) 혹시 이 동네에서 제일 비싼 식당이 어딘지 알아요?

솔희　　　(건성) 모르겠는데요.

오백　　　(능글능글) 한번 알아봐요. 나랑 같이 가야 되니까.

보로　　　('멘트 미쳤다…!' 혼자 감탄하는데)

솔희　　　(싸늘) 내가 왜요? 됐어요.

보로　　　(솔희의 반응에 실망하고)

오백	(잠시 당황하다가) 남자 친구 있으신가 보네. 철벽인 거 보니까. 남친한
	테는 비밀로 해요. 저 그렇게 촌스러운 놈 아닙니다?
솔희	(덤덤하게) 남자 친구… 있었는데 도망갔어요.
오백, 보로	…!!
솔희	먼저 갈게요. (다 먹고 나가는)
보로	(안타까운) 어쩌냐… 아픔이 있었네….
오백	그래서 남자 쉽게 못 만나는 거야. 저런 여잔… 난이도가 좀 높지.

S#16. 도로, 강민의 차 안 / 낮

'여기는 행복이 넘치는 도시, 연서구입니다' 하는 내비게이션 목소리 들려오고. 우회전하면서 바깥 풍경을 살피는 강민. 곽 형사에게 전화 걸려온다.

강민	네, 과장님.
곽 형사(E)	서울 도착했나?
강민	네. 지금 막요.
곽 형사(E)	어이고, 목소리 아주 신났네? 연서동 연서동 노래 부르더만…. 그리 좋나?
강민	(넉살) 제가 언제요~. 과장님이랑 있을 때가 더 좋죠~.
곽 형사(E)	개코나. 가서 잘해라. 내가 거기 팀장한테 잘 말해놨다.
강민	감사합니다, 과장님.

밝은 강민의 모습에서.

S#17. 연서 경찰서, 형사과 / 낮

분주한 형사과 풍경.

강민(E)　　(씩씩한) 안녕하십니까!

경찰서 안 사람들의 이목이 집중되고. 멀끔하고 반듯한 강민이 서 있다.

강민　　학천서에서 온 이강민 경장입니다. 잘 부탁드립니다. (꾸벅 인사하고)
팀장　　어? 발령 내일 아닌가?
강민　　네. 근데 먼저 인사부터 드리고 싶어서요. 좀 드시고 하십쇼.

강민, 도넛과 편의점 봉투에 담긴 음료수 꺼낸다. 우르르 몰려오는 형사들. "이 친구 사회생활 잘하네~." "센스 있네~." 하는 칭찬이 여기저기서 들려온다.

팀장　　(도넛 먹으며) 방금 어디 서에서 왔다고 했지?
강민　　학천 경찰서요.

다들 "학천?" "거기가 어디야…" 하며 웅성거리는데.

황 순경　　아! 거기 그 유명한 사건 있잖아요. 바닷가에서 여자 실종된 거. 남자친구가 범인이었나 그랬는데…. 그때 계셨어요?
강민　　아뇨. 저는 계속 서울에 있다가 학천에는 짧게 있었어요. (황 순경에게 악수 청하는) 잘 부탁해요.

서글서글하게 웃는 강민의 모습에서.

S#18.　　드림 빌라, 5층 현관 / 밤

집에 돌아온 솔희. 여전히 사라지지 않은 502호 앞의 콜라 박스 본다.

솔희   신경 쓰이네. 진짜…. (들어가는)

S#19.   **호텔 룸 / 밤 – 새벽**

침대에 누워 있는 도하. 핸드폰으로 '학천 해수욕장'까지 검색어 쓰면 검색어 자동 완성으로 '학천 해수욕장 실종 사건 진범 신상' '학천 해수욕장 실종 사건 남자 친구' '알고 싶은 이야기 876화 학천 해수욕장 실종 사건' 같은 것들이 뜬다. 떨리는 손으로 '학천 해수욕장 실종 사건 진범 신상'을 선택하려다가 관두는 도하. 밤새 뒤척이며 뜬눈으로 밤을 지새우는데.

S#20.   **약국 / 낮**

마스크에 선글라스까지 쓰고 약국에 들어온 도하.

도하   수면 유도제 하나 주세요.

S#21.   **호텔 로비 / 낮**

호텔에 들어가려던 도하. 무슨 일인지 로비가 소란스럽고 번잡하다. 저 멀리 오 기자가 걸어오는 것을 보고 놀라서 얼른 뒤돌아 걷는데. 맞은편으로 우르르 몰려오는 기자들. 목에 걸린 press 명찰과 손에 들린 대포 카메라들에 아찔한데. 그제야 발견한 '영화 스포트라이트 제작 발표회' 현수막! 얼른 엘리베이터로 향하는데 문 열리더니 와르르 쏟아지듯 내리는 기자들. 도하, 다시 휘청거리며 발걸음 돌린다.

S#22. 호텔 앞 / 낮

그렇게 쫓기듯 호텔 정문까지 밀려 나온 도하. 두리번거리는 도하의 뒤로 검정색 밴 한 대가 멈춰 서고…. 차에서 내리는 유명 배우. 기자들 몰려오고. 거의 혼절할 것 같은 도하. 마침 밴 뒤로 손님 내려준 빈 택시 한 대가 보이고. 도망칠 곳은 저기뿐이다! 두 손으로 마스크 사수하며 뛰어가 택시에 타는 도하.

S#23. 드림 빌라 앞 / 낮

빌라에서 나온 솔희. 마침 택시 한 대가 빌라 앞에 서고…. 내리는 도하를 발견한다.

솔희　(반가운) 어…? 맞죠??
도하　(솔희 보고 놀라서 다시 떠나는 택시 잡는) 저, 저기요. 저 다시 탈게요! 택시!

하지만 떠나버린 택시…. 도하, 뻘쭘한데. 솔희는 반가워하며 도하에게 다가간다. 그만큼 뒷걸음질 치는 도하.

도하	(경계하는, 아스팔트 주차 선 가리키며) 그 선 넘지 말고 얘기해요. 또 무슨 짓할지 모르니까.
솔희	(선 앞에 멈춰 서서) 알았어요…. 그럼 여기서 말할게요. 미안했어요. 그날.
도하	….
솔희	너무 가리고 다니니까 궁금해서 나도 모르게…. 이렇게 도망가서 집에 안 돌아올 줄 알았으면 진짜 안 그랬어요.
도하	(경계심 가득) 내가 안 들어온 건 또 어떻게 알았어요?
솔희	그쪽 문 앞에 배달된 콜라 박스가 계속 그대로 있길래요.
도하	(솔희 가만히 보다가) 그래서… 내 얼굴 보고 뭐 어땠어요?
솔희	네…?
도하	(진지한) 내 얼굴 보고 아무 생각도 안 났어요? 익숙한 느낌이라든가….
솔희	(무슨 답을 원하는지 모르겠고)
도하	(긴장한다, 침 꿀꺽 삼키고)
솔희	(고민 끝에 입 여는) 뭐 그냥… 잘생겼다…?
도하	(예상치 못한 답에 당황) 네…?
솔희	잘생기셨어요. 내 스타일은 아니지만.
도하	(얼굴 빨개지는) 그런 얘기가 아니라….
남자(E)	저기요!

웬 남자 목소리에 쳐다보면 딱 봐도 어딘가 불량해 보이는 남자(20대 중반)가 솔희에게 급히 다가온다.

남자	(껄렁한) 미치겠네! 폰 잃어버려서 전화 좀 해보려고 하는데 폰 좀 빌려 줘봐요. 어제 산 새 폰인데…. 진짜 급해요! (당장 달라는 듯 손 내밀고)

도하, 남자가 의심스럽고 위협적으로 느껴진다. 자기도 모르게 솔희를 보호하듯 다가간다.

솔희	(순순히 폰 꺼내 주는) 여기요.

아무런 의심 없이 바로 폰 빌려주는 솔희를 보며 황당한 도하. 남자는 폰 받자마자 자기 폰으로 전화 걸고.

도하   (작은 목소리로 솔희에게) 요즘 저런 거로 사기 치는 사람이 얼마나 많은데…. 겁도 없이 막 빌려주면 어떡해요?

솔희   (확신) 저 사람은 진짜예요.

도하   (남자 주시하며, 작게) 폰 들고 튀면 잡으러 갈 준비나 해요.

솔희, 도하가 선 넘어 바로 옆에 서 있는 모습 보고 작게 웃는데.

남자   (통화 중인) 아~ 거깄었구나! 지금 가겠습니다! (솔희에게 폰 돌려주며 한결 진정된) 여기요. 고맙습니다! 저 근데… 카드가 폰에 들어 있어서요. 차비 좀 빌려주시면….

도하   ('그럼 그렇지. 역시 사기꾼이구나.' 하는 표정) 저, 이보세요….

솔희   (얼른) 주면, 갚을 거예요?

도하   …?!

남자   당연하죠! 제 번호 남아 있으니까 계좌 찍어 보내주시면 바로 쏴드릴게요.

솔희   (지갑 꺼내서 보고) 아… 현금이 없네. (도하에게) 현금 좀 있어요?

도하   (황당) 네?

솔희   좀 꺼내봐요. 이따 갚을게요.

도하, 내키지 않지만 어쩔 수 없이 지갑에서 만 원짜리 한 장을 꺼낸다. 솔희, 아무런 의심 없이 돈 건네고. 남자는 돈 받자마자 고맙단 말도 없이 후다닥 뛰어간다.

도하   원래 그렇게 사람을 잘 믿어요?

솔희   난 사람 안 믿어요. 믿어야 되는 말만 믿는 거지. 어쨌든… 고마워요. 나 도와주려고 한 것 같은데.

도하, 그제야 선 넘고 솔희 옆에 가까이 다가왔음을 자각하고 다시 뒷걸음질 친다. 피식 웃고는 다시 가던 길 가는 솔희. 도하, 그런 솔희의 뒷모습 보다 들어간다.

S#24.   드림 빌라, 5층 현관 / 낮

엘리베이터 타고 집 앞에 도착한 도하. 집 앞에 놓인 콜라 박스 발견한다. 솔희의 말이 떠올라 피식 웃는데.

S#25.   도하의 집 / 낮

현관문 앞에 있던 콜라 박스 들고 집에 들어온 도하. 갑갑한 듯 마스크 벗는다. 콜라 박스 포장 풀어 냉장고 안에 각 잡아 넣어두고, 햇빛 잘 들어오는 테라스 문을 열고, 옷을 갈아입고, 시원하게 샤워를 한다. 보송보송해진 얼굴로 머리를 말리다가 중얼거린다.

도하   사람 안 믿긴…. 아무나 다 믿는 것 같은데….

침대에 쓰러지듯 눕는 도하. 포근하고 편안하다.

도하   그냥… 착한 사람인 건가….

스르륵 눈이 감긴다. 세상모르게 잠든 도하의 편안한 모습에서.

음악 프로그램 무대 / 저녁

노래 이어지며. 1위를 차지하고 앙코르곡을 부르는 샤온. 라이브라고
믿어지지 않을 만큼 춤과 노래를 완벽하게 소화하고 있다. 갑자기 꽈
당 넘어진 샤온. 카메라 감독도 깜짝 놀라서 카메라 앵글이 흔들리고.
골절이라도 된 듯 고통스러워하며 일어나지 못하다가 왈칵 눈물을
쏟는다.

S#27. 대학 병원 VIP실 / 낮

침대에 죽은 듯 누워 있는 샤온. 얼굴에는 식은땀이 송글송글 맺혀 있
고, 끙끙 얕은 신음까지 내고 있다. 똑똑 노크 소리 들리고 누군가 병
실 안으로 들어오는데. 몰래 실눈 뜨고 보는 샤온. 남자의 실루엣이 얼
핏 도하 같다. 먹이 낚아채는 독사처럼 잽싸게 덥석 손목을 잡는데. 상
대는 득찬이다.

샤온   (실망해서 얼른 손 놓고) 치, 도하 오빠인 줄 알았더니….
득찬   (잡혔던 손목을 매만지며) 아귀 힘을 보니… 멀쩡하구나?
샤온   (서랍에서 미스트를 꺼내 식은땀처럼 뿌리고 다시 공주님처럼 눕는) 나가줘.
         도하 오빠 기다리는 중이야.
득찬   (한심하다는 눈빛) 너… 진짜 도하 땜에 이런 거구나?
샤온   그럼 어떡해? 연락도 안 되구, 얼굴도 못 보구…. 나 너무 힘들단 말야.
득찬   도하는 더 힘들어…. 그 집돌이가 지금 집에도 못 들어가고 그러고 있
         는데. 상식적으로 여길 오겠냐?
샤온   (살짝 졸았다) 최소한 전화라도 오겠지…? (믿는다는 눈빛) 올 거야….

말은 그렇게 해놓고 불안한지 링거 꽂힌 팔목 사진 찍어 보내려는데

'도하 오빠'에게서 전화가 온다. 놀라서 입 틀어막고 호들갑 떠는 샤온. 보란 듯이 전화 받는다. 득찬은 피식 웃을 뿐이고.

샤온   (아픈 척하며) 오빠… 왜 그동안 연락 안 했어….

S#28.   도하의 집 / 낮

작업실에서 일하다가 샤온에게 연락하는 도하.

도하   기사 봤어. 얼마나 다친 거야?

샤온(E)   아프지 뭐…. 근데 오빠 얼굴 보면 괜찮아질 것두 같애.

도하   말하는 거 보니까 괜찮은 것 같네.

샤온(E)   (갑자기 더 아픈 척) 아니? 나 안 괜찮은데?

도하   지금 작업 중인 거 메일로 보낼 테니까 나중에 퇴원하면 확인해봐. 몸 조리 잘 하고.

샤온(E)   (당황) 오, 오빠? 끊으려구?

도하   아, 맞다. 기왕 병원 간 김에… 너 그 척추 측만증도 같이 검사 좀 받아 봐. 끊는다?

S#29.   대학 병원 VIP실 / 낮

끊긴 핸드폰 툭 놓고 허망해하는 샤온. 핸드폰 액정에 [통화 시간 35초] 깜빡이는데.

득찬   어이구, 무대에서 넘어지는 쇼까지 해서 얻은 결과가… 35초?

샤온	(째려보면)
득찬	진짜 도하가 너 좋아한다고 생각하는 거 아니지? 걔한테 너는 그냥 동생이고 동료야. 니 열애설 기사 해명한 거 그대로라고. 확인하고 싶으면… 니가 그냥 고백하든가.
샤온	내가 뭐 자존심 땜에 이러는 줄 알아? 그랬다가 혹시라도 차이면? 사이 어색해질 거 아냐!
득찬	되게 자신 있는 척하더니…. 차일 생각도 하긴 했네?

이불 뒤집어쓰고 뿌잉- 울음을 터트리는 샤온을 난감하게 바라보는 득찬.

샤온	(갑자기 이불 내리고) 배고파. 뭐 먹을 거 안 사 왔어?
득찬	너 지금 활동 중이야. 거기 아보카도 샐러드나 먹어.

다시 이불 뒤집어쓰고 이번엔 더 크게 으앙- 우는 샤온.

S#30.   대학 병원 앞 / 밤

병원 앞에 모여 있는 샤온의 팬들. 트럭으로 전광판 시위하며 "J 엔터테인먼트는 소속 아티스트를 보호하라!" "가혹 스케줄 조속히 전면 취소하라!" 같은 구호를 외치고 있다. 몇몇은 병실 창문으로 비치는 샤온의 실루엣에 일일이 격하게 반응하며 사진을 찍는다. 시간이 지날수록 하나둘씩 사라져가는 팬들. 치훈은 마지막까지 남아 구석에 쪼그려 앉아 있는데. 꾸벅 졸다가 벌떡 일어난다.

팬1	(툭 치며) 치훈님, 이 시간이 고비예요. 정신 차리셔야 돼요.
치훈	네. 근데 너무 졸려서…. 커피라도 좀….

팬2	아… 꼭 이렇게 잠깐 자리 비울 때 등장하던데. 좀 더 버티시지….
치훈	너무 졸려서…. 빨리 올게요.

치훈, 편의점으로 후다닥 뛰어간다.

S#31.   대학 병원 편의점 / 밤

캔 커피를 계산하는 치훈. 검은 롱 패딩에 후드까지 뒤집어쓴 누군가
가 컵라면 후루룩 맛있게 먹는 모습이 보인다. 마침 배에서 꼬르륵 소
리까지 나고. '이러면 안 되는데…' 갈등한다.

CUT TO
컵라면이 익기를 기다리는 치훈. 초조한 마음에 익지도 않은 버석버
석한 라면을 씹다가 흘끗 옆 사람을 보는데. 요란한 네일 아트가 되어
있는 손에 시선이 멈춘다.

치훈	(중얼중얼) 벚꽃 아트에… 조개 파츠 네일…?!

설마 아니겠지 하면서도 쿵쾅거리는 심장. 천천히 옆자리 여자를 보
면. 라면 국물 시원하게 마시는… 샤온이다! 롱 패딩에 두꺼운 뿔테 안
경까지 쓰고 나름 위장을 했지만 단번에 알아보는 치훈.

치훈	히익…! (젓가락 떨어뜨리고)

정체를 들켰음을 감지한 샤온. 치훈과 눈이 딱 마주친다. 치훈, 이 순
간이 꿈만 같아 온몸이 굳어버리는데. 샤온은 침착한 표정으로 "쉿!"
한다. 얼른 양손으로 입을 틀어막고 세차게 고개를 끄덕거리는 치훈.

고맙다는 듯 씩 웃어주고는 패딩 주머니에 있던 반숙란 하나를 건네는 샤온. 치훈, 눈 커져서 검지로 자신을 가리키며 '저요?' 입 모양으로 말하고. 고개 끄덕여주는 샤온. 쓰레기 정리하고 홀연히 편의점에서 사라진다. 얼이 빠져서 멍한 치훈. 반숙란을 꼭 쥔 손이 덜덜 떨린다.

S#32. 무료 급식소 + 분식집 (교차) / 낮

무료 급식소 앞
'이웃 사랑 따뜻한 무료 급식' 현수막이 걸려 있는 무료 급식소 앞. 긴 줄 맨 끝에 서서 '무료 급식' 현수막이 보이도록 셀카를 찍으려는 향숙. 필터 잔뜩 들어간 모습이 너무 화려하다. 얼른 필터 쫙 빼고 티슈 꺼내 빨간 립스틱도 좀 닦아내는 향숙.

분식집
동네 흔한 분식집에서 참치김밥 먹고 있는 솔희. 메시지 진동에 핸드폰 확인하고는 눈을 의심한다. 무료 급식소에서 찍은 향숙의 셀카와 메시지.
[딸, 잘 지내니? 난 요즘 이렇게 지낸다]
또 구나… 싶은 솔희. 한숨이 나온다.

무료 급식소 앞
무료 급식소 앞 벤치에 앉아 핸드폰 뚫어지게 보고 있는 향숙.

향숙　(핸드폰 보며) 전화 올 때가 됐는데….

향숙의 말이 끝나자마자 솔희에게 전화 오고.

향숙   (얼른 불쌍한 목소리 장착) 어… 솔희야….

         분식집
솔희   (기막힌) 거기서 뭐 하는 거야? 내가 속을 것 같애?

         무료 급식소 앞
         솔희의 흥분한 목소리도 이미 예상한 듯 침착한 향숙. 핸드폰 귀에서
         살짝 떨어뜨렸다가 대답한다.

향숙   (괜히 기침 몇 번 하고) 니가 카드 정지시킨 바람에 당장 김밥 한 줄 사 먹
         을 돈도 없는데 이게 왜 거짓말 같애….

         분식집
솔희   (짜증) 됐어! 엄마 목소리 진짜인 거 확인하기 전까지는 밥을 얻어먹
         든, 구걸을 하든 신경 안 써!

         단호하게 전화 끊지만 이미 충분히 신경 쓰고 있는 솔희. 괴롭다.

S#33.   무료 급식소 앞 / 낮

         계획대로 되지 않아 짜증 난 향숙.

향숙   아~ 전화로 대충 어떻게 해보려고 했더니…. 안 먹히네….

S#34.   분식집 / 낮

입맛이 없어 김밥 한두 개 남긴 솔희.

솔희   아오, 짜증 나 진짜….

슬슬 일어나려는데. 옆자리 모녀(40대, 10세)의 대화가 들려온다.

딸   맛없어.
엄마   엄마도 배부른데.

두 사람의 거짓말에 옆 테이블을 슬쩍 쳐다본다. 한눈에 봐도 남루한 행색. 테이블에는 김밥 반 줄이 담긴 접시가 달랑 놓여 있다.

엄마   너 괜히 거짓말하는 거 아냐?
딸   아닌데? 엄마가 거짓말하는 거 아냐?
엄마   나도 아닌데? 엄마는 너 먹는 거만 봐도 배불러.

안 보는 척하면서 그 모습을 계속 보고 있었던 솔희. 부럽기도 하고…. 짜증 난 얼굴로 일어나 계산대로 향하는데. 결국 가위바위보까지 하면서 김밥 양보하는 두 모녀.

솔희   (카드 내밀고) 김밥 두 줄 추가해서 저쪽 테이블도 같이 계산해주세요.

―――――
S#35.   J 엔터, 대표실 / 낮

진지하게 결재 서류 살피고 있는 득찬. 그때 대표실 노크 소리 들리고.

득찬   네~.

쭈뼛쭈뼛 대표실로 들어오는 사람… 재찬이다. 재찬을 보고 싸늘해지는 득찬의 표정.

득찬   무슨 일이야?

재찬   형, 이번 달 월급이 왜 이래?

득찬   왜긴 왜야. 니가 회삿돈 쓴 만큼 차감한 거지. 너 아직도 그 햄버거집 정리 안 했냐? 거기서 법카 긁어서 니 가게 매출 올리는 거지?

재찬   (놀라는) 어떻게… 알았어?

득찬   너 와인 바부터 시작해서 벌써 몇 번째냐? 그 정도 해서 망했으면 그냥 이 일 열심히 해. 딴생각하지 말고. 어?

재찬   (애써 웃으며 애교) 알았어. 정리할게. 그니까 월급은 혀엉~.

득찬   (정색) 너 그 사원증 차고 있을 때는 나 니 형 아니다? 이만 나가보세요, 조재찬 실장.

재찬, 울상이 된 얼굴로 일어서는데 득찬에게 전화가 걸려오고.

득찬   아, 네. 이번 주 스케줄이요? 잠시만요.

득찬이 탁상 달력 넘겨 보는 사이 책상 위 득찬의 차 키를 슬쩍 가져가는 재찬.

S#36.   J 엔터, 지하 주차장 / 낮

득찬의 차 문을 열고 내비게이션 기록을 살펴보는 재찬.

재찬   (중얼중얼) 그러면 어쩔 수 없지….

기록을 찬찬히 살피던 도중 눈에 띈 낯선 주소.

[서울시 연서구 연서동 135번지]

도하의 집이라 확신하고 야비한 미소 짓는 모습에서.

S#37.   타로 카페 앞 / 저녁

VIP 손님이 찾아왔는지 블라인드 내린 타로 카페 앞.

S#38.   밀실 / 저녁

고급스럽지만 화려하지 않은 옷차림의 의뢰녀(30대 중반/여)가 솔희 앞에 앉아 있다.

의뢰녀	(작고 나긋한 말투) 어른들 소개로 만났거든요. 저를 사랑하고는 있는 건지… 그냥 나이 차고 서로 조건이 비슷하니까 결혼하려는 건지 모르겠어요. 그래서… 진지하게 이야기 좀 해보려고 하는데 옆에서 들어주셨으면 싶어서요.
솔희	(진동 벨을 건네며) 진실이면 길게 한 번, 거짓이면 두 번 짧게 진동할 겁니다.
의뢰녀	(신기한 듯 만져보는)
솔희	금액은 10분 단위로 책정되고요. 저는 의뢰인분 지인으로 옆에 있는 걸로 하죠. 다른 질문 있으신가요?
의뢰녀	(조심스럽게) 헌터님은 혹시… 남자 친구 있으세요?
솔희	(뜬금없다는 듯 보며) 사적인 질문 말고요.
의뢰녀	(머쓱한) 죄송해요. 연애 중이시면 왠지 제 마음을 더 잘 이해해주실 것

같아서….

솔희 (사무적으로) 진실을 전할 뿐인데 굳이 이해 같은 건… 필요 없지 않을까요?

아무렇지 않은 척 말하면서도 쓸쓸함이 비치는 솔희의 표정에서.

S#39. 도하의 집 / 밤

헤드셋 쓰고 마스터 키보드 만지며 작곡 중인 도하. 쾅쾅쾅! 거칠게 현관문 두드리는 소리에 헤드셋을 내리고 현관문 쪽을 본다. 솔희가 아님을 직감하고 마스크를 쓴다.

S#40. 드림 빌라, 5층 현관 / 밤

문 빼꼼히 여는 도하. 문 열린 소리에 얼른 준비해온 스케치북을 들어 보이는 향숙.
[성대 결절로 말을 할 수가 없단다]
스케치북에 가려져 향숙의 얼굴이 보이지도 않고. 이게 무슨 상황인지 황당한 도하. 얼른 스케치북을 한 장 더 넘기는 향숙.
[수술비와 생활비가 필요하다, 큰 거 한 장 주면 고맙겠다]

도하 (황당한) 누구…시죠?
향숙 (남자 목소리에 놀라서 스케치북 내리고) 어머, 이 집이 아니었나? 솔희네 집 아니에요?

그때 엘리베이터에서 내리는 솔희. 향숙이 도하의 집 앞에 서 있는 것을 보고 화들짝 놀란다.

솔희   엄마! 거기서 뭐 하고 있어?

향숙, 뭔가 말을 하려다가 얼른 입 꽉 닫고 다시 스케치북 넘겨 [성대 결절로 말을 할 수 없단다]를 보여주는데.

솔희   (창피한) 들어와. 들어와서 얘기해.

솔희, 향숙 끌고 집으로 들어가려는데. 고개를 저으며 거부하는 향숙. 손가락으로 스케치북 '성대 결절' 부분을 가리키며 "으읍. 으으읍." 한다.

솔희   성대 결절이 무슨 말 못하는 병인 줄 알아? 딸한테까지 사기 치는 거야?
향숙   아휴! 그래! 너 잘났다! 잘났어!

도하, 분위기 파악하고 조용히 문 닫는다.

솔희   (차분하려고 애쓰는) 들어가. 내가 준 돈 다 어디다 쓰고 또 돈이 필요한 건지, 들어가서 차근차근 얘기해.
향숙   안 들어가! 너랑 얘기하기 싫어!
솔희   왜!
향숙   무서워!

무섭다는 향숙의 말에 놀라고 가슴 아픈 솔희.

S#41.   도하의 집 / 밤

집으로 들어왔지만 현관문 앞에 서 있는 도하. 솔희와 향숙의 대화가
너무나 잘 들린다. 도하 역시 향숙의 말에 놀라 멈칫.

S#42.   드림 빌라, 5층 현관 / 밤

될 대로 되라 싶은 향숙. 대놓고 요구하기 시작한다.

향숙   돈 줄 거야? 안 줄 거야? 줄 거면 들어가고.

솔희   안 주면? 그냥 가겠다는 거야?

향숙   (질색하는) 마주 보고 앉아서 뭐 할 건데? 어차피 너 꼬치꼬치 캐물으
면서 내 거짓말 찾아낼 거잖아. 편하게 버는 돈, 좀 주면 안 되니? 그렇
게 아까워?

솔희   (기막힌) 편하게 번다고…?

향숙   내가 너였으면… 그깟 카드가 뭐야. 매달 자동 이체라도 걸어놨겠다.
넌 온 가족 인생을 말아먹고 미안하지도 않니?

솔희   (가슴 아프지만 센 척) 엄마가 사기 안 쳤으면 말아먹을 일도 없었겠
지…. 그때 나 겨우 초딩이었어…. 아직까지도 미안해해야 돼?

향숙   (솔희 마음 꿰뚫어 보듯) 미안하잖아. 너.

솔희   (뜨끔) …!

향숙   (달래듯) 그니까… 그 마음을 돈으로 표현하라구. 보상금, 합의금, 위로
금… 이런 게 다 왜 있겠니? 미안한 마음이든 고마운 마음이든, 그걸 표
현할 수 있는 건 돈밖에 없다는 뜻이야.

향숙, 어쩔 수 없다는 듯 한숨 쉬며 엘리베이터 버튼을 누르는데. 그런
향숙이 정말 밉지만 이대로 보낼 수는 없는 솔희. 지긋지긋하다는 얼

굴로 준비해놓았던 돈봉투를 품에서 꺼낸다.

솔희　미안한 마음… 뭐 그딴 거 아니구. 사고 좀 적당히 치라고 주는 거야.

향숙　(갑자기 껴안으며) 고마워~ 우리 딸? (솔희 보고 활짝 웃으며) 방금 말 진심이었지?

솔희, 그런 향숙의 반응이 당황스러우면서도 싫지 않은데. 솔희가 뭐라고 하기도 전에 얼른 엘리베이터 타는 향숙. 아쉬운 마음에 닫히는 문틈으로 향숙을 바라보지만 향숙은 봉투 속에 얼마 들었나 확인하기 바쁘다. 닫힌 엘리베이터 문 앞에서 착잡한 솔희. 힘없이 집으로 들어간다.

S#43.　솔희의 집, 거실 + 테라스 / 밤

베란다로 향하는 솔희. 또각또각 멀어지는 향숙을 내려다본다.

S#44.　(과거) 어린 솔희의 집 / 밤

1화 5신의 어린 솔희의 집과 동일한 장소. 베란다에 앉아 펜스 봉 사이에 얼굴 내밀고 향숙을 기다리는 9살의 어린 솔희. 침울하던 얼굴에 미소가 돈다. 누군가와 통화하며 또각또각 걸어오는 향숙이 보이기시작한 것.

향숙　(하이힐 벗으며 들어오는) 좀만 기다려요. 다음 주에 시공사만 정해지면 바로 공사 착수한다니까? (웃으며) 성격이 참 급하네. 그래요~. 응. (전

화 끊고)

향숙, 가방에서 지역 주택 조합 가입서를 잔뜩 꺼내 장롱 깊은 곳에 넣는다. 그 모습 불안하게 바라보는 어린 솔희.

S#45.   (과거) 어린 솔희의 집 앞 / 낮

학교에서 돌아온 어린 솔희. 집 앞에 서 있는 창백한 얼굴의 낯선 아줌마를 발견한다.

어린 솔희	(경계하며) 누구세요?
아줌마	이 집 딸이니?
어린 솔희	네….
아줌마	너희 엄마가… 아줌마 돈을 가져갔어. 3천만 원….
어린 솔희	(진실로 들린다, 침 꿀꺽 삼키고)
아줌마	그 돈 없으면…. (울먹이는) 아줌마 죽어…. 아줌마가 지금 많이 아프거든. 그 돈이 있어야 수술을 받고 살 수 있대. 너희 엄마 어딨어? 응?
어린 솔희	(고개 저으며) 몰라요…. 근데… 돈은 어딨는지 알아요.

S#46.   (과거) 어린 솔희의 집, 안방 / 낮

장롱 깊은 곳을 뒤지는 어린 솔희. 그 사이 아줌마는 수북한 지역 주택 조합 가입서, 향숙이 사기에 활용한 각종 허위 문서와 허위 자격증을 발견한다. 솔희 몰래 그 문서들을 슬쩍 챙기는데. 그 사이 통장과 도장을 찾아낸 어린 솔희.

어린 솔희	여깄어요! (아줌마에게 건네는)
아줌마	(얼떨결에 받아들고 큰 액수에 눈 휘둥그레진)
어린 솔희	그거 있으면… 아줌마 살 수 있는 거죠?
아줌마	응…. 근데 비밀번호는…. (하면서 통장 넘기면 맨 뒤에 작게 적어놓은 비밀번호 보이고)
어린 솔희	아줌마 돈만 찾아서 다시 가지고 오셔야 돼요?
아줌마	(이미 눈빛이 변했다) 그래. 알았어…. 엄마한테는 아줌마가 다 얘기할게. 아니, 사실 너희 엄마하고도 얘기 다 끝난 거야. 금방 다시 돌려주러 올 거니까 걱정하지 말구. 응?

아줌마의 계속되는 거짓말에 놀라 정신이 하나도 없는 어린 솔희. 화들짝 놀라 통장을 다시 가져가려 하지만 야윈 손으로 힘을 빡 주는 아줌마.

어린 솔희	돌려주세요!
아줌마	(후다닥 도망치는)
어린 솔희	(울면서 따라가는) 주세요! 주세요!!!
아줌마	얘가 왜 이래!? 저리 가!!! (확 밀치고 나가는)

S#47.　(과거) 어린 솔희의 집 앞 / 낮

양말만 신고 아줌마를 쫓아 뛰어나온 어린 솔희. 하지만 아무리 둘러봐도 아줌마는 보이지 않는다. 엉엉 서럽게 우는 어린 솔희의 모습에서.

S#48.　솔희의 집, 테라스 / 밤

다시 현재. 그때를 떠올리고 얕은 한숨을 쉬는 솔희. 베란다에서 향숙의 모습이 사라질 때까지 바라본다.

S#49. 도하의 집, 테라스 + 솔희의 집, 테라스 (교차) / 밤

베란다 너머로 그런 솔희의 모습을 보고 있었던 도하. 솔희의 모습이 꼭 제 모습 같아 안쓰럽다. 조용히 들어가려는데 하필 슬리퍼 마찰음 삑- 나고.

솔희   (도하 쪽 테라스 쪽 보고) 다 들었죠?
도하   (어쩔 수 없이) 들은 게 아니라… 들렸습니다.
솔희   어쨌건 다 들켰네. 우리 집 콩가루인 거….
도하   (뭔가 위로해주고 싶고) 원래… 식구가 다 그렇죠.
솔희   (자조적으로) 식구도 아니에요.
도하   (보는)
솔희   같이 밥 먹는 게 식구라면서요. 나는 엄마랑 같이 밥 먹은 거… 기억도 안 나요. 우리 엄만 나랑 얼굴 보고 얘기하는 거 싫어하거든요.
도하   (덤덤하게) 우리 엄마도 그래요.

도하의 목소리가 진실임을 알고 살짝 놀라는 솔희.

도하   살펴보면 콩가루 좀 안 섞인 집… 없습니다.
솔희   (솔직한 위로가 고마운) 위로도 할 줄 아네요.

솔희, 도하를 보며 작게 웃는다. 잠시 말없이 밤하늘을 보는 두 사람의 모습에서.

S#50.　드림 빌라, 5층 현관 / 낮

단정한 원피스를 차려입고 나온 솔희. 괜히 도하의 집 현관문 한번 슬쩍 보고 엘리베이터 버튼 누르는데. 때마침 벌컥 문 열고 나온 도하. 솔희, 얼른 고개 돌리고. 도하, 솔희가 서 있는 것 보고 살짝 당황한다. 그때 두 사람 타라는 듯 활짝 열리는 엘리베이터 문. 어색하게 엘리베이터에 함께 타는 두 사람.

S#51.　드림 빌라, 엘리베이터 / 낮

솔희와 도하, 엘리베이터 숫자판만 보고 있는데.

솔희　아, 맞다! 이거…. (지갑에서 만 원 꺼내서 주는) 저번에 빌렸던 돈이요.
도하　(받으면서) 돈 진짜 들어왔어요?
솔희　네. 고맙다고 이자까지 쳐서 주던데요?

그때 솔희의 핸드폰 진동하고.

솔희　(비즈니스 톤으로 전화 받으며 엘리베이터에서 먼저 내리는) 네! 아… 소개팅 장소가 바뀌었다고요? 어디로요?
도하　(중얼중얼) 소개팅…?

멀어지는 솔희를 보는 도하. 괜히 신경 쓰이는 표정에서.

S#52.　솔희의 차 안 / 낮

차에서 카산드라와 통화 중인 솔희.

솔희   주말 소개팅 스케줄 있잖아. 의뢰인이 장소 바꿨어. 연락해서 확인해
봐. 응.

전화 끊는 솔희. 창밖으로 지나가는 강민과 황 순경을 얼핏 발견하고
놀란다. 얼굴을 확인하려는 찰나 옆으로 지나가는 다른 차. 뒤 유리로
고개 돌려 다시 강민을 찾는데 보이는 건 뒷모습뿐.

치훈   헌터님, 왜요?
솔희   어, 아냐… 아는 사람이랑 닮아서.

치훈, 자연스럽게 샤온의 노래를 트는데.

S#53.   수제 버거집 / 낮

재찬의 수제 버거집에서 인스타 라이브 방송을 하는 샤온.

샤온   다리 회복을 위해 오늘 제가 선택한 저녁은~ 바로바로~. (커다란 햄버
거 들어 보이며) 짠! 진짜 크죠? (맛있게 먹으며) 음~ 맛있어.

화면 넓어지면 수제 버거집 밖으로 까맣게 모여 있는 수많은 팬들이
보인다. 경호원에게 둘러싸여 햄버거 먹고 있는 샤온.

S#54.   수제 버거집, 카운터 / 낮

카운터에서 A4 용지에 기계적으로 사인하고 있는 샤온. '진짜 맛있어요! 번창하세요♡' 같은 문구도 적는다.

샤온 (은밀하게) 이제 알려주세요. 도하 오빠 사는 곳.

알고 보니 카운터에 서서 사인 받고 있는 사람은 바로 재찬이다.

재찬 (흐뭇하게 웃으며) 네. 알려드려야죠.

S#55. 이탈리안 레스토랑 / 밤

은은한 조명에 고급스럽고 분위기 있는 레스토랑. 3중주 악단이 현장에서 직접 연주도 하고 있는데. 유독 손님이 없고 조용하다. 창가 가장 좋은 자리에 앉아 있는 세 사람.

약혼남 (솔희에게 와인 따라주며) 희윤이 친구는 다 만나본 줄 알았는데.
솔희 (뻔뻔스럽게 웃으며) 오랜만에 연락이 된 거라서요.
의뢰녀 근데 오빠 요즘… 얼굴 보기가 힘드네…? 많이 바빠?
약혼남 응. 회사 일이 좀 바빴어.

약혼남의 거짓말에 얼른 신호 보내는 솔희. 징-징- 손에 꼭 쥐고 있던 진동 벨이 두 번 진동하자 바로 굳는 의뢰녀의 표정. 그때 약혼남 핸드폰으로 까똑, 까똑 알림음이 쏟아진다.

의뢰녀 (불안한) 누구 연락이야?
약혼남 (얼른 진동으로 바꾸며) 아~ 회사 단톡방.
솔희 (장난치듯) 혹시… 여자는 아니죠?

약혼남 (난감한 듯 웃으며) 아후, 여자 아닙니다. 아니에요.

약혼남의 말 끝나자마자 두 번 진동하는 진동 벨. 점점 어두워지는 의뢰녀의 표정. 솔희는 그러려니… 예상한 듯 덤덤하게 파스타를 먹다 창밖을 보는데. 흩날리는 벚꽃나무 옆 가로등 하나가 보인다.

의뢰녀 (심각) 성준 씨, 우리 결혼…해도 될까?

의뢰녀의 질문에 파스타면을 돌리던 솔희의 포크질이 멈춘다. 3년 전 벚꽃길로 오버랩된다.

S#56. (과거) 벚꽃길 / 낮

3년 전 봄. 화사한 벚꽃길을 손잡고 걸으며 이야기 중인 솔희와 강민. 사랑에 빠진 솔희의 표정은 지금과 달리 편하고 행복해 보인다.

솔희 (우뚝 멈춰 서서) 결혼? 우리 나이에 무슨 결혼이야?
강민 나이가 무슨 상관이야? 좋은 사람 만났을 때 하는 게 결혼이지.
솔희 나중에 더 좋은 사람 나타나서 후회하면?
강민 (너무한다는 말투) 너 그런 생각하고 있었어?
솔희 (얼버무리는) 아니, 그렇다기보단~.
강민 너보다 더 좋은 사람은 없어. 나보다 더 좋은 남자는… 있을 수도 있겠지만. (솔희의 손을 두 손으로 다정히 잡는) 내가 노력할게.

솔희, 강민의 진심에 감동하지만 그래도 바로 확답하긴 힘든 난감한 표정인데. 잡힌 손이 뭔가 이상해서 보면 어느새 손가락에 끼워진 반지.

강민   '밥 잘 챙겨 먹어, 잘 자' 이런 문자 하나 보내고 마는 게 성에 안 차. 냉
        장고 꽉꽉 채워 넣고 요리도 해주고…. 니가 잘 먹고, 잘 자는 모습. 옆
        에서 보고 싶어.

        솔희, 강민의 진심에 감격한다. 반짝이는 반지를 바라보는데.

강민   안 비싼 거야.

        강민의 거짓말에 피식 웃는 솔희. 강민을 와락 껴안는다. 행복한 두 사
        람의 모습에서.

S#57.   이탈리안 레스토랑 / 밤

        다시 현재. 정신을 차리고 약혼남의 대답을 기다리고 있는 솔희.

약혼남   (황당) 너는 친구분도 계신데 갑자기 그게 무슨 소리야….
의뢰녀   (마음 아픈) 조건에 맞아서 나 만났던 거… 알아. 나두 그랬고.
약혼남   (솔희의 눈치 보며) 왜 그래…. 난 조건 때문에 너 만났던 거 아니야…. (솔
        희에게) 얘 오늘 무슨 일 있었어요?
솔희   (답 없이 거짓말하는 약혼남 차갑게 바라보며 진동 벨 울리는)
의뢰녀   (빠르게 두 번 울리는 진동 벨 꼭 부여잡고, 괴로운) 그런 거 다 상관없다고
        생각했는데…. 이제 상관 있어졌어. (약혼남 똑바로 바라보며) 진짜 사랑
        하게 됐거든….
약혼남   (머쓱한) 이런 얘기는… 단둘이 있을 때 하자. 응? (그 와중에도 전화 오고)
        잠깐만… 급한 전화라. (자리 피하며 전화하러 가려는데)
의뢰녀   (다급하게) 나 사랑해?
약혼남   (전화가 더 급하다, 끄덕거림으로 답하며 전화 받는) 지금 어디야?

약혼남이 자리 피하자 참았던 눈물을 흘리는 의뢰녀. 패브릭 냅킨으로 눈물 닦는다.

솔희   원하시면… 만나는 여자가 누군지도 알아봐드릴 수 있습니다.

의뢰녀, 명품 백에서 봉투 꺼내 솔희에게 건넨다. 솔희, 의아한 얼굴로 의뢰녀 보고.

의뢰녀   고생하셨어요…. 이만 가보셔도 돼요.

솔희   네??

의뢰녀   (고개 젓는) 저 어차피… 못 헤어질 것 같아요. 그래서 그냥 여기까지만 들으려구요.

솔희   (자기도 모르게 흥분) 저 거짓말 다 듣고도…! (하다가 꾹 참는) 네… 알겠습니다. (봉투와 진동 벨 챙기는데)

의뢰녀   그냥 저한테 거짓말 한 번만 해주시면 안 돼요? 진실의 신 모시는 거 다 가짜라고요. 사실 아무것도 안 들리는 거라고요….

솔희   (한숨) 이런 결혼… 행복하지 않을 거라는 건… 말해줄 수 있겠네요. (일어나는데)

의뢰녀   그럼 헌터님은 다 알아서 행복하세요?

솔희   …!

의뢰녀   저 한심해 보이는 거 아는데요…. 모르겠어요. 그냥… 저 사람 하는 말… 다 믿고 싶어요.

그때 펑 하며 폭죽 터지고 약혼남과 여러 명의 친구들이 꽃과 커다란 케이크를 들고 들어온다. 3중주 악단은 갑자기 결혼 행진곡을 연주하기 시작하고. 프로젝터 내려오더니 두 사람의 연애 시절 사진들이 슬라이드 쇼로 나온다. 약혼남, 레스토랑 통째로 빌려 프러포즈 이벤트를 준비했던 것.

약혼남	미안해. 그동안 정신없었던 거… 이거 다 준비하느라 그랬어.
친구	성준 씨가 너한테 꼭 비밀로 하라고 해서 우리 다 입 간지러워 죽는 줄 알았다, 야.
약혼남	사랑해, 희윤아. (무릎 꿇고 반지 꺼내 청혼하는) 나랑 결혼해줄래?

친구들, 환호하며 박수 쳐주고. 의뢰녀는 행복과 안도의 눈물 흘리며 약혼남 와락 끌어안는다. 구석에서 쓸쓸하게 두 사람 지켜보고 있던 솔희. 뒤통수 한 대 맞은 듯 멍한 표정이다. 의뢰녀에게 받았던 봉투를 가방에서 꺼낸다.

솔희	(받았던 봉투 건네는) 이거.
의뢰녀	(보는) …?
솔희	축의금이야. (싱긋 웃고 나가는)

S#58.　레스토랑 앞 주차장 / 밤

샤온이 준 반숙란을 살아 있는 생명체처럼 소중히 쓰다듬고 있던 치훈. 똑똑 창문 노크하는 솔희.

치훈	(창문 내리고) 어? 벌써 끝나셨어요?
솔희	오늘은 차 갖고 너 혼자 들어가.
치훈	네? 헌터님은요?
솔희	(힘없이 웃으며) 난 알아서 갈게.

치훈이 뭐라 답하기 전에 휙 가버리는 솔희.

| 치훈 | 헌터님! |

S#59.　유흥가 / 밤

술에 취해 시끄럽게 웃고 떠드는 사람들 틈에서 혼자 터벅터벅 걷고
있는 솔희.

의뢰녀(E)　그럼 헌터님은 다 알아서 행복하세요?

의뢰녀의 말이 가슴에 박힌 듯 착잡한 솔희의 표정에서.

S#60.　(과거) 강민의 집 앞 / 밤

3년 전 겨울. 강민의 집 앞에 쪼그려 앉아 강민을 기다리고 있던 솔희.
손에는 반지가 끼워져 있다. 강민이 지친 얼굴로 터벅터벅 걸어오는
것을 발견하고 일어난다.

솔희　어디 갔다 와?
강민　추운데 여기서 뭐 해?? 일 많다고 했잖아.
솔희　(강민의 거짓말에 화나는) 일하고 온 거 아니잖아! 왜 요즘 자꾸 거짓
　　　말해?
강민　너야말로 요즘 왜 자꾸 내 말 안 믿고 화만 내는데??
솔희　(대뜸) 나 사랑해?
강민　(피곤한) 하….
솔희　이것만 대답해. 나 사랑하냐고.
강민　내일 얘기하자. 피곤해. (집에 들어가려는데)
솔희　헤어져.
강민　(놀라서 돌아보는) 뭐…?
솔희　헤어지자고. 내 입에서 이 말 나오길 기다린 거잖아!

| 강민 | 내가 언제….
| 솔희 | 아니면? 나랑 진짜 내년에 결혼이라도 할 거야?

강민, 순간 멈칫한다. 흔들리는 강민의 눈빛을 바라보는 솔희. 이미 대답을 들었다.

| 강민 | *해야지. 할 거야….*
| 솔희 | (거짓말에 헤어질 결심했다) …그동안 오빠한테 말 안 한 비밀이 하나 있는데… 나 사실… 거짓말이 들려.

강민에게 반지 돌려주고는 성큼성큼 걸어가는 솔희. 눈물이 주르륵 뺨을 타고 흘러내린다.

S#61.   오아시스 앞 / 밤

다시 현재. 정처 없이 걷다가 오아시스 근처로 걸어온 솔희. "앞으로 형이라고 불러!" "2차는 내가 쏜다!" "나 취했어. 더 못 마시겠어…." 주변에서 들려오는 여러 거짓말이 지겨워 귀를 틀어막고 싶은데…. 어디선가 들려오는 피아노 소리가 솔희의 귀에 들어온다. 묘하게 편안해지는 느낌. 피아노 소리가 점점 커지고 사람들의 거짓말은 작아진다. 홀린 듯 오아시스 계단으로 한 발 한 발 내딛는 솔희의 모습에서.

S#62.   오아시스 / 밤

경쾌한 재즈에 맞춰 리드미컬하게 솔로 피아노를 치는 도하. 긴 손가락이 건반 위에서 자유롭게 춤을 추듯 움직인다. 집에서 작곡할 때와는 달리 자유롭게 즐기는 도하의 모습. 고개를 까닥이며 리듬을 타는 솔희의 시선이 피아노에 향한다. 핀 조명 없이 선글라스 쓰고 연주하는 피아니스트가 도하인 줄 모른 채 신기하게 바라보는데.

중규　　주문하시겠습니까?

솔희　　제가 이런 델 안 와봐서…. (급히 메뉴판 넘겨보는) 음….

중규　　지금 음악에 딱 어울리는 술로 가져다드릴까요?

솔희　　네. 좋아요.

잠시 후 주문한 술이 나오고, 술잔은 금방 비워지고…. 드럼과 콘트라베이스가 함께하는 경쾌한 연주로 바뀌자 더욱 흥이 오른 솔희. 다시 술을 주문하고, 또 금방 비워내며 음악을 즐긴다. 각자의 개인기를 뽐내며 화려하게 끝난 마지막 곡. 여기저기서 박수가 터져 나온다. 솔희, 벌떡 일어나서 크게 환호하며 기립 박수를 친다. 도하, 그제야 솔희를 발견하고 당황한다. '저 여자가 왜 여기??'

솔희　　(기분 좋아진) 여기요! (빈 위스키 잔 들며) 같은 거로 한 잔 더요.

그런 솔희 옆으로 지나가던 젊은남(1화 2신)이 솔희 얼굴을 보고 멈칫.

젊은남　　(눈 가늘게 뜨고) 저기… 맞죠…?

솔희　　(기억 못하는) 네…? 누구신지….

젊은남, 대뜸 솔희 옆에 앉는다. 이미 술에 취한 모습이고.

젊은남　　(반갑게) 나 그쪽 형부 될 뻔한 사람이었잖아요!

솔희, 일과 관련된 사람임을 직감하고 긴장한다.

솔희	글쎄요. 제가 기억력이 안 좋아서.
젊은남	(피식) 나 보자마자 첫 마디가 언니랑 잠자리 만족하냐고. 크큭…. 솔직히 그때 기분 되게 더러웠거든?

플래시백 1화 2신 고급 주택 다이닝 룸 / 낮

솔희	잠자리도 좋아요?
젊은남	네…?
솔희	둘이 잠자리도 할 거 아니에요. 만족하시냐구요.

그때를 기억해낸 솔희.

솔희	(애써 웃으며) 아… 기억나네요.

도하, 무대를 정리하며 솔희 옆에 앉은 젊은남을 흘끗 본다. 어색하게 웃는 솔희지만 도하의 눈에는 화기애애한 소개팅 분위기로 보인다.

S#63.   오아시스, 대기실 / 밤

연주 끝내고 무대 뒤, 소파 몇 개와 악기들이 있는 작은 대기실에 들어온 도하. 선글라스 벗고 문 빼꼼 열어 솔희를 보고 있다.

도하	(중얼중얼) 뭐야? 소개팅에서 술까지 마셔…?
중규	(뒤에서 그 모습 본) 누구 아는 사람 있어?
도하	아… 옆집… 여자요.

신경 쓰이는 듯 계속 그 장면 지켜보는 도하의 모습에서.

S#64.   오아시스 / 밤

어느새 솔희의 테이블에 앉아 술 마시고 있는 젊은남. 자기 혼자 아련해진 상태다.

젊은남   언니는… 잘 지내고?
솔희   이제 그쪽이 신경 쓸 일 아니잖아요. (위스키를 원샷하고) 저는 이만 다른 볼일이 있어서. (일어나려는데)
젊은남   (손목 잡으며 얼굴 뚫어져라 보는) 역시 하나도 안 닮았어…. 너 동생 아니지? 니 언니 이름… 정확히 말해봐. 퍼스트 네임부터 패밀리 네임까지. 얼른!
솔희   (당황, 머뭇거리는)
젊은남   (솔희의 멱살 잡고) 너 정체가 뭐야? (버럭) 어!? 뭔데 끼어들어서 깽판 친 건데?! 어??
솔희   (기막혀서 헛웃음) 하… 오늘 하루 진짜 통째로 재수가 없네…. (버럭) 그래! 내가 깽판 쳤다! 내 연애도 망한 김에 그냥 싹 다 망했으면 좋겠다 싶어서 시원하게 깽판 쳤어! 어쩔래!
젊은남   그래…. 이게 진짜지…. 이 미친년아! (때릴 듯 손 올리고)

솔희, 맞을 것을 각오한 듯 눈 질끈 감는데. 방어하듯 솔희 앞에 선 도하.

도하   (젊은남 밀어내며) 그만하시죠?

익숙한 목소리에 눈을 뜨면 마스크도 선글라스도 안 쓴 맨얼굴의 도하가 화난 표정을 그대로 드러내며 젊은남 앞에 서 있다. 솔희, 그 모습이 낯설면서도 설레는데.

젊은남   (도하의 위압적인 분위기에 당황) 뭐, 뭐야…. 너 뭔데!?
도하   (솔희 보며) 이 남자랑 더 할 얘기 있어요?

솔희   아, 아뇨.

           솔희의 손목을 확 잡고 오아시스에서 나가는 도하. 끌려가며 도하의
           뒷모습을 보는 솔희. 오늘따라 넓은 등이 듬직하다. 쿵쾅쿵쾅 가슴이
           두근거리는데.

S#65.   연서동 골목 일각, 샤온의 차 안 / 밤

           천천히 연서동 골목 곳곳을 순찰하듯 돌고 있는 샤온의 차.

샤온   (울상) 아, 씨… 속았어. 연서동까지만 알려주는 게 어딨어….

           그러면서도 계속 도하 찾아 두리번거리며 차 몰고 있는데.

S#66.   도하의 차 안 / 밤

           도하, 왠지 화가 난 상태로 운전 중이다. 솔희는 취기가 올라와 얼굴이
           빨갛고.

솔희   (도하 뚫어지게 보며) 옆집… 맞죠? 내가 취해서 헛게 보이는 거 아니죠?
도하   소개팅에서 뭘 어떻게 해야 남자한테 멱살을 잡혀요?
솔희   네?? 뭔 소리예요? 소개팅이라니?
도하   멱살 잡은 남자. 오늘 소개팅한 남자잖아요.
솔희   아닌데요? 잘 모르는 남잔데요?
도하   (더 당황스러운) 아니… 도대체 뭘 어떻게 해야 잘 모르는 남자한테 멱

살을 잡혀요?

솔희　　나도 몰라요! (갑자기 설움이 밀려오는) 아니, 내가 뭐 듣고 싶어서 들어? 들리는 걸 어떡하라고! 그니까 거짓말 안 하고 착하게 살면 되잖아…. 왜 나한테 화풀이야!?

도하　　(어이없다) 뭐가 들린다는 건지….

솔희　　(갑자기 토할 듯) 욱! 우욱!

도하　　토할 것 같아요??

대답 대신 창문을 내려 머리 내미는 솔희. 도하, 솔희가 토할까 봐 긴장한 얼굴로 주시하는데.

솔희　　으악! 못해먹겠다! 악!!!

도하　　(질색) 뭐 해요? 미쳤어요??

도하, 듣기 싫어서 창문 올리는 버튼 누르는데. 솔희, 얼른 내리는 버튼 누르고. 오르락내리락 삐걱거리다가 결국 올라가는 창문.

솔희　　(올라가는 창문 틈 따라 올라가며 마지막까지) 으아아!!!

도하　　(중얼중얼) 이러니까 멱살을 잡히지….

한번 쏟아내고 좀 시원해진 솔희. 취한 눈빛으로 도하를 본다.

솔희　　근데… 이제 내 앞에서는 얼굴 안 가려도 괜찮나 봐요?

도하, 그제야 백미러로 자신의 맨얼굴을 확인한다. 놀라서 살짝 휘청이는 차.

솔희　　악! 안전 운전 좀여!

도하　　(충격) 언제부터 이러고 있었죠?

솔희	처음부터요. 몰랐어요?

한쪽 손 뻗어 글러브 박스에서 황급히 마스크 꺼내 쓰는 도하. 솔희, 글러브 박스 속 가득한 마스크에 황당한데.

솔희	마스크도 못 벗는 사람이 거긴 왜 갔어요? 술 마시러 온 건 아닐 거구….
도하	피아노 치러 갔습니다.
솔희	(눈 휘둥그레져서) 그럼 그 피아노 치는 사람이…!
도하	(내심 뿌듯한데)
솔희	(또 토할 것처럼) 우욱!
도하	뭐예요? 또 장난치는 거죠? (그러면서도 바짝 긴장)
솔희	이번엔 진짜예요!
도하	(당황) 어떡할까요? 차 세워줘요??

S#67.   해장국집 / 밤

24시간 해장국집에 들어온 솔희와 도하. 테이블 4~5개뿐인 작은 가게지만 맛집 포스 물씬 풍기는데.

솔희	술 많이 마시면 이 집 해장국을 꼭 먹어야 되거든요.
도하	토할 것 같다더니…. 먹고 나와요. 차에 있을 테니까. (일어나려는데)
솔희	나 오늘은 진짜 냉장고에서 캔 맥주 꺼내 마시기 싫었거든요?
도하	(뭔 소린가 싶어서 멈칫)
솔희	(수저 꺼내 세팅하고, 물을 따르며) 배달 음식 비닐 포장 뜯는 것도 싫고, TV 보면서 혼잣말하기도 싫고. 진짜 혼자 있기 싫은 날이었다구요. 그러니까 딱 5분만… 옆에 앉아 있어줘요.

차마 발길이 떨어지지 않는 도하. 할 수 없이 솔희 앞에 앉는데.

솔희   고마워요. 앉아줘서. 그리고… 아까 나 도와준다고 튀어나와준 것두요.
도하   눈앞에서 사람이 맞게 생겼는데 말려야지 별수 있어요?
솔희   거기 사람들 아무도 안 말리던데?
도하   그 사람들은 모르는 사람이고.
솔희   (왠지 감동) 우리는… 아는 사이구나.
도하   (쑥스러운) 모르는 사이는 아니니까….

그런 두 사람 앞에 아주머니가 해장국을 턱턱 놓아준다.

솔희   어? 이 사람은 안 시켰는데….
주인   둘이 왔으니까 두 그릇이지. (쿨하게 사라지는)
솔희   (할 수 없이 수저통에서 수저를 꺼내주며) 뭐 이렇게 된 거… 먹고 가요. 여기 맛있어요.
도하   나는… 밖에서 뭐 안 먹습니다.
솔희   (찌릿) 그럼 나보고 두 그릇 다 먹으라구요?

보다 못한 솔희. 의자를 옆으로 틀어 도하의 자리를 사각지대로 만들어준다.

솔희   이러면 됐죠? 나야 어차피 그쪽 얼굴 봤고.

그래도 망설이는 도하. 내버려두고 혼자 해장국을 맛있게 먹는 솔희. 후루룩쩝쩝… 마치 눈앞에서 먹방을 보는 기분이 드는데…. 큰 결심하고 마스크를 천천히 내리는 도하. 국물 한 숟갈을 소심하게 떠먹어본다. 그 모습에 더 오버해 "어흐~!" 하며 국물 퍼마시는 솔희. 결국 마스크를 완전히 벗고 본격적으로 해장국 먹기 시작하는 도하. 점점 빨라지는 숟가락질, 젓가락질. 빠르게 사라지는 깍두기. 마지막 국물 한 모금까지 싹 다 떠먹고 동시에 숟가락을 놓는 솔희와 도하. 만족스러운 미소가 번지는데. 도하, 순간 정신을 차리고 얼른 마스크를 쓴다. 그 모습 안쓰럽게 보는 솔희.

S#68.   연서동 골목 / 밤

아무것도 모른 채 연서동 골목에 진입한 도하의 차.

S#69.   드림 빌라, 주차장 / 밤

도착한 두 사람. 차에서 내리려다 멈칫하는 솔희.

솔희   근데요. 사람들이요…. 생각보다 남한테 관심 없어요. 다들 자기 살기 바빠서. 뭐 때문에 그러는지는 모르겠는데…. 뭐 그냥 그렇다고요. (차에서 먼저 내리는)

솔희의 말이 신경 쓰이는 도하. 백미러 속 마스크를 쓴 자신의 얼굴을 본다. 차창 밖으로는 아무도 보이지 않고.

S#70.   드림 빌라 앞 / 밤

우편함 속 지로용지의 이름을 하나씩 확인하는 손. 오 기자와 나 기자다.

오 기자	야, 샤온이 이 동네를 왜 몇 시간 동안 돌았겠어. 분명 이 근처에 김도하 있어. (신난) 마침 전기세 납부하는 날이고…. 이건 하늘이 돕는 거다.
나 기자	(울상) 아이씨… 벌써 몇 시간째예요. 진짜 이렇게까지 해야 돼요? (투덜거리다가 어떤 지로용지 확인하고) 조득찬? J 엔터 대표 이름이랑 똑같네….

나 기자, 대수롭지 않게 지로용지 다시 넣어놓으려는데. 얼른 다가와 지로 빼앗아가는 오 기자. 느낌이 팍! 온 표정인데. 그때 주차장에서 걸어오는 솔희. 공용 현관 앞에 수상하게 서 있는 기자들을 발견하고 멈칫한다.

솔희	(경계하는) 누구…세요?
오 기자	(들고 있던 지로용지 얼른 뒷주머니에 집어넣고) 아… 제 친구가 여기 사는데요. 호출을 해도 문을 안 열어줘서….

거짓말임을 알아챈 솔희. 표정 굳는데.

솔희	그래요? 친구분이 몇 호에 사는데요?
오 기자	(지로용지 얼른 보고) 502호요.
솔희	…!
오 기자	보신 적 있을까 모르겠네. 키가 크고 얼굴이 하얀 친군데.

그때 주차장 쪽에서 뚜벅뚜벅 도하가 걸어온다. 키 크고, 얼굴 하얗고, 마스크를 쓴 도하. 솔희, 다행이다… 싶은데. 무슨 생각인지 갑자기 마스크를 벗는 도하! 오 기자, 품에서 소형 카메라 꺼내며 나 기자에게 눈빛으로 신호를 보낸다. 눈빛 받고 커다란 대포 카메라를 꺼내는 나 기자. 오 기자와 나 기자의 일사불란한 모습에 당황하는 솔희. '한 놈도 아니고… 어떡하지?' 머리를 열심히 굴려보는데. 점점 가까워지는 도하. 빌라 앞 가로등에 얼굴이 완전히 드러나려는 순간!

솔희   어머, 자기이!!!

도하를 향해 우다다 달려가 도하에게 매달리듯 안겨 도하의 얼굴을 가린다. 솔희의 가슴이 얼굴에 닿을 듯 아슬아슬한데. 목에 빡 힘줘서 간신히 접촉을 막은 도하. 빨개진 얼굴로 솔희를 바라보는데. 도하 손에 있는 마스크를 가져가 얼른 도하에게 씌워주는 솔희. 두 사람의 마주친 시선에서. 엔딩.

4화

예고하는 카드.
갑작스러운 변화를
운명의 수레바퀴네요.

S#1. 드림 빌라 앞 / 밤

3화 70신 이어서. 빌라 앞 가로등에 도하의 얼굴이 완전히 드러나려는 순간!

솔희 어머, 자기이!!!

도하를 향해 우다다 달려가 매달리듯 안긴 솔희. 도하 손의 마스크를 가져가 도하에게 씌워주는데.

솔희 (작게) 저 사람들… 그쪽 찾아왔어요.
도하 …!!

솔희 너머로 얼핏 오 기자를 발견한 도하, 솔희를 안은 채 그대로 공용 현관문을 열고 엉거주춤 빌라 안으로 들어간다. 그런 두 사람의 모습을 의아한 얼굴로 바라보는 오 기자와 나 기자.

S#2. 드림 빌라, 엘리베이터 / 밤

엘리베이터에 탄 솔희와 도하. 뻘쭘한 얼굴로 멀찍이 떨어져 서 있다.
어색한 공기 흐르는데.

도하   (수상한, 솔희 보며) 저 사람들… 누군지 알고 이런 거예요?
솔희   네. 알죠.
도하   (긴장하는) …?!
솔희   (뻔뻔스럽게) …빚쟁이들이잖아요. (엘리베이터에서 내리는)

S#3.   드림 빌라, 5층 현관 / 밤

솔희의 대답이 못 미더운 도하.

도하   자기 입으로 그랬어요? 빚쟁이라고?
솔희   아뇨. 그냥 502호 찾는데… 느낌이 쎄하더라고요.. 그쪽이 뭐… 친구 같
          은 거 있을 스타일도 아니구.

그때 계단 쪽에서 헉헉거리며 올라오는 오 기자와 나 기자가 보인다.
도하, 너무 놀라서 어쩔 줄 몰라 허둥지둥거리는데. 순발력 있게 얼른
도하의 팔짱을 끼고 자기 집으로 끌고 가는 솔희.

솔희   (애교스럽게) 자기이~ 얼른 들어가자~.

잽싸게 비밀번호 누르고 도하부터 집 안에 밀어 넣는데.

오 기자   (얼른) 잠깐요! 옆집이면 본 적 있으시겠네요. 502호?
솔희   (천연덕스럽게) 아뇨. 거기 사람 안 사는 집인 줄 알았는데. 다시 한번 잘
          알아보세요. (문을 쾅 닫고 들어가는)

S#4.   솔희의 집 / 밤

도어 록 화면. 502호 문 쾅쾅 두드리다가 앞에 쪼그려 앉은 오 기자와 나 기자의 모습.

솔희   죽치고 앉아 있을 분위기네….

뻘쭘한 얼굴로 아직 신발도 벗지 않고 현관 앞에 서 있는 도하. 솔희 역시 어색하지만 애써 센 척해본다.

솔희   뭐 해요? 들어와요. (밖에 들리게 크게) 밥 먹자! 자기야~.

뒤돌아 허둥지둥 집 안 여기저기를 살피는 솔희. 널브러진 속옷은 얼른 세탁기에 넣고, 식탁의 그릇들도 싱크대에 넣는다.

솔희   오늘만 이래요. 오늘만! 원래 깨끗한데.

크게 치울 것도 없는데 혼자 부산스러운 솔희. 도하, 조심스럽게 신발 벗고 집 안에 들어가는데…. 아직 정신없고 뻘쭘하다. 마스크 벗고 망부석처럼 서서 눈으로만 솔희의 집 안을 훑어보는데.

솔희   (도하 서 있는 걸 보고) 계속 거기 서 있을 거예요?

솔희, 냉장고에서 사과 한 개 꺼내서 칼과 접시를 들고 거실 테이블 앞에 앉는다.

솔희   앉아요.

도하, 솔희 따라 테이블 앞에 양반다리하고 앉고. 솔희, 사과 깎기 시작하는데.

도하	배불러서… 못 먹을 것 같은데요.
솔희	나도 배불러요.
도하	…?
솔희	어쨌든 손님이니까 대접하는 거고… 아무것도 안 하면 어색하니까… 이거라도 하는 거예요.

도하, 솔희의 말에 긴장 조금 풀린 듯 피식 웃는데. 사과 깎는 솔희의 모습이 영 어설프다.

도하	이리 줘봐요.
솔희	됐어요.

도하, 기어이 가져가서 직접 사과를 깎는다. 훨씬 능숙한 손놀림. 예쁘게 잘려 나가는 사과 조각들. 의외의 모습에 슬쩍 도하를 보는 솔희. 도하와 눈 마주치자 얼른 시선 피하고 사과 하나를 집어 먹는다. 사과를 다 깎은 도하도 따라서 먹고…. 아삭아삭 소리만 들린다. 그러다 엉덩이에 깔린 뭔가를 빼내는 도하. 고지서 봉투다.

도하	목솔희….
솔희	(괜히 창피한) 이리 줘요. (봉투 가져가고)
도하	이름이… 특이하네요.
솔희	그쪽은요? 이름 뭔데요? (물어봐놓고 아차 싶은)
도하	내 이름은 김…. (하다가 멈칫)
솔희	말하기 싫으면 말 안 해도….
도하	(결심한 듯) 김승주예요.
솔희	(진실로 들리자 놀란) 네…?

'이 이름일 리가 없는데…?' 진실의 목소리에 놀란 솔희.

솔희   잘 못 들었어요. 한번만 더 말해볼래요?

도하   김, 승, 주, 라고요.

솔희   …!!!

S#5.   드림 빌라, 5층 현관 / 밤

502호 앞에 쪼그려 앉아 있는 오 기자와 나 기자.

나 기자   (웅크리며) 춥고, 졸립고, 배고파요…. (맞은편 501호 보며) 저 안은 따뜻하겠죠?

오 기자   신혼부부 같던데…. 뜨겁겠지! (부러운 듯 솔희의 집 현관문 보고)

S#6.   솔희의 집 / 밤

EPL 하이라이트 틀어놓고 멀찍이 떨어져 앉아 있는 솔희와 도하. TV를 보고 있지만 눈에 들어오지 않는 도하와 핸드폰 하느라 정신없는 솔희. '작곡가 김도하 본명 김승주', '김도하 김승주' 같은 키워드로 미친 듯이 검색 중인데 딱히 나오는 게 없고…. 답답한 마음에 도하를 슬쩍 보는데. 하필 그 순간 나오는 전립선 약 광고. 터져 나오는 물줄기 화면에 "자신 있게! 콸콸콸!" 하는 성우의 경박스러운 음성이 나온다. 민망함에 슬쩍 솔희 눈치 보다가 자신을 보고 있던 솔희와 눈 마주치는 도하. 얼른 리모컨으로 채널 바꾸는데. 60분 순삭 드라마 '주군의 태양' 편이 방송되고 있다. 화면 속 공실, 수시로 보이는 귀신 때문에 힘들어하는 모습 나오고. 그러다 중원과 가까이 붙으면 귀신들이 사라진다.

해설(E)   귀신이 보이는 능력을 감추며 살아가는 공실. 하지만 중원에게 닿으면 그 귀신이 사라져버리고?! 자신의 능력을 무력화시키는 남자가 있음을 깨닫게 되는데!

여주인공의 상황이 자신과 똑같아 깜짝 놀라 TV 보는 솔희. 도하가 다른 채널로 돌리려 하자 황급히 말린다.

솔희   잠깐만요! 쫌만… 쫌만 더 봐요.
도하   (어리둥절) 네….
공실(E)   (중원 바라보며) 당신을 이렇게 잡으면 안 보이고, 안 들려요. 당신 같은 사람은 처음이에요. 그래서 당신은 나한테 특별해요! ♦

솔희, 슬쩍 도하를 쳐다본다. 나한테 특별한 사람은 저 사람인가…? 싶은데.

솔희   (도하 빤히 보며) 근데… 원래 거짓말을 안 해요?
도하   거짓말 안 하는 사람이 어딨어요? 하죠.

믿기지 않는 얼굴로 도하를 바라보는 솔희의 모습에서.

─────
S#7.   연서동 골목 일각, 샤온의 차 안 / 밤

♦   '주군의 태양' 2화 5분 40초대 참고.

결국 도하를 발견하지 못하고 실망한 샤온. 연서동을 빠져나가기 전 마지막으로 '도하 오빠'에게 전화를 걸어보는데.

─────
S#8.   솔희의 집 / 밤

혼란스러운 솔희. 저 남자 뭐지? 하는 얼굴로 도하를 곁눈질한다. 아무것도 모르는 도하, 자리에서 일어난다.

도하   밖에 좀 볼게요.

도어 폰으로 밖의 상황을 확인하는 도하. 여전히 오 기자와 나 기자가 앉아 있는 모습에 한숨 나오는데. 그사이 바닥에 놓인 도하의 핸드폰에서 무음으로 '♥샤온♥' 발신 전화 뜨는 것이 보인다. 배경으로는 트로피 들고 샤온과 도하 함께 찍은 사진(1화 25신)이 보이고. 솔희, 눈 휘둥그레지는데.

플래시백 2화 65신 일식집 룸, 4인실(도하의 룸) / 밤
무진   샤온이랑은…? 사귀는 거 맞지?
도하   아뇨. 보도된 대로 그냥 좋은 동료 관곕니다.

집에서 찍은 다정한 셀카와 '♥샤온♥'이라는 발신자 이름. 누가 봐도 연인이다.

솔희   (중얼중얼) 이게 뭐야…. 그때부터 내 능력 안 통했던 거야??

도하가 다시 자리로 돌아오자 얼른 TV로 시선을 돌리는데. 때마침 드라마 중간 광고로 샤온의 이온 음료 광고가 나온다. 상큼하게 웃는 샤온의 모습.

솔희   (떠보기 시작) 샤온… 어떻게 생각해요?

도하   (흠칫 놀라서) 뭘… 어떻게 생각해요?

솔희   많은 남자들의 이상형이잖아요. (영혼 없이) 너무 이쁘다. 진짜~. (하면
        서 도하 눈치 보고)

도하   훌륭하죠. 가수로서.

솔희   그런 거 말고 여자로요.

도하   그런 생각은… 안 해봤는데.

솔희   (진실로 들리는 게 믿어지지 않는) 허….

S#9.   드림 빌라, 5층 현관 / 밤

엘리베이터가 우웅- 움직이는 소리가 들리자 품에서 카메라 꺼내는
오 기자. 1, 2, 3… 엘리베이터가 5층까지 올라오자 나 기자도 카메라
를 든다. 엘리베이터 문 열리자마자 파바바박! 정신없이 사진 찍기
시작하는 두 사람. 하지만 앞에 서 있는 사람은 새벽 배송을 온 택배
기사다.

기사   (마스크 내리고 살벌하게) 당신들… 뭐야?

오 기자   (맥 빠지는) 하, 젠장… 아니네….

기사   남의 사진은 왜 찍어?? 당신들… 몰카범 뭐 그런 거야? 어디 봐. (카메라
        보려고 손 뻗는)

오 기자   우리 기잡니다! 저널리스트라고요! 아, 손 치워요!

위압적으로 다가오는 택배 기사와 실랑이하다가 바닥에 떨어진 카메라.

| 오 기자 | 으악! 이… 이 렌즈가 얼마짜린데!!! |

눈 돌아간 오 기자, 부들거리며 무슨 일 벌일 듯 기사를 쳐다보는데.

S#10. 연서 경찰서, 형사과 / 밤

걸려온 신고 전화 받는 황순경.

| 황 순경 | 몰카에… 폭력 사건이요? (듣는) 남자 셋… 주소가 어떻게 되죠? |

옆자리에서 그런 황 순경 보는 강민의 모습에서.

S#11. 솔희의 집 / 밤

머릿속이 복잡한 솔희. TV 속 '주군의 태양'은 어느새 엔딩이다.

| 해설(E) | 그렇게 서로가 운명이었음을 깨달은 두 사람! 애틋한 고백을 한다! |
| 중원(E) | 난 너를 한 번도 놓은 적이 없어. 태공실은 없으면 지구가 멸망하니까. 내 태양이니까.◆ |

입 맞추는 공실과 중원. 로맨틱한 OST가 흘러나오고. 솔희, 오글거리면서도 공실에게 몰입되어 부럽다. 뒤늦게 슬쩍 도하의 눈치를 보는데. 의외로 집중해서 열심히 보고 있는 도하.

◆　'주군의 태양' 17화 56분 55초대 참고.

솔희	(대뜸) 어떨 것 같아요? 저렇게… 김…승주 씨 옆에서만 귀신이 안 보이는 여자가 있으면…?
도하	(잠시 진지하게 생각하고) 자신 없어요.
솔희	역시 귀신이 보인다는 게… 좀 그렇죠?
도하	(엄지 생각이 나는) 아뇨. 나 아니면 안 되는 여자 옆에 끝까지 있어줄 자신이요.
솔희	(보는)
도하	마음이 변하는 건… 아무리 노력해도 어떻게 안 되더라고요.
솔희	그래도 노력… 많이 해봤나 보네요. 난 아니다 싶으면 바로 놔버리는데.
도하	아니다 싶을 때가… 언젠데요?
솔희	거짓말할 때.
도하	(잠시 생각하고) 그러면… 거짓말 정말 잘하는 남자를 만나야겠네.
솔희	…?
도하	세상에 거짓말 안 하는 사람은 없으니까요.

솔희, 피식 웃는데. 복도에서 소란스러운 목소리가 들려오고. 얼른 도어 폰으로 바깥 상황을 보면 엘리베이터에서 내리는 강민과 황 순경이 보인다. 화질 때문에 강민을 알아보지 못한 솔희.

| 솔희 | 뭐야…? |

S#12. 드림 빌라, 5층 현관 / 밤

방금 막 올라온 황 순경, 멱살 잡고 싸우는 오 기자와 기사를 말리지만 역부족이다.

| 황 순경 | 자, 자, 그만들 하시죠? |

오 기자	(옷매무새를 가다듬고 명함 꺼내며) 저 이런 사람입니다. (기사 가리키며) 저 사람이 제 카메라 렌즈를 훼손시켰고요.
기사	훼손?? 하… 당신이 먼저 몰카 찍고 있었잖아?

오 기자와 기사의 말에 우왕좌왕 휩쓸리는 황 순경을 지켜보던 강민. 보다 못해 나선다.

강민	(오 기자의 카메라 보고) 상대방 동의 없이 몰래 촬영하면 불법 촬영이죠. (기사 보며) 렌즈도 훼손되긴 했네요? 여기서 계속 이러시면 인근 소란죄까지 추가될 수 있습니다. 일단 서로 가서 얘기하시죠.
오 기자	(쭈굴…) 서요? 경찰서로 가자고요? 제가 지금 일하는 중인데….
강민	저도 일하는 중입니다. (황 순경에게) 모시고 가.

강민의 카리스마에 깨갱… 조용해진 기자들과 기사. 황 순경, 강민을 존경의 눈빛으로 쳐다보고는 다 데리고 엘리베이터를 타는데…. 강민까지 타기에는 엘리베이터가 좁다.

강민	먼저 내려가. 난 계단으로 갈게.

강민, 계단으로 가려다가 뭔가가 발에 채여서 보면. 아까 택배 기사가 놓고 간 택배 상자다. 상자를 들어 올려 주소 확인하고 501호 옆에 두는데. 받는이 '목솔희'라는 이름에 놀라 멈칫. 그 순간 열리는 501호 현관문. 솔희가 빼꼼 얼굴을 내민다. 바로 앞에 보이는 강민의 모습에 깜짝 놀라 눈 커지는 솔희.

강민	솔희야….

오랫동안 그리워했던 솔희를 갑자기 마주하게 되자 감정이 복받치지만 참는 강민.

S#13.　　솔희의 집 / 밤

　　도하, 현관 쪽을 흘끗 보면 문을 빼꼼 열고 서서 웬 남자와 이야기하고 있는 솔희가 보인다.

솔희　　오빠가 여긴… 어쩐 일이야…?

　　'뭐지?' 대화에 귀 기울이는 도하

S#14.　　드림 빌라, 5층 현관 / 밤

　　반가운 마음 애써 누르며 대화 이어나가는 강민.

강민　　(살짝 떨리는 목소리) 나 얼마 전에 여기 연서 경찰서로 발령 받았거든. 신고 들어와서 왔다가…. (문득 솔희 걱정되는, 심각하게) 너 괜찮아? 밖에 많이 시끄러웠지?

솔희　　(얼떨떨한) 어…. 괜찮아. 난.

강민　　(안도하는, 정말 신기해하고 놀란 미소) 어떻게 이렇게 만나지…? 잘 지냈어?

솔희　　어. 뭐… 잘 지내지.

강민　　보고 싶었어. 엄청.

　　솔희, 강민의 말이 어이없기도 하고 당황스러운데. 현관문 틈으로 도하의 구두를 발견하고 표정 굳는 강민. 누가 봐도 남자 구두다.

강민　　(긴장된, 조심스럽게) 너 혹시… 결혼했어…?

솔희　　('뭔 소리?') 아니?

강민   (바깥에서 빵빵 클랙슨 소리 내는 경찰차) 나 이만 가봐야겠다.

강민, 택배 박스 번쩍 들어 솔희에게 건네준다. 얼떨결에 받는 솔희.

강민   얼른 들어가. 문단속 잘 하고.

계단 내려가다가 돌아보는 강민. 아직 자신을 보고 있는 솔희를 향해 웃어주는데. 그 미소에 당황하며 얼른 문 닫고 들어가는 솔희.

S#15.   솔희의 집 / 밤

멍한 얼굴로 들어온 솔희. 택배 박스 그대로 들고 서 있다.

도하   (솔희의 택배 박스 대신 들어서 바닥에 놓아주는) 내 신발 보고 남자랑 산 다고 오해한 것 같은데…. 다음에 만났을 때 잘 설명해요.

솔희   (멍하게 있다가 갑자기 괜히 오버해서) 뭘 잘 설명해요? 누군지 알구…?

도하   …신세 많았어요. 갈게요. (나가는)

도하가 나가고 혼자 남은 솔희. 휘몰아친 상황들에 정신이 없다.

S#16.   도하의 집 / 밤

집에 돌아와 답답했던 셔츠 단추를 푸는 도하.

플래시백 4화 14신 드림 빌라, 5층 현관 / 밤
강민과 이야기 중이던 솔희를 바라보고 있던 도하.
강민(E) 보고 싶었어. 엄청.

강민의 말에 당황하는 솔희의 옆모습을 본다.

도하   (중얼거리는) 전남친…? 그런 표정은 처음 보네….

S#17.   솔희의 집 / 밤

침대에 누워 지도 어플로 연서 경찰서를 검색하는 솔희. 타로 카페에
서 고작 400미터 정도 떨어져 있는 연서 경찰서.

솔희   왜 하필 이 동네야….

솔희, 핸드폰을 엎어놓고 "후…" 한숨 쉰다. 애서 자려고 눈을 감는데.
다시 눈 번쩍 뜨더니 핸드폰 잡고 이번에는 '샤온 김도하'를 검색해본
다. 도하의 펜트하우스에서 나오는 샤온의 사진들.

INSERT 4화 8신 솔희의 집 / 밤
도하의 핸드폰에서 '♥샤온♥' 발신 전화가 떴다가 사라진다.

뻔히 거짓말인 상황에도 안 들렸던 도하의 거짓말에 혼란스러운 솔희.

솔희   (답답한) 뭐지…? 아, 왜 안 들리는 거냐고…!

S#18.   J 엔터, 대표실 / 낮

득찬, 태블릿으로 샤온의 라이브 방송 화면 보여준다. 재찬의 수제 버

거집에서 햄버거를 먹는 모습을 담은 그 라이브 방송이다.

재찬	샤온이 알아서 찾아와준 거야. 진짜야….
득찬	야… 걔가 뜬금없이 남양주 구석에 있는 햄버거집을 왜 찾아가!? 너 이 거 광고인 거 소문이라도 나면 어쩌려고 그러냐…. 어!?
재찬	(웃으며) 이게 어떻게 광고야…. 내가 돈 준 것도 아닌데.
득찬	그럼? 너 지온이한테 뭐 해줬어?
재찬	(우물쭈물) 그냥 뭐 쫌… 알려줬어.
득찬	뭐?
재찬	김도하 사는 곳….
득찬	(인상 팍) 뭐??
재찬	연서동까지만 알려줬어. 진짜야.
득찬	(기막힌) 너… 연서동인 건 어떻게 알았어??
재찬	(눈치 보며) 형 내비 기록….
득찬	(열 받는) 하… 너 진짜… 이제 하다하다 도하를 팔아??

고개 푹 숙이고 있던 재찬. 결심한 듯 입 연다.

재찬	그런데 김도하… 우리한테 빚진 거 많잖아. 나도 도움 좀 받을 수 있는 거 아냐?
득찬	(눈 도는) 무슨 소리야? 도하가 우리한테 뭘 빚졌는데?
재찬	알잖아…. 그때 알리바이도 그렇고….
득찬	(살벌하게 노려보는) 너 그 입 다물어.
재찬	(주눅 든)
득찬	너… 한 번만 더 그 얘기 꺼내면….
재찬	아, 알았어…. 미안해….

후다닥 나가는 재찬. 쉽게 진정되지 않는 듯 심호흡하는 득찬.

도하의 집 / 낮

도하의 집에 찾아온 득찬. 봉투 한가득 장을 봐와서 식탁 위에 올려놓고 내용물을 하나씩 꺼내 냉장고에 넣고 있다. 주로 과일, 샐러드 같은 신선식품들이다.

득찬   재찬이였어. 걔가 샤온한테 알려줬고, 샤온한테 붙은 기자들이 여기까지 왔던 거야. (도하 보며) 미안하다. 매번.

도하   (여유로운) 괜찮아.

득찬   (그런 도하 표정 보고) 너 이상하다? 그 기자들이 집까지 찾아왔으면 또 이사 가네, 어쩌네 해야 되는데…. 왜 아무렇지 않냐?

도하   나 여기 사는 줄 모를 거야. 옆집이 도와줬거든.

득찬   (흥분) 또?? 와… 이 정도면 뭐 수호천사네. (웃다가 갑자기 심각해진) 근데… 기자한테 쫓기는 거 도와준 거면… 니가 김도하인 것도 아는 거 아냐?

도하   기자가 아니라 빚쟁이들이라고 생각해. 내가 뭐 크게 망해가지고 여기로 도망쳐온 줄 알더라고.

득찬   (안도하며 웃는) 진짜? 재밌네.

도하   예전에 학천에서 마주쳤던 건… 전혀 기억 못하는 것 같아.

득찬   내가 뭐랬냐. 그걸 기억하는 니가 이상한 거라니까?

피식 웃는 도하의 모습에서.

S#20.   타로 카페 / 낮

손님 없이 한산한 타로 카페 안. 구석에 앉아 심각하게 뭔가를 고민하는 솔희. 카산드라, 그런 솔희 앞에 커피를 한 잔 놓아주는데.

솔희	무조건 거짓말이 나올 수밖에 없는 질문… 있을까?
카산드라	네…?
솔희	어떤 사람한테만 신령님이 나타나지 않으시는데…. 그게 거짓말을 안 해서 그런 건지, 신령님의 능력이 통하지 않는 건지… 그걸 모르겠단 말이야….
치훈	(예리한 눈빛으로 끼어드는) 그게 아니라… 신령님이 일부러 그 사람한 테만 힘을 안 쓰시는 거 아닐까요? 혹시 그 사람… 남자예요?
솔희	(괜히 심드렁하게) 어. 뭐… 남자긴 해….
치훈	신령님이 신호 보내준 거예요! 운명의 짝인 거 알려주시려고!
솔희	(내심 기대했던 거라 뜨끔) ….
치훈	솔직히… 신령님이 거짓말 계속 알려주면 어떻게 연애해요. 그래서 헌터님 내내 혼자이신 거구.
카산드라	(치훈에게 눈치 주고, 시니컬하게) 전 대화가 부족했던 거라 생각해요. 좀 더 얘기하다 보면 분명 신령님 나타나실 거예요.
치훈	여기 한번 데리고 와요. 다 같이 마피아 게임이라도 할까요? 저희가 도와드릴게요~.
솔희	(갑자기 단호하게) 왜 이렇게 오바해? 됐어. 그만하고 각자 할 일들 해.

신나 있다가 풀 죽은 치훈. 그럴 줄 알았다는 듯 치훈 끌고 가는 카산드 라. 생각이 더 복잡해진 솔희의 모습에서.

S#21.   도하의 집 / 낮

작업실에서 득찬에게 작업한 곡 들려주는 도하. 피아노 반주에 비트 만 얹은 미완성 곡이지만 끄덕끄덕 리듬 타며 흡족한 미소 짓는 득찬.

득찬	좋은데? 샤온한테도 잘 어울리겠어.

도하	(잠시 생각하다가) 형.
득찬	(보는) …?
도하	앨범 계속 같이해야 될까? 이제 나 아니어도 걔한테 좋은 곡 줄 사람 많잖아.
득찬	(예상치 못한, 당황) 뭐? 야… 그래도 계속 둘이 같이했는데.
도하	계속 둘이 같이해서 이렇게 된 것 같아. 음악적으로 서로 많이 의지하다 보니까…. 걔 마음 알면서 계속 모른 척할 수는 없잖아. 내가 잘 얘기해볼게.
득찬	(얼른) 아냐!
도하	…?
득찬	일단 니 생각은 알겠으니까…. 바로 얘기하지는 말자. 걔 지금 활동 중인데 난리 난다…. 응? 무슨 짓할지 모른다고.

듣고 보니 맞는 말이다. 한숨 쉬는 도하의 모습에서.

S#22.   J 엔터, 안무 연습실 앞 + 안 / 낮

헉헉 땀을 흘리며 댄서팀과 안무 연습에 열중인 샤온. 출입문의 작은 창문으로 그 모습 지켜보던 무진. 하이라이트 부분에서 연습실에 들어와 자연스럽게 춤에 합류하더니 혼자 흥 올라서 갑자기 옛날 스타일 나이키를 선보인다. 명품 로고가 크게 박힌 티셔츠가 올라가면서 출렁이는 뱃살이 드러난다. 댄서들, 웃음 나는 것을 참고 박수 치며 호응한다.

댄서1	와~ 이사님!
댄서2	역시 에이세븐 박무진! 워후!

민망해서 차마 못 보는 샤온.

CUT TO

잠시 후 연습실 바닥에 앉아 있는 샤온과 그런 샤온 느끼하게 보며 다가오는 무진.

무진   주말에 강릉에서 행사 있지? 끝나고 저녁 어때? 거기 내 단골 횟집 있는데.

샤온   저 조심해야 돼요. 요즘 사고 많이 쳐서 득찬 오빠… 아니, 대표님한테 찍혔단 말이에요.

무진   (피식) 너 내가 남자로 보이나 보다? 조심해야 한다는 거 보니까?

샤온   (질색) 네?? (기분 팍 상한다) 저 연습해야 돼요. 나가주세요.

무진   (표정 싹 굳어서) 야, 너 못난이 돼지였던 시절 다 잊었어?

샤온   …!

무진   김도하 아니었으면 데뷔도 못했을 게… 겸손해라. 너 그러다 한 방에 훅 간다? (연습실에서 나가는)

분해서 씩씩거리는 샤온, 옆에 놓인 페트병 음료 벌컥벌컥 마시는데.

샤온   (마시다가 뿜는) 뭐야 이거? 물 아니야??

댄서1   (우물쭈물) 그거 에너지 음료….

샤온   칼로리 있는 건 다 치우라고 했잖아!

페트병 쓰레기통에 집어 던지고 연습실에서 나가버리는 샤온.

S#23.   드림 빌라 앞 / 저녁

일 끝나고 집으로 향하는 솔희. 득찬 바래다주러 나온 도하와 딱 마주친다.

솔희	어…?

도하 옆의 득찬을 발견한 솔희. 득찬의 얼굴을 기억해낸다.

INSERT 3화 6신 솔희의 집, 욕실 / 밤
[J 엔터테인먼트 조득찬 대표, 김도하 작곡가와 함께 일한다는 것은
행운] 인터뷰 속 득찬의 사진.

솔희	(아무렇지 않은 척) 손님… 오셨구나.
득찬	(반가운, 서글서글한) 어? 혹시 말로만 듣던 옆집분? 안녕하세요? 저 이 녀석 친한 형입니다!
솔희	아, 네. 안녕하세요. (도하 보며 의외라는 듯) 내 얘길 했어요?
도하	(쑥스럽고) ….
득찬	얘가 도움을 너무 많이 받았더라고요. (습관적으로 명함 꺼내며) 언제 식사라도 대접하고 싶은데…. (명함 보고 당황) 아이고! 딴 사람 명함을…! (얼른 도로 집어넣는데)
솔희	방금 그거 J 엔터 명함이던데…. 그쪽 업계에서 일하시나 봐요?
득찬	아뇨! 저는… 아, 그니까…. (우편함에 꽂힌 부동산 광고지를 보고) 부동산을 하고 있습니다. 명함을 안 갖고 왔네….
솔희	(그럴 줄 알았다는 듯 웃으며) 그렇구나…. 저는 이런 일해요.

음산한 분위기가 가득한 타로 카페 쿠폰을 꺼내 건네는 솔희.

솔희	(옳다구나 싶은) 오시면 무료 타로 한번 봐드릴게요. 둘이 같이 와요.
도하	(궁금한 듯 쿠폰 쳐다보는)
솔희	(도하 보며) 그러고 보니… 무슨 일하는 줄도 몰랐네요. 같은 업종에서 일해요? 부동산?
득찬	(당황해서 얼른) 백수예요!
도하	(득찬과 거의 동시에) 음악 해요.

득찬	(당황해서 어깨 툭 치며) 음악 하고 싶어서 배우는 중이지…?
솔희	(거짓말 유도) 음악도 여러 종류가 있잖아요. 구체적으로 어떤….
득찬	(얼른) 클래식이요. 클래식! 잘 모르실 거예요.
솔희	(자꾸 끼어드는 득찬이 거슬린다, 도하 보며) 이분 말씀이 맞아요?
도하	클래식도… 배웠었죠.
솔희	(집요한) 과거형이네요? 그럼 지금 하는 음악은…!
득찬	*저기요! 죄송한데 지금 저희 둘이 갈 데가 있어서.* (도하를 끌고 가려는데)
솔희	(도하 다른 팔 붙잡고 자기도 모르게) 가지 마요!
도하, 득찬	(어리둥절한 얼굴로 동시에 솔희 보는) …??
솔희	(바로 후회하며 팔 놓는) 아니에요….

창피해서 도망치듯 빌라 안으로 들어가는 솔희. 어리둥절한 도하와 득찬.

S#24. 득찬의 차 안 / 저녁

얼떨결에 득찬과 함께 차에 탄 도하. 잠시 서로 말이 없다.

득찬	(조심스럽게) 야… 쫌 이상한데?
도하	(반박 못하겠고) ….
득찬	왜 저렇게 꼬치꼬치 캐물어? 넌 이럴 땐 적당히 둘러대야지. 거기서 음악 하는 건 왜 말해?
도하	형도… 백수는 너무하지 않아?
득찬	(어라?) 너 지금… 저 여자한테 잘 보이고 싶어서 그러냐?
도하	(좀 찔리는) 뭘 잘 보여…. 어차피 빚쟁이로 알고 있는데.
득찬	(솔희의 쿠폰 보며) 타로 카페를 해서 그런가…. 뭔가 꿰뚫어 보는 것 같은 느낌이 든단 말이야….

득찬의 손에 들린 쿠폰을 보는 도하. '루니 타로 카페' 상호 보인다.

S#25. 솔희의 집 / 밤

집에 돌아와 후회하는 솔희. 수치심 몰려온다.

솔희 (루니 앞에 앉아서) 아… 안 돼! 이러다 또 이사 간다고 하겠네…. 대표는 만난 지 1분도 안 돼서 거짓말 들리던데…. 어떡하지…. (루니 맛있게 밥 먹는 모습 보며) 낼 한번 밥 먹자고 해봐…?

새로운 계획으로 눈 반짝이는 솔희의 모습에서.

S#26. 연서동 산책길 / 낮

힙한 가게들이 줄지어 있는 연서동 산책길(경의선 숲길 느낌). 마스크 쓰고 그 길을 걷고 있는 도하. 기타 하나 들고 버스킹하는 학생도 있고, 구석에서 단편 영화를 찍는 학생들도 있는 생기 있는 분위기. 도하가 흥미로운 얼굴로 그들을 구경하다가 발걸음을 옮긴다.

S#27. 연서 시장 / 낮

계속 걷다가 연서 시장 돌아다니는 도하. 여기저기 맛있어 보이는 음식들을 구경하는데 뒤에서 누군가가 도하의 어깨를 툭 친다.

보로(E)   저기요….

순간 과거 일이 훅 떠오르는 도하.

S#28.   (과거) 학천 시장 / 낮

연서 시장과 비슷한 분위기의 학천 재래시장. 넋 나간 듯 퀭한 얼굴로
시장을 걷고 있는 5년 전의 도하. 주변 사람들이 그런 도하를 보며 수
군거린다. "웬일이야. 아직 이사 안 갔나?" "무슨 낯짝으로 여길 돌아
다니노." 점점 더 움츠러드는데.

과일 상인   (그나마 친절하게) 어…. 왔나?

도하, 위안을 얻으며 과일을 고르려는데. 누군가 도하의 어깨를 툭 친다.

남자1   저기요.

도하, 별생각 없이 돌아보는데. 바로 주먹이 날아온다.

남자1   야, 방송 보고 너무 빡쳐서 여기까지 왔다!
남자2   (도하 얼굴 보고 피식) 맞네! 인터넷에 올라온 사진이랑 똑같네.

순식간에 낯선 남자 셋에게 둘러싸인 도하. 두렵지만 침착하려 애쓴다.

도하   이 뭐 하는 짓이고…?
남자3   시체 어딨어? 그거 알려주면 보내줄게.

무시하고 지나가려는 도하를 확 밀어버리는 남자들. 바닥에 넘어진 도하를 짓밟기 시작한다.

남자1   사람 죽여놓고, 이게 아프냐? (과일 상인에게) 이 사람 범인 맞죠?

과일 상인, 남자1의 말에 고개 끄덕인다. 남자들의 다리 사이로 그 장면을 본 도하. 충격받는다. 포기한 채 한참을 그렇게 두들겨 맞는다.

보로(E)   이거… 떨어뜨리셨어요.

S#29.   연서 시장 / 낮

다시 현재. 도하의 앞에 서 있는 보로. 도하가 떨어뜨린 지갑을 주워준다.

도하   (아직 멍한) 감사합니다….
보로   어…? 그때 그분… 맞죠?
도하   (보로 알아본) 아, 네…. (꾸벅)
보로   (같이 꾸벅 인사하고) 그땐 진짜 죄송했습니다…. (봉투 내밀며) 이거라도….
도하   (얼결에 받으며) 네? 이게 뭐….

수줍게 도망치듯 뛰어가버리는 보로.

도하   저, 저기요! 저기…!

도하, 보로가 내민 봉투 속 내용물을 보면 따끈따끈한 꽈배기가 가득 들어 있다.

타로 카페 / 낮

핸드폰으로 근처 식당을 검색하고 있는 솔희.

솔희　여기 사람도 없고 조용해 보이네…. (메시지 보내려다가 깨달은) 아… 번호 없지…?

때마침 마스크 쓰고 지나가는 남자 발견한다. 도하구나! 싶어 얼른 뛰어나가고. 그런 솔희를 의아하게 지켜보는 카산드라.

S#31.　타로 카페 앞 / 낮

마스크 쓴 남자를 얼른 뒤따라가는 솔희.

솔희　저기요!
남자　네?

알고 보니 도하가 아닌 그냥 마스크 쓴 다른 남자다.

솔희　사람 착각했네요. 죄송합니다….

머쓱해져서 돌아서는데 멀찍이 서서 그런 솔희 보고 있는 도하.

솔희　(반갑게) 어? 맞죠? 이번엔.
도하　(계속 걸어가는)
솔희　(따라 걸으며) 마스크… 좀 눈에 띄는 거로 써보는 건 어때요? 은근 헷갈리네….

도하	눈에 안 띄려고 마스크 쓰는 건데요.
솔희	(어색하게 친한 척하는) 뭘 그렇게 사왔어요? (봉투 속 보고) 아~ 시장 꽈배기. 이거 진짜 맛있는 건데!
도하	(이상하게 보다가) 하나 줘요?
솔희	아뇨. (하다가 무슨 생각에서인지 얼른 말 바꾸는) 네! 하나만요.

솔희, 봉투 속 꽈배기 하나 꺼내더니 얼른 한 입 베어 문다. '그렇게 먹고 싶었나…' 의아하게 바라보는 도하.

솔희	(우물우물) 꽈배기도 얻어먹고…. 너무 고마워서 그런데 저녁 사줄게요.
도하	네?? 그렇게까지 안 해도 돼요. (지나가려는데)
솔희	(따라가며) 오늘 저녁 어때요?
도하	(이 여자가 왜 이러나 싶고) 밖에서는 밥 안 먹어요.
솔희	(얼른) 그때 해장국 먹었었잖아요.
도하	(살짝 당황) 그땐 상황이… 안에 손님도 별로 없었고, 해장국이 맛있기도 했고….
솔희	('이거다!') 아~ 그러면… 손님 별로 없는 맛집을 찾으면… 또 가능할 수도 있다는 얘기네요?
도하	아뇨. 이제 그럴 일 없을 거예요. (가는)
솔희	(어떡하지? 싶다가 얼른) 그때 마스크 벗었잖아요!
도하	(무슨 말인가 싶어서 돌아보는)
솔희	빚쟁이들 만나기 직전에요. 그쪽도 사실은… 마스크 벗고 싶은 거 아니에요?
도하	(뜨끔) …!
솔희	(이때다 싶어 핸드폰 내미는) 번호 찍어요. 그때처럼 적당한 식당이 있을 수도 있고, 빚쟁이들 또 찾아오면… 미리 알려줄 수도 있고.

갈등하는 도하를 바라보는 솔희. 도하, 결심한 듯 번호 찍어준다. 한 건 해냈다! 싶어 미소 번지는데. 도하와 눈 마주치자 얼른 아무렇지 않

은 척 표정 관리하는 솔희.

S#32.   한식당 / 낮

상다리 휘어질 것 같은 진수성찬이 차려진 밥상. 국회 의원 배지를 단 최 의원(60대/여)과 단둘이 식사 중인 연미.

최 의원   의장님이 저번에 샤온 공연 티켓 엄청 좋아하시더라고. 맨 앞 좋은 자리였다며? 어디서 그런 걸 구했어?

연미   그쪽에 지인이 있어서요. 의원님도 언제든 말씀만 하세요.

최 의원   우리 정 의원… 이번에 도지사 공천 받아야 되는데. 그치?

연미   (들뜬 마음 억누르며) 워낙 쟁쟁한 분들이 많아서…. 그래도 기회만 온다면… 다 던질 각오는 돼 있습니다.

최 의원   (조심스럽게) 그… 아들은 아직 독일에 있는 거지?

연미   (아무렇지 않은 척하지만 표정 어두워지고) 네.

최 의원   내가 정 의원 팍팍 밀어주고는 싶은데…. 옛날 그 사건 걱정하는 분들이 있는 건 사실이야.

연미   (애써 표정 관리하며) 저희 애랑은 상관없는 일인데 그게 아직도요?

최 의원   차라리 시신이라도 발견됐으면 사건이 깔끔하게 마무리됐을 텐데….

연미   발견될 리가 없죠. 이미 바다에서 고기밥이 됐을 텐데.

최 의원   (연미의 말에 살짝 놀라고)

연미   (웃으며) 한잔 받으세요. (술 따라주고)

애써 웃고 있지만 도하에 대한 원망에 속이 부글부글 끓는 연미.

S#33.　타로 카페 앞 / 밤

혼자 남아 마감 중이던 솔희. 낑낑거리며 입간판을 가게 안으로 들여
놓으려 하는데 잘 되지 않는다. 그때 누군가 간판을 번쩍 들어준다. 보
면 강민이다.

S#34.　타로 카페 / 밤

입간판 들고 카페에 들어온 강민. 솔희, 아직도 강민과의 재회가 어색
한데.

강민　여기 놓으면 돼?

솔희　응….

강민　(둘러보며) 여기서 일하는구나…. 가게도 차리고 멋있다. 예전에는 너
　　　여기저기 출장 다니면서 타로점 봤었잖아.

솔희　(어색한) 그랬지…. (괜히 옆에 있는 타로 카드 정리하는)

강민　나 여기 있는 거… 불편해?

솔희　편하진 않지. 이제 나가주면 될 것 같애.

강민　미안해.

솔희　(보는)

강민　너 만나면 미안하다는 말… 제일 먼저 하고 싶었어.

솔희　(듣다 듣다 기막힌) 뭐가 그렇게 미안한데? 프러포즈해놓고 한 달 만에
　　　마음 변한 거? 헤어지자는 말 한마디에 바로 이사까지 가버린 거?

강민　(놀란) 찾아왔었어…?

솔희　내가 그렇게 싫었어? 폰 번호에, 집 주소까지 바꿀 정도로?

강민　(마음 아픈, 솔희 어깨 잡고) 싫어한 적 없어. 내가 널 어떻게 싫어해?

솔희　(뿌리치며) 3년 내내 한 번도 연락 없다가 우연히 마주쳐놓고…. 보고

싫었다느니 미안하다느니…. 진짜 헛소리 좀 하지 마!

강민 우연 아니야…!

진실에 놀란 솔희. 옆에 있는 테이블을 꽉 잡는데 흔들거리면서 모서리에 놓여 있던 타로 카드가 후두둑 떨어져 흩어진다.

강민 주변에 물어 물어서… 니가 연서동에 있다는 얘기 듣고 일부러 여기 온 거야. 혹시라도 마주칠까 해서.

솔희 (이해 안 되는) 그럴 시간에 나한테 직접 연락하지. 왜?!

강민 그럼 너 나 만나줬을 거야?

솔희 (할 말 없는) …!

강민 그래서 그랬어…. (착잡한 얼굴로) 지금처럼 니가… 남자 친구 있을 수도 있고.

솔희, 이게 뭔 소린가 싶은데.

플래시백 4화 15신 솔희의 집 / 밤

도하 내 신발 보고 남자랑 산다고 오해한 것 같은데…. 다음에 만났을 때 잘 설명해요.

순간 도하의 말을 떠올린 솔희. 차라리 잘됐다 싶다.

솔희 그래. 나 남자 친구 있어.

S#35. 타로 카페 앞, 도하의 차 안 / 밤

타로 카페 앞을 지나가는 도하의 차. 이내 다시 후진해서 카페 앞에 잠시 멈춰 선다.

INSERT 4화 24신 득찬의 차 안 / 저녁
득찬의 손에 들린 쿠폰을 보는 도하. '루니 타로 카페' 상호 보인다.

쿠폰에 적힌 '루니 타로 카페'와 같은 상호. 저기가 솔희가 일하는 곳이
구나… 싶은 도하. 카페를 슬쩍 둘러보는데 희미하게 불이 켜져 있다.

도하   아직 일하나…?

S#36.   타로 카페 / 밤

씁쓸한 얼굴로 대화 이어나가는 강민.

강민   (조심스럽게) 얼마나 만났어? 잘해줘?
솔희   만난 진 얼마 안 됐는데…. 잘해줘.
도하(E)   (때마침 카페에 들어온) 뭐 해요?

오늘따라 핏이 잘빠진 정장을 입고 나타난 도하. 검정 마스크만 쓰지
않았어도 심쿵했을 비주얼에 살짝 놀란 솔희.

강민   (솔희에게) 남자 친구…?
도하   아…. ('아니요'라고 하려는데)
솔희   (얼른) 어!

솔희의 대답에 놀라 황당한 얼굴로 솔희를 바라보는 도하.

솔희	(아무렇지 않은 척, 도하에게) 나 데려다주러 왔구나?
도하	네? 그건 아니고….
솔희	('아오!' 찌릿 바라보는데)
도하	웬 남자랑 단둘이 있길래… 걱정돼서.

솔희, 도하의 진실에 심쿵하는데 보란 듯이 솔희의 손까지 덥석 잡는 도하. 이 남자가 웬일인가 싶어 눈 동그래지는 솔희. 강민은 두 사람의 꽉 쥔 손이 거슬린다.

강민	(도하에게 정중하게) 미안합니다. 제가 괜히 걱정하게 만들었네요. (솔희에게) 갈게.

강민, 씁쓸한 얼굴로 카페에서 나간다. 솔희, 잡고 있던 손을 놓으려는데.

도하	(손 계속 잡은 채로) 혹시 모르니까… 진짜 데려다줄게요.
솔희	(그런 도하 보며 두근) …!

S#37. 연서동 골목 + 드림 빌라 앞 / 밤

손을 잡고 함께 집으로 걷는 솔희와 도하.

솔희	생각보다… 순발력이 있네요?
도하	그쪽 눈빛이 간절해 보여서. 전남친이… 원치 않는데 계속 찾아오고 그러는 거예요? (슬쩍 뒤돌아보는)
솔희	그 정도 아니에요…. (잠시 생각하다가) 착해요.
도하	(강민 감싸는 게 마음에 안 드는) 근데 왜 이렇게까지 해요?

마침 빌라 앞에 도착하고, 손을 놓는 도하.

도하   이런 거짓말하지 말고 그냥 확실히 말해요. 그리고 이거…. (카드 건네
           는) 바닥에 떨어져 있었어요.
솔희   (받고, 작게) 운명의 수레바퀴….
도하   갈게요.

아쉬운 듯 도하의 뒷모습을 바라보는 솔희.

S#38.   오아시스 / 밤

선글라스 쓰고 평소처럼 연주 중인 도하.

S#39.   오아시스, 뒷문 / 밤

오아시스 뒷문. 벽에 기대 서 있는 중규와 도하. 늘 그랬던 것처럼 도하
는 콜라를 마시고, 중규는 캔 맥주를 마시고 있다. 슬쩍 도하의 눈치를
살피는 중규.

중규   오늘 공연… 그 옆집 여자 때문에 늦었지?
도하   (놀라서) 네…?? 어떻게….
중규   (피식) 그때 김 군이 선글라스도 안 쓰고 튀어나갈 때부터 알아봤지.
           (은밀하게) 지금 뭐 어떤 상황이야? 손은 잡았어?
도하   네…? (당황) 아, 그런 거 아니에요.
중규   옆집이면 접근성 너무 좋다~. 보고 싶으면 그냥 현관문 열면 되겠네.

따로 바래다줄 것도 없고.

도하   아니라니까요….

중규   재즈 경력 20년…. 내 눈은 못 속인다. (웃으며 들어가는)

도하   (황당한 얼굴로 따라 들어가며) 재즈랑 무슨 상관인데요?

S#40.   J 엔터, 지하 주차장 / 밤

차에 타는 득찬. 주차장 빠져나가려는데 웬 차 한 대가 뒤에서 슬슬 따라오는 것이 보인다. 바로 감 잡은 득찬. 갑자기 차를 멈춰 세우고 차에서 내린다. 뒤따라오던 차가 득찬에게서 도망치듯 슬금슬금 후진하다가 시동을 꺼버리는데.

득찬   (운전석 옆에 서서 창문 똑똑 두드리며) 내려라…. 내리라고!

어쩔 수 없이 운전석에서 내리는 사람. 샤온이다.

득찬   다른 차 타면 모를 줄 알았어? 너 이제 나까지 미행하냐? 내가 지금 도하한테 갈까 봐?

샤온   (징징거리는) 오빠 얼굴 보고 싶어 죽겠단 말이야….

득찬   (한숨 쉬고 결심한 듯) 도하… 이제 니 앨범 안 하겠대.

샤온   (듣고도 안 믿기는) 뭐…?

득찬   너한테 직접 말하겠다는 거 내가 간신히 말렸어.

샤온   (절레절레) 그럴 리 없어. 나… 도하 오빠 아니면 안 되고, 오빠도 나 아니면 안 돼!

득찬   나도 너희 둘 계속 같이했으면 싶지…! 근데 도하 단호해. 너 이런 식이면… 진짜 끝이야.

샤온   (충격받은) …!

득찬   기회 봐서 내가 설득해볼 테니까…. 그니까 제발 가만히만 있어. 응?
(매니저에게 전화 거는) 난데. 지온이 집에 바래다줘.

S#41.   샤온의 밴 / 밤

백미러로 샤온 눈치 보며 운전하는 매니저. 너무 조용해서 오히려 불
안하다. 멍하게 창밖을 바라보는 샤온의 눈빛에서.

S#42.   (과거) J 엔터 구 사옥, 연습실 / 낮

트레이너(30대/남) 앞에서 노래 부르는 연습생 시절의 샤온. 지금과
달리 통통하고 잘 꾸미지 못하는 촌스러운 모습이다. 노래는 잘 부르
지만 다른 예쁘고 날씬한 연습생들과 비교되고. 아무도 샤온을 주목
하지 않는 분위기인데.

트레이너   (반주 멈추고) 확실히 지온이 니가 울림통이 좋다~.
샤온   ('칭찬인가?') 감사합니다.
트레이너   덩치가 크니까 당연한가? (다른 연습생 가리키며 혼내듯) 야! 넌 소리가
왜 이렇게 힘아리가 없어! 응? 그래도… 예쁘니까 통과!

화기애애한 분위기 속 혼자 겉도는 샤온.

S#43.   (과거) J 엔터 구 사옥, 뒷문 / 낮

구 사옥 건물 뒤에 쪼그려 앉아 있는 샤온. 새 담배 꺼내 뜯는데 뒤에서 담배 가져가는 누군가의 손. 놀라서 휙 돌아보면 모자에 마스크를 쓴… 지금보다 더 어두운 모습의 도하다.

도하	노래 안 부를 거야? 정신 있어?
샤온	(손 뻗으며) 줘.
도하	빨리 들어가서 연습해. 곧 데뷔할 애가.
샤온	(달려드는) 줘! 달라고오!
도하	(팔 높이 뻗어 절대로 안 빼앗기는데)
샤온	(악 올라 신경질적으로 도하 퍽퍽 때리는) 오빠만 그래! 나 데뷔할 거라고 말해주는 사람… 오빠밖에 없다구!
도하	(샤온 팔 잡으며 말리는) 나도… 내 노래 제대로 불러주는 사람… 너밖에 없어.

씩씩거리다가 도하의 말에 감동하고…. 갑자기 울음 터진 샤온. 도하 끌어안고 운다.

샤온	나 꼭 성공해서… 상 받으면서 오빠 이름 말할 거야. 두 번째 세 번째 아니고, 꼭 첫 번째로 말할 거야….

당황스럽지만 어색하게 샤온의 등을 토닥여주는 도하의 모습에서.

S#44. 샤온의 밴 / 밤

다시 현재. 그때 떠올리고 조용히 눈물 흘리는 샤온. 손으로 눈물 훔친다.

타로 카페 / 낮

솔희, 구석에 앉아 어제 도하가 준 타로 카드 보고 있다.

카산드라　운명의 수레바퀴네요. 갑작스러운 변화를 예고하는 카드. 행운일 수
　　　　　도, 불행일 수도 있다…. (솔희 표정 살피다가) 마스크 쓴 남자죠?

솔희　　　뭐?

카산드라　지금 고민하는 분…. 그때 변태로 오해 받았던 마스크 쓴 남자잖아요.
　　　　　요 앞에서 얘기하시는 거 봤어요.

솔희　　　너… 쫌 무섭다…?

카산드라　그냥 술 한번 마셔봐요.

솔희　　　술?

카산드라　술은 사람을 본능적으로 만들잖아요.

솔희　　　치킨에도 콜라를 먹는 사람인데…. (둘러보며) 치훈이 없으니까 조용
　　　　　하네. 오늘 어디 간다고 했었지?

카산드라　샤온 팬 사인회요.

S#46.　　강릉 호텔 / 낮

바닷가 근처에 새로 완공된 리조트형 호텔. 광고 모델인 샤온이 부스
마련해놓고 팬 사인회를 하고 있다. 정장을 입은 경호원들이 삼엄하
게 경계 중이고. 수많은 팬들로 북적이는데 그들 중 하나인 치훈. 머리
부터 옷까지 잔뜩 멋 부린 모습인데 오히려 너무 꾸며서 뭔가 촌스럽
다. 주변 눈치 살피며 재킷 주머니에서 뭔가를 꺼내는데…. 뽁뽁이에
겹겹이 포장된 반숙란이다. 벅찬 얼굴로 반숙란 바라보는 치훈. 저쪽
에서부터 환호성이 들려와서 보면. 환하게 미소 지으며 손 흔드는 샤
온. 손 키스를 날리기도 하고 손 하트를 보여주기도 하며 팬 서비스를

해준다. 그런 샤온을 바라보던 치훈. 환호성을 지르다가 뭔가 이상함을 느낀다.

치훈   뭐지…? 눈이 슬퍼 보여….

모두가 환호하고 있고 샤온도 활짝 웃고 있지만, 치훈은 그런 샤온을 걱정스러운 눈으로 조용히 바라본다.

CUT TO

차례가 코앞에 다가온 치훈. 바로 앞 팬에게 사인해주는 샤온을 바라보다가 결국 샤온의 앞에 선다.

샤온   (웃으며 사인하는) 안녕하세요. 이름이?

치훈   (너무 떨려서 버벅거리는) 백…치훈이요.

샤온   (이름 적으며 상냥하게) 네~ 치훈님.

치훈   혹시 저… 기억하세요? (주머니에서 반숙란을 꺼내 펼치고)

샤온   (당황) 네? 죄송해요. 제가 팬 한 분 한 분을 다 기억하지는 못해서…. 이건 저 주시는 거예요? (가져가려고 손 뻗는)

치훈   (실망한) 아뇨. (얼른 반숙란 다시 챙기며) 제 꺼예요….

샤온   (이상하지만 웃으며 사인지 전해주는) 여기요. 와주셔서 감사해요.

치훈, 사인지를 받고 나서도 할 말이 있는 듯 서 있고.

진행 요원   (내려가라고 손짓) 자, 다음 분이요.

치훈   (대뜸) 무슨 일 있었죠? 운 것 같은 눈인데.

샤온   (놀라는) …!

진행 요원   (결국 치훈 끌어내리는)

치훈   (끌려가며) 힘내요!

샤온, 그런 치훈 바라보다가 작은 손거울로 얼굴 확인하는데 아무렇지도 않다. 눈에는 글리터 섀도가 반짝이고 있을 뿐. 얼른 거울 집어넣고 다음 팬에게 웃으며 사인해주는 샤온.

<u>S#47.</u>   도하의 집 / 밤

사운드 클라우드에서 신인 작곡가들의 곡을 듣고 있는 도하. 그때 띠링- 솔희에게 도착한 카톡.
[뭐 해요?]
[아구찜 먹을래요?]
[여기 맛집이고 지금 손님 한 테이블밖에 없대요]
[1 사라졌으면 읽었네요?]
[5분 뒤 엘베 앞에서 봐요!]

도하   (어이없는) 뭐야, 자기 마음대로….

솔희, 마지막으로 아귀찜집 지도와 사진을 보내준다. 먹음직스러운 아귀찜 사진에 침 꼴깍 삼키는 도하.

<u>S#48.</u>   아귀찜집 / 밤

먹음직스러운 아귀찜이 두 사람 앞에 놓인다.

솔희   어우~ 맛있겠다!

도하, 주변 눈치 보는데 구석 멀리 떨어진 테이블 커플 손님 외에는 사람이 없다. 마스크 벗고 아귀찜 먹기 시작하는데.

솔희	(뿌듯한) 잘하네~. 봐요. 밖에서도 먹을 수 있잖아요.
도하	(머쓱한) 아구찜 오랜만이라서….
손님1	넌 잘 먹는 모습이 예뻐.
손님2	자기도 먹는 모습 섹시해.

솔희, 들려온 거짓말에 옆 테이블 슬쩍 본다. 겉보기엔 사이좋아 보이는 커플. 서로에게 먹여주며 깨가 쏟아진다.

솔희	(젓가락 놓고) 저기요, 나한테 아무 거짓말이나 한번 해볼래요?
도하	갑자기 무슨 거짓말을 해요?
솔희	한마디만요. 나한테 예쁘다고 해보든가!
도하	(귀찮은 듯) 예뻐요.
솔희	(예상 못한 진심이라 심쿵) …!
도하	그 정도면 예쁘지…. (밥 우걱우걱 먹는)

솔희, 얼굴 빨개져서 괜히 냉수 들이켜는데.

솔희	(회심의 한마디) 술 한잔할래요?
도하	술 끊었어요. 저번에 주차장에서 자던 때는… 정말 몇 년 만에 마신 거였고요.
솔희	왜 끊었어요?
도하	평생 먹을 술… 한번에 몰아서 다 마셨거든요. 더는 안 될 것 같아서. (컵에 캔 콜라 따르며) 이걸로 끊었어요.
솔희	(아쉬운) 그렇구나…. (고민하다가 생각난) 그럼 우리 그때 못한 얘기 마저 해볼까요?
도하	…?

솔희	음악 한다면서요. (영혼 없이) 멋있다~. 자세히 좀 듣고 싶은데.

도하, 난감한데. 때마침 저장되지 않은 낯선 번호로 전화가 걸려온다.

도하	(망설이다 받는) 여보세요…?
솔희	(목이 탄다, 냉수 마시고)
샤온(E)	(힘없이) 이제야 받네. 내 전화.
도하	…!
샤온(E)	끊지 마. 끊으면 오빠… 내 마지막 목소리 못 듣는 거야.
도하	(놀란) 너…! 그게 무슨 소리야?

놀란 도하를 보고 덩달아 놀란 솔희. 심각한 분위기 감지한다.

S#49. 강릉 바닷가 / 밤

출렁이는 검은 바다를 보며 통화 중인 샤온.

샤온	더는 오빠가 만든 노래 부를 수 없다고 생각하니까… 내가 아무 쓸모없는 사람으로 느껴져…. 더 살고 싶지가 않아.
도하(E)	야… 너 그게 무슨…!
샤온	(힘없는 미소) 그동안 내 지랄 같은 성격 받아줘서 고마워, 오빠.

전화 끊어버리는 샤온. 챙겨온 담배 포장을 벗기는데.

S#50. 아귀찜집 / 밤

너무 놀라 창백해진 도하. 걸려온 전화로 다시 전화를 걸어보지만 폰 꺼져 있다. 벌떡 일어나 나간다.

솔희   (어리둥절) 어디 가요?? 아, 잠깐만요! (따라 나가는)

S#51.   아 귀 찜 집 앞 + 도 하 의 차 안 / 밤

차를 향해 걸어가는 도하를 쫓아가는 솔희.

솔희   무슨 일인데요? 갑자기 어딜 가는 건데요? 네?
도하   (득찬에게 전화 거는) 형, 샤온 지금 어디 간 줄 알아?
솔희   (샤온을 대놓고 말하는 도하 보며 놀라고)
득찬(E)   샤온? 걔 오늘 강릉 스케줄 갔지.
도하   (홀린 듯) 강릉….
득찬(E)   왜 그래? 무슨 일인데??
도하   죽겠대…. 죽어버리겠대!!
솔희   (놀란) …!

핸드폰까지 떨어뜨리고 헉헉거리는 도하. 공황에 빠진 듯 주저앉는다. 답답한 듯 주먹으로 가슴을 치는데.

솔희   (어쩔 줄 모르겠고) 괜찮아요? 왜 그래요? 네?

혼자 "여보세요!?" 하는 득찬의 목소리 들리는 핸드폰. 솔희, 핸드폰 줍는 사이 무작정 차에 탄 도하. 떨리는 손으로 핸들을 잡는데.

솔희   (앞문 벌컥 열고) 내려요!

도하	(힘없이 보다가 문 닫으려고 하고)
솔희	(절대 안 된다는 듯 문 꽉 잡고) 그 상태로 무슨 운전이에요! 비켜요! 내가 해요!

S#52. **고속 도로, 도하의 차 안 / 밤**

솔희, 운전하면서도 틈틈이 옆자리 도하를 살핀다. 조금 나아졌지만 여전히 괴롭게 불규칙한 호흡을 하는 도하. 무슨 상황인지 모르겠고, 답답해 미치겠는데.

솔희	이럴 게 아니라… 병원 가야 되는 거 아니에요?
도하	(힘겹게) 나랑 약속 하나 해요. 비밀 지키겠다고.
솔희	네. 뭔데요.
도하	나 작곡가 김도하고, 지금… 샤온 만나러 가는 거예요. 걔가 어떤 상태든 사진 찍거나 소문 내지 말아줘요.
솔희	(별로 놀랍지 않은) 알겠어요, 김도하 씨. 그건 걱정하지 말고요…. 샤온은 매니저도 있고… 주변 사람 많잖아요. 누구 대신 좀 가보라고 하면 안 돼요? 꼭 직접 가야 되냐고요.
도하	그런 소리 할 거면 내려요. 내가 운전할 테니까.
솔희	아, 알았어요. 알았어요. 가만있을게요.
도하	(답답한) 빨리 좀 가줄 수 없어요?
솔희	(슬슬 열 받는) 지금 제한 속도 안에서 최대로 밟은 거거든요? 도착하기도 전에 죽고 싶어요??

S#53. **고급 바 앞 / 밤**

술 먹다 밖에 나와 통화 중인 득찬.

득찬　(심각한) 샤온 뭐 어떻게 된 거야?

매니저(E)　죄송해요. 갑자기 제 폰 들고 없어져서…. 저도 연락이 늦었어요.

득찬　걔 요즘 정신없는 거 알잖아! 신경을 썼어야지…!

업계 사람　(득찬 찾아 나온) 조 대표? 여기서 뭐 해?

득찬　(얼른 웃으며) 아, 네. 들어가겠습니다. (매니저에게) 샤온 빨리 찾아내! 알겠어??

S#54.　**강릉 바닷가 / 밤**

사람 없는 을씨년스러운 밤바다. 검정 롱 패딩 입고 후드까지 쓴 샤온. 산책하듯 백사장을 걷는데 높은 구두 굽이 모래에 푹푹 들어가 걷기가 힘들다. 신고 있던 구두를 벗어 손가락에 걸고 맨발로 걷는 샤온.

샤온　아!

깨진 조개를 밟고 움찔하는 샤온. 울상이 된 얼굴로 뒤꿈치 보는데 살짝 피가 맺혀 있다. 그냥 그 자리에 앉아버리는 샤온. 옆에 구두를 세워둔다.

S#55.　**강릉 바닷가, 근처 도로 / 밤**

해변가 길을 달리는 도하의 차.

S#56. 강릉 바닷가, 근처 도로 + 도하의 차 안 / 밤

혹시나 샤온이 보일까 창밖 뚫어지게 보고 있던 도하. 바닷물로 들어 가려는 샤온이 보인다. 가슴이 철렁 내려앉는다. 과거 엄지 모습과 오 버랩되고.

S#57. (과거) 학천 바닷가 / 밤

5년 전. 학천 바닷가를 걷고 있는 엄지의 뒷모습. 죽을 것처럼 바다에 뛰어든다. 따라 들어가 그런 엄지를 잡고 말리는 도하.

엄지   이거 놔!
도하   왜 이래 진짜!
엄지   헤어지자며…. 차라리 죽을래. 나 어차피 너 없인 못 살아…! (계속 들어 가려 하면)

뒤에서 엄지를 끌어안고 말리는 도하의 괴로운 모습.

S#58. 강릉 바닷가, 근처 도로 + 도하의 차 안 / 밤

다시 현재. 그때를 떠올리고 아찔한 도하.

도하   세워…. 차 세워요!!!

솔희, 놀라서 끼익- 급하게 차 세운다. 얼른 내려 샤온 향해 미친 듯이

뛰는 도하. 바다로 점점 더 깊이 걸어 들어가는 샤온의 뒷모습이 가까워진다. 첨벙첨벙 망설임 없이 바다로 뛰어든 도하. 샤온의 어깨를 잡아 세우는데!

샤온   (전혀 몰랐다는 얼굴로) 도하 오빠…?

안도와 분노의 감정이 뒤섞인 도하. 아무 말없이 무섭게 샤온 노려보다가 샤온 끌고 바닷가에서 나온다.

샤온   (꽉 잡힌 손목) 오빠… 아퍼어….

아무것도 안 들리는 사람처럼 저벅저벅 걷다가 백사장에 놓인 샤온의 하이힐을 보고 멈칫하는 도하.

INSERT (과거) 취조실 / 밤
5년 전. 곽 형사, 도하의 눈앞에 사진 들이민다. 백사장에 덩그러니 놓인 엄지의 피 묻은 샌들 사진이다.

그때 생각에 아찔한 도하. 샤온의 신발을 보는 게 괴롭다.

도하   신어.
샤온   못 신어…. 나 발 아파….

도하, 그제야 샤온의 뒤꿈치에서 피가 나는 것을 발견한다. 어쩔 수 없이 샤온 공주님 안기로 안아 올리고 샤온의 신발을 한 손에 들고 가는 도하. 어쨌든 도하에게 안겨 기분이 조금 좋아진 샤온. 멀리서 그 모습을 보고 있던 솔희. 이게 무슨 일인가 싶다.

솔희   (중얼중얼) 진짜 죽으려고 했던 거야…?

넋 놓고 있다가 두 사람 가까이 오는 것을 보고 얼른 차에 타는 솔희.

S#59.   강릉 바닷가, 근처 도로 + 도하의 차 안 / 밤

솔희, 차에 히터 틀고 뒷좌석에도 온열 시트 켠다. 벌컥 뒷좌석 문 열리고 샤온을 앉히는 도하. 문 닫고 나가려는 도하의 손을 덥석 잡는 샤온.

샤온   어디 가….

도하   (차갑게 뿌리치고) 놔.

차에서 내린 도하. 어딘가로 전화를 건다. 샤온, 창밖의 도하를 바라보다가 뒤늦게 운전석의 솔희 발견하고 놀란다.

샤온   엄마야!

솔희   (자신을 보고 놀란 걸 알고, 아무 말) 안녕하세요….

샤온   (경계) 누구세요…?

솔희   (얼른) 저 그냥 김도하 씨 옆집 사는 사람이에요. 신경 쓰지 마세요.

샤온   (놀란) 오빠 이름도 아네…? 그냥 옆집 사는 사람이… 여기까지 운전은 왜 해요?

솔희   (난감한) 그게….

그때 자동차 전조등 불빛 들어온다. 샤온의 밴이다. 벌컥 차 문 여는 도하. 슬리퍼 발밑에 내려놓는다.

도하   내려. 매니저 왔어.

샤온   오빠, 이 여자 누군데? 응?

도하   (화 삭이는) ….

샤온   이럴 거면… 나 그냥 죽게 냅두지 그랬어? 나 진짜… 나 진짜 죽고 싶
       는데에…!

       솔희, 샤온의 거짓말에 표정 굳는다. 정말 억울해 죽겠다는 표정을 짓
       고 있는 샤온.

S#60.   (과거) 강릉 바닷가 / 밤

       4화 56, 58신과 동일 상황. 멀리서 차 가까워지는 소리 듣고 바닷물로
       천천히 걸어가는 샤온. 끼익- 급정거 소리에 살짝 뒤돌아본다. 도하가
       내리는 것을 확인하고는 성큼성큼 바다로 들어간다.

S#61.   강릉 바닷가, 근처 도로 + 도하의 차 안 / 밤

       다시 현재. 도하 원망스럽게 바라보는 샤온.

샤온   이 여자… 누군지 얘기해.
솔희   (난감한) 저기요, 나는 그냥….
도하   (참다참다 폭발한, 버럭) 안 내려!!??

       갑자기 버럭 하는 도하를 보고 깜짝 놀란 샤온. 솔희도 처음 보는 도하
       의 모습에 놀라 눈 동그래진다. 도하의 위압적인 분위기에 3초 만에
       뚝뚝 눈물을 흘리는 샤온. 그런 샤온 보면서도 표정 변화 없는 도하.
       샤온, 반항하듯 슬리퍼 대신 하이힐 신고 절뚝절뚝 차에서 내려 "우에
       엥~!" 하며 매니저에게 달려간다. 도하, 샤온이 매니저 차에 잘 타는지

끝까지 지켜본다. 솔희는 그런 도하의 눈치를 살필 뿐인데.

S#62.   도로, 도하의 차 안 / 밤

다시 서울로 돌아가는 솔희와 도하. 도하, 심란한 듯 말없이 창밖만 바라보고. 솔희는 뭔가 말을 걸고 싶지만 침묵한다. 아픈 듯 이마를 짚는 도하.

솔희   어디 아파요?
도하   …미안해요.
솔희   눈 좀 붙여요.

아무런 말도 하지 않은 채 창밖만 보는 도하의 모습.

S#63.   도로 / 밤

한적한 고속 도로를 달리고 있는 도하의 차.

S#64.   도로, 갓길 / 밤

갓길에 차 세우고 잠든 도하의 좌석을 뒤로 젖혀주는 솔희. 도하를 딱하게 바라보다가 다시 차 출발시킨다.

S#65.   드림 빌라, 주차장 + 도하의 차 안 / 밤

솔희, 내려서 조수석 문을 여는데 고개 푹 숙인 채 잠들어 있는 도하.

솔희   (피곤한) 다 왔어요. 일어나요.

하지만 꼼짝 않는 도하. 알아들을 수 없는 크기의 목소리로 뭔가를 중얼거린다.

솔희   뭐라고요? 일단 일어나요. 나와서 얘기해요.

솔희, 도하를 깨우려고 보면 얼굴에 식은땀이 송글송글 맺혀 있다. 오한으로 덜덜 떨리는 몸.

솔희   (놀란) 괜찮아요? 이봐요, 김도하 씨!

S#66.   (과거) 취조실 / 밤

5년 전. 4화 58신 인서트와 동일 상황. 도하, 생각이 많은 복잡한 얼굴로 곽 형사에게 취조 받고 있다.

곽 형사   김승주! 니 뭐라 캤노! 최엄지 니가 죽였다며. 와 말이 바꼈노?
도하   ….
곽 형사   (흥분 가라앉히고, 엄지의 피 묻은 샌들 사진 보여주며) 자, 봐라. 이거 기억 나재?
도하   (눈빛 흔들린다, 애써 외면하는데)
곽 형사   (도하의 얼굴 붙잡고 눈앞에 사진 흔들며) 와 이리 피가 났는데? 뭐로 찔렀

어? 범행 도구 미리 준비해갔어?

S#67.   드림 빌라, 주차장 + 도하의 차 안 / 밤

식은땀 흘리고 있는 도하를 보며 난감한 솔희.

도하   (들릴 듯 말 듯 뭔가 말하는)
솔희   네? 뭐라고요? 어디 아파요? 못 일어나겠어? (귀 가까이 대는)
도하   *제가 죽인 거… 아니에요….*

쿵. 솔희의 심장이 떨어진다. 처음 듣는 도하의 거짓말 목소리에 놀란
솔희의 표정에서. 엔딩.

5화

뭘 어떻게 알아요!?

말을 안 해주는데

당연히 모르지!

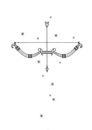

S#1.　　　(과거) 학천 고등학교, 운동장 / 낮

고등학교 운동장에서 빠르게 굴러가는 축구공. '김승주'라는 명찰이
달린 교복을 입고 골대를 향해 공을 몰아가는 도하. 수비수가 공을 빼
앗으려 하자 마르세유 턴으로 따돌리고 골을 넣는다. 철렁이는 골망.
"우와!" 하며 환호하는 친구들. 도하에게 몰려온다. 친구들 틈에 둘러
싸여 환하게 웃는 고등학생 시절의 도하. 지금과는 전혀 다른 해맑은
모습인데⋯. 3층 창문에서 턱 받치고 그런 도하를 보고 있는 엄지. '최
엄지' 명찰 달고 있다. 하얀 피부에 찰랑이는 긴 생머리⋯. 남학생들 여
럿 울렸을 법한 청순한 얼굴. 점심시간 끝을 알리는 종소리가 울리고.
친구들과 학교 건물로 들어가던 도하. 엄지를 발견하고 크게 손을 흔
들어 보인다. 엄지, 화들짝 놀라서 얼른 눈 피하고 교실에 쏙 들어간
다. 그 모습이 귀여워 피식 웃는 도하.

S#2.　　　(과거) 학천 고등학교, 교실 / 낮

땀에 젖은 얼굴로 교실에 들어온 도하. 자신의 책상 위에 놓인 이온 음
료를 발견한다. 대각선 뒤에 앉은 엄지일 거라 생각하고 뒤돌아 엄지

를 보는데. 아닌 척 얼른 눈 피하는 엄지. 괜히 영어 교과서를 넘겨본다. 도하, 보란 듯이 음료수를 따서 꿀꺽꿀꺽 마신다. 공부하는 척하면서 그런 도하를 흘끗 쳐다보는 엄지.

친구	혼자 묵노. 내도 묵자. (빼앗아가려 하면)
도하	(절대 안 빼앗기는) 안 된다.

급하게 원샷하다가 콜록거리는 도하를 보며 피식 웃는 엄지.

교사	뭐가 이리 소란시럽노, 반장!
도하	(얼른 일어나는) 다들 조용! 차렷. 경례.
학생들	(도하의 말에 얼른 정숙하는) 안녕하세요.
교사	(흐뭇) 반장, 일어난 김에 56페이지 함 읽어봐라.
도하	(영어 문장 막힘 없이 읽고)

엄지, 그런 도하를 넋 놓고 바라보는데.

교사	책 봐라….
엄지	(자기 얘기인 줄 모르고)
교사	반장 고만 쳐다보고 책 보라고.

교사의 언성이 높아지자 교과서 읽기를 멈춘 도하. 교사와 눈 마주친 엄지. 그제야 자기 얘기인 줄 알고 화들짝 놀라 책 보는데. 학생들, 키득키득 웃는다. 도하, 그런 엄지를 걱정스럽게 바라보는데.

교사	(엄지 옆에 다가와 명찰 보고) 최엄지…. 니 반장 좋아하나?
엄지	네…? 아뇨…. (어쩔 줄 몰라 고개 숙이는데)
교사	(짓궂은) 아닌데 와 그리 빤~히 쳐다보노? 어?
도하	(보다 못해) 제가 좋아합니다.

학생들, "웬일이야!" 하며 호들갑 떨고, "우워어~!" 야유하고 난리 난다. 새빨개진 얼굴로 도하를 쳐다보는 엄지의 모습에서.

S#3.   (과거) 엄지의 집 / 낮

5년 전 엄지와 엄호의 집. 살림살이에서 궁색함이 느껴진다. 외투를 입고 가려고 하는 도하를 붙잡는 엄지.

엄지   하루만 더 있다가 가.
도하   내일 일찍 수업 있어. 가야 돼.

엄지, 탁자 위에 있던 도하의 차 키를 얼른 낚아채가더니 화장실 변기에 던져버린다. 도하, 놀란 얼굴로 따라와 그 풍경을 보는데. 말릴 새도 없이 변기물을 내려버리는 엄지.

엄지   (서늘하게) 너 서울 못 가. 오늘 가면… 안 올 거잖아.
도하   (너무 놀라서 굳은, 엄지가 낯설다)
곽 형사(E) 니 뭐라 캤노!

S#4.   (과거) 취조실 / 밤

4화 66신 동일 상황. 수척한 몰골의 도하. 곽 형사에게 취조를 받고 있다.

곽 형사   (언성 높이는) 최엄지 니가 죽였다며. 와 말이 바뀌었노?
도하   ….

곽 형사	(흥분 가라앉히고, 엄지의 피 묻은 샌들 사진 보여주며) 자, 봐라. 이거 기억 나재?
도하	(눈빛 흔들린다, 애써 외면하는데)
곽 형사	(도하의 얼굴 붙잡고 눈앞에 사진 흔들며) 와 이리 피가 났는데? 뭐로 찔렀어? 범행 도구 미리 준비해갔어?
도하	(힘겹게) 아뇨…. 제가 죽인 거… 아니에요.

결국 그렇게 말하고 괴로워 고개 숙이며 얼굴 감싸는 도하. 멀리서 들려오는 누군가의 목소리. 바로 옆에서 말하듯 점점 커지고. "김도하 씨!"

S#5.   드림 빌라 주차장 + 도하의 차 안 / 밤

다시 현재. 4화 67신의 연결. 식은땀 흘리는 도하를 보며 난감한 솔희.

솔희	어디 아파요? 못 일어나겠어? (귀 가까이 다가가고)
도하	*제가 죽인 거… 아니에요….*

솔희, 도하의 거짓말 목소리에 맥이 탁 풀린다.

솔희	(중얼중얼) 거짓말… 들리네….

능력이 통하지 않는 특별한 남자가 아니라는 것을 깨닫고 허탈한데. 그사이 잠에서 깨어난 도하. 아직 여기가 어딘지 감이 안 온다.

도하	(급히 두리번거리며) 샤온은요? 샤온은….
솔희	샤온 안 죽었어요. 아까 멀쩡하게 잘 가는 거 봤잖아요. 무슨 꿈까지

꾸고….

그제야 상황 파악한 도하. 안도의 숨을 내쉬는데.

솔희   (샤온 거짓말 떠올린) 그리고… 샤온 죽을 생각 없어요. 걱정 마요.
도하   (차갑게) 그걸 어떻게 알아요? (마스크 쓰고 차에서 내려 저벅저벅 걸어가는)
솔희   (따라가며) 같이 좀 가요!

―――
S#6.   드림 빌라, 엘리베이터 + 드림 빌라, 5층 현관 / 밤

엘리베이터에 탄 솔희와 도하. 도하, 고개 푹 숙이고 엘리베이터 벽에 기대듯 서 있다. 어딘가 아파 보이는데. 솔희는 솔희 나름대로 심란하고 피곤하다. 하품하며 멍하게 층 숫자판 바라보는데. 엘리베이터 거울에 비친 도하의 아픈 얼굴을 발견한 솔희. 도하, 엘리베이터 문 열리자 비틀거리며 집으로 향한다. 솔희, 도하의 이마에 대뜸 손을 짚어본다.

솔희   (놀란) 뭐야… 완전 뜨겁네!
도하   (솔희 손 치우며 차갑게) 우리가 이 정도로 가까웠어요?
솔희   (황당) 스킨십 아니고 온도 체크예요. 지금 완전 불덩이거든요? 집에 해열제 있어요?
도하   필요 없어요….

도하, 모든 것이 힘들고 귀찮다. 집에 들어가는 도하를 안타까우면서도 답답하게 바라보는 솔희.

S#7.   솔희의 집 / 밤

구급상자 뒤적거리며 약 찾는 솔희. 구시렁거린다.

솔희   그냥 평범한 사람인 거 확인했는데….이렇게까지 해야 돼? (루니 보며)
         그래도 아픈 사람 그냥 두는 건 좀 그렇지?

루니   ….

솔희   (해열제 찾은, 루니에게) 그래. 알았어~. 후딱 다녀올게.

S#8.   드림 빌라, 5층 현관 / 밤

도하의 집 현관문을 똑똑 두드리는 솔희.

솔희   저기요, 약… . 어?

그러다 현관문이 이미 살짝 열려 있는 것을 발견한다. 도하가 벗어놓
은 신발이 현관문 틈에 걸려 있었던 것.

솔희   (문틈으로) 약 가지고 왔어요. (아무 말이 없자 신발 밀어 넣으며 들어가는)
         나 들어갑니다?

S#9.   도하의 집 / 밤

솔희, 그렇게 조심스럽게 도하의 집으로 들어가는데… 채도 낮은 가
구들이 최소한으로 배치된, 고급스럽고 깔끔한 인테리어. 하지만 어

쩐지 삭막하고 사람 냄새가 나지 않는… 언뜻 모델 하우스 같은 분위기다. 자신의 집과는 전혀 다른 분위기에 슬쩍 둘러보는 솔희. 그러다 옷 그대로 입은 채 침대에 엎어져 있는 도하를 발견한다.

침실
조심스럽게 도하의 침실로 들어온 솔희.

솔희   잠깐 일어나서 약 먹고 자요. 네?

도하, 완전 곯아떨어졌다. 더는 깨우기도 어렵고….

솔희   그냥 여기 놓고 갑니다?

침대 옆 협탁에 약 놓아주고 방에서 나가려는데. 협탁에 놓인 또 다른 약을 발견한다.

솔희   뭐야… 벌써 먹었나 보네.

하면서 보면 '효과 빠른 수면 유도제' 설명 적혀 있고.

솔희   (잠든 도하 보며) 설마 지금 이거 먹은 거야…??

안쓰럽고 답답하게 도하 보다가 방에서 나가려는데 얕은 신음 소리 내는 도하. 슬쩍 돌아보면 괴로운 듯 끙끙거린다. 이마에는 식은땀이 <u>흐르고</u>.

솔희   (난감한) 아… 미치겠네….

CUT TO

욕실

욕실 선반을 열어보고 작게 "헉!" 놀라는 솔희. 같은 색상의 수건들이 호텔처럼 가지런히 각 잡혀 정리되어 있다. 콸콸 찬물 방향으로 물 틀어놓고 수건 적시는데.

솔희   불덩이니까 차갑게 식혀주는 게 맞겠지? (그러다 좀 헷갈리는) 너무 차가운 거 아냐…?

손으로 물 온도 체크하다가 수도꼭지를 다시 뜨거운 물 쪽으로 돌린다.

솔희   추운데 들어갔다가 아픈 건데…. 너무 차갑나…?

뜨거운 쪽으로 돌려 온도 체크하는데 이번엔 또 너무 뜨겁다. "앗! 뜨거…" 하고는 오른쪽, 왼쪽 수도꼭지 계속 돌리다가 결국 중간에 맞춘다. 이제야 마음 편해진 솔희.

침실

도하의 이마에 수건 올려놓는 솔희. 대충 덮고 있는 이불을 목까지 끌어당겨주고 반듯하게 이불 펴준다. 잠든 도하를 바라보며 나름 뿌듯한데. 갑자기 내가 왜 이러고 있지? 싶다.

솔희   (툴툴거리는) 나 왜 이러고 있어. 아무것도 아닌 남잔데….

투덜거리면서도 수건으로 도하의 흐르는 땀을 톡톡 닦아주는 솔희. 세상모르게 잠든 도하를 가만히 바라보다 손 떼려는 순간 솔희의 손을 덥석 잡는 도하. 솔희, 당황해서 수건 떨어뜨리며 도하 보는데. 여전히 눈 감고 있다.

솔희   ('깨어 있나?' 수상하게 보며) 김도하 씨…?

대답 없는 도하를 보며 손 빼려고 하는데 오히려 더 꽉 잡고 팔 위로 파고든다. "어? 어?" 하다가 결국 도하에게 팔베개를 해준 것 같은 모양새가 된다. 엉거주춤한 자세로 침대 옆에 쪼그려 앉아 있는 게 영 불편한 솔희.

솔희	아오, 나 팔 아파요. 이것 쫌…! (팔 빼려는데)
도하	(잠결에 괴롭게) 미안해…. 미안….
솔희	지금 대답하는 거야, 뭐야….

깨우지는 못하겠고 편한 자세를 찾다가 그냥 침대 위로 올라가 누워버린 솔희. 자신을 향해 잠든 도하를 보며 기분이 이상해진다.

솔희	(얼른 고개 돌려 천장 보는) 딱 10분만이에요.

새벽 2시 30분을 가리키는 벽시계. 졸린 듯 점점 흐려지는 시야. 스르륵 잠들어버린 솔희.

S#10. 도하의 집 / 아침

침실

아침 햇살이 화사하게 들어오는 도하의 집 침실. 막 일어나 졸린 눈을 뜨는 솔희. 벽시계의 9시 30분을 보며 잠시 '이게 뭐지…?' 멍하다가 벌떡 일어난다. 자연스럽게 훅 빠진 팔베개에 "으음…" 깰 듯 미간 찌푸리는 도하. 솔희, 조심조심 침대에서 내려오는데 팔이 저린다. "으아…" 소리가 절로 나오는데. 입 앙다물고 다른 손으로 팔 주무르며 고통을 참는다. 그렇게 조용히 방에서 나가려다가 발에 엉킨 이불에 걸려 철퍼덕 넘어지는 솔희.

| 솔희 | (쥐 난 팔로 바닥 짚다가) 우악! |

졸지에 이불이 확 걷히며 잠에서 깬 도하. 넘어져 있는 솔희를 황당한
얼굴로 바라본다.

도하	(눈을 의심) 뭐, 뭐예요??
솔희	(일어서며 민망함에 횡설수설) 그게… 약만 놓고 가려고 했는데 너무 아파 보여서 간호를 좀 하다가…. (갑자기 당당하게) 그쪽 팔베개해주느라 이렇게 된 거거든요?!
도하	(정신없이 침대에서 일어나며) 내가… 문을 열어줬어요…?
솔희	열어준 건 아니고….
도하	…??
솔희	(얼른) 열려 있었어요! 신발에 걸려서….
도하	아….
솔희	몸은 좀 어때요? 열은 내렸어요?
도하	(결심한) 목솔희 씨.
솔희	(보는) 네?
도하	이젠 나… 신경 쓰지 마요.
솔희	(황당, 웃음기 사라지며) 네…?
도하	그냥… 없는 사람처럼 생각하라고요.
솔희	(황당한 얼굴로 잠시 생각하다가) 혹시 내가… 그쪽 어떻게 해보려고 여기서 잤다고 생각하는 거예요?
도하	아뇨.
솔희	(진실임을 듣고) 그럼 왜요? 아~ 김도하라는 거…. 그거 들켜서 그러는구나. 작곡가… 그냥 직업 중에 하나 아니에요? 난 연예계에 관심도 없고, 그렇게 예민할 필요가….
도하	(말 끊고, 피곤한) 알겠으니까… 이만 나가줘요.

갑작스러운 도하의 차가운 모습에 당황스럽고 서운한 솔희. 애써 쿨

한 척 표정 관리한다.

솔희   네. 그래요. 사실 나도… 그쪽한테 볼일 끝났거든요.

도하   (솔희 보는)

솔희   둘 다 타이밍 잘 맞아서 다행이다. 안녕히 계세요.

솔희, 보란 듯이 얼른 집에서 나간다. 현관문 닫히는 소리 들리고. 닫힌 현관문 바라보는 공허한 도하의 모습에서.

S#11.   **솔희의 집 / 낮**

집에 들어오자마자 루니 들으라는 듯 쏟아내는 솔희.

솔희   와… 진짜 어이없네? 뭐, 신경 쓰지 마? 없는 사람처럼 대해? (루니 바라보며) 그 인간이 나한테 그랬다니까?

지난밤 급하게 뒤졌던 구급상자가 보인다. '내가 왜 저렇게까지 했을까.' 뚜껑을 확 닫고 원래 자리에 가져다 놓는데.

솔희   (중얼중얼) 운명의 남자도 아니면서….

S#12.   **도하의 집 / 낮**

씻고 나와 침구 정리하는 도하. 바닥에 툭 떨어지는 젖은 수건을 발견한다. 수건 주우며 협탁 위 해열제까지 발견하고. 간밤에 솔희가 애쓴

흔적에 미안해진다.

S#13.　　J 엔터, 대표실 / 낮

대표실에 쳐들어오듯 확 문 열고 들어오는 샤온.

샤온　　(대뜸) 도하 오빠 당장 딴 데로 이사 가라고 해!

득찬　　(서류 검토하다가 찌릿 눈만 굴려서 보는)

샤온　　아니면 그냥 호텔 잡아주든가! 지금 그 집만 아니면 돼!

득찬　　(서류 덮고) 너 어제 그 난리를 쳐놓고… 뭐가 그렇게 당당해?

샤온　　이상한 여자가 도하 오빠 옆집에 산단 말이야! 오빠 이름도 알고 운전
　　　　까지 대신했어! 오빠 계속 거기서 살게 하면… 나 이제 거기 맨날 찾아
　　　　갈 거야! 그 동네 골목 기자들로 꽉 차게 만들 거라고!

득찬　　(버럭) 야! 사지온!

샤온　　무섭게 소리 지르지 마!? (갑자기 서러워진) 어제 도하 오빠도… 얼마나
　　　　무서웠는 줄 알아? 근데… 나 그렇게 무섭게 보는데도… 보니까 좋았
　　　　어…. 그런 얼굴이라도 보니까 좋았단 말야!

말하면서 금세 눈물 가득 고이는 샤온. 잔뜩 화났던 득찬, 그 모습에 안
타까워진다. 소파에 샤온 앉히고 마주 앉는 득찬.

득찬　　(한숨 나오는, 타이르듯) 지온아… 너 지금 이러는 거… 완전 불리해. 너…
　　　　꼭 도하 옛날 여자 친구 같애.

샤온　　그게 왜 불리해? 도하 오빠… 그 여자 못 잊어서 새로운 여자 못 만나는
　　　　거 아냐?

득찬　　(아무렇지 않은 샤온이 수상한) 너 뭐 아는 거라도 있냐?

샤온　　(순간 뜨끔하지만 얼른) 나, 나랑 닮았다며…. 그래서 그렇지.

득찬	못 잊는 건 맞는데…. 그리워하고 그러는 건 아니야…. 여튼 이제 그만 해. 너 혼자 좋다고 다 되는 거였으면… 야! 너도 니 팬들 다 만나면서 연애해줘야 돼.
샤온	(신경질적으로) 아악!!

듣기 싫은 듯 소리 꽥 지르고 나가버리는 샤온. 심란한 득찬.

S#14.　　타로 카페 / 낮

점 보러 온 손님 한 명뿐인 타로 카페. 카산드라가 능숙한 손놀림으로 카드를 섞는다. 솔희와 치훈은 구석 테이블에 앉아 커피를 마신다. 솔희, 아침의 여파로 저기압이다. 멍하게 창밖을 보는데.

치훈	(커피 한 모금 마시고) 크~ 역시… 커피는 딥카페인으로 마셔줘야 돼. 카페인 찐~하고 좋네요.
솔희	(의아한) 뭐가 찐해? 카페인이?
치훈	딥! 깊다는 뜻이잖아요~ 헌터님. 그런 것도 모르시고. 전 그래서 피곤한 날엔 무조건 딥카페인으로 마셔요.
솔희	(치훈 가만히 보다가) 니 그 말이 진실이라는 게 놀랍다….
치훈	맞다! 신령님이 안 찾아온다는 그 남자는 어떻게 됐어요?
솔희	아무것도 아니었어. 찾아오셨거든. 신령님이.
치훈	(순간 실망) 아…. (다시 눈 반짝이며) 그게 더 신기하네요. 그동안 한번도 거짓말을 안 했다는 건데!
솔희	(시니컬하게) 됐어. 이제 관심 없어.
카산드라(E)	어떤 거짓말이었어요?

어느새 손님 보내고 두 사람의 대화에 끼어든 카산드라. 흥미롭다는

얼굴로 솔희 바라본다.

INSERT 5화 5신 드림 빌라 주차장 + 도하의 차 안 / 밤

도하 *제가 죽인 거… 아니에요.*

솔희 (그때를 떠올리고) 그냥… 잠꼬대였어.

치훈 (눈 커지며) 잤어요??

솔희 그런 거 아니고오~. 그냥 어쩌다 들은 거야.

치훈 (흥분, 안 믿겨서 중얼거리는) 어떻게 잠꼬대를 어쩌다가….

카산드라 꿈에서 거짓말을 했다는 거네요…? (의미심장) 무의식 깊은 곳에서…. 뭔가 숨기는 게 있나…?

솔희 다들 그 얘기 그만해. 이제 아무것도 아닌 사람이니까.

단호한 솔희의 모습에 얼른 각자의 자리로 돌아가는 치훈과 카산드라.

S#15. 드림 빌라 앞 / 낮

전화 받으며 급하게 집 앞으로 나온 도하. 마스크를 쓰고 있다. 주변을 두리번거리면 저쪽에서 비릿한 미소 짓는 재찬이 보인다.

S#16. 연서동 놀이터 / 낮

건들거리며 삥 뜯는 불량배처럼 도하 앞에 서 있는 재찬.

재찬 (주변 둘러보며) 생각보다 소박한 곳이네?

도하	(핸드폰 은행 어플 켜며) 얼마 필요한데?
재찬	야, 내가 언제 돈 달래? 그냥 얼굴 보러 온 거라니까~? 마스크 한번 내려봐. 사람 없잖아. 얼른~.
도하	(재찬 가만히 바라보는)
재찬	하긴… 나도 아직 그때 일 죄책감 느끼는데…. 넌 오죽하겠냐. 얼굴 가리고 다닐 만하지.
도하	(핸드폰 만지며) …내가 알아서 보낼게.
재찬	(활짝 웃으며) 어?? 그럼 이거… 니가 주고 싶어서 주는 거다? 난 달라고 한 적 없는 거야? 형한테 불면 안 돼. (새끼손가락 내밀며) 자~ 약속~.

도하, 그런 재찬이 가증스럽다. 손가락 거는 대신 어플로 돈 보내고.

도하	돈 보냈어. (돌아서는데)
재찬	잠깐만!
도하	…?
재찬	(핸드폰 보며) 입금 확인되면 가야지~.
도하	(재찬 징글징글하게 바라보는)
재찬	(확인하고 웃는) 고맙다. 의미 있게 쓸게. 근데… 이 동네 너랑 안 어울린다. 평범한 사람들만 살 것 같은 동네잖아.

피식 웃고 가는 재찬을 바라보는 도하의 모습에서.

S#18. 은행 대여 금고 / 낮

솔희, 자신의 금고 앞에 서서 지문 인식으로 문을 열고 챙겨온 금괴를 넣는다.

솔희   (금괴 바라보며) 가족도 남자도 다 필요 없고. 난 니들밖에 없다.

애써 그렇게 중얼거리면서도 어딘지 마음 한구석이 허전한데.

S#19.   테니스장 / 낮

푸른 잔디가 고르게 깔려 있는 야외 테니스장. 테니스복 예쁘게 차려 입고 테니스장에 들어오는 향숙. 테니스 치고 있던 푸근한 인상의 사별남(50대)과 사별남의 큰딸(30대 초)이 그런 향숙을 발견한다. 사별남, 테니스 치던 걸 멈추고 넋 나간 얼굴로 향숙을 바라본다.

사별남   오셨어요? 보라 씨!

작은딸(20대)이 다가와 향숙에게 테니스 라켓을 건넨다.

작은딸   (친절하게) 쳐보신 적 있어요?
향숙   그럼요.

큰딸 대신 사별남과 대결하게 된 향숙, 테니스공 바닥에 팅기며 서브 넣을 준비한다. 좀 오래 공을 팅기는가 싶은데…. 드디어 공 높이 띄우는 향숙. 하지만 공을 건드리지도 못하고 허공을 가르는 라켓. 높이 띄 웠던 공이 향숙의 머리에 떨어진다.

향숙   (정수리 잡고 아파하는) 어멋!

큰딸과 작은딸, 멀리 서서 그 모습 구경하다가 킥킥 웃는다. 사별남, 놀라서 후다닥 향숙에게 달려온다.

사별남	괜찮아요? 보라 씨!?
향숙	아, 네. 사실 제가 골프는 자주 치는데요…. 테니스는 너무 오랜만이라.
사별남	진작 얘기하지 그랬어요~. 제가 좀 가르쳐줄까요? 자, 일단 라켓을 이렇게 잡으세요. 이건 제일 기본적인 포핸드 이스턴 그립인데요.

사별남, 굳이 향숙 바로 뒤에 서서 함께 라켓 잡고 포즈 알려주는데. 사별남의 똥배가 허리에 닿자 순간 질색하지만 얼른 다시 미소 짓는 향숙. 큰딸, 그런 두 사람의 모습을 흐뭇하게 바라본다.

큰딸	두 분 사이 너무 좋아 보인다…. 그치?
작은딸	(어딘지 찜찜한) 그래…?

CUT TO
제법 빠르게 테니스 치기를 습득한 향숙. 사별남과 몇 번의 랠리를 이어가더니 포인트를 딴다. "어멋!" 하며 좋아하는 향숙. 사별남, 허허 웃으며 박수 쳐준다.

큰딸	(웃으며 박수 치는) 진짜 빨리 배우시는데요?
작은딸	(다가와 물통 건네는) 물 좀 드시고 하세요.
향숙	(딸들 보며) 어쩜… 딸들을 이렇게 이쁘게 키우셨어요? 부럽다아~. (물 마시는)
사별남	(다가와 함께 물 마시며, 사뭇 진지한) 부군과는 일찍 사별하시고… 자식이 없다고 하셨죠?
향숙	네…. 아이 키우는 기쁨이 뭔지 모르고 이 나이가 됐네요….
사별남	(손 잡으며) 괜찮습니다. (자신의 딸들 슬쩍 보며) 갑자기 딸 둘이 생길 수도 있으니까.

향숙, 그건 딱히 내키지 않아 "하하…" 어색하게 웃는데.

S#20.　테니스장, 여성 로커 룸 / 낮

개인용 탈의실에서 옷 갈아입는 향숙. 스타킹을 올리며 혼자 작게 투덜거린다.

향숙　어휴~ 하나 있는 딸도 지겨운데 무슨….
여자(E)　김보라 씨~ 김보라 씨 계세요?

향숙, 자신의 가명이라는 것을 깜빡 잊고 옷 입는 것에 집중하는데.

여자(E)　김보라 씨, 여기 안 계신가요?
작은딸　(보다 못해 들어와서 향숙의 칸 앞에 서서) 저기… 여사님? 여기 계신 거 아니에요?
향숙　(그제야 깨닫고) 아, 맞다! (탈의실에서 나오며) 네. 전데요?
여자　(그림에 '김보라' 써 있는 라켓 건네며) 이거 코트에 떨어져 있더라고요.
향숙　(받으며) 감사합니다.

그런 향숙을 수상하게 보는 작은딸의 모습에서.

S#21.　오아시스 외경 / 밤

간판에 불이 들어와 있다. 음악 소리가 들려오는 오아시스 외경.

S#22.　오아시스 / 밤

마스크 쓰고 연주 중인 도하. 별 무리 없이 잘 진행되는가 싶은데. 어느 순간 관객들이 다 자신을 노려보는 것만 같다. 갑자기 손이 굳어버린 것처럼 연주를 이어나가지 못하는 도하. 놀라 도하를 쳐다보는 중규. 다른 연주자들이 애드리브로 커버하는 동안 건반을 낯설게 바라보는 도하. 손가락이 떨려 연주를 할 수 없다.

CUT TO

영업 끝난 오아시스. 혼자 남아 맥주 마시는 도하. 중규, 그런 도하를 낯설게 바라보다가 과일과 마른안주 좀 챙겨서 다가간다.

중규	김 군이 술을 다 마시고…. 비상사태네?
도하	공연 망쳐서… 죄송해요.
중규	(걱정스럽게) 무슨 일인데? 손은 멀쩡하잖아.
도하	(잠시 생각하고) ….
중규	(무슨 말이든 해주길 기다리는)
도하	저 당분간… 여기서 지내도 돼요?
중규	(조금 맥 빠지지만 웃으며) 그럼. 얼마든지 있어도 돼.
도하	고맙습니다….
중규	(일어서며) 술이랑 안주도 알아서 꺼내 먹어. 대신 양주는 안 된다? 맥주까지만이야.
도하	네….

중규, 나름 분위기 좀 풀어보려고 했지만 실패. 머쓱한 얼굴로 나가고. 텅 빈 오아시스에 외롭게 혼자 남은 도하의 모습에서.

S#23.   OO 빌라 입구 + 드림 빌라 앞 / 밤

황 순경과 함께 빌라에서 나오는 강민.

황 순경 자살 신고 허탕 치는 게 벌써 몇 번짼지… 어휴.

강민 (웃고 있지만 엄하게) 살아 있으니까 다행이고, 감사한 거지. 이런 허탕은 얼마든지 쳐도 돼.

황 순경 (쭈굴) 네…. 저… 아까부터 급했는데 화장실 후딱 좀 다녀올게요!

상가 건물 쪽으로 뛰어가는 황 순경 보며 피식 웃는 강민. 걷다 보니 어딘가 익숙하다 싶은데…. 드림 빌라 앞이다. 편의점 봉투 들고 걸어오는 누군가를 보고 멈칫. 솔희다. 솔희 역시 강민을 발견하고 당황하는데.

강민 (당황) 나 이 근처 신고 받고 출동했다가 돌아가는 길이야. 너 오해할 것 같아서….

솔희 (진실임을 듣고, 강민이 조금 안쓰러운) 오해 안 해. 늦게까지… 고생하네. (지나가려는데)

그때 빠르게 다가오는 배달 오토바이. 강민, 얼른 솔희의 어깨를 잡고 안쪽으로 끌어당긴다. 순간 서로를 바라보는 두 사람. 잠시 어색한 분위기 흐르는데.

강민 (얼른 손 떼고 웃으며) 안 무거워? 들어줄까? (봉투 가져가려는데)

솔희 됐어. 바로 이 앞인데 뭘.

강민 너 또 맥주랑 감자칩 샀지?

솔희 아닌데…?

뒤 한번 안 돌아보고 저벅저벅 걸어가는 솔희의 뒷모습 끝까지 바라보는 강민. 아쉽고 애달프다. 할 수 없이 돌아서는데.

S#24.   드림 빌라, 5층 현관 / 밤

엘리베이터에서 내리는 솔희. 괜히 도하의 집 현관문을 째려본다.

S#25.   솔희의 집 / 밤

편의점 봉투 속 내용물 꺼내는 솔희. 강민의 말대로 진짜 맥주와 감자 칩이 나온다. 괜히 한숨이 푹 나오는데.

S#25-1.   연서 경찰서, 형사과 / 밤

역시 솔희 생각에 잠긴 강민. 옆에서 황 순경이 핸드폰으로 '알고 싶은 이야기' 재방송을 보고 있다.

차 PD(E)   이 씨는 무명 작곡가들이 쓴 곡을 전부 가져간 음악 감독과 소속사를 고소했고 사투 끝에 저작권을 받았지만 해당 일을 자행했던 작곡가는 무죄를 선고 받았습니다.

이 씨(E)   (모자이크 인터뷰) 저희를 고스트라이터처럼 숨기는 거예요. 저는 3년 동안 하루 열 시간 이상은 무조건 일을 했고요. 페이는 백만 원으로 동결이었어요. 3년 내내.

황 순경   그러면…. (머리로 계산하고 중얼중얼) 연봉이 천이백이야? 와… 공무원 초봉보다도 못하네…. (강민 보며) 너무하지 않아요??

강민   (솔희 생각에 잘 못 들은) 어? 뭐가…?

황 순경   아… 맞다. 형님 학천에서 오셨지…. (얼른 영상 끄고, 작아지는 목소리) 이 프로그램 싫어하시겠네요….

강민	(영문을 모르는) 왜?
황 순경	(난감한) 아, 그… 학천 실종 사건 때… 거기 형사들이 부실 수사했다는 둥… 막 그런 식으로 보도했었잖아요. 방송국 월급쟁이들이 뭘 안다고! 지들이 형사인 줄 안다니까요. 그죠?
강민	거기 형사님들 그럴 사람 없어.

피식 웃어넘기는 강민의 모습에서.

S#26.   J 엔터, 대표실 / 낮

도하에게 전화 걸어보는 득찬. 하지만 폰 꺼져 있고. 걱정스러운 얼굴로 메일 확인하다가 뭔가를 발견하고 미간 찌푸린다.

S#27.   J 엔터, 무진의 작업실 / 낮

나란히 두 손 모으고 서서 무진에게 혼나는 3명의 작곡가들(20대 초중반/남).

무진	코드에 집착하지 말라고 했지? 좋은 노래는 코드 서너 개로도 얼마든지 만들 수 있다고. 어?

그때 똑똑 노크 소리 들리고 득찬이 들어온다.

득찬	이사님, 저 잠깐….
무진	뭐 하는 거야? 나 지금 중요한 얘기 중인데.

득찬	저도… 중요한 얘기라.
무진	아니기만 해? (어쩔 수 없이 작곡가들에게) 나가봐.

작곡가들, 그 와중에 예의 있게 꾸벅 인사하고 나간다. 작업실에 단둘
이 남은 득찬과 무진.

득찬	표절 제보 메일 또 들어왔어요. 일부러 그러신 건 아니겠지만….
무진	(말 자르며) 아~ 그 새끼 내가 벌써 혼내줬어.
득찬	(어리둥절) 네?? 어떻게….
무진	이 바닥에 내 인맥 안 뻗은 구석이 있는 것 같아? 척하면 척이지. 뭘 모르는 놈이 그런 것 같은데…. 이제 그럴 일 없어. 신경 쓰지 마.
득찬	(찝찝한) 근데 제가 다 들어봤는데요. 좀 비슷하긴 하더라고요. 나중에 원작자가 소송이라도 걸면….
무진	조 대표, 음악 너무 모르네. 장르가 똑같으니까 어쩔 수 없이 분위기가 비슷한 거지. 그리고… 사람들이 들어주지도 않는 거 내가 세상에 빛 좀 보게 레퍼런스 좀 한 건데. 누가 소송을 걸어?
득찬	(답답한)
무진	걱정 마. 문제가 생기더라도 내 선에서 해결 다 가능하니까.

S#28.　　정신 건강 의학과 의원 진료실 / 낮

진료실에 들어선 도하. 의사(50대 중반/남) 앞에 앉는데.

의사	(진료 차트 넘겨보며) 오랜만에 오셨네요. 요즘 좀 어떠세요?
도하	다시 잠이 안 오고…. (잠시 고민하다가) 피아노가 안 쳐져요.
의사	(경청할 자세로) 최근에 무슨 일이 있었나요?
도하	그냥 예전에 먹었던 약으로 처방해주시면 좋겠는데요.

의사	속이야기를 해주셔야 치료도 되고, 처방도 드릴 수가 있어요.
도하	….
의사	도하 씨, 도하 씨 머릿속에는 커다란 체가 있어요. 할 말이 있어도 그 체로 몇 번을 걸러내고, 또 걸러내요. 말을 조심하는 건 좋은 거지만…. 감정을 있는 그대로 표현할 필요도 있어요.

무슨 말인지는 알겠지만 다 귀찮고 와 닿지도 않는다. 무기력한 도하의 모습에서.

S#29.   약국 앞 거리 / 낮

마스크 쓰고 약국에서 약 받아 나오는 도하. 약국에 들어가려던 여자와 어깨 부딪치며 들고 있던 약 봉투를 떨어뜨린다. 봉투를 주워주는 여자를 보고 놀라 굳은 도하. 엄지다. 엄지가 도하를 말갛게 바라보며 봉투를 건네고 있다.

여자	저기요…?

엄지와 다른 목소리에 비로소 엄지가 아닌 다른 여자임을 깨달은 도하. 약 봉투를 받고 도망치듯 저벅저벅 약국에서 멀어진다.

S#30.   솔희의 집 / 밤

테라스로 나와 캔 맥주 마시며 도하의 집을 슬쩍 보는 솔희. 불 꺼져 있고 인기척도 없다.

솔희   또 가출하셨네. 가출하셨어….

말은 이렇게 하면서도 도하가 걱정되는 솔희의 표정에서.

S#31.   사칭남의 방 / 밤

음악 장비와 CD들로 꽉 차 있는 작고 어두운 방. 책상 앞 의자에 앉는
어떤 남자의 뒷모습. 마스크를 쓰는 옆모습이 슬쩍 보이고…. 마우스
움직여 모니터에 보이는 카메라 녹화 버튼을 누른다. 모니터 위에 설
치된 캠을 똑바로 바라보는 남자.

사칭남   (차분한 말투) 안녕하세요. 제가 오늘 이렇게 여러분들 앞에 선 이유
            는… 아직까지도 개선되지 못한 무명 작곡가들의 현실과 고스트라이
            터에 대해 솔직한 이야기를 하고, 저 역시 양심 고백을 하기 위함입니
            다. 아, 제 소개가 늦었네요. 저는… 작곡가 김도하입니다.

도하처럼 마스크를 하고, 도하와 비슷한 헤어스타일을 한 사칭남의
모습이 정면으로 보이면서.

S#32.   뉴스 패치 사무실 / 낮

분주한 뉴스 패치 사무실 분위기. 나 기자, [드디어 베일 벗은 샤온의
남자, 김도하 작곡가…] 헤드라인으로 기사 쓰고 있는데. 슥 다가온 그
림자. 뒤에서 그 모습 보고 있는 오 기자다.

오 기자	(나 기자의 머리 툭 치며) 얌마, 저거 김도하 아니라니까?
팀장	(뒤에서 오 기자 머리 툭 치며) 뭐가 아니야? 몰카범 주제에.
오 기자	(황당) 네??
팀장	너… 저번에 김도하 쫓다가 몰카범으로 몰려서 경찰서 다녀왔다며? 내가 모를 줄 알았어??
오 기자	(좀 기죽었지만 할 말하는) 그건 진짜 오해가 있었던 거고요…. 팀장님! 저 사람 김도하 아니에요. 김도하 실물 본 제가 인증합니다!
팀장	니가 뭘 인증하는데? 넌 이제 여기서 손 떼!?

무시당해서 억울하고 속상한 오 기자의 모습에서.

─────
S#33.　　J 엔터, 회의실 / 낮

득찬과 J 엔터 홍보팀, 주요 직원들이 모여 긴급 회의 중이다. 빔 프로젝터로 사칭남의 영상(5화 31신 연결)이 흘러나온다.

| 사칭남(E) | 저뿐만 아니라 J 엔터 간판 작곡가들 상당수가 고스트라이터를 쓰고 있고, 몇몇은 표절도 습관처럼 하고 있습니다. 이것이 김도하, 저의 양심 고백입니다. |

영상이 끝나고 그 밑으로 달린 댓글들 쭉쭉 스크롤하는 홍보팀장(30대 후반/여).
[가짜 아님? 굳이 자기 죄를 이렇게 밝힌다고?ㅋㅋ]
[와 사실이면 레알 날먹했네 정말 양심 없다 김도하]
[샤온도 알고 있었나? 그럼 공범 아니야?]
[얼굴 안 밝힌 이유가 있었네~^^]
[J 엔터면 박무진도 표절했겠네… 카르텔 뭐냐 소름;;;]

[고스트라이터들만 불쌍하다… 아직도 이런 일이 존재하다니…]

득찬	(머리 아픈) 이거 당장 어떻게 못 내려요?
홍보팀장	쇼츠, 클립 같은 형태로도 계속 만들어지고 있어서 영상만 내린다고 해결되지 않습니다.
득찬	명예 훼손, 허위 사실 유포… 뭐 이런 거로 신고는 안 되나?
홍보팀장	그러려면… 김도하 작곡가 본인이 나서야 되는데요. 하시겠답니까?

홍보팀장을 비롯한 직원들의 눈빛이 득찬에게 쏠린다. 싸함을 느끼는 득찬.

| 득찬 | 설마… 우리 직원들도 저 사람을 진짜 김도하 작곡가라고 생각하는 건 아니죠? 아닙니다! 내가 확실하게 말할 수 있어요. 아니에요! |

말로 설명할 수밖에 없어 답답한 득찬의 모습에서.

S#34. J 엔터, 무진의 작업실 / 낮

[#J엔터갑질작곡가 #J엔터해명해 #김도하작곡가양심고백 #박무진표절 #박무진고스트라이터…] 같은 트위터 실시간 반응. 폭발적이다. 불안한 무진, 핸드폰을 탁 내려놓는다. 그 앞에 또 손 모으고 서 있는 작곡가 3명(5화 27신). 모두 마스크를 쓰고 있다.

무진	(한 명씩 유심히 보며 핸드폰 속 사칭남과 비교하는) 분명히 니들 중에 범인 있어…. 그지?
작곡가1	아닌데요.
작곡가2	아니에요….

작곡가3	저도요….

순간, 작곡가1의 멱살 잡아 확 내동댕이치는 무진. 휘청거리며 소파에 넘어지는 작곡가1. 이번에는 작곡가2의 멱살을 잡으려는데 키가 너무 커서 허공에서 허우적거리다가 꼴사납게 넘어질 뻔한다. 작곡가3이 잡아주는데.

무진	(자존심 상한) 놔! 키만 커가지고…. 작곡은 키로 하는 게 아냐! 지금부터 한 명씩 내 말을 따라 한다…. (스마트워치 녹음 기능 켜는)

S#35. 타로 카페 / 낮

손님 없이 솔희, 치훈, 카산드라만 있는 한가한 타로 카페. 뉴스 기사를 보고 있는 솔희. [김도하 작곡가 양심 고백에 샤온에게도 불똥 튀어… 개인 SNS에 해명 요구 빗발] 이라는 헤드라인의 기사다. 옆에서 솔희 핸드폰 훔쳐보며 흥분한 치훈.

치훈	(솔희 폰 가져가서 댓글 다는) 잘못은 김도하가 했는데 왜 샤온한테 난리….
솔희	(핸드폰 가져가서 얼굴 확인하고는 바로) 이 사람 딱 봐도 가짜잖아.
치훈	어떻게 알아요? 그때 얼굴도 못 보셨으면서.
솔희	(순간 당황) 그냥… 딱 봐도 그때 느낌이 아니야.
치훈	아니면 아니라고 해야죠. 뭔가 찔리는 게 있으니까 가만히 있는 거예요.
솔희	(자기도 모르게 흥분) 야… 그럼 샤온 열애설 터졌을 때는 왜 가만히 있었는데?

솔희, 자기도 모르게 흥분하며 도하를 변호하는데. 그때 막 카페에 들

어온 강민.

솔희　김도하 그 사람은 원래 그런 거 못해. 마스크 맨날 쓰고 다니고 사람 피해 다니는 거 보면 몰라??

강민　김도하?

솔희, 그제야 강민 들어온 것 알고 당황한다.

솔희　뭐, 뭐야? 여긴 왜 왔어?

강민　커피 사러. (계산대 앞에 서서 카산드라에게) 아메리카노 두 잔 테이크아웃 할게요.

카산드라　처음이시면 쿠폰 만들어드릴까요?

강민　네. 앞으로 자주 올 거라서.

솔희　(자주 온다는 말에 확 쳐다보는) 뭘 자주 와? 커피 좋아하지도 않으면서.

강민　*나 커피 좋아해. 그리구 진짜 커피만 사러 온 거니까. 부담 갖지 마.*

솔희, 거짓말에 한숨 나오는데. 강민이 꺼내는 낡은 가죽 지갑 본다.

솔희　(놀라서 자기도 모르게) 그걸 아직도 써?

강민　(반가운) 기억하는구나?

솔희　(머쓱, 눈 피하며) 내가 샀으니까 기억하지….

강민　오래돼서 손에도 익었고. 나 이 지갑 진짜 좋아.

솔희　낡았어. 커피 살 돈 모아서 지갑이나 새로 사.

솔희의 차가운 말에도 기억해줬다는 게 좋아서 혼자 씩 미소 짓는 강민. '둘이 뭐지…' 카산드라와 치훈, 서로 눈 마주치고.

S#36.　타로 카페 앞, 강민의 차 안 / 낮

조수석에 앉아 강민을 기다리고 있는 황 순경. 곧 강민이 커피 2잔을 들고 운전석에 앉는다.

황 순경　(두 손으로 공손히 받으면서도 좀 불만인) 커피 참 멀리서도 사시네요. 커피 전문점도 아니고 굳이 타로 카페에서. (호로록 마셔보고) 음~ 괜찮은데요?

강민　그럼 앞으로 커피는 여기로 고정하자.

황 순경　(당황) 네?? 아니, 그 정도는 아닌데….

강민　(자기 커피 주며) 내 것도 마셔. (운전하는)

S#37.　오아시스 / 밤

영업 전 오아시스. 대걸레로 바닥 닦고 있는 도하. 인기척이 들리자 턱에 걸쳐놓았던 마스크 얼른 쓰는데. 들어오는 사람은 중규와 웬 낯선 남자(20대 후반)다.

중규　(남자에게) 스타인웨이 피아노긴 한데…. 좀 오래됐어요. (청소하는 도하 보고 어깨 툭 치며) 야, 이런 거 안 해도 돼.

중규, 남자 데리고 무대에 올라간다. 가볍게 연주해보는 남자.

남자　소리 좋은데요?

중규　오늘부터 가능하시겠어요? 좀 급해서.

그런 두 사람의 모습을 바라보는 도하. 무대가 평소보다 멀게 느껴진다.

S#38.   J 엔터, 대표실 / 밤

[J 엔터, 고스트라이터 사건으로 주가 급락] 기사 보면서 골치 아픈 득찬. 떨어진 주가 보며 속이 쓰린데. 똑똑 공손한 노크 소리 들리고. 웬일로 얌전한 샤온이 조심스럽게 다가온다. 득찬, 알면서도 눈길 안 준다.

샤온	저기… 오빠… 대표님.
득찬	(슬쩍 곁눈질하고) 간만에 얌전한 샤온 모드네?
샤온	내가 SNS에 글 올릴까? 그 사람 도하 오빠 아니라고.
득찬	그 정도로 해결될 일 아니야. 넌 그냥 가만있어.
샤온	나도 도하 오빠 위해서 뭐든 하고 싶어.
득찬	그러면….
샤온	(기다리는)
득찬	아무것도 하지 말고 그 텐션 최대한 유지해. 갑자기 또 이상한 짓하지 말고.

샤온의 시무룩한 모습에서.

S#39.   타로 카페 / 밤

마감 중인 타로 카페. 솔희와 카산드라가 뒷정리를 하고 있다. closed 간판 걸어놓았는데 갑자기 쳐들어온 무진. 술에 취해 비틀거린다.

무진	잘됐다! 아직 문 열었네?
솔희	(깜짝 놀란) 뭐예요?
무진	나 알지? 급한 일이야! 들어와! (밀실로 알아서 들어가려는)
카산드라	(제지하며) 이러시면 안 됩니다. 정식으로 예약하고 방문해주세요.
무진	넌 뭔데? 빠져!
솔희	(카산드라 막아서며 카리스마 있게) 나가시라구요.
무진	(순간 쫀) 그럼… 이것만 좀 들어봐. 응?

무진, 스마트워치에 녹음된 목소리 들려준다.

작곡가1(E)	저는 김도하 사칭을 하지 않았습니다.
작곡가2(E)	저는 김도하 사칭을….
솔희	(더 듣지도 않고) 박무진 씨.
무진	쉿! 잘 들어봐! 이 중에 거짓말하는 사람이 있다고!
솔희	이런 녹음된 목소리에는 신령님이 찾아오지 않으신다는 거… 몰라요?
무진	(막무가내) 이거 음질 좋아~. 집중해서 잘 들어보면 조금이라도 느낌 올 거 아니야~.
솔희	느낌 같은 거 없구요. 박무진 씨는 저번 일로 블랙리스트에 오르셨기 때문에 추가 의뢰는 받지 않습니다. 나가주세요.
무진	(기막힌, 피식) 블랙리스트…? 내가?? 야!!!

그때 어디선가 나타난 치훈. 무진의 뒷덜미를 잡아 솔희에게서 떨어 뜨려놓는다. 무진, 치훈의 멱살을 잡으려다가 키가 너무 커서 아까처 럼 허우적거리다가 치훈에게 안겨버린다.

| 무진 | (얼른 치훈 밀어내며) 아악! 요즘 애들은 왜 이렇게 키가 커! |

치훈, 무진을 카페 밖으로 쫓아내는데.

솔희	(그 모습 보며 심란한) 난리도 아니네. 진짜⋯.

S#40. 드림 빌라 앞 / 밤

터벅터벅 집으로 가던 솔희. 막 빌라에서 나오는 득찬과 마주친다.

득찬	(순간 당황하지만 얼른 웃으며) 안녕하세요?
솔희	(어색한) 네⋯. 안녕하세요? (득찬 지나치려는데)
득찬	(얼른) 저 사실⋯ J 엔터 대푭니다.
솔희	(아무렇지 않은 얼굴로 보는)
득찬	잠깐⋯ 얘기 좀 할 수 있을까요?

S#41. 카페 / 밤

마주 보고 앉은 솔희와 득찬.

득찬	지난번엔 미안했습니다. J 엔터 대표라고 하면 도하 정체까지 드러날 까 봐⋯.
솔희	(형식적으로) 네⋯.
득찬	그날⋯ 대신 운전해줬잖아요. 뭐 특별한 일 있었습니까?
솔희	그냥 샤온 죽는다는 연락 받은 순간부터 많이 힘들어 보였어요.
득찬	(심각한) ⋯.
솔희	(갑자기 화나는) 아니, 대체 왜 그러는 거예요? 맨날 얼굴 가리고 다니 고⋯. 툭하면 도망가고, 없어지고⋯. 어디 아파요? 그 사람?
득찬	(고민하다가) 그냥⋯ 예전에 되게 많이 힘들었던 적이 있어요.

INSERT 4화 48신 아귀찜집 / 밤

도하   평생 먹을 술… 한번에 몰아서 다 마셨거든요.

득찬의 말에 '그때구나…' 생각하는 솔희.

득찬   그 후로 좀 변했죠. 원래 되게 밝은 애였는데…. 그래도 거기 가서 많이 좋아진 거예요. 잠도 잘 자고, 옆집하고 얘기도 하고….

솔희   (그런 득찬 보다가) 단순한 소속 작곡가가 아니네요?

득찬   …!

솔희   되게… 아끼는 것 같아서요.

득찬   네. 지금은 대표가 아니라, 친한 형으로서 도하 걱정하고 있습니다. 그러니까…. (명함 건네며) 혹시 도하 들어오면 연락 좀 부탁드려요.

명함 받는 솔희의 표정에서.

S#42.   솔희의 집 / 밤

테라스로 나가 옆집 바라보는 솔희. 캄캄한 도하의 집.

S#43.   드림 빌라, 5층 현관 / 밤

맨유 유니폼으로 갈아입고 치킨 픽업하는 솔희. 혹시 도하의 집에도 치킨 있나 싶어 살펴보지만 없다.

축구 보며 별생각 없이 치즈 볼 먹는 솔희. 문득 도하가 치즈 볼 줬던 게 생각난다. 눈으로는 TV를 보고 있지만 도하 생각에 경기에 집중하지 못하는 솔희. 치즈 볼 천천히 오물오물 먹다가 내려놓는데.

솔희 밖에서 밥도 못 먹는 사람이… 어디서 굶고 있는 거 아냐?

멍하게 생각에 잠겨 있다 보니 이미 끝난 전반전. 맥주는 따지도 않은 채 그대로 있고 치킨도 거의 그대로다. 클래식 공연 광고가 흘러나온다. 턱시도 차려입은 남자가 피아노 독주 중인데. 그 모습 멍하게 바라보는 솔희.

S#45. 오아시스 / 밤

오아시스에 찾아간 솔희. 머리부터 발끝까지 엄청 힘을 준 모습이다. 또각또각 당당하게 걸으며 빈자리 찾는데.

솔희 (자신의 감정 부정하듯 중얼거리는) 음악 들으러 온 거야. 난 음악 들으러 온 거라고….

무대 가까이 가서 연주 중인 피아니스트를 바라보는데… 도하가 아닌, 5화 37신의 남자다. 실망하는 솔희. 맥이 빠지는데.

중규 (솔희 알아보고 다가온) 그 자리 앉으시면 됩니다.
솔희 아… 그… 얼굴 가리고 피아노 치는 사람… 오늘은 없나 봐요?
중규 아마… 당분간은 무대에 안 나올 겁니다.

솔희	(실망) 네…. (돌아서는데)
중규	(얼른) 아니, 무대에 안 선다는 거지 여기 없다는 건 아닌데요.
솔희	네?
중규	한 시간 정도면 마감이거든요. 그 후에 만날 수 있을 거예요.

무슨 말인가 싶은 솔희 두고 가버리는 중규. 일단 자리에 앉아 연주 듣는 솔희. 도하가 없는 무대를 바라보는데…. 전과 달리 지루하고 재미도 없다. 괜히 두리번거리며 도하가 어디 있는 건 아닌가 찾지만 보이지 않고.

CUT TO

영업 시간 끝난 오아시스. 사람들 다 나가고. 무대 조명도 꺼진 상태다. 마지막까지 남아 있던 솔희. 쭈뼛거리며 일어서는데. 주방 쪽에서 마스크 쓰고 나오는 도하. 테이블을 치우며 뒷정리하는데.

솔희	김도하 씨…?

도하, 놀라서 치우려던 그릇을 깨뜨린다. 그릇 조각 맨손으로 주우려는데. 얼른 그런 도하의 손목을 잡는 솔희.

솔희	뭐 해요? 피아노 치는 사람은 손이 재산 아니에요?
도하	왜 왔어요? 내가 여깄는 건 어떻게 알고.
솔희	(도하의 냉랭한 반응에 잡고 있던 손 놓는)
중규(E)	내가 알려드렸어.
도하	(보는)
중규	(쓰레받기, 빗자루 들고 도하 옆에 서서) 내가 기다리라고 했다고.
도하	….
솔희	(달라고 손 내밀며) 제가 치울게요. 가세요.
도하	그쪽이 뭔데….

중규	(솔희에게 친절하게) 그럼 부탁 좀 할게요. (쓰레받기, 빗자루 주고 가는)
도하	(뻘쭘하고)

그렇게 단둘이 남은 두 사람.

솔희	(빗자루질하며) 핸드폰은 왜 꺼놨어요?
도하	(빗자루 가져가 대신 쓸며) …귀찮아서요.
솔희	내가 더 귀찮아요. 그쪽 때문에.
도하	…?
솔희	아까 조득찬 씨 찾아왔었어요. (무진 생각하며) 카페에도 이상한 인간 찾아오고…. 여기저기 다 김도하 씨 얘기라 내가 더 신경 쓰이고 귀찮다고요.
도하	누가 내 얘기를 한다고 그래요?
솔희	지금 난리 난 거… 하나도 모르는 거예요?
도하	…?

진짜 모르는구나 싶은 솔희. 쓰레받기와 빗자루 치워놓고 핸드폰 꺼내 사칭남의 영상 보여준다. 영상을 보는 도하의 표정을 살피지만 별다른 변화가 없고.

도하	(영상 더 보지도 않는) 회사에서 아니라고 했을 거고, 그런데도 사람들이 믿지 않으면… 어쩔 수 없죠.
솔희	(그런 도하 가만히 보다가) 되게 별로다.
도하	…?!
솔희	회사가 아니라 김도하 씨가 아니라고 해야죠. 보면 자기 일 남한테 미루는 게 습관이 된 것 같애…. 집에서 곱게 자랐죠?
도하	(피곤한) 그만 가봐요.
솔희	딴 건 몰라도 자기 일에 대해서는 발끈할 줄 알았는데…. 김도하 씨 할 줄 아는 거… 음악밖에 없지 않아요?

도하	…?!
솔희	밖에서 밥도 못 먹고 마스크도 못 벗으면서. 그것까지 못하게 되면 뭐 하려고요? 이미 벌어놓은 걸로 충분히 먹고 살 수 있나?
도하	(발끈) 그만하라고요! 나에 대해 뭘 안다고!
솔희	(더 크게) 당연히 모르지! 말을 안 해주는데 뭘 어떻게 알아요!?
도하	…!
솔희	뭐, 잘 모르는 나도 김도하 씨가 표절 같은 거 할 위인 아닌 거 알고, 얼굴 맨날 가리고 다니는 대인 기피증 환자라 고스트라이터인지 뭔지 그런 건 꿈도 못 꾸는 사람이라는 거 아는데! 나만큼도 모르는 사람들은 당연히 오해하겠죠!
도하	(솔희 바라보는) ….
솔희	예전에 술 퍼마시다가 끊기로 결심한 건… 뭐 때문이었는데요?
도하	…!
솔희	그때 했던 결심 또 하면 되잖아요.

도하, 머리 한 대 맞은 듯 멍한 표정되고. 솔희는 할 말 다 끝난 듯 나갈 채비한다.

솔희	조득찬 씨한테 연락 좀 해요. 걱정 많이 하니까. (나가는)

S#46.   오아시스 앞 / 밤

오아시스에서 나와 입구 계단 바라보는 솔희. 도하는 역시나 따라 나오지 않고. 솔희, 그럴 줄 알았다는 듯 가버린다.

S#47.   오아시스 / 밤

솔희가 가고 난 오아시스 안. 무대 위에 올라가 피아노 건반을 바라보는 도하.

S#48.   (과거) 학천 도하의 집, 도하의 방 / 밤

방에 틀어박혀 모로 누워 있는 25세의 도하. 방 밖으로 연미의 통화 소리가 들려온다.

연미(E)   우리 승주 독일 유학 준비 중이야. 응~.

연미의 목소리도 듣기 싫다. 얼른 헤드셋을 끼고 음악을 크게 튼다. 톱 100 가요 순서대로 듣고, 70년대, 80년대 음악 찾아 듣고, 아프리카, 남미 음악에 트로트, 팝, 힙합, 록… 국적과 장르 가리지 않고 무작정 듣는 도하. 컵라면 용기, 배달 음식 용기, 술병 같은 것들이 쌓여 있다. 히키코모리 같다.

S#49.   (과거) 학천 도하의 집, 거실 / 낮

연미가 외출한 것을 확인하고 조심스럽게 방 밖으로 나온 도하. 방에 가득한 쓰레기를 버리고 다시 방으로 들어가려다가 거실 한가운데에 놓인 그랜드 피아노 발견한다. 피아노 앞에 앉아 검지로 힘겹게 '도'를 쳐본다. 집 안에 조용히 울려 퍼지는 피아노 소리. 마음을 조용히 위로해주는 것만 같다. 그렇게 가만히 피아노 앞에 서 있는 도하의 뒷모습에서.

S#50.   오아시스 / 밤

다시 현재. 아무도 없는 오아시스 안. 무대 위에 올라 피아노 앞에 앉아
'도'를 쳐본다. 잔잔하고 편안하게 울리는 피아노 소리에 그때와 비슷
한 감정을 느끼는 도하.

S#51.   도하의 집 / 아침

씻고 깔끔하게 옷 입는 도하. 어딘지 비장해 보인다.

S#52.   도로, 도하의 차 안 / 아침

확신의 눈빛으로 어딘가를 향해 운전하는 도하.

S#53.   주택가 골목, 도하의 차 안 / 아침

차 한 대가 꽉 차게 들어가는 좁은 골목길에 들어선 도하. 조심조심 운
전하는데.

내비(E)   목적지 부근입니다.

주택가 + 사칭남의 집 앞 / 아침

차에서 내린 도하. 오래된 주택이 늘어선 달동네. 어느 백반집 앞에 선
다. 주변을 살피며 핸드폰으로 주소를 확인한다.
[서울시 동대문구 창나동 34 B01호 이쪽으로 보내주시면 됩니다. 택
배비 바로 보내드렸습니다. 무료 나눔 감사합니다. ^^]
무슨 일인지 도하가 보고 있던 것은 당근 나라 사이트에서 받은 개인
쪽지 화면이다. 주소에 적힌 대로 반지하로 향하는데.

사칭남(E) 누구세요?

도하, 목소리에 돌아보면…. 야구 모자 깊이 눌러쓴 누군가가 서 있다.

도하 여기 살아요?
사칭남 (뒷걸음질) 아, 아뇨…. 누구신데요?

도하, 얼핏 보인 사칭남의 얼굴을 보며 설마…? 싶은데.

도하 김도하 씨…?
사칭남 …!!!

사칭남, 갑자기 냅다 뛰기 시작한다. 그런 사칭남을 쫓아가는 도하.

S#55. 주택가 / 아침

주택가 여기저기를 뛰어다니며 쫓고 쫓기는 추격전. 도하의 피지컬
이 압도적이지만 죽기 살기로 뛰는 사칭남을 잡기가 쉽지 않다. 아슬

아슬한 간격 계속 유지되고. 숨 가쁜 도하. 답답한 듯 쓰고 있던 마스크를 확 내린다. 동네를 잘 아는 사칭남은 골목 여기저기로 다람쥐처럼 피해 가는데. 도하, 낡은 축구공을 발견하고 사칭남을 향해 뻥! 슛을 날린다. 뒷무릎을 맞고 "으헉!" 하며 주저앉는 사칭남. 도하, 그런 사칭남의 앞에 한쪽 무릎 굽혀 앉아 눈을 맞춘다. 드디어 마주하게 된 사칭남의 얼굴.

사칭남	잘못했어요···. 잘못했어요···. 경찰이에요?
도하	아뇨. 저··· 김도합니다.

무슨 소린가 싶다가 놀라서 눈 커지는 사칭남의 모습에서.

S#56.   사칭남의 집 / 낮

궁색한 사칭남의 집을 둘러보는 도하. 사칭남이 방송을 했던 바로 그곳이다. 살림살이는 거의 없고, 음악 장비와 CD, 오디오 기계들만 가득하다. 음악에 대한 사칭남의 진심이 엿보이는데.

사칭남	(쭈굴, 안 믿기는) 정말··· 김도하 작곡가님이세요? 어떻게··· 알고···.

V자 흠집이 난 자신의 마스터 키보드를 발견한 도하.

도하	이것 때문에요.
사칭남	(무슨 소리인가 싶은데)

S#57.　(과거) 오아시스 / 밤

5화 50신 이후의 상황. 혼자 남은 오아시스 안. 결심한 듯 핸드폰을 켜는 도하. 어둠 속에서 반짝 빛나는 도하의 핸드폰. 여기저기 문자 쏟아지고, 부재중 전화 메시지 쏟아지는 와중에 유튜브 들어가 사칭남의 영상을 다시 보는데⋯. 갑자기 미간을 찌푸리는 도하. 특정 구간에서 영상을 멈추는데. 그 화면 자세히 보면⋯ 마스터 키보드에 V자 모양의 홈집이 나 있다. 자신의 악기임을 확신하는 도하.

S#58.　사칭남의 집 / 낮

다시 현재. V자 홈집이 난 자신의 마스터 키보드를 매만진다. 오래된 친구를 다시 만난 듯 반가운 기분이 드는데.

도하　　영상에서 하던 얘기⋯. 다 경험담이죠?

사칭남　네?? 그걸 어떻게⋯.

도하　　그게 아니면 굳이 이런 짓을 할 이유가 없겠죠. 근데 왜⋯ 나인 척했어요?

사칭남　저도 제 이름으로 나서고 싶었는데⋯. 아시잖아요. 그럼 이쪽 업계에서 매장당하는 거⋯.

도하　　(차분하게) 이름 빌린 건 그렇다 치고⋯ 없는 말은 왜 한 거죠? 난 고스트라이터 같은 거 쓴 적 없는데.

사칭남　김도하가 박무진만 저격하는 건⋯ 명분이 없잖아요. J 엔터 전체를 고발하는 게 파급력도 있고⋯. (갑자기 결심한 듯 쏟아내는) 솔직히! 그 나물에 그 밥이라는 생각도 조, 조금은 있었어요. 둘 다 J 엔터 간판 작곡가고. (도하 보며) 선생님은 얼굴도 안 드러내는 게⋯ 구린 게 많아 보이기도 하고⋯.

도하	(혼잣말) 내가 그래 보였구나….
사칭남	잘못했습니다! 한번만 봐주세요. 영상 다 내리고 사과문 올릴게요!
도하	당연히 사과해야죠. 근데… 사과 받을 것도 있지 않나?

의아하게 도하를 바라보는 사칭남의 모습에서.

S#59.   J 엔터, 회의실 / 낮

급하게 소집한 회의. 10명 정도의 주요 직원들과 회의 중인 득찬. 마음 고생을 많이 해서 푸석한 얼굴이다.

득찬	이번에 다시 올린 입장문 반응은 좀 어때요?
홍보팀장	(난감한) 이게… 아무리 해도 믿지 않는 분위기가 이미 만들어져서….
직원1	샤온 씨가 해명글 올리는 건 어떨까요?
직원2	작곡가 논란에 가수까지 끼어들 필요는 없죠. 괜히 불똥 튈 수 있으니까 그냥 가만히 있는 게 나아요.
득찬	(머리 아픈) 하….
직원3	(조심스럽게) 대표님… 김도하 작곡가님한테 부탁을 드려보는 건….
득찬	(좀 까칠한) 그건 안 된다고 몇 번을 얘기했잖아요.

득찬, 여전히 도하를 의심하는 직원들의 분위기에 답답한데. 그때 회의실 문을 열고 나타난 사칭남. 마스크를 쓴 채로 걸어온다.

| 득찬 | 아니, 이게 무슨…. |

직원들, 사칭남 보며 "어? 영상 속 그 사람 아니야?" 하고 수군거린다.

사칭남	(마스크 벗고 머리 조아리는) 죄송합니다! 저는 김도하 작곡가가 아닙니다. 박무진 작곡가에게 이용당하고 버려졌다는 억울함 때문에 이런 짓을 벌였습니다.

그리고 어느 순간 마스크 쓰고 나타나 그런 사칭남의 옆에 선 도하. 득찬, 예상치 못한 도하의 등장에 놀라 눈 휘둥그레지는데.

도하	제가 김도하 작곡갑니다. 너무 늦게 나타나서… 죄송합니다. (꾸벅 인사하는데)

웅성거리는 직원들. 여기저기서 "진짜 김도하 작곡가예요?" 하는 질문이 쏟아진다.

도하	그동안 제가 없는 상황에서 수습하느라 고생하셨을 여러분께 죄송하고 감사드립니다. 더 이상 회사에 피해가 가지 않도록 노력하겠습니다.

직원들, 슬슬 진짜 도하를 믿기 시작하는 분위기인데. 상황 모르고 갑자기 회의실 문 벌컥 열고 들어온 무진.

무진	아니, 진짜 김도하 데리고 오면 깔끔하게 끝날 일을 왜 이렇게 질질 끄는 거야?
사칭남	(용기 내서 다가가는) 오랜만입니다, 선배님.
무진	(전혀 못 알아보는) 뭐? 야, 너 뭔데? 어디서 처음 보는 놈이….
사칭남	저 양지혁인데… 모르세요?
무진	(황당) 내가 알아야 돼?? (직원들 보며) 누가 좀 끌고 나가!
도하	(얼른 나서는) 곡만 쓰고 이름은 버려서… 기억 못하시나 보네요.
무진	이건 또 뭔….

흥분하던 무진, 도하와 눈이 마주치자 멈칫한다. 어디선가 본 것 같고…. 우월한 기럭지에 익숙한 정장 핏. 무진의 눈이 커진다.

플래시백 2화 61신 일식집 룸, 4인실(도하의 룸) / 밤
드르륵 문 열리며 들어온 도하. 비즈니스 캐주얼 차림, 선글라스를 뚫고 나오는 잘생긴 분위기에 우월한 기럭지….

도하 (꾸벅 인사) 안녕하세요, 박무진 이사님.

무진 기, 김도하…?

도하 네. (사칭남 가리키며) 이분 이름도 기억해보세요.

무진 (놀란 눈으로 보다가 피식 웃으며) 또 가렸네. 얼굴?

도하 …!

무진 난 아무리 생각해도… 니가 나보다 더 구린 놈일 것 같애. 아이언맨도 위기 상황에서는 기자들 앞에서 얼굴 보여주던데…. 이렇게까지 가리는 이유가 뭘까? 응?

무진의 말에 동요하는 직원들. 당황하는 도하와 그런 도하의 반응에 피식 웃는 무진. 도하, 결심한 듯 마스크 내리려고 손을 올린다. 뜻밖의 행동에 눈 커지는 무진. 주변 직원들도 도하의 얼굴을 보려고 시선 집중하는데…! 마스크 내리는 순간 옆에 있는 직원의 모자를 벗겨 도하에게 급히 씌우는 득찬.

득찬 (다급히, 도하에게) 나가자…!

───────
S#59-1. J 엔터, 회의실 앞 / 낮

도하가 왔다는 소식에 급하게 뛰어온 에단. 때마침 회의실에서 나가

는 득찬과 그 옆의 도하를 발견하고 눈 커진다.

에단   김도하 작곡가님?

도하   (보는)

에단   (예의 바르게 꾸벅 인사하고 떨리는 목소리로) 진짜 존경합니다! 샤온 선
       배님 곡 작업 끝내시면 혹시 저희 노래도….

득찬   (막아서며) 에단아, 지금 이럴 여유가 없다. 나중에. 응?

득찬, 도하와 함께 대표실로 빠르게 걸어간다. 아쉬워하는 에단의 모
습에서.

S#60.   J 엔터, 대표실 / 낮

도하와 득찬, 단둘이 앉아 있다. 방금 일로 도하의 눈치를 보게 되는 득찬.

득찬   니가 이렇게 나서준 건 진짜 고마운데…. 얼굴까지 알려지면 안 되잖
       냐….

도하   (조금 서운하지만 담담하게) 그렇지….

득찬   박무진 그 인간 사임 처리도 빨리할게.

도하   형은 박무진 하는 짓… 알고 있었어?

득찬   아니, 나도 몇 번 말했는데…. (변명하다가 관두는) 미안하다.

도하   사과문 받아내고, 피해 본 작곡가들 보상도 확실하게 해줘. (일어나는데)

그때 문 벌컥 열고 들어온 샤온. 도하가 반갑지만 쉽게 다가가지 못하
고 서 있다.

샤온   오빠… 내가 잘못했어…. 나 아직도 미워?

도하	(가까이 다가가는, 진지하게) 샤온… 아니, 지온아.
샤온	응?
도하	(뭔가 말하려다가 득찬 보고) 형, 잠깐 좀 나가줘.
득찬	(앉아 있다가 황당) 뭐? 나? 나보고 나가라고?
샤온	(덩달아) 그래! 오빠 좀 나가 있어!
득찬	어, 어…. 그래. 알았어.

득찬, 머쓱하게 태블릿 들고 대표실에서 쫓겨나듯 나간다.

샤온	(설레는) 뭔데? 이제 말해봐.
도하	나 너 안 좋아해.
샤온	…!!!
도하	가수로는 좋아하지. 동생으로도 좋아해. 근데 여자로는 아니야.
샤온	오, 오빠….
도하	팬으로서 계속 응원할게.

충격받은 샤온을 내버려두고 나가는 도하.

S#61.   사칭남의 집 / 밤

그날 밤 또다시 카메라 앞에 선 사칭남. 방송 중 마스크를 벗는다.

사칭남	사실 저는… 김도하 작곡가 아닙니다. 그동안… 박무진 작곡가한테 착취당하면서 억울한 마음이 들었고….

S#62.   J 엔터, 무진의 작업실 / 밤

J 엔터에서 쫓겨난 듯 커다란 상자에 짐을 꾸리는 무진. 반성의 기미 전혀 없이 억울함과 분노만이 가득한 표정인데.

무진   김도하 그 새끼… 어떻게 조져놓지…?

PC 켜고 USB 꽂는 무진. 그동안 작업했던 파일을 죄다 담아가려는데…. '도비는 자유예요!' 사진이 배경 화면으로 설정되어 있고 아이콘 하나 없이 깨끗하게 포맷되어 있는 PC 화면이 보인다.

무진   (현실 부정, 허공에서 클릭하는) 뭐야… 파일 다 어디 갔어…. (작곡가들 짓임을 깨닫고) 이것들이… 악!

S#63.   공사판 / 낮

학천 어딘가의 건설 현장. 안전모 쓰고 벽돌 나르고 있는 엄호.

CUT TO

점심시간. 동료들과 어울리지 않고 혼자 떨어져 앉아 밥 먹는 엄호. 저쪽에서는 다 같이 밥 먹으며 "하하!" 웃기도 하지만 엄호는 그런 것 따위 관심 없는 듯 묵묵히 밥만 먹는다. 커다란 쟁반에 담긴 제육덮밥을 싹싹 긁어 먹고는 쟁반에 깔려 있는 신문지로 빈 그릇 대충 포장하는데… 신문에서 뭘 봤는지 미간을 찌푸린다.

[J 엔터 고스트라이터 논란, 김도하 작곡가가 아닌 거로 밝혀져… 다시 베일에 싸인 작곡가 '김도하']

기사에는 오 기자가 찍었던 도하의 유일한 사진이 실려 있다. 신문 손으로 쭉 찢어 사진 자세히 보는 엄호. 눈빛 싸늘해지는데.

S#64.   타로 카페 / 낮

폰으로 사칭남의 해명 기사를 보고 안도의 미소를 짓는 솔희. 때마침
도하에게서 메시지가 온다.
[오늘 저녁 8시에 공연 있어요]

솔희   뭐야 어쩌라고.

하는데. 바로 연달아 오는 메시지.
[꼭 와주면 좋겠어요]
솔희, 그제야 피식 웃음 나는데.

S#65.   오아시스 / 밤

오아시스에 도착한 솔희. 구석의 2인석 테이블에 앉는다. 마스크 쓰
고 피아노 치고 있는 도하를 흐뭇하게 바라보는데. 솔희가 온 것을 발
견한 도하. 보란 듯이 마스크를 벗는다. 놀란 솔희. 맨얼굴로 연주하는
도하의 모습이 평소보다 더 빛나는 느낌인데. 그런 도하를 보며 놀란
또 한 사람… 중규다. 각자 이야기하고 술 마시느라 정신없는 다른 관
객들. 오직 솔희와 도하만이 시선을 마주치고 서로를 향해 미소 짓는
다. 엔딩.

6화

나는···
거짓말이 들려요.

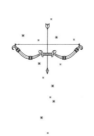

S#1.　　오아시스 / 밤

5화 65신의 상황. 솔희가 온 것을 발견한 도하. 보란 듯이 마스크를 벗는다. 놀란 솔희. 맨얼굴로 연주하는 도하의 모습이 평소보다 더 빛나는 느낌인데. 오직 솔희와 도하만이 시선을 마주치고. 서로를 향해 미소 짓는다. 곡이 끝나고 박수 치는 솔희의 모습에서.

S#2.　　오아시스 앞 / 밤

자신의 차 조수석 문 열어주는 도하. 솔희, 갑작스러운 대접에 낯설어하며 조수석에 탄다.

S#3.　　도하의 차 안 / 밤

얼떨떨한 얼굴로 앉아 있는 솔희. 도하가 운전석으로 오는 동안 혼자 중얼거린다.

솔희   뭐야… 오늘따라 왜 이래…?

운전석에 앉은 도하. 안전벨트 하며 가만히 앉아 있는 솔희 본다.

도하   벨트 안 해요?
솔희   (멍하게 있다가) 네?
도하   (벨트 대신 매줄 것처럼 가까이 다가오는)
솔희   (당황) 아, 아뇨! 내가 해요. (얼른 벨트 하고) 근데 우리… 어디 가는 거
         예요?

S#4.   레스토랑 / 밤

고급스러운 레스토랑에 들어오는 솔희와 도하. 직원이 자리 안내하
며 솔희의 의자를 뒤로 빼준다. 갑자기 이런 분위기에서 도하를 마주
하는 게 어색한데. 솔희를 빤히 따뜻한 눈빛으로 쳐다보는 도하.

솔희   왜 그렇게 봐요? 부담스럽게….
도하   고마워서요.
솔희   뭐가요? 나한테요?
도하   덕분에. (자기 얼굴 가리키며) 이러고 있잖아요.
솔희   그게… 내 덕분이었어요?
도하   네.
솔희   (칭찬이 머쓱하지만 기분 좋은, 메뉴판 보며) 그럼 이 정도 얻어먹어도 되
         지~.
도하   (갑자기 심각해진 얼굴) 목솔희 씨.

도하, 비밀 이야기라도 할 것처럼 갑자기 몸을 숙여 솔희에게 가까이

다가간다. 혹 다가온 도하의 모습에 순간 심쿵하는 솔희.

솔희   (애써 태연한 척 귀 가져다 대는) 네…?

도하   혹시….

솔희   (침 꿀꺽)

도하   (속닥속닥) 옆 테이블 사람들… 나 보고 있어요?

솔희   (맥 빠진다, 슬쩍 곁눈질하고) 아뇨. 자기들끼리 음식 사진 찍고 있는데.

도하   (머쓱) 네….

CUT TO
스테이크 썰어 먹는 솔희와 도하. 솔희, 먹으면서 말 없는 도하 보면 칼
질하다가 얼음처럼 굳어 있는 도하.

솔희   괜찮아요?

도하   저분이… 우리 자꾸 쳐다보지 않아요?

솔희, 슬쩍 보면 저쪽에 가만히 서 있는 직원과 눈이 마주친다.

솔희   손님들한테 뭐 필요한 거 있나 신경 쓰는 거죠.

도하   아닌 것 같은데….

종업원, 그 순간 정말 도하에게 천천히 다가온다.

도하   (작은 소리로 호들갑) 맞죠. 맞죠…! 오는 거 맞죠…?

갑자기 마음 급해진 도하. 무릎에 깔아놓은 패브릭 냅킨을 마스크처
럼 쓰려다가 이건 아니지 싶어서 내려놓는다. 솔희, 그 모습 불안하게
바라보는데. 쪼르르… 도하의 빈 잔에 물 따라주고 가는 직원. 그제야
안도의 한숨 쉬는 도하.

솔희 (그런 도하 안쓰럽게 보다가) 그래요. 사람이 갑자기 확 다 바뀔 순 없죠.

   메인만 빨리 먹고 일어나요. (칼질 빨라지는)

도하 (미안하고 아쉬운) 여긴 디저트가 맛있다던데….

솔희 이 근처에 내가 아는 적당한 디저트집 있어요.

S#5. 술집 앞 / 밤

   술집으로 앞장서 들어가는 솔희. 간판과 분위기 보고 당황하는 도하.

도하 (솔희 팔 잡으며) 여기 술집 아니에요?

솔희 일단 들어와봐요.

S#6. 술집 / 밤

   규모는 크지 않지만 따뜻하고 안락한 분위기의 비교적 조용한 술집.

   종업원이 해물 떡볶이 하나에 소주병 하나, 잔 2개를 놓고 간다.

솔희 원래 느끼한 거 먹었을 땐 매콤한 거로 입가심하는 거예요.

도하 (이해할 수 없는 표정) 배 안 불러요?

솔희 정말 이거 먹으려고 왔겠어요? 여긴 계속 쳐다보는 종업원도 없고, 다

   들 취해 있어서 다른 테이블에 관심도 없어요.

   그제야 주변 둘러보는 도하. 솔희의 배려가 고맙다. 솔희, 도하의 잔에

   술 따르고는 아차 싶다.

솔희	아, 맞다. 콜라 시켜야 하나?

얼른 술병 가져가는 도하. 두 사람의 손이 살짝 스치고 순간 시선도 맞닿는다.

도하	(솔희의 잔에 술 따르며) 마셔요. 오늘은.
솔희	(그런 도하 보다가) 근데… 뭐라고 불러야 돼요?
도하	뭘요?
솔희	(아무렇지 않게) 김승주가 본명이죠? 김도하는 가명이고….
도하	(순간 표정 어두워지는) ….
솔희	(도하 표정 눈치 못 채고) 밖에서 김도하라고 했다가 혹시라도 누가 눈치채면 안 되니까…. 김승주라고 불러야 되나?
도하	아뇨. 그냥 김도하라고 불러요.

잔 부딪치고 원샷하는 두 사람. 도하, 솔희를 바라본다. '이렇게 과거를 숨겨도 되나…' 마음 한구석이 무겁다.

CUT TO
빈 소주병 3병에 양념만 남은 해물 떡볶이. 버터 새우구이 안주가 추가되어 있다.

솔희	(턱 괴고 감기는 눈으로 도하 빤히 보며) 말해봐요. 그때 나한테 왜 모르는 척하자고 했어요? 왜 갑자기 집 나가고 딴사람처럼 굴었냐구요오.
도하	예전에 힘들었던 일이 생각나서…. 미안해요.
솔희	(가만히 보다가) 여자 문제?
도하	(잠시 생각) 네.
솔희	알았어요. 말하기 싫어하는 것 같으니까 더 안 물을게요. (잠깐 생각하다가) 근데 그 여자… 샤온이죠?
도하	…?

솔희	둘이 오래 사귀다가 안 좋게 헤어졌는데 샤온이 뒤늦게 후회하고 김도하 씨 잡으려고 강릉까지 불러냈다… (자신만만) 이거 맞잖아요.
도하	아닌데요.
솔희	그럼 핸드폰에 그건 뭐야? 샤온 사진이랑 막… 이름에 하트 해놓고.
도하	언제 봤어요? 그거… 그냥 걔가 마음대로 해놓은 거예요.
솔희	와… 그럼 샤온은 처음부터 계속 혼자 좋아한 거네?
도하	아까 안 물어본다고 하지 않았어요?
솔희	(아랑곳 않고, 도하 빤히 보며) 누구… 좋아해본 적은 있어요?
도하	네. 있죠.
솔희	좋아하는 여자한테는 잘해주나? (중얼중얼) 차가울 것 같애….

솔희, 포크로 새우 껍질 벗기려 하는데 잘 되지 않는다. 그 모습 지켜보다가 물티슈로 손 닦고 손으로 새우 껍질 벗기는 도하. 과감하게 머리를 떼고 섬세하게 다리를 뜯는 손놀림… 왠지 모르게 집중하게 되는데…. 예쁜 손가락이 더 눈에 들어온다.

솔희	(감탄) 와… 예쁘다.
도하	네? 새우가요?
솔희	김도하 씨 손이요.
도하	(부끄러운) 많이 취했네…. 먹어요.

도하, 깐 새우 2마리를 솔희의 앞접시에 무심히 놓아주는데. 보고 흠칫 놀라는 솔희. 접시에 놓인 새우가 하필이면 하트 모양이다. 솔희, 두 손으로 하트 모양 그대로 새우 집어든다.

솔희	(피식) 뭐야~ 이 하트 무슨 의미…. (하는데 계속 눈이 감긴다, 테이블에 쓰러질 듯 꾸벅! 하고는 정신 차리고)
도하	(계속 새우 까다가 뒤늦게 그 모습 보고 놀란) 아니, 언제 이렇게 취했어요? (번들거리는 손을 휴지로 급히 닦는데)

솔희	뭘 취해…. 멀쩡합니다! (하지만 점점 흐려지는 시선)
도하(E)	이봐요! 목솔희 씨! 괜찮아요? 목솔희 씨!

점점 아득해지는 도하의 목소리에서. 암전.

___
S#7.　　몽타주

모텔촌 / 밤
흐릿한 솔희의 시선으로… 누군가의 등에 업혀 바라본 서울 밤거리의
풍경. 모텔촌의 촌스러운 간판이 반짝인다.

솔희	(혀 꼬인) 모야… 나 어디로 데려가는 건뒈….

침대 / 밤
침대에 누운 솔희의 옷을 벗기는 누군가의 손길.

솔희	아니, 잠깐만요. 이게 지금 뭐 하는… 김도하 씨 맞아요??

솔희, 누군가를 확인하기 위해 눈을 뜨려고 애써 보는데…. 웃통 벗은
웬 남자의 등이 보인다. 등 한가운데에 한 뼘 길이의 흉터가 보인다.

솔희	(믿을 수 없는) 아니야…. 꿈이야….

등을 보이던 남자가 솔희를 향해 돌아보면… 그제야 확실히 보이는
도하의 얼굴!

솔희	(보면서도 믿을 수 없는) 김도하 씨?!

눈앞의 현실 부정하며 다시 감기는 눈. 화면 암전.

S#8.   솔희의 집 / 아침

꿈을 꾸듯 "으음…" 하면서 괴로워하다가 눈을 뜨는 솔희. 정신이 돌아오자 이내 긴장된다. '내가 누워 있는 이곳은 어딘가…' 눈알을 굴려 주변을 살피는데… 익숙한 풍경…. 집이다!

솔희   (안도의 한숨) 아휴, 그럼 그렇지.

하면서 침대에서 나오려는데 침대 옆에 널브러진 자신의 외투가 보이고…. 다시 긴장하는 솔희. 천천히 이불을 들춰 옷을 입고 있는지 확인하는데…. 외투만 없을 뿐. 티셔츠와 바지, 양말까지 그대로 입고 있다!

솔희   (이불 확 걷어내며 안도) 그래…. 눈떠보니 모텔에서 옷 벗고 있는 건… 드라마에서나 그러지. 세상에 누가 그래?

솔희, 중얼거리며 침대에서 내려와 바닥의 외투를 주워 옷걸이에 걸려는데.

솔희   으악!

외투에 가득한 붉은 자국. 이게 뭔가 싶어서 킁킁 냄새를 맡아보면…! 냄새와 함께 순간 화르륵 떠오르는 기억.

<u>S#9.</u>　　(회상) 술집 / 밤

　　　　6화 6신에 이어서. 솔희, 해물 떡볶이가 놓인 테이블에 퍽 엎어진다.

도하　　(놀람, 당황) 으헉! 괜찮아요? 목솔희 씨?

　　　　도하, 엎어진 솔희를 바로 앉히는데 하필 해물 떡볶이 접시에 엎어졌
　　　　던 솔희. 가슴에 커다랗게 묻어 있는 양념. 도하, 닦으려고 해도 차마
　　　　닦을 수 없다.

도하　　(솔희에게 물수건 쥐여주며) 여기요… 좀 닦아봐요. 네?

　　　　하지만 비몽사몽하다가 다시 엎어지려는 솔희. 얼른 손으로 그런 솔
　　　　희를 받친 도하. 도하의 두 손에 폭 담긴 솔희의 얼굴. 도하, 그런 솔희
　　　　를 보며 난감하고 황당한데….

<u>S#10.</u>　　(회상) 술집 앞 + 모텔촌 / 밤

　　　　솔희를 업고 술집에서 나온 도하. 차를 향해 바쁘게 걷는데.

솔희　　(혀 꼬인 소리로 중얼중얼) 아이스크림….
도하　　네?

　　　　발버둥 치더니 도하 등에서 내려와 편의점으로 비틀비틀 뛰어가는
　　　　솔희.

솔희　　(좀비처럼) 아이스크림….

도하   목솔희 씨!? (쫓아가는)

S#11.   (회상) 편의점 안 + 앞 / 밤

바닐라 콘 아이스크림 계산해온 도하. 껍질까지 벗겨서 편의점 간이 의자에 앉아 있는 솔희에게 건네주려는데 아무래도 제대로 될 수 없을 것 같다. 그냥 아이스크림 입에 대주면 그걸 또 바로 먹는 솔희. 황당한 웃음 짓는 도하, 솔희 바라보는데.

솔희   (한참 맛있게 먹다가) 김도하 씨… 나 좋아하죠?
도하   (마음 들킨 듯 놀란) 네…?
솔희   (도하 빤히 보며) 아이스크림 사줬잖아요. 내가 제일 좋아하는 바닐라로.
도하   (황당) 이거 직접 고른 거잖아요….

혼자 진지하게 변명하다가 코에 아이스크림 묻히고 먹는 솔희 보며 많이 취했구나 싶은 도하. 티슈로 솔희의 코와 입을 닦아준다.

도하   그만 먹고 가죠.

S#12.   (회상) 드림 빌라, 5층 현관 / 밤

솔희 업고 엘리베이터에서 내리는 도하. 이미 한참을 그렇게 온 듯 좀 힘들어 보인다. 솔희의 집 앞에 멈춰 선다.

도하   비밀번호 눌러요. 어서요! (해놓고 안 보려고 고개 돌리는)

"으으…" 하며 비밀번호 누르는 솔희. 삐삐! 오류 경고음 소리 난다.

도하   다시 천천히 제대로 눌러봐요.

삑삑- 번호 누르는 소리 들리고, 다시 삐삐! 오류 경고음 들린다.

도하   (답답한) 번호 생각 안 나요?
솔희   700428 맞는데….

도하, 할 수 없이 직접 700428 눌러본다. 띠로링~ 소리 내며 열리는 문.

S#13.   (회상) 솔희의 집 / 밤

솔희를 침대에 눕히는데…. 해물 떡볶이 때문에 얼룩진 외투 그대로 입고 있고…. 뒤척이려 하는 솔희. 하얀 침대 시트에 양념이 묻기 일보 직전이다. 놀라서 "어, 어!" 하며 얼른 솔희의 외투를 벗기는 도하. 솔희를 눕히고 그제야 안도의 한숨 쉬는데…. 어째 등이 축축하다. 더듬거리다가 답답한 듯 셔츠 벗어서 확인해보면. 솔희의 가슴에 묻었던 양념이 커다랗게 묻어 있다.

도하   하….

셔츠 챙겨서 나가려는데…. 어느 틈에 이불로 몸 가리고 침대에서 일어난 솔희. 눈 부릅뜨고 도하를 바라본다.

도하   (귀신 본 듯 흠칫 놀라고)
솔희   (풀린 눈으로 쏘아보며) 착한 사람일 줄 알았는데….

도하가 뭐라 대답할 새도 없이 도하의 뺨을 철썩 때리는 솔희. 너무 놀라서 맞은 뺨에 손 올리고 굳어 있는 도하.

도하   (당황해서 어버버) 아니, 그게, 나는….

언제 그랬냐는 듯 다시 침대에 엎어져 그대로 잠들어버린 솔희. 억울한 도하의 표정에서.

솔희(E)   안 돼!!!

S#14.   솔희의 집 / 오전

다시 현재. 6화 8신의 연결. 모든 기억이 떠오른 솔희. 미치겠다. 해물떡볶이 양념이 잔뜩 묻은 외투를 보다가 내려놓는 모습에서.

S#15.   도하의 집 / 오전

딩동- 세탁이 끝난 드럼 세탁기에서 어젯밤 입었던 셔츠를 꺼내 보는 도하. 하지만 떡볶이 얼룩이 그대로 남아 있다. 도하의 난감한 표정.

S#16.   득찬의 집, 드레스 룸 / 오전

샤온 매니저와 스피커폰으로 통화 중인 득찬. 드레스 룸에서 타이를 매고 있다.

득찬　샤온 오늘 스케줄 뭐였는데?

부엌에서 믹서기 돌아가는 소리 들린다. 신경 쓰여 문을 닫는 득찬.

매니저(E)　뮤직 쇼 사녹이랑… 스타 특급 인터뷰요.
득찬　걔가 지금… 제정신이 아니긴 할 거야….

그때 문 벌컥 열고 들어온 득찬의 딸(2살). 아장아장 걸어와서 득찬의
다리를 끌어안는다. 득찬, 미소 지으며 딸을 번쩍 들어올린다.

매니저(E)　어떻게 할까요? 전화도 안 받는데.
득찬　일단 스케줄 다 취소해. (빨리 머리 굴리는) 음… 아! 저번에 무대에서 넘
어져서 다리 다쳤었잖아. 그거 재발해서 절대 안정을 취하기로 했다,
뭐 그런 식으로 말하면서.

S#17.　샤온의 집 / 오전

키치하고 화려한 인테리어의 샤온의 집. 엽기 떡볶이 빈 통, 뼈가 수북
한 치킨 박스, 핫도그 포장지가 거실 여기저기에 굴러다닌다. 한 손엔
반쯤 먹은 핫도그, 다른 한 손엔 팬이 준 듯 '샤온처럼'이라고 인쇄되어
있는 소주잔 들고 있다. 옆에는 여러 병의 소주병(지금 샤온의 모습과는
전혀 다른 청순한 샤온이 광고 모델인)이 굴러다니고…. 대형 TV의 노래
방 화면에서 신예영의 '우리 왜 헤어져야 해' MR이 흘러나온다. 소주
병 잡고 서글프게 노래 따라 부르는 샤온.

샤온   우리 왜 헤어져야 해~ 혹시 내가 잘못한 게 있다면 한번 더 내게 기회
      를 준다면 내가 더 노력할게~ 오빠가 싫어하던 행동도 다신 하지 않
      을게~

한참 노래 부르다가 소주 병나발 불던 샤온.

플래시백 5화 60신 J 엔터, 대표실 / 낮
도하   가수로는 좋아하지. 동생으로도 좋아해. 근데 여자로는 아니야.

불현듯 그때 도하의 말을 떠올린다.

샤온   (자기 최면하듯) 가수로, 동생으로는 좋다는 거잖아…. 내가 좋긴 한 거
      잖아…. 그지?

정신없어 보이는 샤온의 모습에서.

S#18.   드림 빌라 앞 / 오전

결심한 듯 맨얼굴로 밖에 나온 도하. 하지만 아직 어색한 듯 주변을 경
계하며 고개를 숙이는데. 지나가는 사람들, 도하를 무심히 스쳐 간다.
안도하는 도하.

S#19.   편의점 / 낮

숙취 해소 음료를 고르고 있는데 종류가 너무 많다. '뭐가 제일 좋은 걸

까…' 고민되는 도하. 성분표를 살펴보는데.

도하　(중얼중얼) 헛개나무가 간에 좋다던데…. (다른 거 발견하고) 여기도 들어 있네?

결국 헛개나무열매 농축액이 들어 있는 음료를 모조리 바구니에 담는 도하, 계산대로 향한다. 보고 있던 책 엎어놓고 바코드 찍기 시작하는 영재, 늘 그랬듯 심드렁한데. 가끔 보던 영재조차 자신에게 관심 없는 모습에 안도하는 도하. 그때 급하게 편의점으로 들어온 보로.

보로　(만 원짜리 주며) 영재야, 나 잔돈 좀… 줄 수 있어? 현금을 깜빡 잊고 안 챙겨서….
영재　(귀찮은) 말씀드렸잖아요…. 저도 이거 아침마다 은행에서 번호표 뽑고 일일이 바꿔오는 거라구요….
보로　(머쓱) 미안해~. 내가 조만간 꼭 보답할게.
영재　(질린) 빵으로 보답하는 건 됐어요….

영재, 그러면서 잔돈 바꿔주는 사이. 기다리던 도하, 계산대 앞 진열대에서 봉지에 든 빵 몇 개를 집는데 그런 도하를 뚫어지게 바라보는 보로. 도하, 보로와 눈 마주치고 긴장한다.

보로　(소심하게) 크림빵… 좋아하세요?
도하　(당황) 네…?
보로　더 맛있는 게 있는데….

S#20.　연서 베이커리 / 낮

보로 따라서 가게에 들어오긴 했는데 아직 어리둥절한 도하. 보로, 기다리던 손님한테 잔돈 줘서 보낸다. 도하와 보로, 둘만 남아 있다. 조리용 장갑을 끼고 크루아상 가운데를 삭 가른 후 하얀 생크림을 듬뿍 발라서 도하에게 건넨는 보로.

보로   (자신만만) 자요, 이건 완전 다른 크림빵이에요. 먹어봐요.

도하   (받으며) 집에 가져가서 먹겠습니다.

보로   (안타까운) 따뜻할 때 바로 먹어야 맛있는데…. 이게 진짜 맛 차이가 크거든요….

어쩔 수 없이 빵 먹는 도하. 바스락- 소리를 내며 씹히는 빵. 그 모습을 짜릿하다는 듯 바라보는 보로. 도하의 반응을 기다리는데.

도하   (감탄) 진짜… 맛있어요.

보로   (흡족, 촉촉한 눈빛) 진짜… 잘생기셨네요.

도하   네…?

보로   손님 얼굴이 저희 집 빵이라면 제 얼굴은… 편의점 빵이죠.

도하   (당황) 네?? (어떻게든 위로하고 싶은) 충분히… 개성 있어요.

보로   (피식) 빵으로라도 완벽을 추구할 수 있어서… 행복해요. (도하 보며) 근데… 흔한 얼굴이 아닌데 왠지 낯이 익네요…?

도하   저번에 꽈배기 주셨잖아요. 그때도 잘 먹었습니다.

보로   어? 우리 집에는 꽈배기 없는데.

도하   그게 아니라….

도하의 말 끝나기 전에 투닥거리며 소란스럽게 들어오는 초록과 오백.

초록   (오백에게) 왜 따라 들어와?

오백   (초록에게) 난 원래 가려고 했어. 너나 따라오지 마.

초록   아우 배고파. 내 꺼 명란 바게트 따로 빼놨지? (하다가 도하 발견하고 놀

라 얼음 되는)

도하	그럼… 다음에 또 오겠습니다. (꾸벅 인사하고 나가는)
초록	(도하 나가자마자 호들갑) 저 잘생긴 남자 누구예요? 하얘가지구 왕자님 같다!
오백	(못마땅한) 뭐야… 구릿빛 피부에 근육질 스타일 좋아하면서.
초록	(오백 보며 의미심장하게) 저게 내 원래 취향이야.
보로	얼굴은 왕자님 같은데…. (딱하게) 좋은 걸 많이 못 먹어봤나 봐.
오백	(코웃음) 에이~ 무슨 소리야. 딱 봐도 명품 휘감았는데. 별로 어울리지도 않지만….
보로	(휘둥그레) 그래?? 저게??
초록	(보로에게) 담에 또 오면 나한테 살짝 연락해야 돼?
오백	(그런 초록 마음에 안 들고)

S#21. 솔희의 집 / 낮

솔희, 깨끗하게 세탁한 외투를 건조대에 걸어놓으며 카산드라와 통화 중이다.

솔희	오늘 낮에는 예약 손님 없지? (괴로운) 어제 술을 너무 마셔서… 좀 늦을 것 같애. 미안.

그때 똑똑 현관문 두드리는 소리 들리고.

솔희	(귀찮은) 뭐야….
도하(E)	목솔희 씨.

도하의 목소리에 눈 커진 솔희. 당황해서 허둥지둥거린다.

솔희   어떡해…. 어제 일 따지러 왔나??

         솔희, 그대로 나가려다가 거울 보고 멈칫. 급한 대로 팩트 2배속으로
         두드려 바른다.

솔희   (중얼중얼) 그래…. 기억 안 나는 척하자….

S#22.   드림 빌라, 5층 현관 / 낮

         기다리는 도하 앞에 드디어 열리는 문.

솔희   (아무렇지 않은 척) 무슨 일이죠? 아침부터.
도하   열두 신데요.

         INSERT 6화 13신 솔희의 집 / 밤
         도하의 뺨을 철썩 때리는 솔희.

         도하의 얼굴을 보고 있자니 그때가 떠올라 자기도 모르게 눈이 질끈
         감기는 솔희.

솔희   열두 시부터 무슨 일로….

         도하, 그런 솔희에게 묵직한 봉투 2개를 건넨다.

솔희   뭐…예요?
도하   그때 같이 먹었던 해장국이랑… 숙취에 좋은 거 좀 사봤어요.

솔희, 얼떨결에 봉투 받고 고마운 마음인데.

도하 (근엄) 그리고.

솔희 (긴장해서 보면)

도하 현관 비밀번호 바꿔요. 내가 알게 됐으니까.

도하, 쿨하게 바로 돌아서는데. 도무지 미안해서 안 되겠는 솔희.

솔희 (얼른) 괜찮아요?!

도하 (보는)

솔희 (자기 뺨 만지며) 이쪽 뺨…. (다른 쪽 만지며) 아니 이쪽인가….

도하 (다가오는) 그건 괜찮은데… 다른 게 안 괜찮아요.

솔희 (긴장되는) 뭐…요?

도하 (진짜 궁금하고 답답한) 떡볶이 국물 어떻게 지워요?

S#23.   솔희의 집 / 오전

욕실 안, 대야에 도하의 셔츠가 담겨 있다. 도하가 포장해온 해장국 뚝 딱 비워낸 솔희. 한결 살겠다… 싶은 얼굴인데. 도하가 준 다른 봉투를 열어본다. 각종 숙취 해소 음료를 보고 마음 씀씀이에 절로 미소 짓는 솔희.

S#24.   연서 경찰서, 형사과 / 낮

진지하게 CCTV 보고 있는 강민. 잔뜩 긴장한 표정의 행정 직원(20

대/여)이 팩스 종이 한 장 들고 사무실에 들어온다. 강민을 의식하며 다가온다.

행정 직원   형사과로 공문 들어온 게 있어서요….

강민   (집중하다가 뒤늦게 발견한) 네?

팀장   (손 흔들며) 어, 그거 나 주세요!

행정 직원   (아쉬운) 아, 네…. (팀장에게 가는)

행정 직원, 팀장에게 공문을 전달하고도 아쉬운 듯 강민 의식하며 천천히 나간다. 행정 직원 나가자마자 의자 슥 밀어 강민에게 다가오는 황 순경.

황 순경   (작게 호들갑) 예쁘죠. 예쁘죠!

강민   뭘? 아….

황 순경   우리 서에서 제일 예쁘다고 소문난 직원인데 요즘 자주 보이네…. (갑자기 강민 수상하게 보는) 둘이 뭐 있죠?

강민   (계속 CCTV 보며) 무슨 소리야…. 관심 있으면 잘해봐.

황 순경   형님은 왜 여자를 안 만나지…? 여자 사귀어는 봤죠?

강민   (어이없는 듯 보고)

황 순경   몇 명이요?

강민   (귀찮아서 대답해주는) 한 명.

황 순경   네?? 진짜요?? 딱 한 명??

강민   (CCTV 가리키며 화제 돌리는) 이거 옷차림 봐봐. 슬리퍼 신고…. 주거지가 근처일 것 같지?

황 순경   (CCTV 보는 듯 하다가) 제가 소개팅해드릴까요?

강민, 그만하라는 듯 황 순경 찌릿- 보면. 바로 눈 깔고 CCTV 보는 황 순경.

<u>S#25.</u>　솔희의 집 / 저녁

　　　TV 뉴스 틀어놓은 솔희. 커다란 다리미 판 꺼내놓고 도하의 셔츠 하나
　　　만 다림질하고 있다.

솔희　　　내 옷도 귀찮아서 안 다리는데…. 뭐, 내가 잘못한 거니까.

　　　말은 그렇게 하면서도 정성껏 도하의 셔츠를 다리는데. 흘러나오는
　　　뉴스.

아나운서(E)　우리나라 축구 대표팀이 내일 밤 열 시 이란 아자디 스타디움에서 강
　　　호 이란과 A 매치 친선전을 치릅니다.

<u>S#26.</u>　도하의 집 / 저녁

　　　같은 TV 뉴스를 보고 있는 도하.

아나운서(E)　원정팀의 무덤이라 불리는 아자디 스타디움에서의 경기를 앞둔 우리
　　　대표팀은 무승부가 아닌 승리를 목표로 하고 있다며 각오를 다졌습
　　　니다.

　　　보면서 솔희가 했던 말이 떠오르는 도하.

솔희(E)　　축구는 혼자 봐요.

S#27.   (과거) 술집 / 밤

6화 6신. 새우구이 안주 나오기 전 두 번째 소주병을 따르는 솔희와 도하. 도하는 여전히 멀쩡하고 솔희는 적당히 기분 좋게 취해 있는 모습이다.

도하   왜요? 친구 중에 축구 좋아하는 사람이 없나?
솔희   (아무렇지 않게) 아뇨. 그냥 친구가 없어요.
도하   (조금 놀란)
솔희   (친구들끼리 즐겁게 떠드는 테이블 보며) 저런 거 다 가짜야…. 그냥 혼자가 편해요.
도하   나도 친구 없어요. 한때 많았는데…. 득찬 형만 남았어요.

두 사람, 서로 통하는 걸 느낀다. 피식 웃고 말없이 술 마시는데.

솔희   (분위기 바꾸려는) 근데 모든 축구를 다 혼자 보는 건 아니구요. 국대 경기는 호프집에서 봐요. 다 같이 응원하는 분위기는 또 좋더라고요.

S#28.   도하의 집 / 저녁

다시 현재. 뉴스를 보며 술집에서 솔희의 이야기를 떠올리는 도하. 그때 초인종 소리가 들리고.

S#29.   드림 빌라, 5층 현관 / 저녁

도하, 문을 열면 잘 다려진 셔츠를 옷걸이째 건네주는 솔희.

도하   (감탄) 와….

솔희   그냥… 내 꺼 다리는 김에 같이 다린 거예요.

도하   (받으며) 고마워요.

솔희   나도 덕분에… 해장 잘 했어요.

뭔가 더 얘기하고 싶지만 할 말도 없고. 솔희, 아쉬운 마음 누르며 돌아서는데.

도하   내일 바빠요?

솔희   (데이트 신청인가? 태연한 척 돌아보며) 네? 내일 그냥… 일하고…. 똑같죠. 왜요…?

도하   일 몇 시에 끝나죠?

솔희   여덟 시쯤?

도하   (애매하다) 여덟 시….

솔희   ('넘 늦나?') 근데…! 난 사장이라… 조절할 수 있어요. 더 일찍 끝낼 수도 있고.

도하   (진지하게 중얼거리는) 차라리 더 늦는 게 나은데….

솔희   (얼른) 요즘 일이 많아서 좀 늦을 수도…. (하다가 답답한) 아, 뭔데요? 시간 장소 딱 정해서 물어봐야지. 무슨 데이트 신청이 이래….

도하   (데이트라는 말에 솔희 보는)

솔희   (당황) 데이트라는 단어는 좀 잘못됐고… '약속'으로 변경할게요.

도하   (피식 웃고, 정확하게) 내일 밤 열 시에. 스크린 있는 호프집에서. 국가 대표 축구. 같이 볼래요?

솔희   축구요…?

도하   이란이랑 하는 평가전이요. 국대 경기는 호프집에서 본다면서요.

솔희   내가 그런 얘기도 했었나…?

도하   스크린 큰 호프집… 내가 찾아볼게요.

예상치 못한 도하의 제안에 당황한 듯 바로 대답 못하는 솔희.

도하   싫어요…?

솔희   (얼른) 아뇨. 스크린 큰 곳… 내가 잘 알아요. 알아볼 필요 없어요.

S#30.   솔희의 집 / 저녁

아무렇지 않은 척 집에 들어와서 갑자기 옷장 뒤적이는 솔희. 빨간색 티셔츠와 국대 유니폼, 맨유 유니폼, 응원 머플러 같은 것들을 죄다 꺼 낸다.

솔희   아, 이건 너무 유행이 지났는데…. 아, 이건 너무 오반가?

자기도 모르게 신나 있는 솔희의 모습에서.

S#31.   드림 빌라 앞 / 낮

쓰레기 버리는 도하. 그런 도하를 뒤에서 바라보는 누군가의 시선. 징 징- 진동에 핸드폰 확인하는 도하. 발신자 이름을 보고는 전화 받지 않 고 집에 들어가려는데. 그 순간 재빠르게 도하에게 달려오는 누군가. 도하, 놀라서 돌아보면!

재찬   너 지금 내 전화 안 받은 거야?

도하   (순간 놀랐지만 침착하게) 여긴 웬일이야? (흔들리지 않는) 돈 때문에?

재찬   너 얼굴 까고 회사 찾아왔었다며?

도하	(보는)
재찬	참나… 너 사고 치는 거 울 형이 다 수습해주니까 뭔 짓을 해도 괜찮을 것 같냐? 아주 간땡이가 부었다? 너 때문에 회사 망하면 어쩌려고…. 누가 살인자가 만든 노래 듣고 싶겠어?!
도하	(순간 흔들리지만 마음 다잡는) 하긴… 살인자 노래인 거 들통나면 너한테 떨어질 돈도 없어지겠다. 그치?
재찬	(예상치 못한 도하의 반응에 놀라는) …!
도하	나 이제 돈 못 줘. 너한테 신세 졌던 건… 충분히 갚았다고 생각한다. (들어가는데)

갑자기 달라진 도하에 당황한 재찬. 멀어지는 도하의 뒷모습을 바라볼 뿐이다.

S#32.   J 엔터 앞, 득찬의 차 안 / 낮

늦은 출근을 하는 득찬. 블루투스로 통화 중이다.

득찬	네, 육 대표님. 하하… 저희가 감사하죠. 네. 잘 생각해보십쇼.

J 엔터 근처에 도착하는데. 차 앞으로 갑자기 튀어나오는 웬 남자! 득찬, 놀라서 얼른 브레이크를 밟는다. 헉헉거리며 앞을 보면 쓰러졌는지 사람은 보이지 않고.

육 대표(E)	괜찮으세요??
득찬	(긴가민가한) 제, 제가 다시 전화드릴게요.

득찬, 놀라서 차에서 내리는데. 차 앞에 쓰러져 있는 줄 알았던 남자

가 보이지 않는다. 주변에 아무도 없고…. 이상하다 싶은 얼굴로 일단 다시 차에 탄다. 기어 돌려놓고 막 다시 운전하려는데.

엄호 (어느새 조수석에 타 있는, 다정하게) 득찬아~.
득찬 (귀신이라도 본 듯 놀라서 눈 커지고) …!!!

득찬, 너무 놀라서 순간 브레이크 대신 엑셀 밟는다. 옆에 주차되어 있던 트럭에 부딪쳐 두 사람 몸이 크게 흔들리고, 졸지에 엄호 쪽 사이드 미러가 박살이 나는데.

엄호 (웃으며) 와… 니 내 죽일라 캤나? 우짜노. 실패했다.
득찬 (차보다 엄호가 더 신경 쓰이는, 헉헉거리며) 여긴… 무슨 일로….

그때 하필 도하로부터 전화가 걸려온다. 징징- 진동 소리와 섬뜩하게 미소 짓는 옆자리의 엄호. 도하의 이름도 보이고 싶지 않아 핸드폰 엎어둔 채로 전원을 꺼버리는 득찬. 손이 덜덜 떨린다. 주먹을 꽉 쥐며 손 떨림을 숨기려 하는데.

엄호 (실실 웃으며 놀리듯) 누군데? 받아봐라.
득찬 (경계의 눈빛) 왜 온 거냐구요.
엄호 (신문지에서 잘라온 도하의 사진 보여주며) 이거… 김승주 맞제?

당황한 표정 역력하지만 애써 어색하게 웃어보는 득찬.

득찬 그게 무슨 승주예요…. 저희 회사 소속 작곡가예요.
엄호 김승주 금마도… 피아노 쳤으니까 작곡 같은 거 할 수 있겠지.
득찬 (자기도 모르게 버럭) 독일에서 계속 피아노 치고 있겠죠. 클래식 피아노랑 대중음악이 같아요?

너무 흥분했나 싶어 살짝 엄호의 눈치가 보이는 득찬. 뒤늦게 마음 진정시키는데.

엄호   (피식) 글나? 내는 그런 거 모르겠고…. (사진 보며) 이놈 뭔가 느낌이 쎄
        ~해서 그래서 와봤는….
득찬   (말 끊고) 잘못 짚으셨어요.
엄호   맞다 캐도 니가 맞다 카겠나?
득찬   그거 알면서 여기까지 왔어요?
엄호   응. 니 반응 볼라고.
득찬   …!
엄호   (피식) 잘 봤다. 가봐라. (차에서 내리는)

엄호의 말에 당황해서 잠시 멍한 득찬. 백미러로 계속 엄호를 살피는데. 똑똑똑! 창문 두드리는 소리에 화들짝 놀란다. 창문 내리면.

차 주인 아니, 뭡니까, 이거? 그쪽이 그랬어요?
득찬   죄송합니다.

다시 백미러로 살피면 그사이에 사라져버린 엄호. 불안한 득찬의 표정에서.

S#33.   도하의 집 + 자동차 공업사 (교차) / 낮

도하의 집
작업실에 앉아 루프 스테이션으로 비트, 악기, 효과음 하나씩 쌓아가며 곡 작업 중인 도하. 한참 몰입하고 있는데 득찬에게 전화가 걸려온다.

도하	어, 형.
득찬(E)	(대뜸) 너 무슨 일 없지?
도하	(어리둥절) 어….무슨 일?

자동차 공업사

득찬의 차 둘러보고 있는 정비공. 그 옆에서 통화 중인 득찬.

득찬	(엄호 이야기하려다 참고) …너 지금 연서동이야?
도하(E)	응.
득찬	그래….혹시나 해서 하는 말인데….또 연락 없이 회사 오면 안 된다?

도하의 집

도하	저번에는 상황 때문에 어쩔 수 없이 갔던 거고. 형한테 피해 가는 일 안 해.

자동차 공업사

도하가 오해했나 싶어서 웃으며 변명하는 득찬.

득찬	야…그런 게 아니라…가짜 김도하 때문에 니 얼굴 궁금해하는 사람들 더 많아졌어. 괜히 피곤한 일 생기면 안 되니까….무슨 말인지 알지?

S#34.   도하의 집 / 낮

득찬과 전화 끊고 착잡한 도하.

플래시백 5화 59신 J 엔터, 회의실 / 낮

도하가 마스크 내린 순간 옆 직원 모자를 벗겨 도하에게 급히 씌우는 득찬.

득찬　(다급히, 도하에게) 나가자…!

득찬에게 내심 서운하고, 이 상황에 자괴감 느끼는 도하의 표정에서.

S#35.　　연서동 골목길 / 낮

사람들 별로 지나가지도 않는 연서동 골목길에서 초록 샐러드 전단
지를 돌리고 있는 초록. 그러다 외제 차 세워져 있는 타로 카페를 보고
눈이 가늘어진다.

S#36.　　타로 카페 앞 / 낮

가까이 가보면 여느 때처럼 블라인드 내려가 있고, closed 팻말이 걸
려 있다.

초록　(중얼중얼) 역시 수상해….

주차된 외제 차 앞 유리에도 자신의 전단지를 끼워 넣는데. 뭘 잘못 건
드린 건지 삐삐- 경보음이 요란하게 울린다. 초록, 발 동동 구르는데
안에서 급하게 나온 치훈.

치훈　뭡니까?
초록　아니, 그게….
카산드라　(따라 나온) 여기서 지금 뭐 하시는 거예요?

초록   난 그냥 전단지 좀 돌리려다가….

          그때 카페에서 나오는 의뢰인(얼굴은 보이지 않고 긴 머리의 여자인 것만
          보이는)의 목소리 들려온다.

의뢰인(E) 그럼 신령님께 잘 좀 부탁해주세요.
초록   (중얼중얼) 신령님…?
의뢰인   (나와서 자신의 차 경보음인 걸 알고) 어머, 뭐야?

          쫓아 나온 솔희가 상황을 대충 파악하고 의뢰인에게 사과한다.

솔희   정말 죄송합니다.

          경보음을 끄고 차에 타는 의뢰인. 그렇게 잠시 카페 안이 비어 있는 사
          이. 이때다 싶어 열린 타로 카페 안으로 잽싸게 들어가는 초록.

S#37.   타로 카페 / 낮

          들어와 뭔가 증거를 찾으려는 듯 열심히 두리번거리는 초록. 그러다
          가 살짝 덜 닫힌 밀실의 틈새로 새어 나오는 빛을 발견한다. 얼른 손을
          뻗는데.

솔희   (막아서며) 지금 뭐 하시는 거죠?
초록   아니 그게…. (솔희에게도 전단지를 주며) 이거… 주고 싶어서.
솔희   (팔짱 껴고 싸늘하게) 나가세요.
초록   (어색하게 웃으며 뒷걸음질 치는) 미안해요…. (하다가 눈빛 바뀌며 우뚝 멈춰
          선) 근데… 진짜 타로 카페만 하는 거 맞아요? 뭐 다른 일하는 건 아니고?

순간 당황한 솔희, 초록이 뭘 봤나 싶어 뒤로 감춘 손으로 밀실 문을 더 꽉 닫는데.

카산드라　(얼른 들어온) 죄송합니다. 자리를 비우면 안 됐는데. (초록에게) 나가주세요.

초록　(그 뒤로 또 들어오는 치훈 보고) 어우, 쪽수가 너무 딸리네…. (어쩔 수 없이 나가는)

카산드라　(얼른 문 잠가버리는데)

솔희　(예민해져서) 조심해야지. 갑자기 다들 자리 비우면 어떡해?

카산드라　죄송합니다….

싸해진 분위기 속 바닥에 떨어진 초록의 전단지 집어 든 치훈.

치훈　(그 와중에 전단지 훑어보는) 뭐야… 오타 있네. (손으로 단백질 가리키며) 담백질도 모르나 봐요. (웃는)

솔희와 카산드라, 기막힌 듯 조용히 치훈 바라보고.

치훈　(불안한) 담백해서 담백질이잖아요…. 아니에요?

치훈 덕분에 피식 웃으며 풀린 분위기.

S#38.　타로 카페 앞 / 밤

평소와 달리 혼자 걸어서 타로 카페로 향하는 강민. 솔희 보이고. 강민을 발견한 듯 멈칫한다. 때마침 카페에서 나온 솔희와 눈이 마주친 것 같아 어색하게 웃어 보이는 강민. 그런데 이게 무슨 일인지… 솔희가 그런 강민을 보며 환하게 웃어준다.

<u>S#39.</u>　　(과거) 솔희의 집 앞 / 밤

4년 전 겨울. 솔희의 집 앞에서 늦는 솔희를 기다리고 있던 강민. 한 손에는 직접 싼 도시락이 들려 있다. 강민을 발견하고 환하게 웃으며 달려오는 솔희.

솔희　　(걱정스러운) 뭐야, 언제부터 기다렸어. 응?

강민　　생일인데 미역국은 먹어야지!

솔희　　(강민의 차가운 손 비벼주는) 손 차가운 것 봐.

강민　　(시간 보고) 아직 열두 시 안 지났어! 빨리 먹자. 빨리!

웃으며 집으로 들어가는 솔희와 강민의 다정한 모습에서.

<u>S#40.</u>　　타로 카페 앞 / 낮

다시 현재. 웃는 솔희를 보며 순간 그때가 떠오른 강민. 가슴이 저릿한데.

솔희　　뭐야, 어디 가요?

솔희의 환한 미소가 자신이 아닌, 앞서가던 도하를 향했던 것임을 알고 허탈해지는 강민. 키 크고 잘생긴 도하의 옆모습이 보인다. 두 사람의 좋은 분위기를 감지한 강민. 잠시 그 자리에 멈춰 서 있다가 돌아간다.

초록 샐러드 + 연서동 골목 / 낮

중얼거리며 샐러드 담고 있는 초록.

초록   신령님 어쩌고 하는 거 보면 무당 아니야…?

그때 보로의 연락을 받고 눈 커진다.
[그때 잘생긴 손님 왔어]

S#42. 연서 베이커리 / 낮

누가 봐도 급하게 뛰어온 초록. 도하 발견하고 바로 얌전해지는데.

초록   안녕하세요?

INSERT 1화 59신 연서동 골목 / 밤
초록   (바로 나서는) 그래… 얼마나 추잡스럽게 생겼는지 한번 볼까?

마스크를 벗기려고 했던 초록의 기억 떠올린 도하. 자기도 모르게 괜히 입을 가리게 되고 얼굴을 숙이게 되는데.

초록   어머? 여자랑 눈 못 마주치는구나? 귀여워~.
도하   (황당) 네??
초록   (챙겨온 전단지 주며) 우리 가게에도 한번 오세요. 토핑 꾹꾹 눌러 담아 줄게요.
도하   (예의상 전단지 보는) 아… 네. 타로 카페 맞은편이네요….
초록   (표정 굳는) 그 타로 카페 알아요? 거긴 가면 안 되는데.

도하	(의아한) 네? 왜요…?
초록	(목소리 낮추는) 사실 카페는 위장용이고요. 저 안에 숨겨놓은 신당이 있어요.
도하	신당이요…?
초록	무당이라는 거죠! 근데 저렇게 몰래 하는 거 보면… 정상적인 건 아니고 사이비… 막 그런 거 같은데.
도하	(정색) 제가 저 카페 사장 잘 아는데요. 그런 사람 아닙니다.
보로	(눈치 보다가) 그래. 초록 씨… 괜히 유언비어 퍼트리지 마….
초록	(도하 보며) 어떻게 잘 아는데요?
도하	(잠시 생각하다가) …옆집이에요.
초록	(눈 반짝이며) 그럼… 일하다 문 닫아놓고 뭐 하는 건지 알아요?
도하	문을… 닫아요?
초록	VIP 손님인지 뭔지 찾아오면 블라인드 내리고 문 잠가버리잖아요.
도하	VIP 손님이… 따로 있어요?
초록	(아는 거 없어서 시시하다) 뭐야~ 그럼 저 여자 맨날 기사 딸린 차 타고 어디 쏘다니는지 그것도 모르겠네요?

도하, 초록의 질문에 제대로 대답할 수 있는 게 하나도 없다. 솔희에 대해 아는 것이 너무 없구나… 싶어서 적잖이 충격인데.

S#43.　　우렁 쌈밥집 / 저녁

지극히 서민적인 분위기의 우렁 쌈밥집. 전체가 신발 벗고 들어가는 좌식 테이블이다. 밥상 위에는 온갖 나물과 쌈 채소, 우렁 뚝배기가 놓여 있다. 투피스 차림으로 다리 옆으로 하고 앉아 있느라 힘겨운 향숙.

| 사별남 | 아내가 위암이었거든요. 먹는 거로 고쳐보겠다고 채식을 시작했는데 |

그 후로는 저도 채식주의자가 됐어요.

향숙   (떨떠름) 아, 네….

사별남   근데 보라 씨도 비건이라니. 이런 것까지 잘 맞아서 정말 행복합니다!

향숙, 애써 웃고 있는데 옆 테이블에서 시킨 제육볶음이 보이고. 제육볶음 쌈 싸 먹는 사람들 보며 침 꿀꺽 삼킨다.

사별남   아침은 몇 시에 드세요? 저는 보통 여섯 시에 일어나서….

향숙   (귀를 의심) 네? 뭐라고요? 여, 여섯 시요?

사별남   저는 아침으로 빵도 괜찮습니다. 일주일 내내는 곤란하고요. 보라 씨 피곤한 날, 한두 번 정돈 괜찮아요. 대신 칼로리가 낮은 통밀빵으로 준비해주시면 좋겠고요.

향숙   아, 네…. 통밀빵….

갈수록 태산인 사별남. 문득 사별남의 통통한 배가 향숙의 눈에 들어온다.

향숙   근데요오~ 이렇게 풀떼기만 드시고, 통밀빵 챙겨 드시는 것치고는… 살이 많이 찌셨네요? 하긴 코끼리도 초식 동물이죠?

사별남   네?

향숙   오호호~ 농담이에요. 뱃살은 인격이죠. 난 그런 배가 귀엽드라!

S#44.   오피스텔 복도 / 밤

오래된 오피스텔의 긴 복도. 강민, 황 순경을 비롯한 동료 형사 3명과 복도 끝 문 앞에 서서 대기 중이다. 긴장되는 순간인데….

황 순경 (쇠 지렛대로 현관문 강제로 열고) 들어갑니다!

황 순경의 목소리에 순식간에 날카롭게 변하는 강민의 눈빛. 안으로 들어간다.

S#45. 오피스텔 안 / 밤

오피스텔 안에 홀덤 도박장을 만들어놓고 즐기고 있던 중년 남자 5~6 명. 경찰들의 등장에 칩과 돈을 챙기며 우왕좌왕하는데.

강민 당장 하던 일 멈추고 손 머리에 올립니다!

모두가 홀덤 테이블을 둘러싼 도박꾼들에게 집중하고 있을 때 화장실 쪽에서 슬금슬금 기어 나와 현관문으로 나가려던 한 남자.

강민 (발견한) 어? 당신 뭐야!

황 순경, 남자를 잡으려는데 품에서 잭나이프를 꺼내 휘두른다. 순간 겁에 질린 황 순경이 주춤하는데. 얼른 튀어나온 강민. 남자가 휘두르는 칼을 아슬아슬하게 피하다가 남자를 벽에 몰아붙이고 손목을 꺾는다. 고통스러워하다가 결국 칼을 떨어뜨린 남자. 황 순경, 그 모습 보며 감탄하는데.

황 순경 어? 형님! 피…!

남자의 칼에 베인 강민. 팔에서 피가 뚝뚝 흐른다.

강민   (아랑곳 않고) 현장 사진 찍고, 이 사람들 연행해! 얼른!

S#46.   솔희의 집 / 밤

국대 유니폼 입고 전신 거울 앞에 서 있는 솔희. 맨유 유니폼, 응원 머
플러 같은 것들을 죄다 꺼내보는데 마음에 들지 않는다.

솔희   뭐야… 오늘따라 이 비싼 유니폼이 왜 이렇게 별로인 것 같지…?

솔희, 유니폼 대신 예쁜 원피스에 자꾸만 눈이 가는데.

솔희   (원피스 집으려다 멈칫) 안 돼. 응원하러 가는 거잖아.

S#47.   도하의 집 / 밤

그 시각 역시 국대 유니폼을 입고 거울 앞에 선 도하. 영 마음에 들지
않는 듯 옷을 이리저리 만지작거린다.

S#48.   드림 빌라, 엘리베이터 안 / 밤

엘리베이터에 탄 솔희, 거울을 바라본다. 결국 원피스를 차려입은 모
습. 데이트 룩에 고데기한 머리, 정성 들인 화장까지… 너무 꾸민 것 같
은 모습이 티가 나서 좀 창피하다.

솔희   나 너무 작정하고 나온 것 같나?? 안 되겠어…

다시 5층 올라가려고 층 버튼 누르는데. 도하에게 도착한 메시지.
[차 앞이에요]
얼른 다시 열림 버튼 누르고 할 수 없이 엘리베이터에서 내린다.

S#49.   드림 빌라, 주차장 / 밤

쭈뼛거리며 주차장으로 향하는 솔희. 차 앞에서 자신을 기다리고 있
는 도하의 모습이 얼핏 보이는데. 도하 역시 축구 응원과는 어울리지
않는 깔끔한 비즈니스 정장 차림이다. 마치 데이트하려고 멋 부린 것
같은 차림. 그런 도하의 모습에 안도의 미소를 짓는 솔희.

도하   (좋으면서 괜히) 응원하러 가는 사람 맞아요?
솔희   (주절주절) 나는 오늘 일이 있어서 어쩔 수 없이 이렇게 입었는데. 너무
바빠가지고 갈아입을 시간이 없어서…. 그러는 그쪽은요?
도하   난 그냥… 잘 보이고 싶어서요.
솔희   (심쿵) 얼른 가요. 늦었어요. (차에 타는)

S#50.   도로, 도하의 차 안 / 밤

조수석에 앉아 내비게이션을 대신 입력하는 솔희. '15분 후 목적지에
도착할 예정입니다' 하는 안내 음성 흘러나온다.

솔희   거기 축구 스크린이 진짜 크거든요. 사장님이 축구를 진짜 좋아하셔

서 챔스 결승 직관도 다녀왔대요.

도하   (기대되는) 진짜요? 열정적이시네.

S#51.   호프집 앞 / 밤

당황한 표정의 솔희와 도하. 컴컴한 호프집 문에 안내문이 붙어 있다.
[임시 휴업! 직관하러 아자디 스타디움 갑니다!^^]

도하   진짜… 열정이시네요.
솔희   하… 이제 어떡하죠?
도하   (방법을 생각하는 표정)

S#52.   몽타주 / 밤

번화가
핸드폰으로 지도 보며 앞서가는 도하와 따라가는 솔희.

호프집1
TV로 축구 중계 틀어놓은 어느 호프집. 하지만 이미 만석이다. 자리가
없다며 손으로 엑스표 표시하는 알바생. 아쉽게 돌아서고.

호프집2
또 다른 호프집에 들어간 솔희와 도하. 자리도 널널하고 좋은데 TV에
서는 야구가 나오고 있다. 구경하는 손님들도 야구 유니폼을 입고 있
고. 조용히 문을 닫는 두 사람.

호프집3

빔 프로젝터 스크린으로 축구 중계되고 있고. 딱 하나 남아 있는 빈자리. 솔희와 도하, '드디어 찾았다!' 하듯 좋아하며 자리에 앉는데. 솔희, 엉덩이에 뭔가가 있어서 보면 누군가의 핸드폰이다. 돌아보면 자리 주인이 팔짱 끼고 서 있고. 결국 다시 일어나는 솔희와 도하.

S#53.   도로, 도하의 차 안 / 밤

내비게이션 목적지로 설정된 '드림 빌라'. 결국 연서동으로 향하는 도하의 차 안. 도하, 실망한 솔희의 옆모습을 보며 속상하고 아쉽다. 창밖을 보고 있던 솔희가 무슨 생각이 났는지 피식 웃는다.

솔희   나 지금 이 상황이 묘하게 익숙하다 했더니…. 예전에도 이런 적이 있었어요.
도하   언제요?
솔희   러시아 월드컵이었나? 일 때문에 어디 시골에 가 있었거든요. 그때도 축구 틀어주는 술집 찾느라고 엄청 고생하다가 겨우 한 군데 찾았는데….
도하   (창밖에서 뭔가를 보고 멈칫) 어?!

S#54.   부어 비어 앞, 도하의 차 안 / 밤

커다란 스크린이 설치된 부어 비어 보며 여기다 싶은 도하.

도하   여기도 스크린이 크네요. 여기 갈까요?

그때 솔희의 눈에 창가 자리에 앉은 초록이 보인다. 그 옆에는 보로가 앉아 있고. 오백이 생맥주를 가져왔다가 슬쩍 같은 테이블에 앉는다.

솔희   (마음에 안 드는) 너무 보는 눈들이 많긴 한데….

도하   (그런 솔희 보며) 별로예요?

솔희   (결심한 듯) 아뇨. 들어가죠.

S#55.   부어 비어 / 밤

솔희의 등장에 의아한 오백.

오백   (솔희 보고 반갑게) 이야~ 오늘따라 눈이 부시네! 마침 딱 한 자리 남았습니다! (부담스럽게 안내하는) 이쪽으로 오시죠~.

그런 솔희 뒤로 따라오는 도하 발견한 오백.

오백   어?

도하   안녕하세요?

오백   (솔희 가리키며 놀라서) 일행…?

도하   네.

가게 안 다른 일각
보로, 축구 보느라 정신없고. 초록, 역시 옆에서 자기 말만 하느라 정신없는데.

초록   내가 진짜 봤다니까. 그 카페 안에 다른 공간이 있었어!

보로   (지겨운, 건성으로) 그래….

오백	(얼른 둘 사이에 앉으며) 저기, 저기! 누가 왔는지 봐봐.

보로와 초록, 솔희와 도하 보고 놀란다.

초록	뭐야! 진짜 둘이 친한가 보네?
보로	(도하 알아보고 반갑게) 우리 잘생긴 손님! (인사하러 가려는데)
오백	눈치 챙겨. 남녀 둘이 왔는데. (하면서 고소하다는 듯 초록 보고) 와~ 타로 사장 저 표정 봐. 웃을 줄도 아네?

CUT TO

간절한 눈빛으로 스크린을 보고 있는 사람들. 그중에는 솔희와 도하도 있다. 90분을 넘긴 상황. 스코어는 여전히 1:1인데. 축구공이 골망에 걸려 출렁이자 부어 비어 안 손님들이 동시에 벌떡 일어나 "으아아!" 환호한다. 연서동 전체가 들썩이는 것 같다. 역시 "으아아!" 하면서 자기도 모르게 서로를 얼싸안는 솔희와 도하.

캐스터(E)	골 취소됩니다. 오프사이드.

갑작스러운 노 골 판정에 뻘쭘해진 솔희와 도하. 자리에 앉는다. 다른 사람들도 찬물 끼얹은 분위기. 여기저기서 허탈한 웃음이 나오고. 그런 솔희와 도하를 슬쩍슬쩍 주시하고 있는 보로, 오백, 초록.

캐스터(E)	대한민국의 코너킥! 사실상 마지막 기회인 것 같은데요.

긴장한 얼굴에 한마음 한뜻으로 스크린 보고 있는 가게 안 사람들.

캐스터(E)	슛~ 골!!! 대한민국! 역전합니다!!!

다 같이 얼싸안고 방방 뜨는 가게 안 사람들. 정신을 차리고 보니 보

로, 오백, 초록 테이블에서 함께 얼싸안고 있는 솔희와 도하. 도하, 보로 껴안고 머쓱해지고. 솔희 역시 자기도 모르게 껴안은 초록 보고 뒤늦게 머쓱해진다.

오백   지금부터 공짜 맥주 나갑니다!!!

오백의 이벤트에 다시 "와!" 하면서 좋아하는 손님들. 어느새 마구 뒤엉킨 술자리. 모두가 맥주잔을 부딪치는데 서로를 향해 사람들 비집으며 다가가는 솔희와 도하. 기어이 구석에서 만나 맥주잔을 짠- 부딪친다. 서로를 보고 웃으며 맥주 마신다.

S#56.   연서 경찰서, 형사과 / 밤

팔에 붕대 감고 혼자 사무실에 남아 잔업을 하고 있던 강민. 문득 핸드폰으로 전화번호 하나를 천천히 입력한다.

S#57.   (과거) 장례식장 앞 / 밤

3년 전(2020년) 겨울. 사복 차림에 야구 모자를 푹 눌러쓴 강민이 터벅터벅 병원에서 나온다. 지금보다 야윈 모습이다. 힘없이 근처 벤치에 앉아 맞은편 장례식장을 멍하게 응시하는데 갑자기 솔희가 너무 보고 싶다. 주머니에서 핸드폰을 꺼내 '♡솔희♡'로 저장되어 있는 연락처의 통화 버튼을 누르려다가 망설이는데. 엉엉 울면서 조문객을 끌어안는 상주(30대 초/여)의 모습이 보이고. 덜컥 두려워지는 강민. 저 모습이 꼭 솔희의 모습이 될 것 같다. 전화를 거는 대신 핸드폰 번호를 삭제해버린다. 상주의 울음소리가 점점 더 커지고. 괜히 덩달아 울컥 눈물이 나올 것 같지만 꾹 참는 강민의 모습에서.

S#58.   연서 경찰서, 형사과 / 밤

다시 현재. 목록에서 삭제했지만 외우고 있었던 솔희의 번호. 통화 버튼 누르려다가 관두는 강민.

S#59.   테니스장 전경 / 낮

푸른 잔디가 깔려 있는 테니스장의 풍경.

S#60.   테니스장 / 낮

운동복 차림에 바람막이 입고 테니스장에 미리 도착해 벤치에 앉아 있는 솔희. 저쪽에서 의뢰인이 오는지 깍듯하게 인사하며 다가가는데.

작은딸 (얼른 다가와 소개해주는) 오늘 우리 경기 봐주실 분! 제가 아는 분으로 모셔왔어요. 인사해요.
솔희   잘 부탁드립니다.

웃으며 꾸벅 인사하는데 앞에 서 있는 사람을 보고 굳는 솔희. 향숙이 사별남과 팔짱을 끼고 솔희 앞에 서 있다. 사태를 파악하고 아찔한 솔희. 냉정하려 애쓴다. 향숙 역시 솔희를 알아보고 순간 표정 굳지만 얼른 표정 관리한다.

CUT TO

높은 심판 의자에 앉아 오고 가는 테니스공을 보고 있는 솔희. 향숙과 사별남, 큰딸과 작은딸이 팀을 이뤄 복식 경기를 하고 있다. 초보인 향숙 대신 사별남이 튀어나와 대신 공 쳐주고 득점한다. 하이파이브하며 좋아하는 두 사람. 솔희, 그런 향숙을 못마땅하게 바라보는데. 향숙 역시 땀 흘리며 경기하는 와중에도 무표정하게 자신을 내려다보는 솔희를 불안한 얼굴로 흘끗거린다.

솔희	아웃.
향숙	(자기도 모르게 발끈) 아닌데? (얼른 정중하게) 인인데요…?
솔희	(얄짤 없는) 아웃입니다.
사별남	(향숙 달래듯, 웃으며) 심판 아가씨가 좀 빡빡하시네.

향숙, 작정한 듯 솔희에게 다가간다.

향숙	인이라구요.
솔희	아웃이라구요.
향숙	나랑 딱 한 게임만 하죠?
솔희	…?
향숙	내가 이기면… 인인 걸로.

솔희, 말없이 자리에서 내려와 입고 있던 바람막이 벗으면 드러나는 테니스 복장. 두 사람, 서로를 노려보며 격렬한 랠리를 이어나간다. 헉헉거리며 땀 흘리는 두 사람을 지켜보는 사별남과 딸들. 드디어 매치 포인트. 향숙, 무리하게 솔희의 공 받으려다 넘어지고 결국 솔희

가 승리하는데. 넘어진 향숙 걱정에 다가가는 솔희. 하지만 솔희보다
먼저 향숙에게 다가간 사별남. "괜찮아요?" 하며 향숙을 일으켜준다.
그 모습에 얼굴 굳는 솔희. 이겼지만 진 표정으로 코트에서 나간다.

CUT TO
솔희, 향숙, 사별남과 딸들, 벤치에 모여 물을 마시는데.

작은딸	(향숙에게) 근데… 여사님, 돌아가신 남편분 기일은 언제예요?
솔희	(질문이 시작된 것을 알고 긴장하는) …!
사별남	(난감한) 너는 뭐 그런 걸 물어보니?
작은딸	아니~. 이제 두 분 결혼하시면 같이 여행도 가고 그럴 텐데 그날은 피해야 하니까요.
사별남	(듣고 보니 맞는 말이고) 그것도 그렇네…. (답 기다리듯 향숙 보면)
향숙	(당황하다가) 아… 4월 28일이에요.

향숙의 대답에 황당하고 기막힌 표정을 감추기가 힘든 솔희.

S#61.   테니스장, 화장실 / 낮

솔희를 화장실로 몰아넣은 향숙. 다른 사람이 있는지 잽싸게 확인한다.

향숙	(목소리 낮추고) 작은딸 고년이 의뢰한 거지? 얼마 받기로 했어?
솔희	….
향숙	결혼 성공하면… 내가 두 배로 줄게. 아니, 세 배!
솔희	어떻게… 아빠 생일을 아빠 죽은 날로 만들어?
향숙	갑자기 생각하느라 그런 거야. 그리고… 니 아빠 얼굴 못 본 지 십 년이 넘었어. 앞으로도 못 볼 거고. 죽은 사람이나 다름없지 뭐.

솔희	(향숙 경멸하듯 보다가 나가려는데)
향숙	(막아서며) 너 나한테 잘못한 거 많잖아! 이번 한번만 눈감아주면… 그거 다 용서할게. 나도 이제 이 짓 그만하고 싶어.
솔희	(향숙의 진심에 조금 놀란다, 향숙 보는)
향숙	(절절한) 그러니까 솔희야, 이번 한번만! 응?

솔희, 향숙의 진실에 갈등되는 표정에서.

S#62.   테니스장 / 낮

세트 끝나고 공을 줍고, 라켓을 테니스 가방에 집어넣으며 정리하는 솔희, 향숙, 사별남과 딸들. 작은딸, 옆에 있는 향숙에게 불쑥 말을 건다.

작은딸	저는 사랑은 나이 상관없이 언제든 찾아오는 거라고 생각해요. 저희 아버지두 진정한 사랑 다시 하셨으면 싶구요.
큰딸	(슬쩍 주변 눈치 보며) 너는… 밖에서 못하는 소리가 없다?
사별남	그러니까. 오늘따라 우리 딸이 말이 많네?
작은딸	(향숙 똑바로 보며) 대답해주세요. 저희 아버지… 사랑하세요?
솔희	(공 줍는 척 대화에 집중하는)
향숙	(모두가 답을 기다린다는 것을 알고 다소 비장하게) 사랑하죠. 진심으로.

사별남, 허허 웃으며 향숙의 어깨 감싸고. 큰딸은 푼수같이 "와!" 하며 박수 치고…. 훈훈한 분위기 속에서 솔희 눈치 보며 전전긍긍하는 향숙. 솔희, 씁쓸한 표정이다. 텅 빈 것 같은 눈빛에서.

도하의 집 / 저녁

작업실에서 나와 물 마시는 도하. 창밖으로 갑자기 후두둑 떨어지는
빗줄기를 본다. 테라스 문 닫다가 솔희 집 쪽을 바라보는데 불 꺼져
있고.

S#64.   테니스장, 여성 로커 룸 / 저녁

작은딸에게 질문지 태블릿 전달하는 솔희. 작은딸, 태블릿 내용 훑어
보더니 그럴 줄 알았다는 듯 피식 웃는다.

작은딸   창피하네요. 우리 아빠가 저런 여자한테 속았다는 게…. 이거 비밀 보
         장되는 거 확실하죠?
솔희   (착잡한) 네….
작은딸   부러워요. 누구한테도 속지 않는 거. 우리 가족… 돈 좀 있다고 이런 일
         종종 당했었거든요. 헌터님 가족은 참 든든하겠어요.
솔희   ….
작은딸   (돈봉투 주며) 덕분에 우리 가족 지킬 수 있었어요. 감사해요.

착잡한 얼굴로 봉투를 받아들고 로커 룸에서 나가는 솔희의 모습
에서.

S#65.   솔희의 차 안 / 저녁

퇴근하는 것이 신나서 즐겁게 운전하는 치훈. 뒷자리에 앉은 솔희는

어두운 표정으로 비 오는 창밖을 바라보고 있다.

플래시백 6화 61신 테니스장, 화장실 / 낮

향숙   (막아서며) 너 나한테 잘못한 거 많잖아! 이번 한번만 눈감아주
            면… 그거 다 용서할게. 나도 이제 이 짓 그만하고 싶어.

솔희   (향숙의 진심에 조금 놀란다, 향숙 보는)

향숙   (절절한) 그러니까 솔희야, 이번 한번만! 응?

절절했던 향숙의 모습이 떠올라 괴로운데. 때마침 향숙에게 걸려온
전화. 솔희, 통화 거절 버튼을 누르고 핸드폰 전원 꺼버린다.

치훈   오우, 비가 많이 오네요. 집으로 바로 가면 되죠?

솔희   아니. 카페로 가. 집에 누가 찾아올 것 같애.

치훈   (백미러로 솔희 보며) 누구요?

솔희   (창밖만 바라보는) ….

S#66.   타로 카페 / 밤

어두운 타로 카페에 혼자 멍하게 앉아 있는 솔희. 쾅쾅 카페 문 두드리
는 소리 들려서 보면, 비 쫄딱 맞은 향숙이 눈을 부라리며 솔희를 바라
보고 있다.

향숙   야! 문 열어!!!

어느 정도 예상한 솔희. 물 뚝뚝 떨어지는 향숙의 치맛단을 바라본다.
어쩔 수 없이 문 열어주는데. 들어오자마자 의자며, 장식품들을 다 엎
어버리는 향숙.

향숙   (분에 못 이겨 씩씩거리는) 너도 망해! 너도 망하라구!!

그런 향숙을 말릴 수 없음을 아는 솔희. 향숙이 하는 짓을 보고만 있는데.

S#67.   연서동 골목 / 밤

우산 쓰고 타로 카페로 빠르게 걷는 도하. 손에는 여분의 우산이 하나 더 들려 있다.

S#68.   타로 카페 앞 / 밤

타로 카페 앞에 도착한 도하. 아무도 없는 컴컴한 카페를 보고 되돌아 가려는데.

향숙(E)   이딴 게 다 뭔데!?

향숙의 목소리에 멈칫. 다시 카페 안을 자세히 보면… 도둑이라도 들었던 것처럼 난장판이 되어 있는 카페. 안쪽에는 희미한 불빛이 새어 나오고 있다. 심각해진 표정의 도하. 혹시나 싶어 밀어보면 열리는 문. 도하, 조심스럽게 카페 안으로 들어가는데.

S#69.   밀실 / 밤

밀실에 있는 서랍장들도 모조리 빼서 내동댕이친 향숙. 사무용품들 비롯해 무당 방울, 부채 같은 것들이 바닥에 떨어진다.

향숙	니가 그러고도 딸이야? (솔희 어깨 흔드는) 어? 내 딸 맞냐고!
솔희	….
향숙	너 전생에 나랑 원수졌지? 그래서 내 인생 방해하려고 태어났지!? 너 때문에 거지 같은 니 아빠랑 결혼했고! 너 때문에 감방 가고, 이혼까지 당했는데! 이제 내 인생 바꿀 기회까지 아작을 내? 어!?
솔희	(침착하려 애쓰는) 어차피 그 집 딸 엄마 의심하고 있었고, 나 아니었어도 어떻게든 사람 붙여서 엄마 탈탈 털렸을 거야. 내 선에서 끝나는 게 나아.
향숙	내가 부탁했잖아. 이번 한번만 눈감아달라고!!
솔희	사랑한다는 말 거짓말이었잖아.
향숙	(순간 움찔) 니가 잘못 들은 거야…. 난 진심으로 말했어!
솔희	지금도 거짓말이야….
향숙	거짓말이면 뭐?? 니네 아빠 했던 짓을 봐라…. 사랑이 밥 먹여줘? 넌 편하게 밥 벌어먹으니까 모르지!?
솔희	이게 그렇게 부러워?? 난 귀를 도려내고 싶어! 잘라서 줄 수 있으면 줄게! 가져가!
향숙	(당황) …!!!

S#70.　타로 카페 / 밤

밀실 앞에서 솔희와 향숙의 대화를 듣고 있었던 도하. 이게 다 무슨 소린가 싶은데.

밀실 / 밤

솔희   그럼 엄마… 나는 사랑해?

향숙   (당황) 말 돌리지 마. 나 지금 너한테 혼나러 온 거 아니고 혼내러 온 거야!

솔희   (허탈한) 엄마가 딸 사랑한다고 말하는 게 혼나는 거야…? (언성 높아지는) 엄만 그냥 내가 싫지? 무섭지??

향숙   이게 진짜…! (때릴 듯 손을 올리는데)

보다 못해 밀실로 들어온 도하. 향숙의 손목을 잡는다.

도하   그만하세요.

솔희, 예상치 못한 도하의 등장에 놀라 눈이 커지는데.

향숙   (기막힌) 지 엄마는 이렇게 만들어놓고…. 꼴에 연애는 하나 보네? (도하에게) 얘 무당인 건 알아요?

도하   …!

향숙   무당인 것도 모르면…. (의미심장하게) 그건 당연히 모르겠네?

솔희   (미치겠는) 제발… 그만 좀 하라구!!

향숙, 씩씩거리면서 솔희를 노려보다가 밀실에서 나간다. 향숙의 발에 채여 딸랑 소리를 내는 무당 방울. 난장판이 된 밀실에 서서 솔희를 걱정스럽게 바라보는 도하. 솔희는 차마 그런 도하를 볼 수가 없다.

타로 카페 앞 / 밤

비 맞으며 저벅저벅 걸어가는 솔희. 얼른 따라와 우산 씌워주며 함께 걷는 도하.

도하   미안해요. 엿들으려고 한 게 아니라… 나는 그냥 걱정이 돼서.

솔희   (보지도 않고 걷는) 말 시키지 마요… . 쪽팔리니까.

도하   (계속 따라오며) 비 다 맞잖아요.

솔희   (우산 씌워주는 도하의 손을 팍 치고, 버럭) 어차피 당신하고도 틀어질 거야!

도하   …!

솔희   나는… 내 거지 같은 능력 때문에, 가족하고도 틀어지고 남자도 못 만나요. 세상에 거짓말 안 하는 남자는 없다고… 김도하 씨도 그랬으니까!

도하   (답답한) 그 능력이라는 게 뭔데요?

솔희   (도하 똑바로 보며) 나는… 거짓말이 들려요.

도하, 솔희의 말을 들었지만 바로 이해되지 않는다. 빗속에서 서로를 바라보는 두 사람의 모습에서. 엔딩.

7화

목솔희 씨가 그렇다니까…

그냥 믿었어요.

S#1.   타로 카페 앞 / 밤

6화 73신의 연결. 바닥에 떨어진 우산. 쏟아지는 비를 그대로 맞으며
서로를 바라보고 서 있는 솔희와 도하.

솔희   나는… 내 거지 같은 능력 때문에, 가족하고도 틀어지고 남자도 못
        만나요. 세상에 거짓말 안 하는 남자는 없다고… 김도하 씨도 그랬
        으니까!
도하   (답답한) 그 능력이라는 게 뭔데요?
솔희   (도하 똑바로 보며) 나는… 거짓말이 들려요.

도하, 솔희의 말을 들었지만 바로 이해되지 않는다.

솔희   (답답한, 도하에게 한 발자국 더 가까이 다가가는) 누가 무슨 말을 하면 그
        게 거짓말인지 아닌지 구별이 된다구요. 난!
도하   네…? 그게 어떻게….
솔희   미친 것 같죠? 그쪽이 했던 거짓말도 줄줄이 늘어놔야 증명이 되는
        데…. (도하 똑바로 보며) 김도하 씨는 거짓말을 안 해. 그래서 좋았는
        데… 이럴 때 할 말이 없네.
도하   …!

솔희   못 믿겠으면 아무 말이나 해봐요. 진실인지 아닌지 알려줄게요. 네?

당황스러워하는 도하의 얼굴을 보며 순간 후회가 몰려온다. 설득을 포기한 채 획 돌아선다. 저벅저벅 앞서가는 솔희를 바라보는 도하의 모습에서.

S#2.   솔희의 집 / 밤

샤워 후 젖은 머리를 수건으로 감싸고 욕실에서 나온 솔희. 뒤늦게 후회와 창피함이 스멀스멀 올라온다. 열린 테라스 문을 닫으며 슬쩍 도하의 집을 쳐다보는데 도하도 집에 들어왔는지 불빛이 보인다. 혹시 도하와 마주칠까 얼른 테라스 문 닫아버리고는 드라이어로 머리 말리는데.

솔희   (드라이어의 소음을 방패 삼아) 아, 쪽팔려!

S#3.   도하의 집, 욕실 / 밤

아직 젖은 옷을 벗지도 않고 욕실에 그대로 서 있는 도하. 샤워기를 틀어놓긴 했지만 씻지 않고 생각에 잠겨 그대로 서 있다.

솔희(E)   좀 덤비지 그랬어요?

플래시백 2화 14신 (과거) 고속버스 안 / 낮
솔희   그냥 맞고만 있으니까 꼭 진짜 바람 피운 사람 같잖아요.

도하   (어이없는) 뭐 알고 말하는 거예요?

솔희   (자신만만한) 내가 그렇다면 그런 거예요.

황당한 표정의 도하에게 직접 쓴 명함을 건네는 솔희.

플래시백 1화 59신 연서동 골목 / 밤

변태로 오해 받아 연서동 상인들에게 붙잡혀 있던 도하. 개의치 않고
마스크를 벗기려는 초록의 손목을 탁 잡는 솔희.

솔희   이 사람 아닌데…? 범인 아니라고요.

초록   뭘 믿고요?

솔희   내가 그렇다면 그런 거예요.

플래시백 6화 73신 타로 카페 앞 / 밤

솔희   어차피 당신하고도 틀어질 거야! 나는… 내 거지 같은 능력 때
        문에, 가족하고도 틀어지고 남자도 못 만나요. 세상에 거짓말
        안 하는 남자는 없다고… 김도하 씨도 그랬으니까!

모든 걸 꿰뚫는 것 같았던 솔희의 모습과 자신의 능력을 밝히기 전 솔
희가 했던 말을 떠올리는 도하. '정말 거짓말이 들리는 건가?' 혼란스
럽다. 뒤늦게 샤워기가 틀어져 있던 것을 인지한 도하. 수도꼭지 잠그
는 모습에서.

S#4.   솔희의 집 / 밤

침실

역시 불 꺼놓고 침대에 누워 있지만 잠이 오지 않는 솔희. 혹시 도하에
게 연락이 왔나? 싶어 핸드폰을 확인해본다.

[비 많이 오는데 지금 어디예요?]

[우산은 있어요?]
몇 시간 전 도하가 보낸 마지막 카톡만이 보일 뿐이다. 뒤늦게 도하의 따뜻한 마음이 느껴져 고맙기도 하고…. 더 이상 연락이 없는 데 착잡하기도 한데.

솔희 (중얼중얼) 하… 나 왜 그랬어…. 왜 말한 거냐고. 진짜….

핸드폰 엎고 이불 끌어올리며 억지로 잠을 청해본다. 그러다 갑자기 이불 킥 하고.

S#5. 솔희의 집 + 드림 빌라, 5층 현관 / 오전

대충 편한 차림으로 집에서 나갈 준비하는 솔희. 카산드라와 통화 중이다.

솔희 오늘 하루 쉬고 내일 보자. (집에서 나가는)
카산드라(E) 무슨 일 있는 거 아니고요?

솔희, 도하의 집 바라보다가 목소리 낮춰서 말한다.

솔희 없어.

S#6. 타로 카페 / 오전

의자 바로 세우고 깨진 컵 쓰레받기로 쓸고 있는 솔희. 그러다 바닥에

떨어진 향숙의 인조 손톱을 발견한다.

향숙(E) 잘못했어, 안 했어?

S#7. (과거) 초등학교 운동장 / 해 질 녘

빨간 매니큐어 바른 손으로 어린 솔희(8세) 옆에서 손잡으려는 향숙.
어린 솔희, 친구와 한바탕했는지 헝클어진 머리로 씩씩거리며 향숙
의 손 뿌리친다.

향숙 너, 학교에서 거짓말 들리는 거 말하고 다니면 친구들이 싫어할 거라
고 했어, 안 했어? 어??

어린 솔희 걔가 먼저 우리 집 가난하다고 놀렸단 말야! 그러면서 막 자기네 아빠
는 미국에서 인형도 사다 주고, 옷도 사다 준다면서 자랑하고…. 근데
그거 다 거짓말이었다구!

향숙 (확 열 받는) 그래. 고년 아주 못돼 처먹었더라. 못생긴 게….

향숙의 말에 살짝 누그러진 어린 솔희. 멈춰 서서 향숙 보는데. 어린 솔
희 눈높이에 맞춰 무릎 굽히고 헝클어진 머리 손으로 빗겨주는 향숙.

향숙 근데 우리 가난한 거는 누가 봐도 그렇게 보이는 거고. 걔 아빠 없는 거
는… 걔가 티 안 나게 비밀로 한 거잖아. 아무도 몰랐으면 하는 거 니가
다 말하고 다니면… 누가 너 좋아하겠어?

어린 솔희 (시무룩해진)

향숙 그니까 절대 아무한테도 말하지 마. 그거 아는 사람은… 니 옆에 못 있
어. 없어질 거라고.

향숙의 말에 덜컥 겁이 나는 어린 솔희의 표정에서.

S#8.　　타로 카페 / 오전

다시 현재. 솔희, 그때를 떠올리며 쓸쓸한 표정 되는데. 누군가 문 열고 들어오는 소리 들린다.

솔희　　오늘 영업 안…. (돌아보고 멈칫)
도하　　어제는… 잘 잤어요?
솔희　　네? 네….
도하　　(쓰러져 있는 의자 세우고) 여기보단… 저 안쪽이 급하죠? (거침없이 밀실로 들어가는)
솔희　　(당황해서 따라가는) 뭐야… 저기요!

S#9.　　밀실 / 오전

밀실 바닥에 떨어진 물건들을 정리하는 도하. 솔희, 그런 도하를 가만히 본다.

솔희　　할 말 있으면 바로 해요. 이렇게 밑밥 깔 필요 없어요.
도하　　(계속 정리하며) 할 말 뭐요? 할 말 있어야 돼요?
솔희　　어제…. (설명하려다 말고) 나한테 궁금한 거 많을 거 아니에요.
도하　　거짓말 들린다는 그거요?
솔희　　네.
도하　　(솔희 보며) 그래서요?

솔희	(당황) 그래서요라니…. 안 무서워요? 아~ 안 믿는 거구나?
도하	들릴 수도 있다고 생각해요. 그동안 목솔희 씨 보면서 신기했던 것들이 거짓말 들린다는 말로 다 설명이 되더라고요. 근데 뭐… 들리면 들리는 거죠.
솔희	…?!

도하, 다시 아무렇지 않게 청소하다가 라이어 헌터 VIP 명함 뭉치를 발견한다.

솔희	(놀라서 얼른 가져가는) 줘요. (하고선 도하 눈치 보며) 내가 무당 행세하는 것도… 아무렇지 않아요?
도하	세금 안 내요? 불법인가?
솔희	아뇨! 사업자 등록 냈어요. 고객 만족도도 얼마나 높은데.
도하	그럼 됐죠. (바닥 보고) 한번 쓸어야겠는데요? 빗자루 좀요.

예상과 달리 너무 아무렇지 않은 도하가 이상한 솔희. 일단 빗자루 가지러 나가고. 도하, 바닥의 물건을 주워 서랍장 곳곳에 넣는다. 잠시 후 살금살금 밀실로 들어오는 누군가의 발걸음 보이고…. 순식간에 도하의 팔을 뒤로 꺾어 벽에 밀어붙이는 누군가! 치훈이다.

도하	악!
치훈	당신 뭐야?! 어? 도, 도둑이야압…! (소리치려는데)
솔희	(뒤에서 머리 콩 때리며) 조용히 해.

S#10. 타로 카페 / 오전

어색하게 함께 앉아 있는 솔희, 도하, 치훈.

치훈   저는 바닥도 막 어지럽혀져 있고 그렇길래 도둑 든 줄 알고⋯. (도하 수
      상하게 보며) 옆집 사는 분이⋯ 어떻게 밀실까지 들어온 거예요?

솔희   걱정 마. 믿을 만한 사람이니까.

도하   (솔희 보는)

솔희   너 카산드라한테 오늘 쉰다는 연락 못 받은 거야?

치훈   연락이요? 무슨⋯.

치훈, 주머니에서 핸드폰 꺼내 잠금 화면 풀면, 갑자기 재생되는 샤온
의 직캠 영상.

치훈   아, 이거 보느라⋯. 이 노랜 다 좋은데 너무 길어요. 5분 40초.

도하   (자기도 모르게 작게) 5분 43초⋯.

치훈, 놀라서 도하 획 바라보고. 이내 실수했음을 깨달은 도하. 입 앙
다무는데.

치훈   (갑자기 표정 확 밝아지며, 반갑게) 샤이닝이셨구나! 저보다 형이죠? 몇
      살이에요?

도하   스물아홉이요.

치훈   (말 끝나기도 전에) 저는 스물다섯인데! 형이라고 불러도 되죠?

도하   (뭔가 말하려는)

치훈   (듣지도 않고) 형 이름은 뭐예요?

솔희   (당황, 치훈 말리는) 야, 이제 그만⋯.

치훈   (얼른) 저는 샤온의 보디가드요!

도하   ('그런 거였어?') 저는⋯ 샤온의 작곡가요.

솔희   (어이없는 얼굴로 도하 보는) ⋯?!

도하   (말해놓고 긴장한)

치훈   우와~ 형도 저처럼 레어 닉이네! 그럼 그냥 김도하로 불러드릴게요!
      저는 치훈이에요. 백치훈! 하하!

치훈, 대뜸 악수 청한다. 어색하게 웃으며 악수하는 도하. 그런 두 사람을 황당한 얼굴로 바라보는 솔희. 왠지 피식 웃음이 난다.

S#11.   네일 아트 숍 / 낮

까진 손톱 지우고 새로운 네일 바르고 있는 향숙.

직원   손톱이 왜 이렇게 망가지셨어요? 일주일도 안 지났는데….
향숙   (후회하는) 그러니까… 적당히 할걸….

다른 손으로 핸드폰 확인하는 향숙. 솔희에게 [미안] 이라고 치다가 관둔다.

향숙   (중얼중얼) 내가 미안하긴 뭐가 미안해….
직원   파츠 올려드릴까요? 이벤트 중이라 만 원 할인되는데.
향숙   (신나서) 그래? 그럼 당연히…. (하다가 퍼뜩 불안해진) 저기… 나 지금 가격으로 결제 먼저 해봐줄래? (급하게 카드 꺼내주는) 카드 막혔을 수도 있어서.

직원, 찝찝한 얼굴로 카드 긁어본다. 조마조마한 얼굴로 결과 기다리는 향숙.

직원   네. 결제되셨어요.
향숙   (신나서) 어우, 다행이다. 그럼 파츠도 올려줘. 이쁘고 큰 걸루!

S#12.　　　연서동 골목 + 연서 베이커리 앞 / 낮

타로 카페에서 나온 솔희와 도하. 함께 걷는다.

솔희　　　재 꿈이 진짜 샤온 보디가든데…. 어쩌다 보니 나랑 일해요.
도하　　　(걱정스럽게) 일이 많이 힘해요? 보디가드까지 필요하고.
솔희　　　(애써 웃는) 사실 뭐… 운전기사에 가까워요.
도하　　　운전은 나도 해줄 수 있는데. 필요하면 말해요.

솔희, 계속되는 예상치 못한 도하의 반응이 당황스러우면서도 설렌
다. 도하가 달리 보이기도 하고…. 자기도 모르게 신기한 듯 도하를 보
는데. 도하와 눈이 마주친다. 얼른 눈 피하는 솔희.

도하　　　청소한다고 고생했는데 맛있는 거 사줄게요.
솔희　　　아뇨. 도와줬는데…. 내가 사줘야죠.

마침 두 사람 앞에 보이는 연서 베이커리. 사람들이 문밖까지 줄 서 있
는 게 보인다.

솔희　　　(중얼중얼) 저긴 맨날 줄 서 있더라…. 맛있나?
도하　　　(놀란) 바로 옆 가겐데…. 한번도 안 먹어봤어요?
솔희　　　바로 옆 가게라서 안 먹은 거예요. 괜히 왔다 갔다 하면서 친해지면…
　　　　　귀찮은 일만 생기니까.
도하　　　(솔희 손목 잡고) 그럼 오늘 먹어봐요. 진짜 맛있어요. (끌고 가는)
솔희　　　저기요…?! (하면서 못 이기는 척 끌려가는)

S#13.　　　연서 베이커리 / 낮

사람들로 북적이는 연서 베이커리 안에 들어온 솔희와 도하. 쟁반을 든 도하가 솔희에게 집게를 건넨다. 막상 도하와 이러고 있으니 들어오길 잘했다 싶은 솔희. 다양한 빵 구경하며 하나씩 담기 시작하는데. 두 사람 바로 앞에 서 있던 초록, 솔희와 도하를 발견한다.

초록	어머, 둘이 엄청 붙어 다니네요. 요즘?
솔희	(억지 미소) 아, 네….
초록	(아무렇지 않게) 사귀어요?
솔희	아뇨. 그냥 이웃이에요.
초록	이웃 그런 거 싫어하는 줄 알았더니…. 그냥 사람 가리는 거였구나~.
도하	(초록 보며) 저….
초록	(웃는 얼굴로 도하 보는) 네?
도하	앞으로 좀 가시죠?

초록, 보면 앞에 서 있던 손님들 빠져서 앞이 텅 비어 있다. 뒤에 기다리는 손님들이 그런 초록을 싸늘하게 보고 있고. 놀라서 얼른 앞으로 가는 초록. 솔희, 도하가 편들어준 것 같아서 흐뭇한데. 한편, 계산대에 서 있는 보로. 계산하고 포장하느라 정신없는데. 손님(20대 후반/여) 한 명이 연서 베이커리 쇼핑백을 계산대 옆에 툭 올려놓는다.

손님	(조용히) 어제 산 건데… 환불해주세요.
보로	네? 그게 무슨….
손님	이유 잘 알지 않아요? 진상 부리고 싶지 않으니까… 빨리 환불해줘요.
보로	(쇼핑백에서 크루아상 꺼내 보는) 이거 모양도 예쁘게 잘 나온 건데 왜….
손님	(더 못 참겠다는 듯) 여기서 벌레 나왔다면서요! 다 봤어요!

벌레라는 말에 다들 놀라서 빵 담기 멈추고 계산대 바라본다.

보로	(당황해서 말 더듬는) 벌, 벌레요? 제, 제 빵에서요?

손님	(말없이 핸드폰으로 뭔가 보여주는)

손님의 핸드폰 보고 놀란 보로. 반 토막 난 바퀴벌레가 있는 빵 절단면 사진이다. (모자이크 처리) 어느새 다가와 함께 핸드폰 사진 보는 초록.

초록	(기막힌) 아니… 오븐에 굽는 건데…. 그럼 이 바퀴벌레도 같이 구워졌어야죠. 이건 누가 봐도 조작한 건데.

바퀴벌레라는 말에 놀라 술렁거리는 손님들. 누군가가 쟁반에 담았던 빵을 제자리에 돌려놓고 나가자 다들 너 나 할 것 없이 빵 돌려놓는다. 품절됐던 빵들이 다시 수북이 쌓이는데.

보로	(당황해서 어버버) 저기… 여러분… 지, 진정하시고요….
솔희	(따라서 빵 돌려놓으며, 도하에게) 우리도 빨리 나가요.

도하, 당황하며 보로 표정 살피는데. 그사이 썰물 빠지듯 우르르 나가버린 손님들. 결국 가게에 남은 건 솔희와 도하, 초록뿐이다. 뻘쭘한 얼굴로 서로를 바라보는데.

보로	(충격받은) 오늘 장사 접겠습니다…. 다들 이만 나가주세요…. (주방으로 들어가버리는)

S#14.   연서 베이커리 앞 + 연서동 골목 / 낮

허탈한 얼굴로 가게에서 나온 솔희와 도하.

도하	(어이없는) 이게 갑자기 무슨….

솔희	(무심코 툭) 그러게요. 거짓말하는 사람은 아무도 없던데.
도하	(보는) 그렇게 매번 계속… 들리는 거예요?
솔희	(아차 싶은, 얼른 말 돌리고) 뭐 다른 거 먹으러 가요!

S#15.   루프탑 레스토랑 / 낮

황 순경, 전망 좋은 루프탑 레스토랑에서 강민에게 근사한 식사를 대접한다.

강민	남자 둘이 이런 데는 좀 아니지 않아?
황 순경	(스테이크 슥슥 썰며) 저 예전에 경찰 합격하고 나서 점집에서 그런 얘기 들었거든요. 칼에 찔리면 꼭 칼 쓰는 식당에서 밥을 먹으라고.
강민	니가 찔렸어? 내가 찔렸지.
황 순경	제가 어설퍼서 대신 찔린 거잖아요…. 이거로 액땜하세요. 제가 사는 거예요!

강민, 피식 웃으면서 둘러보는데 주변에 연인들뿐이다. 다들 행복해 보이고. 그 모습이 부럽다.

강민	(자기도 모르게 혼잣말) 이런 데 좀 데리고 와볼걸….
황 순경	옛날 여친 말고 미래 여친 생각을 하셔야죠, 형님…. 그 타로 카페에 누구 있죠?
강민	(살짝 놀란) …?
황 순경	커피도 안 좋아하면서 굳이 타로 카페까지 가서 커피 사오고…. 맞죠?
강민	(피식) 형사는 형사네….
황 순경	(신나서) 역시! 예뻐요?
강민	(뭘 그런 걸 묻냐는 듯 웃고는) 예쁘지. 엄청.

황 순경	(흥분) 으아~ 밥 한번 먹자고 해요. 그냥!
강민	남자 친구 있대.
황 순경	(실망의 한탄) 아….

그때 가게에 들어오는 솔희와 도하. 유일하게 비어 있는 강민의 옆 테이블에 앉는다. 앉자마자 서로를 발견하고 의식하는 솔희와 강민. 도하도 뒤늦게 강민을 발견한다. 솔희의 난감한 표정이 신경 쓰이고.

도하	나갈래요?
솔희	아뇨. 내가 왜요? (테이블에 놓인 메뉴판 보고)
황 순경	(시무룩해져서) 그 남친이랑은 오래됐대요?
강민	밥이나 먹자….
솔희	뭐 먹을래요? (메뉴판 가리키며) 나는 이 가지 그라탕….
도하	(말 끝나기 전에 얼른) 네. 나도 가지 좋아해요. 그거 시키고 파스타는….

솔희, 뭔가를 말하려다가 만다. 강민이 그런 솔희를 흘끗 바라보는데.

CUT TO
어딘지 불편하고 어색한 식사가 이어지고 있다. 의식하지 않는 척하며 서로를 의식하는데.

황 순경	근데 형님 진짜 큰일 날 뻔했어요. 동맥 아슬아슬하게 스쳤다잖아요. 천만다행이죠.

황 순경의 말에 놀라서 슬쩍 강민 보는 솔희. 그제야 강민의 붕대 감긴 팔이 눈에 들어온다. 도하, 그런 솔희의 표정을 살피고 있다. 괜히 기분 나빠서 물 마시는데.

도하	주말에 뭐 해요?

솔희	(갑자기?) 네? 아직 뭐… 계획 없는데.
도하	나랑 계획 잡아요. 그럼.
솔희	(얼떨떨) 네….

'하… 이것 봐라?' 이번에는 강민이 도하를 의식한다.

| 황 순경 | 형님, 그래서 그 타로 카페 사장님… 포기할 거예요? |
| 강민 | 아니. 아직 결혼한 것도 아닌데. 상황 봐야지. |

'상황 봐야지??' 도하, 스테이크 전투적으로 씹으며 강민을 대놓고 쳐다본다. 강민 역시 물 마시며 도하 노려보는데. 그사이 피클 접시 옮기다가 물을 쏟은 솔희. 허벅지에 물이 뚝뚝 떨어진다.

| 도하 | 괜찮아요? |

자기도 모르게 냅킨으로 닦아주려고 하다가 멈칫하는 도하. 솔희도 가까이 다가온 도하의 손길 보며 어색한데.

| 도하 | 여기요. (둘러보지만 종업원 없고) 잠깐 기다려요. 냅킨 더 가져올게요. |

도하가 사라진 뒤 하필이면 황 순경도 일어난다.

| 황 순경 | 저 화장실 좀요. (일어나는) |

황 순경의 거짓말에 자기도 모르게 시선이 가는 솔희. 멀어지는 황 순경 보다가 강민과 눈이 마주친다. 얼른 눈 피하는데.

| 강민 | (파스타 먹으며 아무렇지 않게) 둘이… 아무 사이 아니지? |
| 솔희 | (뜨끔) 뭐…? |

강민	너 가지 싫어하는 것도 모르고, 젖은 옷도 대신 못 닦아주는 남자 친구는… 이상하잖아. (솔희 똑바로 보는)
솔희	(순간 당황하다가 당당하게) 그래. 내가 부탁했어. 남친인 척 좀 해달라고.
강민	(충격이다, 포크 놓고 허탈한 미소) 내가… 그 정도로 귀찮게 했어?
솔희	나 때문에 일부러 이 동네 경찰서로 온 거라며. 혹시 몰라서.
강민	(쓰리다) 너 거짓말 싫어하는데… 내가 거짓말하게 만들었네. 미안하다.

그때 웃으며 다시 돌아온 황 순경.

황 순경	히히. 계산하고 왔어요. 왠지 형님이 하실 것 같아서.
강민	잘 먹었어. 가자. (자리에서 일어나 나가는)
황 순경	어? 쫌 남았는데. (남은 스테이크 한 조각 얼른 입에 넣고 따라 나간다)

솔희, 영 기분 별로인 채 혼자 앉아 있는데 도하가 얼른 맞은편에 앉는다.

도하	(솔희 표정 보고) 하… 그사이에 무슨 일 있었네. 맞죠?
솔희	네. 눈치챘어요. 김도하 씨 남친 아닌 거.
도하	(당황) 어떻게 알았지…? 어떻게 알았대요??
솔희	(가지 그라탱 담긴 접시 보며) 이거 때문에요.
도하	이게 뭐…. (하다가 눈치챈) 가지 말고 또 못 먹는 음식 있어요?
솔희	(그 와중에 말하는) 개불, 번데기, 고수….
도하	(중얼거리며 외우는) 개불, 번데기, 고수, 가지…. 이제 기억할게요.
솔희	(점점 작아지는 목소리) 그걸 왜… 김도하 씨가….
도하	(잘 못 듣고) 네…?
솔희	아, 아니에요. (다시 식사하는)

수제 버거집 앞 / 밤

> 재찬의 수제 버거집. 창가 쪽에 놓은 TV에서 샤온의 라이브 방송이 연
> 속 재생되고 있다. 득찬이 그 앞에서 한숨 푹 쉬고는 문 열고 들어간다.

수제 버거집 / 밤

> 득찬, 들어가면 음악 소리 크게 들리고. 텅 비어 있는 가게. 재찬은 친
> 구와 맥주 마시고 있다. 허리 앞치마 두르고 피어싱하고, 수염 기르고,
> 팔뚝 문신을 한 모습. 어딘지 날티가 흐르는 인상인데.

친구	(흘끗 보고) 오늘 영업 끝났습니다~.
재찬	(핸드폰으로 음악 볼륨 줄이고) 형… 웬일이야?
친구	니네 형이었냐? (건들건들) 안녕하세요?
득찬	(떨떠름한 얼굴로 앉는) 지금은 주문 안 되지?
재찬	되지 왜 안 돼. (친구에게) 야! 시그니처 세트 하나 만들어주라.
친구	(귀찮은 티 내며 주방에 들어가는)
재찬	(웃으며 득찬 앞에 앉는) 진짜 뭐야. 이 시간에?
득찬	(테이블 얼룩 티슈로 닦고) 너… 혹시 요즘 엄호 형 본 적 있어?
재찬	엄호 형? 아니? 그 형 서울 왔대?
득찬	나 찾아왔었어. 도하… 승주로 의심하고 있더라.
재찬	그 형 아직도 그래? (의미심장하게) 쓸데없는 짓하네. 크큭….
득찬	(정색) 넌 지금 웃음이 나와? 그 형… 도하 죽이려고 했어. 또 그런 생각으로 서울 온 거고.
재찬	(허탈한) 그 얘기하러 왔구나…?
득찬	너 학천에 연락되는 친구 있어? 엄호 형 어디서 뭐 하고 있는지 좀 알아볼 수 있냐고.

재찬	(싸늘) 그냥 김도하한테 말해. 알아서 조심하라고.
득찬	(단호한) 안 돼. 걔 이제야 간신히 사람답게 사는데…. (절레절레) 절대 안 돼.
재찬	(피식) 그래. 되게 많이 달라졌더라? 이젠 나 무서워하지도 않아~.
득찬	(눈빛 변하는) 너… 도하 찾아갔었어? 언제??
재찬	걔가 뭐라는 줄 알아? 신세 진 거… 다 갚았대. 누구 덕에 깜방 안 가고 편하게 사는 건데…. 죽을 때까지 갚아도 모자란 거 아냐??
득찬	(참다참다 버럭) 내가 다시는 그 얘기하지 말랬지!!!

햄버거 들고 건들건들 걸어오다가 득찬의 호통에 멈칫하는 친구. 눈치 살피다가 햄버거 득찬 앞에 슥 놓아주고 주방으로 향한다.

재찬	(중얼중얼) 아이씨… 쪽팔리게.
득찬	이 가게가 더 쪽팔려. 쟤… 폰 잡던 손 그대로 햄버거 만들었어. 테이블은 끈적거리고…. 도하 힘들게 번 돈 삥 뜯어서 겨우 이딴 식으로 쓰고 있었냐?
재찬	(서운함 터지는) 누가 진짜 동생이야? 형은 나랑 그놈이랑 물에 빠지면… 김도하 구할 거지?
득찬	더 말하기도 싫다…. (일어나며) 여기 당장 정리해. 넌 사업 깜냥이 아니야….

득찬, 햄버거 손도 대지 않고 나가버린다. 빡친 재찬, 그대로 앉아서 부들거리는데. 어느새 옆에 앉아 어깨동무하는 친구.

친구	야~ 니네 형 겁나 꼰대네~. 백종원인 줄?
재찬	(버럭) 너 때문이잖아! (어깨동무한 친구 손 보다가 뿌리치며) 너 내가 위생 장갑 끼고 일하랬지? 넌 요리할 깜냥이 아니야….

득찬의 말 따라 하며 괜히 친구에게 화풀이하는 재찬의 모습에서.

타로 카페 / 낮

다시 정상 영업을 시작한 타로 카페. 카산드라, 건물주(50대 중반/여)
의 타로점을 봐주고 있다.

카산드라	(뽑힌 카드 보며) 에이스 오브 펜타클이 역방향으로 나왔네요. 지금 뭔가… 중대한 실수를 하실 것 같아요.
건물주	(불안한) 실수…? 아! 건물 계약할 게 한 건 있는데… 하지 말까요?
솔희	(건물주 앞에 커피 가져다주며 슬쩍) 요즘 뭐… 좋은 매물 있어요?
건물주	(솔희에게) 요즘 침체기야. 좀 기다려요. 그리구… 건물주라는 거 생각보다 머리 아퍼~. 저 빵집두 그래. 권리금을 오죽 높게 불러놨어야지. 2억이 뭐야. 세상에….

그때 불쑥 문 열어 상반신만 들여놓고 대뜸 소리치는 상가 번영회 회
장(1화 53신).

회장	당신 또 여기 있어? 밥 먹으러 가자니까~.
건물주	아우~ 저 양반은 밖에서도 밥 타령. (급히 일어나며) 다음에 다시 올게요. (나가는)
솔희	(그 모습 보며) 아내는 건물주, 남편은 부동산 사장…. 직업 궁합이 참 좋아?
카산드라	(카드 정리하며) 그러게요. 자식복은 좀 없지만요. (빈 커피 잔 싱크대에 가져다 놓고)

그때 연서 베이커리 쇼핑백을 들고 들어온 치훈. 솔희 앞 테이블에 쇼
핑백을 내려놓는다.

치훈	요 앞에 빵집이요. 맨날 줄 서 있어서 못 샀는데 오늘따라 사람 없어서 왕창 사왔어요. 드세요.

솔희	그 빵….

벌레 나왔다는 것 말하려다가 빵 와구와구 먹는 치훈 보며 말 삼키는 솔희.

치훈	어제 그 형은 언제 또 와요?
솔희	왜?
치훈	몰라요. 왠지 마음에 들어요. 친해질 거예요.
카산드라	(컵 씻고 온) 무슨 얘기야? 형이라니?
치훈	(빵 와구와구 먹으며) 되게 잘생긴 형 있어. 헌터님 정체도 다 알아.
카산드라	(바로 감 잡은) 아… 그 남자예요?
솔희	어? 어….
치훈	뭐야. 너도 알고 있었어? 와… 나만 빼고, 서운하다….
카산드라	(빵 먹는 치훈 보고) 어? 이거 그 빵이네? (핸드폰으로 SNS 벌레 사진 보여주는)
치훈	(마구 먹다가 뿜는) 푸학! 컥! 우웩! 아오씨! (솔희에게) 그래서 안 드셨구나? 나만 빼고 진짜! 서운해요!

솔희, 웃다가도 연서 베이커리 쇼핑백 보며 마음이 쓰인다. 애써 신경 끄는데.

S#19. 연서 베이커리 / 낮

방금 오픈한 것처럼 빵이 그대로 남아 있는 연서 베이커리 안. 손님이 한 명도 없다. 보로는 죽을 맞이고, 오백은 그런 보로를 안쓰럽게 바라본다.

오백	우리야 알지. 너 깔끔한 것도 알고. 근데 뭐 사람들이 알아? 머리카락도 아니고 바퀴벌레는 팩트를 떠나서 그냥 개역겹고.

초록, 핸드폰으로 연서 베이커리 피드에 달린 댓글 살피는데.
[사장님 인상만 봐도 가게가 깔끔할 것 같진 않네]
[서비스는 별로지만 빵이 맛있어서 가던 곳이었음. 이제는 갈 이유 사라짐. 수고]
[여러분! 여기 맛집입니다! 바퀴벌레 맛집!!!(벌레 이모티콘)]

초록	(고개 절레절레) 진짜 말도 안 돼. 그건 크루아상 반죽에 바퀴벌레를 넣고 돌돌 말아야 나올 수 있는 사진이야.
오백	(토할 것 같다, 손으로 입 가리고)

초록, 벌레 올린 사람 인스타 계정 들어가보면 게시글은 달랑 그거 하나뿐이다. 프로필에는 갈색 푸들 사진 있고.

초록	이 사람 아직도 DM 답 없어?
보로	없어… 하….

S#20.   연서 베이커리 앞 / 낮

도하, 편의점 다녀오는 길에 연서 베이커리를 지나치다가 멈칫한다.
손님 없이 휑한 풍경이 신경이 쓰여 가게로 향한다.

S#21.   연서 베이커리 / 낮

가게에서 막 나가려던 초록. 도하 보고 멈칫해서 뒷걸음질로 다시 가게로 들어온다.

오백	(그런 초록이 이상한) 얘가 왜 이래…?
도하	(가게에 들어오며) 안녕하세요.
초록	(보로보다 더 빨리) 네~. 안녕하세요?
도하	(초록 보고 꾸벅 목례하고)

도하 보며 조신한 척 귀 뒤로 머리 넘기는 초록 보며 이놈 때문이구나… 싶은 오백. 왠지 기분이 별로다.

보로	왔어요? 어젠 미안했어요. 너무 정신이 없어서….
도하	괜찮아요. 그때 먹었던 생크림빵 아직 있죠? (하고 쟁반 들고 보는데… 빵 죄다 그대로 남아 있다, 마음이 안 좋고)
오백	(도하 빠르게 스캔하고 의심스럽게) 근데… 돈 좀 있나 봐요?
도하	(빵 담다가 당황) 네…?
오백	아니… 옷을 항상 좋은 걸 입으셔서요. 이 시간에 다니는 거 보면 일반 직장인은 아닌데…. 그죠?
도하	네. 출퇴근하는 일은 아니에요.
초록	어머, 그럼 무슨 일하시길래.
보로	(불편한) 그만해…. 실례잖아.
초록	(괜히 오백 툭 치며) 그래. 오빠 그만 좀 해. 진짜!
오백	(억울한) 뭐가~.

그때 가게에 들어온 웬 남자(20대 후반). 청바지에 블레이저, 뿔테 안경에 파마머리까지. 잔뜩 멋 부린 게 허세 가득한 느낌이 물씬 풍기는데.

보로	어서 오세요~.

파마남	(대충 슥 둘러보다가 프랑스어 발음으로) 비에누아즈리류는 이게 다예요?
보로	네?
파마남	(한숨 쉬고 한국식으로 또박또박) 비에누아즈리요.
보로	아, 네. 여기서부터 여기까지가 비에누아즈리예요.
파마남	흐음… 뭐 역시 그냥 동네 빵집이네.
보로	(불쾌한) 네…? 그게 무슨 뜻이죠?
파마남	(웃으며) 아, 그냥 혼잣말이에요. 이건 왜 이렇게 비싸…. (쟁반에 대충 빵 몇 개 담고 크루아상 앞에서 멈칫) 벌레 나왔던 빵이 이거죠? 이걸 사야 되나, 말아야 되나….
보로	(부들부들 떨리는데)
초록	(더 못 참겠다) 저기요!
오백	(초록 말리는데)
도하	(파마남 옆에 서며) 안 사실 거죠?
파마남	네? 네.
도하	그럼…. (크루아상 접시째 들고 가는) 이거 다 계산해주세요.
파마남	(놀란) …!!
오백	오우, 플렉스~.

보로, 도하가 일부러 그러는 것 알고 미안하지만 감격스럽다. 초록도 도하에게 반해 손으로 입 가리며 놀라고. 도하가 달리 보이는 오백, 생각보다 멋진 놈인걸 싶다.

S#22.   연서 베이커리 앞 + 연서동 골목 / 낮

양손에 빵 무겁게 들고 집으로 향하는 도하. 막상 사고 보니 부담스럽다.

| 도하 | 이거 다 언제 먹지…. |

솔희의 집 / 밤

테라스
테라스에 나온 솔희. 슬쩍 옆을 보지만 도하는 없다.

도하(E)   그래서요?

INSERT 7화 9신 밀실 / 오전
도하   뭐… 들리면 들리는 거죠.

다시 생각해도 황당했던 도하의 반응이 떠오르고.

솔희   (절레절레) 아니야… 아직 이게 어떤 건지 잘 몰라서 그러는 거야…. (거실로 들어가는)

침실
캔 맥주 하나 챙겨 침대에 앉은 솔희. 무슨 일인지 맥주 캔 따자마자 치익! 하며 거품 솟구쳐 오른다. "으악!" 하며 얼른 옆으로 치워보지만 이미 얼룩진 이불.

솔희   (울상) 아우, 뭐야….

S#24.   연서동 골목 / 밤

이불 끌어안고 뒤뚱뒤뚱 코인 빨래방으로 향하는 솔희. 이불 때문에 시야가 잘 확보되지 않는데. 스텝 꼬여 이불 놓치고 넘어질 뻔한다. 그때 앞에서 이불 받아주며 엎어지려는 솔희를 안아주는 누군가. 도하다. 이불을 사이에 두고 서로 끌어안고 있는 모양새인데.

솔희   (심쿵) 가, 갑자기 어디서 나타났어요?

도하   (이불 보며 황당) 이거 지금… 이불이에요??

S#25.   코인 빨래방 / 밤

동전 교환기에 지폐 넣는 솔희. 500원짜리가 짤랑짤랑 떨어진다. 동전
으로 세제 뽑고 세탁 버튼 누르며 능숙하게 코인 세탁기 다루는 솔희를
신기하게 보는 도하. 이불이 드럼 세탁기에서 웅웅거리며 돌아간다.

솔희   이런 데 처음이구나?

도하   네. (신기해서 둘러보는)

솔희   (도하 빤히 보다가 대뜸) 빨래방에도 이렇게 신기해하는 사람이… 진짜
          아무렇지 않아요?

도하   (보는) 뭐가요?

솔희   아니… 나 무당으로 알고 찾아온 손님들도요. 일부러 거짓말하면서
          테스트하려는 사람들 많거든요? 근데 김도하 씨는… 주변에 나 같은
          사람 열 명은 있는 것처럼 굴잖아요. 이게 말이 되냐구.

도하   (여전히 태연한) 내 거짓말은 들린 적 없다면서요.

솔희   그렇긴 한데….

도하   (살짝 경계하며) 전남친 반응은 어땠는데요?

솔희   …모를 거예요.

도하   …?

솔희   엄마 아빠 빼곤… 김도하 씨밖에 몰라요.

두 사람, 눈이 마주친다. 도하는 그 말이 어쩐지 좀 감동적인데.

솔희	절대 들키고 싶지 않은 비밀이고, 몇 십 년 동안 잘 숨기고 살았는데. 가끔 헷갈려요. 정말 아무도 모르길 바라는 건가? 확 다 말해버리면 후련하지 않을까….
도하	후련해요?
솔희	시시해요. 너무 아무렇지 않아서.
도하	(피식)
솔희	원래 그렇게 세상만사에 무덤덤해요?
도하	아뇨. 나 의심도 많고 예민해요. 솔직히 다른 사람이 그랬으면 안 믿었을 것 같은데. 목솔희 씨가 그렇다니까… 그냥 믿었어요.
솔희	(감동받지만 괜히) 내가 좀… 신뢰 가는 스타일이긴 하죠. (문득 생각난) 아! 나 김도하 씨 거짓말 한번 들은 적 있다.
도하	(흥미로운) 어? 정말요? 뭔데요?
솔희	아, 근데 이것도 거짓말이라고 해야 하나? 좀 애매한데….

솔희가 말하려는 순간 밖에서 뭔가 우당탕 넘어지는 소리 들린다. 놀라서 돌아보면. 취해서 세탁소에 상반신만 내놓고 엎어져 있는 보로. 그 와중에 소중히 끌어안고 있던 빵들이 바닥에 나뒹굴고.

솔희	(놀라서 일어나는) 어? 사장님?!

S#26.   택시 정류장 / 밤

택시 정류장 벤치에 쓰러질 듯 앉아 있는 보로와 그 옆의 솔희. 도하는 대로변에서 택시 잡느라 바쁘다.

보로	(게슴츠레한 눈으로 솔희 보는) 어? 타로 사장님… 맞죠?
솔희	네? 네….

보로	타로 사장님은… 바게트 같아요.
솔희	('뭔 소리?' 보로 보는)
보로	겉은 딱딱한데… 속은 안 그럴 것 같아요. 그리고… 구멍이 숭숭~ 뚫려 있을 것 같고….
솔희	왜, 왜요? 우리 별로 얘기한 적도 없는데….
보로	꼭 얘기해봐야 알아요? 그래도 오며 가며 1년을 넘게 봤는데….
솔희	….
보로	아참… 말 거는 거 싫어하죠? (급 쭈굴) 죄송해요….
솔희	(당황) 할 말 다 해놓고….
보로	(봉투에서 빵 꺼내며) 빵 좀 드릴까요? (시무룩) 아… 먹기 싫으시죠? 근데 진짜 아니거든요? (증명하듯 빵 마구 먹으며) 이것 봐요. 더러운 빵이면 제가 이렇게 먹겠냐고요.
솔희	(파편 마구 튄다, 보로 진정시키려는) 저기요, 알겠구요.
도하	택시 잡혔! 얼른 타요. (보로 부축하는)
보로	(가면서도) 진짜 아니에요…. 진짜루요…!

도하, 보로를 택시 태워 보낸다. 그런 보로를 보며 마음이 좋지 않은 솔희.

도하	그 사건 때문에 요즘 장사도 잘 안 되고…. 많이 힘드신가 봐요.
솔희	하… 이런 일 끼어들기 싫은데.
도하	(솔깃) 도와주려고요?
솔희	방법도 없어요. 그 벌레 사진 올린 사람을 찾아야 되는데…. 동네 사람들 한 명씩 붙잡고 물어볼 수도 없고.
도하	어렵네요….

S#27.　뉴스 패치 앞 / 낮

점심 식사 후 커피 들고 뉴스 패치 건물로 들어가려는 오 기자. 그런 오 기자 옆에 자연스럽게 따라 붙는 엄호.

엄호	이보이소! 오진수 기자님 맞는교?
오 기자	(위아래 훑어보고 경계하는) 누구…세요?

엄호, 대뜸 도하와 엄지가 함께 찍은 고등학교 졸업 사진을 오 기자 앞에 들이댄다.

엄호	그짝이 본 김도하… 이래 생겼습니까?
오 기자	(사진 보고) 이런 옛날 사진 들이대면 잘 모르죠. 그리고 난 마스크 쓴 모습만 봐서요.
엄호	그래예? 아쉽네…. (사진을 지갑에 집어넣는데)
오 기자	(괜히 궁금한) 그 사람은… 누군데요?
엄호	(웃으며) 내가 용건이 있어가, 찾고 있는 사람입니더.
오 기자	그 사람을 김도하라고 생각한 이유가 있어요?
엄호	키 크고, 허옇고…. 피아노 잘 치고…. 숨어 다녀서예.

좀 이상한 사람인가 싶지만 왠지 그냥 보내기에는 아쉬운 오 기자.

오 기자	(자신의 명함 건네는) 혹시 제보할 게 생기면 연락 주세요.
엄호	(명함 받고) 기자님은… 김도하 사진 찍는 게 목적입니까?
오 기자	그렇죠. 마스크 안 쓴 맨얼굴 사진…. 샤온이랑 같이 있는 사진이면 더 좋고요.
엄호	꼭 살아 있는 얼굴이어야 됩니까?
오 기자	네…?

엄호, 대뜸 오 기자의 손에 들린 핸드폰 가져가서 자신의 번호를 입력해 돌려준다.

엄호	연락 주이소. (가는)
오 기자	(그런 엄호 뒷모습 보며) 뭐야 대체…?

S#28.　　　연서 경찰서, 형사과 / 낮

다들 현장 나가고. 다친 팔 때문에 혼자 사무실에 남아 서류 보고 있는 강민. 멀찍이 서서 눈치 보다가 그런 강민에게 슬쩍 다가오는 행정 직원(6화 24신).

행정 직원	저기….
강민	(보는) 네?
행정 직원	이거 제가 만든 샌드위친데요…. 다 나눠주고 하나 남았는데… 드시라구….
강민	(형식적으로) 아, 고맙습니다.

행정 직원, 아쉽게 돌아서다가 결심한 듯 강민을 바라본다.

행정 직원	저기…!
강민	네?
행정 직원	여자 친구 있으세요?

난감한 얼굴로 잠시 행정 직원 바라보는 강민.

강민	여자 친구는 없는데 좋아하는 사람은 있어요.
행정 직원	아쉽다…. 소개팅해드리려고 그랬는데….
강민	괜찮아요. 고마워요. (다시 서류 보는)

행정 직원, 돌아서서 망했다는 표정 되는데. 강민, 핸드폰 진동해서
보면.
[이강민님 추적 검사 기간입니다 00 대학 병원]
문자 와 있다. 괜히 더 심란해지는 강민의 표정에서.

S#29.　　연서 베이커리 / 낮

'오늘 하루 임시 휴업합니다' 메모 붙여놓은 보로. 고무장갑 끼고, 장
화까지 신고…. 바닥에 광이 날 정도로 청소 중이다. 그러다 구석에 죽
어 있는 작은 권연벌레 한 마리 발견한다. 권연벌레가 마치 바퀴벌레
처럼 크게 느껴지는 보로. 정말 벌레가 나온 게 맞나 싶어 가슴이 철렁
내려앉는다. 바닥에 털썩 주저앉고.

S#30.　　타로 카페 / 낮

카산드라, 누군가의 타로점을 봐주고 있는데…. 그는 파마남이다. 솔
희, 직접 에스프레소 머신 앞에서 커피 내리고 있다.

파마남	(거들먹) 비즈니스 조언을 이런 곳에서 묻는다는 게 좀 웃기긴 한데…. 여기 용하다는 얘기를 들어서요.
카산드라	(카드 유심히 보며) 근데… 지금 일을 하고 계신 건 맞나요?
파마남	(표정 굳는) 네?
카산드라	하는 일이 없다고 나오시는데….
파마남	(살짝 흥분) 저 프랑스 유학파고요. 얼마 전에 한국 왔습니다.
카산드라	그러니까 지금은 일이 없으신 거잖아요.

파마남	곧 할 거라구요. 이 동네에서!
카산드라	아, 여기서요?
파마남	아직 뭐… 고민 중이에요.

솔희, 딴짓하는 척하며 열심히 듣고 있다.

회장	(불쑥 문 열고) 여보! 또 여기 있어? (파마남 보고 놀란) 어?
솔희	두 분 아는 사이예요?
회장	(화들짝 놀라며) 아뇨.
파마남	몰라요. 저도.
회장	마누라가 어디 갔지~. (나가는)

솔희, 회장과 파마남이 왜 서로를 모른 척하는 건지 의아하지만 뭔가 알 것 같은 표정으로 눈빛 반짝이고. 그때 도하 끌고 카페에 들어온 치훈.

솔희	어서오…. (도하 발견하고) 어?
치훈	지나가길래 데려왔어요. 잘했죠.
솔희	(반갑지만 덤덤한 척) 아아?
도하	아뇨. 따뜻한 거로….

솔희가 커피 내리는 사이, 자신을 주시하고 있는 카산드라와 눈이 마주친 도하. 카산드라, 최대한 온화한 미소를 지어 보이며 도하를 환영하지만 섬뜩한 느낌이 들어 시선 피하는 도하. 그러다 파마남을 발견하고 표정 굳는데. 파마남, 도하를 기억하지 못한 채 얼른 카페에서 나간다.

| 솔희 | (커피 들고 와 도하 앞에 앉으며 중얼중얼) 뭐야… 부동산 사장님이랑 뭔 사이길래 알면서 모른 척해? |
| 도하 | 방금 나간 저 남자요? |

솔희	네. 무슨 프랑스 유학 갔다가 한국 온 지 얼마 안 됐대요.
도하	빵집에 벌레 나온 것까지 알던데….
솔희	(심각) 그래요…?
도하	네. 뭐 되게 아는 척하면서 빵 사러 왔더라고요.
솔희	(뭔가 수상한) 벌레가 나온 걸 아는데… 빵을 사러 왔다…?
도하	그러고 보니 이상하네요….
솔희	부동산 사장님이랑 뭔가 있는 것 같아요.

두 사람, 심각한 얼굴로 머리 맞대고 은밀하게 쑥덕거린다. 그런 솔희
와 도하 이상하게 바라보는 카산드라와 치훈.

S#31.　　연서 부동산 / 낮

부동산 찾아간 솔희와 도하. 화분에 물 주고 있던 회장이 그런 솔희와
도하 반긴다.

회장	(솔희 알아보고) 어? 타로 카페 사장님이시죠?
솔희	안녕하세요? 매물 좀 알아보려고 하는데요.
회장	(솔희 옆 도하 보고) 남자 친구 있었구나~. 결혼해요? 신혼집?

순간 괜히 얼굴 화끈해지는 솔희와 도하.

솔희	(당황) 아, 아뇨. 그런 게 아니라.
회장	(얼른) 아~ 동거. 요즘 동거도 많이 하지.
솔희	아뇨! 저기 연서 베이커리요.
회장	(당황) 에…? 거기는 아직 사장님이 가게 내놓지도 않았는데. (흘겨보며) 너무하시네…. 남 망한 틈타서 가게 채가려고?

솔희	그게 아니라요….
회장	나는 그 벌레 사진 진짜라고 생각 안 해요. 그 빵집 사장님… 엄청 성실하잖아~.

솔희, 회장의 진심을 들으며 괜히 죄인 된 기분인데. 조용히 부동산을 둘러보던 도하. 구석 책상에 놓인 컴퓨터 모니터를 보고 미간을 찌푸린다. 갈색 푸들 사진이 배경 화면으로 설정된 모니터 화면.

회장	(전화 오고) 잠깐 전화 좀요. (받으며 책상 쪽으로 향하는) 네. 사장님, 이거… 전세가 천만 원이라도 낮춰야 팔릴 것 같은데….

그사이 핸드폰으로 뭔가를 열심히 찾고 있는 도하.

솔희	(작게) 내가 괜히 오해한 것 같아요. 사장님은 그 벌레 사진 믿지도 않으시는데.
도하	당연히 그렇겠죠. 올린 사람은 따로 있으니까….

도하, 솔희에게 폰 보여준다. 벌레 게시물 올린 사람의 프로필 사진이 보이는데. 어리둥절한 솔희에게 회장의 책상 모니터 가리키는 도하. 프로필 사진과 똑같은 갈색 푸들 사진이 모니터 배경 화면으로 설정되어 있다!

S#32. 연서 베이커리 / 낮

여전히 바닥에 주저앉아 있는 보로. 그때 솔희와 도하가 들어온다.

도하	(다급하게) 사장님, 그 벌레 사진 말인데요.

보로	(덤덤한) 네…. 저 맞아요.
도하	네??
보로	벌레 나온 거… 맞는 것 같다구요.

보로, 솔희와 도하에게 작은 권연벌레 보여주며 절망한다.

| 솔희 | (황당) 아니, 지금 그게… 바퀴벌레라는 거예요? |
| 보로 | 헉! 저기 또 벌레!!! (손가락질) |

보로가 가리킨 곳을 보는데 바닥에 굴러다니는 블루베리다.

| 도하 | (손으로 집어 들고) 이거 블루베리예요…. |
| 보로 | (정신없다) 난 빵 만들 자격 없어요…. (넋 나간 얼굴로 밀가루 한 포대 보여주며) 가져가실래요? 무료 나눔할게요. |

안타깝게 보로 바라보는 솔희와 도하의 모습에서.

S#33.   연서 부동산 앞 / 낮

블라인드 내리고 closed 팻말 걸어놓은 부동산. 문 앞에 선 보로가 무기력한 얼굴로 똑똑 노크한다. 철컥 문 열리는 소리 들리고. 빼꼼 얼굴 내미는 회장.

회장	빵집 사장님?
보로	(침울한) 가게… 내놓으려고요.
회장	(반색) 어이구, 어서 들어오세요.

연서 부동산 / 낮

보로가 들어오자 함께 있던 건물주도 어색한 미소로 보로 반긴다. 보로, 부동산 둘러보면 넓은 탁자에 짜장면 세 그릇과 탕수육 한 접시 놓여 있다. 방금 들었던 솔희와 도하의 말이 떠오른다.

INSERT 7화 32신 연서 베이커리 / 낮
7화 32신의 연결. 확신한 얼굴로 보로에게 이야기하는 도하.

도하   그 벌레 사진… 부동산 사장님이 올린 것 같아요.

보로   (안 믿기는) 네…?

솔희   파마한 남자가 그 대가로 따로 돈을 줬는지 어쨌는지… 부동산 회장님이랑 아는 사이인 걸 숨기고 있고요.

부동산을 둘러보는 보로의 예리한 시선을 느낀 건물주.

건물주   (얼른) 우리 부부가 짜장면을 워낙 좋아해서.

회장   네~. 세 그릇 시켜서 나눠 먹고 있었어요.

보로   근데… 젓가락도 세 개네요?

회장   (어색하게 웃다가 화제 전환) 권리금은 얼마로 생각하시는지….

건물주   지금 급매잖아요. 절반 이상으로 낮춰야 할 것 같은데?

보로, 탁자에 놓인 회장의 핸드폰 바라보다가 잽싸게 낚아챈다. 회장의 얼굴에 갖다 대고 잠금 해제하는데.

회장   뭐, 뭐 하는 거예요? 지금?

보로, 정신없이 핸드폰 뒤져 인스타그램을 연다. 아니나 다를까 직접 올린 벌레 게시물이 바로 나오고. 눈 커지는 보로. 손이 덜덜 떨린다.

건물주	(폰 빼앗으려 하는) 이리 내놓으라고!
보로	(뿌리치고 도망가는)
건물주	(오버하며 나자빠지는) 아이구! 사람 치네! 아이구 허리야!

그 소리에 책상 뒤에 숨어 있던 파마남이 튀어나온다. 입가에 짜장소
스 묻어 있고.

파마남	(건물주 부축하며) 엄마! (회장 보며) 아빠! 저 사람 좀 잡아!
보로	(기막힌) 엄마아?? 아빠아??
파마남	(아차 싶고) …!!!
보로	매일같이 새벽 네 시에 일어나 반죽 치면서 키워놓은 내 가게… 지 자식한테 넘기려고 이런 짓을 해!? 당신들이 사람이야!?
건물주	(아픈 척하다가 벌떡 일어나는) 권리금 그렇게 터무니없이 부르지 않았으면 나도 합법적으로 해결하려고 했어요!

더는 볼 것도 없다 싶은 보로. 저벅저벅 부동산에서 나가는가 싶더니
문 앞에 뒀던 박력분 한 포대를 끌고 다시 들어온다. 가위로 쫙 찢어
부동산에 밀가루 마구 뿌린다. 건물주, 회장, 파마남의 머리에 소복이
내려앉는 하얀 밀가루. 짜장면 위에도, 탕수육 위에도 하얀 밀가루가
눈처럼 쏟아진다. "악!" 하는 건물주의 비명과 그런 건물주 뒤로 숨는
파마남. 보로를 뜯어말리는 회장. 아랑곳 않고 야수처럼 날뛰는 보로.
360도로 빙빙 돌며 투포환 던지듯 밀가루 포대 던져 화려하게 마무리
한다.

S#35. 연서동 골목 + 부어 비어 앞 / 밤

솔희와 도하 지나가는데 밖으로 튀어나온 초록. 이미 기분 좋게 취한

상태다.

초록   어머! 마침 딱 지나가네! 들어와요! (솔희 잡는)

솔희   (끌려가며 황당) 네??

도하   (초록 말리며) 저기요.

오백   (어느새 그런 도하 잡는) 아까부터 찾고 있었는데 어디서 뭐 하고 있었어요!?

도하   네??

솔희와 도하, 얼떨결에 안으로 끌려 들어가는데. 퇴근길의 영재, 폐기 삼각김밥 먹으며 그 모습 무관심하게 본다. 그런 영재의 팔 덥석 잡는 보로.

보로   너도 들어와~.

영재   네? 아, 됐어요.

보로   (폐기 삼각김밥 보고) 폐기 먹지 말고 얼른~. 잔돈 바꿔준 신세 오늘 갚을게. (끌고 가는)

S#36.   부어 비어 / 밤

도하를 꽉 끌어안고 솔희도 꽉 끌어안으려다가 공손히 악수하는 보로.

보로   진짜 고마워요. 덕분에… 명예를 되찾았습니다.

초록   타로점이 생각보다 용하네요?

솔희   아하하….

솔희, 이런 자리가 어색하고 빨리 빠져나가야겠단 생각뿐인데. 솔희에게 시원한 맥주 따라주는 오백. 보고 있자니 목이 탄다. 일단 맥주 마시는 솔희. 도하, 그런 솔희 보고 덩달아 맥주 마신다.

보로	(턱으로 그루브 타며) 아~ 좋다. (오백에게) 무슨 노래야?
오백	팝송.
보로	….
오백	그냥 톱100 리스트 대충 깔았어.
영재	(무심하게) 마이클 키와누카랑 톰 미쉬가 같이 부른 곡이에요. 제목은 머니고.
도하	(조금 놀란 얼굴로 영재 보고)
오백	마이클 뭐…?
초록	(영재 보며) 음악 좀 듣나 봐? 너도 관심 있는 게 있긴 있구나?
오백	좋은 노래 좀 추천해주라. 가게에 틀어놓게.
영재	(무심하게 툭) 김도하 꺼 좋아요.

도하, 놀란다. 솔희도 깜짝 놀라 맥주 뿜을 뻔하는데. 휴지 챙겨주는 초록.

오백	그냥 샤온 노래 틀라는 거잖아. 난 좀 고급진 거 틀고 싶은데.
영재	타이틀 곡 말고 다른 거 들어봤어요? 감각적인 어쿠스틱 멜로디에 악기 구성도 공간감이 너무 좋고…. 스트링도 엄청 잘 써요. (흥분해서 말하다가 차분하게) 어쨌든… 김도하 괜찮아요.

감동한 도하. 자기도 모르게 웃음이 나고. 영재가 달리 보이는데. 솔희도 그런 도하를 흘끗 보며 흐뭇해한다.

오백	(도하 보며) 통성명이나 합시다. 이름이 뭐예요?
도하	저는…. (좀 망설이다가) 김도하예요.
솔희	(흠칫 놀라는) …!

보로	(서운한) 이름 말하기 싫어서 그래요…?
도하	진짜 김도하예요.
초록	그래요. 그래~. (영재에게) 야! 니가 좋아하는 뮤지션 여기 있다! 사인 받아. 어?

동명이인이겠거니 웃으며 넘어가는 분위기. 다 같이 건배하고 꿀꺽 꿀꺽 술 마신다.

CUT TO
술잔 비운 솔희. 이제 슬슬 일어날 준비를 한다.

솔희	그럼 저는 이만….
오백	(주방에서 양손에 접시 들고 나오는) 자~ 안주가 왔습니다.
초록	여긴 사실 맥주보다는 안주 맛집이에요. (솔희의 앞접시에 안주 덜어주는)

어쩔 수 없이 초록이 덜어준 볶음우동 받아서 먹는데…. 맛있다. 술이 술술 넘어가고.

CUT TO
짠- 하고 함께 술잔 부딪치는 솔희와 도하. 기분 좋게 취해 있다.

CUT TO
어느새 신나서 왁자지껄. 손병호 게임하며 놀고 있다.

오백	잘생긴 사람 접어.

오백, 당연한 듯 손가락 접으려는데 손 때리며 막는 초록. 영재는 혼자 조용히 알아서 손가락 접는데. 솔희, 아무 생각 없는 도하의 손가락을 대신 접어준다. 주변 사람들, 그런 솔희의 행동에 환호하고. 결국 다섯

손가락 다 접고 술 먹게 된 도하. 하지만 기분 좋다. 사람들과 섞여 간 만에 즐겁게 웃는 솔희를 보며 왠지 흐뭇한 도하. 술 마시며 곁눈질로 솔희 바라본다.

S#37.　연서동 골목 + 드림 빌라 앞 / 밤

술자리 끝내고 함께 집으로 향하는 솔희와 도하.

도하　왜 이렇게 많이 마셨어요?
솔희　김도하 씨가 마시길래… 따라 마시느라.
도하　근데 김도하 씨라고 부르는 거… 너무 딱딱하지 않아요?
솔희　그럼 뭐라고 불러요?
도하　성 빼고 이름만 불러도… 훨씬 나을 것 같은데.
솔희　도하 씨…?
도하　(웃으며) 네, 솔희 씨.

웃으며 이름 불러주는 도하를 보며 순간 얼굴이 화끈거리는 솔희.

도하　아, 잠깐만요. (편의점으로 들어가는)

솔희, 도하가 뭐 하나 싶어서 편의점 앞에서 기다리는데. 밤바람이 살랑살랑 시원하게 불어온다. 술기운에 더워졌던 몸이 시원해지는데.

솔희　(기분 좋은) 아… 좋다.

그러면서 편의점 보면 솔희가 좋아하는 아이스크림을 계산하고 먹기 좋게 아이스크림 포장까지 뜯는 도하가 창문을 통해 보인다.

솔희	(도하 바라보며 중얼중얼) 좋아….

편의점에서 나온 도하, 솔희에게 아이스크림을 건넨다.

솔희	나 진짜 좋아해요…. 이 아이스크림.
도하	(웃는) 잘 알죠. 싫어하는 건… 개불, 번데기, 고수, 가지.
솔희	(아이스크림 먹다가 피식 웃고) 김도하 씨… 아니, 도하 씨같이 거짓말 안 하는 남자랑 사귀는 여자는 편하긴 할 것 같애요. 그죠?
도하	근데 내 거짓말 한번 들린 적 있다면서요?
솔희	아, 맞다. 그게 강릉 다녀오던 날이었는데요. 잠꼬대였어요.
도하	잠꼬대요?
솔희	"내가 안 죽였다."라고 하더라고요.
도하	(심장 쿵 떨어지는) …!!!
솔희	(아무것도 모른 채) 샤온 때문에 나쁜 꿈꾼 것 같았는데. 근데요… 그때 샤온이 죽겠다고 한 것도 거짓말이었어요. 몰랐죠?

솔희의 말이 하나도 안 들리는 도하. 혼란스럽다. 술에 취해 그런 도하의 감정을 전혀 눈치채지 못하는 솔희.

S#38.　도하의 집, 테라스 / 밤

답답한 듯 테라스에 나가 바람을 쐬고 있는 도하.

솔희(E)	아, 맞다. 그게 강릉 다녀오던 날이었는데요. 잠꼬대였어요. "내가 안 죽였다."라고 하더라고요.

솔희의 말을 떠올리며 혼란스러워 이마를 짚는 도하. '그 말이 왜 거짓

말로 들렸을까…' 머릿속이 복잡한데 솔희에게서 온 문자.

[잘 자요]

도하, 답장을 보내려다 관둔다.

S#39.   소고기집 / 낮

불판에서 지글지글 익어가는 한우 한 덩어리. 연미와 최 의원, 당 대표 (50대/남)가 함께 앉아 있다.

연미   오늘 식사는 제가 대접하겠습니다.

당 대표   아닙니다. 요즘 같은 시기에 이런 거 얻어먹으면 큰일 나요.

연미   (머쓱하게 웃는데)

최 의원   제가 쭉 지켜봤는데요. 우리 정 의원 참 괜찮아요. 똑똑하고, 민심도 사로잡을 줄 알고.

당 대표   (예의 차리지만 뾰족한 말투) 근데… 아들이 좀 문제 있지 않나요?

연미   (표정 관리 안 된다, 확 굳어버린)

최 의원   (얼른) 아휴, 그거 해프닝이었어요. 해프닝. 정 의원도 얼마나 마음고 생 심했는데요.

당 대표   해프닝이든 뭐든… 바쁜 국민들이 자세한 내막까지 알겠습니까. 다들 자극적인 헤드라인만 보고 내용은 읽지도 않는데…. 우리도 헤드라인 깨끗한 사람으로 고를 수밖에 없지.

최 의원   (눈치 보다가 조심스럽게) 이번 도지사 후보로….

당 대표   (말 끊고) 아! 나는 유지훈 그 친구가 참 좋을 것 같은데.

연미   (당황) 경기도 대변인이요? 너무… 어리지 않나요?

당 대표   어린 게 흠인 분야가 있습니까? 요즘은 정치판도 새거 찾죠. (연미 보며 포기하라는 듯) 연륜 있는 정 의원께서 그 친구 많~이 좀 도와주세요.

억지로 웃는 게 힘든 연미의 모습에서.

S#40.　　연서동 놀이터 근처, 카니발 안 / 낮

연서동 근처로 찾아온 샤온. 멍하게 지나가는 사람들 스캔하며 도하를 찾는다.

샤온　　(주문 외우듯) 도하 오빠는 지금 바람이 쐬고 싶다… 집 밖으로 나온다… 나와 마주친다….

그러다 도하를 발견한 듯 반짝이는 샤온의 눈빛. 선글라스와 모자로 얼굴 가리고 잽싸게 차에서 내려 앞서가는 남자의 어깨를 확 잡는다. 놀라서 돌아보는 행인1(20대 중반/남). 마스크를 쓰고 있다.

행인1　　뭐야?

마스크 때문에 순간 도하인 줄 알았다가 실망하는 샤온.

샤온　　죄송합니다…. 사람 잘못 봤어요. (힘없이 차로 돌아가려는데)
행인1　　혹시 샤온 아니에요?
샤온　　(놀라서 마스크 올리며) 아닌데요….
행인2(E)　　뭐? 샤온이라고?

그때 어느 틈에 슬금슬금 가까이 다가오는 행인1의 친구들, 행인2(20대 중반/여), 행인3(20대 중반/남).

행인3　　진짜예요?

샤온	(당황스럽다, 도망치듯 차로 돌아가려는데)
행인1	(샤온 앞에 서서 길 막는) 마스크 좀 내려봐요. 얼굴 좀 보게.
행인2	(역시 앞에 서서) 우리 다 팬이에요. 팬이라서 그래요.

샤온, 어떻게 해야 할지 모르겠고 무섭다. 누군가 그런 샤온 옆에 선다. 흠칫 놀라서 보면…. 치훈이다. 자연스럽게 샤온의 어깨에 손을 올리는 치훈.

치훈	뭐야? 이 사람들.
샤온	(영문 모른 채 치훈 보는)
행인3	뭐야, 샤온 남자 친구야?
치훈	(행인들에게) 또 이러네…. 니들이 잘 몰라서 그러는데… 내 여자 친구가 샤온보다 훨씬 예쁘거든? 귀찮게 하지 말고 신경 끄시죠? (샤온에게) 가자! 애기야!
샤온	…!?

행인들, 황당한 얼굴로 서 있다가 치훈의 기세에 눌려 주춤주춤 물러난다. 샤온, 그제야 치훈이 1센티 정도 어깨와 거리를 둔 매너 손 하고 있는 것을 발견한다. 후덜덜덜 사시나무 떨듯 떨리는 매너 손에 피식 웃음 나는 샤온.

치훈	(작게 말하는) 차 어딨어요? 거기까지 바래다줄게요….
샤온	놀이터 쪽인데….

그때 놀이터 쪽에서 한 무더기로 몰려오는 교복 입은 중학생들. 치훈과 샤온, 누가 먼저랄 것도 없이 얼른 방향을 튼다.

치훈	안전하게 모실 테니까… 저만 믿고 따라오세요.

타로 카페 / 낮

솔희와 카산드라만 있는 카페에 급히 들어오는 치훈.

치훈   (카페 안 둘러보고) 다행이다! 지금 손님 없죠? 블라인드 잠깐 내려도
                돼요?

솔희   (황당) 무슨 일인데? VIP 손님이셔?

치훈   VVVIP 정도…?

치훈의 뒤에서 숨어 있다가 나오는 샤온. 샤온, 솔희를 알아보고 놀란
토끼 눈 된다.

치훈   (샤온에게) 안심해요. 저희 헌터… 아니, 사장님… 좋은 분이에요.

샤온   (기막힌, 선글라스 벗으며) 여기서 일해요?

솔희   (황당) 여긴 어떻게….

이미 구면인 것 같은 두 사람의 분위기에 더 놀란 치훈.

치훈   (샤온 보며) 저희 사장님… 아세요?

샤온   좀 나가줄래요? (솔희 보며) 이분이랑 단둘이 할 얘기가 있어서.

솔희   (단호) 내 직원들이에요. (치훈과 카산드라 보며 차분하게) 미안한데 잠깐
                나가 있어줘. 오래 안 걸릴 거야.

어리둥절한 얼굴로 서로를 바라보는 치훈과 카산드라.

타로 카페 앞 / 낮

closed 문패 걸리고, 블라인드 내려간 타로 카페.

S#43.   타로 카페 / 낮

샤온과 마주 보고 앉아 있는 솔희. 팽팽한 긴장감이 흐른다.

샤온   도하 오빠 옆집에 산다고 했죠?

솔희   네.

샤온   둘이 어떤 사이예요? 그냥 이웃이에요? 아니면…. (잔뜩 긴장해서) 설마
         사귀는 건 아니죠?

솔희   아니에요. 그냥 가끔 밥 먹는 정도예요.

샤온   (눈 질끈 감았다 뜨는) 이사 가세요.

솔희   (황당) 네??

샤온   어디 원해요? 내가 돈 다 대줄 테니까 평소 살아보고 싶었던 데로 골라
         봐요.

솔희   (진심임에 기막힌) 아니, 왜 이렇게까지 해요? 사귀는 거 아니라고 했잖
         아요.

샤온   같이 밥 먹는다면서요!

솔희   …?

샤온   도하 오빠… 누구랑 같이 밥 먹고 그런 사람 아니에요. 이름도 말해주
         고, 얼굴도 보여주고… 그러는 사람이 아니라고요!

샤온, 혼자 씩씩거리더니 핸드폰 들고 은행 어플 실행한다.

샤온   계좌 번호 뭐예요? 돈 보내줄게요. (핸드폰 보여주며) 이 정도.

솔희   (놀란) 진심이네요…?

샤온   네. 이사 가고, 도하 오빠랑 연락 끊는다는 조건으로요.

잠시 고민하는 것 같은 솔희의 표정에서.

<hr>

S#44.　도하의 집 / 낮

솔희에게 다 털어놓을 생각에 비장한 얼굴로 외출 준비 중인 도하. 솔희에게 전화를 하려는 찰나, 연미에게 전화가 걸려온다.

도하　　네, 어머니.

연미(E)　지금 어디니? 이따 저녁에 좀 보자. 급한 일이야.

도하　　(무슨 일인가 싶어 심각해진) …!

<hr>

S#45.　타로 카페 / 낮

잠시 고민하는가 싶더니 피식 웃으며 답하는 솔희.

솔희　　싫은데요?

샤온　　…?!

솔희　　나 그냥 그 사람 옆집 계속할 거예요.

샤온　　하, 역시 좋아하네….

솔희　　네. 그런가 봐요. 그만 가보세요.

샤온, 어쩔 수 없다는 듯 순순히 돌아서는 듯싶더니 다시 솔희 앞에 앉는다.

샤온　　(솔희 손 덥석 잡고 간절하게) 언니, 제발 부탁해요! 나랑 도하 오빠 사이에 끼지 말아줘요.

솔희   (황당, 손 뿌리치며) 아니, 갑자기 무슨 언니…. 둘이 아무 사이 아니잖아요. 내가 뭘 끼어들어요?

샤온   (절절한, 울 것 같은 얼굴로) 언닌 딴 남자 또 만날 수 있지만 나는 아니라구요. 난 진짜 도하 오빠 아니면 죽어요오….

솔희   죽는다는 말이 습관이네…. 저번에도 그랬잖아요.

샤온   (보는) …?

솔희   그때 강릉에서요. 죽을 생각도 없었으면서 타이밍 맞춰서 바다에 들어간 거… 모를 줄 알아요?

샤온   (잠시 놀라서 멍하다가) 누군… 그러고 싶었는 줄 알아요? 오빠 아픈 구석이라도 후벼 파야 했어요. 그게 오빠 약점이니까. 그래야 나 쳐다봐주니까!

솔희   (예리한 눈빛으로 다가가며) 뭔데요. 그게…?

샤온   …!

솔희   그 약점이라는 게… 뭐냐구요.

샤온   (잠시 머뭇거리다 결심한 듯) 오빠… 사람 죽였었어요.

솔희   (심장 쿵 떨어지는) …!!!

―――― S#46.   연미의 사무실 앞 + 연미의 차 안 / 밤

'왜 이렇게 안 오나…' 초조한 얼굴로 도하 기다리는 연미. 그때 조수석에 타는 도하. 도하의 맨얼굴에 연미의 눈이 휘둥그레진다.

연미   너… 왜 이렇게 하고 나왔어? 조심성 없게??

도하   (다급한) 무슨 일인데요? 급하다면서요.

연미   (그런 도하 가만히 보다가) 역시 안 되겠다. 독일 가.

도하   …!?

연미	원래 거기서 음악 배우고 싶어 했잖아. 그동안은 너… 많이 불안해 보여서 득찬이라도 옆에 두고, 하고 싶은 일이라도 하라고 내버려뒀지만… 언제까지 애들 춤추는 그런 음악이나 만들 거니?
도하	(맥 빠지는) 급한 일이… 이거였어요?
연미	승주야.
도하	(승주라는 이름에 흔들리는) …!
연미	엄만 항상 널 위해 살아왔어. 니 아빠 그렇게 가고 나서도… 너 남부럽지 않게 키워보겠다고 독한 년 소리 들으면서 발인 끝나자마자 일하러 나갔어.
도하	(표정 싸늘해지는) ….
연미	너 그렇게 됐을 때는… 무혐의로 빼내려고 있는 연줄 다 끌어다가 무릎까지 꿇고 싹싹 빌었다. 그러니까 이번엔… 니가 엄마 좀 도와주면 안 되겠니?
도하	(그런 연미가 가증스럽고) 정말… 정치인 다 되셨네요.
연미	…!
도하	아버지 돌아가시고 싱글 맘 이미지로 표 많이 모으셨잖아요. 저 대학 합격하고는 명문대 보낸 학부모 이미지 팔아서 교육감 후보 오르셨고요! 그랬던 아들이 살인자가 되면 안 되니까… 무릎까지 꿇으셨던 거고.
연미	너… 말을 어떻게 그렇게….
도하	그냥 솔직하게 얘기하세요! 일하는데 걸리적거리는 성가신 아들놈… 먼 외국으로 치워버리고 싶다고! 사람 죽인 무서운 얼굴 마주 보고 싶지도 않다고!

도하의 말에 그만하라는 듯 빵! 클랙슨 누르는 연미. 도하를 노려보는데.

| 도하 | (지지 않는) 저 독일 안 가요. 여기 더 급하고 중요한 일이 있거든요. 가 볼게요. (차에서 내리는) |

연미, 늘 고분고분하던 도하의 거침없는 모습에 충격받아서 정신없다.

S#47.   타로 카페 / 밤

스탠드 하나 켜놓고 어둠 속에서 멍하게 앉아 있는 솔희. 똑똑- 타로 카페 유리문 두드리는 소리에 화들짝 놀라서 보면…. 도하가 서 있다. 솔희, 사뭇 긴장한 얼굴로 천천히 다가가 문을 열어준다.

도하   왜 집에 안 들어가고 그러고 있어요?

솔희   (도하 보는)

도하   (진지한) 나… 할 말이 있어요.

솔희   나두요. 나두 할 말 있어요.

도하   …?

솔희   아까 이상한 얘기 들었거든요. 김도하 씨가 무슨 사람을 죽였다고….

예상치 못한 솔희의 질문에 놀란 도하의 모습에서. 엔딩.

8화

목솔희 씨 ···   자기 거짓말은 안 들리죠?

S#1.   타로 카페 / 낮

7화 45신 상황 이어서. 샤온과 마주 보고 이야기 중인 솔희.

솔희   그 약점이라는 게… 뭐냐구요.

샤온   (잠시 머뭇거리다 결심한 듯) 오빠… 사람 죽였었어요.

솔희   (심장 쿵 떨어지는) …!!!

샤온   그거 감추려고 이름도 바꿨구요.

샤온, 순간 내가 왜 이렇게까지 했나… 갑자기 후회가 된다. 아차 싶고.
솔희는 내가 지금 무슨 말을 들은 건가… 잘못 들었나 싶다.

솔희   지금 누가 사람을 죽였다는 거예요? 김도하 씨가요?

샤온   어, 어쨌든 언니 마음이 별거… 아니라는 거 곧 깨닫게 될 거예요. (서둘
        러 일어나는)

솔희   어딜 가요? 말을 끝내고 가야지. 저기요!

도망치듯 카페에서 나가는 샤온. 벙찐 얼굴로 혼자 카페에 남은 솔희.

솔희   (중얼중얼) 뭐라는 거야. 진짜….

S#2.　　도로, 카니발 안 / 낮

운전하면서 계속 혼잣말로 "어떡해…. 어떡해…" 하는 샤온. 결국 갓길에 차를 세운다. 뒤늦게 자신이 한 짓이 후회가 되고. 울 것 같은 얼굴로 득찬에게 전화를 건다.

샤온　　오빠… 어떡해…? 나 사고 친 것 같아.
득찬(E)　또 뭔데? 연예부 기자들은 니 덕에 참 행복하겠다. 소스가 넘쳐 나서!
샤온　　(울먹이는) 진짜 큰 사고 쳤어. 도하 오빠가 나 미워하면 어떡해??

S#3.　　타로 카페 / 밤

스탠드 하나 켜놓고 어둠 속에서 멍하게 앉아 있는 솔희. 손에 들린 핸드폰으로 '김승주'를 입력하고 검색 버튼을 누르려다가 관둔다. 똑똑- 타로 카페 유리문 두드리는 소리에 화들짝 놀라서 보면…. 도하가 서 있다. 솔희, 사뭇 긴장한 얼굴로 천천히 다가가 문을 열어준다.

도하　　왜 집에 안 들어가고 그러고 있어요?
솔희　　(도하 보는)
도하　　(진지한) 나… 할 말이 있어요.
솔희　　나두요. 나두 할 말 있어요.
도하　　…?
솔희　　아까 이상한 얘기 들었거든요. 김도하 씨가 무슨 사람을 죽였다고….

전혀 예상치 못한 솔희의 질문에 놀라 멈칫, 표정 굳는 도하. 솔희는 도하의 굳은 표정에 머쓱해진다.

솔희	미안해요. 이런 어이없는 거 물어봐서…. 기분 나쁘죠?
도하	(잠시 생각하다가 결심한 듯) 살인 용의자였어요.
솔희	…!?
도하	근데… 나 아니에요. 죽이지 않았어요.

도하의 거짓말에 과거, 예전 도하의 잠꼬대가 확 떠오른 솔희.

INSERT 4화 67신 드림 빌라, 주차장 + 도하의 차 안 / 밤

도하	제가 죽인 거… 아니에요….

그게 단순한 잠꼬대가 아니었구나 싶다. 도하가 낯설게 느껴진다. 도하, 솔희의 놀란 표정을 보며 불안한데.

도하	왜 그래요…?

자신을 걱정스럽게 바라보는 도하의 눈을 보며 이 상황을 받아들이기 힘든 솔희. 그저 도하를 바라볼 뿐 무슨 말을 해야할지 모르겠는데.

득찬(E)	도하야!
도하	(놀라서 보는) 형?

어느 틈에 갑자기 카페에 들어온 득찬. 도하는 황당하고. 솔희는 다급해 보이는 득찬의 표정에서 샤온에게 이야기를 전해 들었음을 직감한다.

득찬	야… 너 왜 전화를 안 받아? 지금 니네 집 갔다가 없어서 여기까지 온 거야. (뒤늦게 솔희 보고 좀 떨떠름하게) 안녕하세요….
솔희	(꾸벅) 네….
득찬	(도하 끌고 가려는) 잠깐 도하 좀 데리고 갈게요.

도하	(뿌리치며) 형 왜 이러는데? 나 지금 중요한 얘기 중이야.
솔희	(얼른) 괜찮아요. 나중에 다시 얘기해요.

솔희의 반응에 다시 도하 끌고 나가는 득찬. 도하, 무슨 일인데? 하는 황당한 얼굴로 일단 득찬 따라 나간다. 혼자 남은 솔희, 뭐가 뭔지 정신이 하나도 없다. 가까운 의자 하나 끌어다 털썩 앉는다.

S#4.   도하의 집 / 밤

조용한 곳에서 이야기하려고 입 꾹 다물고 있던 득찬. 현관문 닫히자 그제야 하고 싶던 말 쏟아낸다.

득찬	뭐래? 너 사람 죽였냐고 안 물어봐?
도하	(놀란) 어떻게 알았어…?
득찬	지온이가 얘기했대! 내가 놀라가지고 진짜…. 오다가 차 사고 낼 뻔했다!
도하	샤온 걔는 또 어떻게….
득찬	(흥분해서 말 끊고) 원래 알았대! 알면서 모른 척했던 거래.
도하	(정신없는, 소파에 털썩 앉는다) 하….
득찬	지온이야 니가 죽으라면 죽는 시늉이라도 할 애니까 그렇다 쳐. 근데 솔희 씨는…. (말하려다 마는) 일단 샤온이 헛소리한 거라고 대충 둘러대고, 여기서 나가자.
도하	뭐…?
득찬	나가야지! 야… 난 사실 솔희 씨가 너 작곡가 김도하인 거 알았을 때부터 찝찝했거든? 근데 이제… 니가 김승주라는 것까지 알게 됐잖아. 저 여자가 입 뻥긋하면 우리 다 끝나는 거야!
도하	(단호하게) 그럴 사람 아니야.

득찬	(답답한) 너… 학천 때 기억 안 나? 동네 사람들 다 너 이뻐하다가 그 일 있고 어떻게 변했어? 너 좋다고 따라다니던 학교 친구들 다 너한테 어떻게 했냐고. 다들 그럴 사람이었어? 아니잖아!
도하	(그때 생각에 순간 두렵지만) 목솔희 씨는 안 그래…. 나 믿어줄 거야.

득찬, 단호한 도하의 모습에 말문이 막힌다. 얘가 왜 이러나 싶은데.

S#5.　솔희의 집 / 밤

루니 앞에 멍하게 앉아 밥 주며 중얼거리는 솔희.

솔희	아니겠지…. 김도하 씨가 무슨 사람을 죽여…. 뭐 잘못 들은 거야…. (잠시 생각하다가) 근데 또 거짓말로 들리면…. 그럼 어떡해?

말없이 밥 먹는 루니. 솔희, 가슴이 답답하다.

S#6.　도하의 집 / 밤

득찬, 곰곰이 생각하다가 결단한 듯 입 연다.

득찬	그래. 그럼 소문 못 내게 비밀 유지 계약서라도 받자.
도하	형… 나 샤온 아니었어도 목솔희 씨한테 어차피 말하려고 했어. 계약서 같은 거 필요 없고, 이 집도 안 나갈 거야.
득찬	왜? 그걸 왜 굳이 말하려고 했는데…?
도하	….

득찬	너 설마… 저 여자 좋아하냐??
도하	어.

순간 놀라지만 전혀 예상 못했던 건 아니다. 고개 끄덕거리는 득찬.

득찬	그래. 알겠는데…. 회사 생각은 안 해? 샤온은? 너희 어머니는?
도하	형 진짜 미안한데….
득찬	(보는)
도하	나 지금 그런 것까지 신경 쓰고 싶지가 않아.
득찬	(도하의 반응에 놀라고 서운한) 야… 너 어떻게….
도하	걱정하지 마. 형이 걱정하는 일… 안 일어나.
득찬	너 혼자 솔희 씨 너무 믿고 있는 거 아니냐?

득찬의 말에도 흔들림 없는 도하의 표정에서.

<u>S#7.</u>　솔희의 집 / 밤

잘 준비하고 침대에 누워 있는 솔희. '살인 용의자 김승주' 검색하자 '학천 해수욕장 실종 사건' 관련 기사가 주르륵 뜬다. 누워 있다가 심각해진 얼굴로 얼른 몸 일으켜 세우는 솔희. 여러 가지 기사 목록 중 [용의자 김 씨 진술 번복, '여자 친구 자살했다' 주장] 기사를 클릭해 빠르게 훑어본다. '첫 진술에서 자신이 죽였다며 순순히 범행을 자백했던 김 씨는 돌연 최엄지 씨는 바다에 빠져 자살한 것이라며 진술을 번복했다.'라는 구절에 미간을 찌푸리는데.

플래시백 6화 6신 술집 / 밤

도하	예전에 힘들었던 일이 생각나서…. 미안해요.

솔희   여자 문제?

도하   (잠시 생각) 네.

그때를 떠올리는데 마침 도하에게서 전화가 온다. 발신자 '김도하'를 보며 망설이는 솔희. 통화 버튼을 누르려다가 결국 누르지 않는다. 그렇게 끊긴 전화. 머리가 복잡하다. 일단 좀 더 시간을 끌고 싶다.

S#8.   타로 카페 / 오전

퀭한 얼굴로 출근한 솔희에게 쪼르르 달려온 치훈.

치훈   (호들갑) 헌터님, 헌터님! 샤온도 이제 우리 VIP 손님인 거예요? 어제 의뢰도 받으셨어요? 어떤 의뢰인데요? 네??

솔희   그거 물어보고 싶어서 잠도 못 잤겠다. 너?

치훈   어떻게 아셨어요? (얼굴 매만지며) 좀 푸석한가…?

솔희   내가 더 푸석해. 나도 한숨도 못 잤어. (가방에서 커피 사탕 꺼내) 먹고 잠 좀 깨야겠다. (커피 사탕 먹는)

치훈   저도 하나만요. (사탕 받아 입에 넣고 잠시 생각하듯 웃으며) 샤온이 좀 그렇죠? 여자까지 홀린다니까요?

솔희   잘 들어. 걔 우리 VIP도 아니고. 다시 여기 올 일도 없어.

치훈   (울상) 네?? 아, 왜 또 거짓말하세요. 저 진짜 혼자 조용히 알고 있을게요. 네??

솔희   걔….

치훈   (집중)

솔희   진짜 또라이야. 너만 조용히 알고 있어. (일어나는)

치훈   (잠시 멍하다가) 아, 또라이라뇨!? (따질 듯 따라가며) 헌터님!

S#9. 샤온의 집 / 낮

샤온의 집에 찾아와 무섭게 샤온을 노려보는 득찬. 죄인 모드의 샤온.
쭈굴해져서 득찬의 눈치를 살핀다.

득찬 너… 그래서 정확히 언제부터 알았냐?

샤온 (잠시 생각) 한… 일주일?

득찬 일주일 전?

샤온 아니. 도하 오빠 처음 만나고 일주일쯤 됐을 때. 얼굴이 익숙하다 싶었
      거든. 그때 그 사건 쫌 유명했으니까….

득찬 근데 왜 모른 척했어?

샤온 아는 척하면 싫을 테니까. 나 죽을 때까지 모른 척할 수도 있었어. 근데
      그 여자가 자꾸 거슬리게 하니까 나도 모르게….

득찬 (째려보는)

샤온 (얼른 입 다물고 저자세로) 잘못했어….

득찬 그동안 니가 도하한테 미쳐서 미친 짓하는 것까지는 내가 다 이해했
      는데…. 선은 지켰어야지. 도하 정체 밝혀지면… 누가 니 노래 듣겠냐?
      거기까지 생각을 못해??

샤온 (울상) 도하 오빠는 뭐래…? 화 많이 났어…?

득찬 다시는 그 여자 찾아가지도 말고, 연서동 근처엔 얼씬도 하지 마. 알
      겠어?!

샤온 (놀란) 계속 거기 있겠대?

득찬, 대답 없이 나가려는데.

샤온 (대뜸, 단호하게) 난 도하 오빠한테 믿음 있어.

득찬 (멈칫, 샤온 보는)

샤온 딱 봐도 범죄자 관상은 아니잖아. 도하 오빠 눈빛을 좀 봐.

득찬 (가까이 다가와 샤온 눈 보며) 니 눈빛은….

샤온	(말간 눈빛으로 뭐라고 할지 기다리는)
득찬	또라이야. (하고 나가는)
샤온	(황당한) …!

S#10.   타로 카페 / 낮

도하와 메시지를 주고받는 솔희.
[일 끝나면 연락 줘요 만나서 얘기해요]
고민하다가 답장 보내는 솔희
[그래요]
곧 도하를 볼 생각을 하니 어쩐지 막연하다. 절로 한숨이 나오는데.

카산드라	땅 꺼지겠어요.
솔희	어?
카산드라	오늘 온종일 한숨만 쉬시잖아요. VIP 예약도 없는데 먼저 들어가세요.
솔희	(얼른) 아니야. 일하고 싶어. 일할래.

솔희, 벌떡 일어나서 개수대에 있는 컵을 씻기 시작한다. 그런 솔희 걱정스럽게 바라보는 카산드라.

S#11.   도하의 집 / 낮

일이 손에 잡히지 않지만 작업실에 앉아 있는 도하. 작업 중인 곡에 악기를 덧입히고 있다. 어딘지 우울하고 몽환적인 느낌의 곡이 흘러나오는데.

S#12.　(과거) 학천 바닷가 / 밤

인적 없는 밤바다에 단둘이 서 있는 도하와 엄지. 도하, 무슨 일인지 감
정 격해져서 엄지에게 소리친다.

도하　(버럭) 죽어! 죽으라고!

S#13.　도하의 집 / 낮

다시 현재. 과거 엄지와의 마지막 기억을 떠올리는 도하. 엄지에게 했
던 독한 말, 엄지를 두고 돌아섰던 그 순간이 사무치게 후회된다. 음악
을 끄고 고개 푹 숙인다.

S#14.　연서 경찰서, 형사과 / 낮

피해자(50대 중반/여)를 앞에 두고 조서를 작성 중인 강민.

강민　따님이 폰 고장 났다고 하면서 돈을 보내달라고 했다는 거죠? (키보드
자판 두드리는)

피해자　네⋯. 임시 폰으로 연락하는 거라고 하면서요.

그때 후다닥 형사팀 사무실로 들어와 피해자 옆에 서는 딸(20대 중
반/여).

딸　엄만 진짜⋯! 나 평소에 연락도 안 하는데 왜 이런 거에 속아?

피해자	그러니까~. 간만에 연락와서 반가워가지고 돈 보냈지! 넌 엄마가 당했는데 한다는 말이…!
딸	어후! 내가 이런 거 조심하라고 했잖아!

옥신각신하는 피해자와 딸을 보며 과거를 떠올리는 강민.

───── S#15. (과거) 안산 파출소 / 낮

6년 전(2017년). 머리채 잡고 싸운 듯 엉망이 된 향숙과 본처. 나란히 앉아 씩씩거린다. 군기 꽉 잡힌 시보 순경 강민. 조서 작성 중인 선배 경찰 옆에서 상황을 지켜보고 있는데. 문 확 열고 들어온 솔희.

향숙	(반갑게, 징징거리는 목소리로) 솔희야아~.

솔희, 들어오자마자 스캔하고 상황 바로 파악한다. 향숙 옆에 앉아 있는 본처를 발견하고 다가간다. 강민, 혹시 뭔 일이 날까 싶어 벌떡 일어나는데.

솔희	(꾸벅 허리 굽히며) 죄송합니다. 저 이분 딸이구요. 제가 대신 사과드릴게요.
본처	(당황해서 자기도 모르게 꾸벅)
향숙	너 뭐 하는 거야. 지금? 엄마 편 안 들고??
솔희	(경찰에게) 일 좀 제대로 해주세요. 우리 엄마 처벌 좀 제대로 받고 나오게. 그래야 재범 안 하죠.
향숙	(비웃음) 소식이 좀 느리네? 간통죄 없어졌거든?
솔희	(본처에게 위로하듯) 민사 있잖아요. 선처 같은 거 안 해주셔도 돼요.
향숙	아오! 이게 진짜!!

벌떡 일어나 솔희에게 달려드는 향숙을 말리는 강민. 향숙에게 대신 두들겨 맞는데.

S#16.   연서 경찰서, 형사과 / 낮

다시 현재. 그때를 떠올리며 아련하고 쓸쓸해지는 강민. 징징-프린터에서 나온 인쇄물을 피해자에게 건넨다.

강민   한번 쭉 읽어보세요. 맞지 않는 내용 있으면 말씀하시고요.

피해자와 딸이 함께 조서를 읽는 사이 슬쩍 강민에게 다가온 황 순경.

황 순경   (작게) 형님, 저 지금 커피 사러 가는데 같이 가실래요? 거기… 타로 카페.
강민   (잠시 생각하다가) 괜찮아. 너 마시고 와. (피해자에게) 다 맞으시면 여기 이름 쓰시고요. (인주 챙기며) 지장도 찍으시고….

평소처럼 아무렇지 않게 일하려 애쓰는 강민. 황 순경, 그런 강민을 의아하게 보다가 혼자 나간다.

S#17.   타로 카페 / 밤

마감 후 문 닫은 타로 카페에서 초조하게 도하를 기다리고 있는 솔희. 곧 문이 열리고 도하가 들어온다.

| 솔희 | (애써 웃으며) 왔어요? 커피… 내려줄까요? 아니면 차? |
| 도하 | 차요. |

솔희, 에스프레소 머신에서 뽑은 뜨거운 물로 허브티를 우려내 2잔 가져온다.

도하	(차 받으며) 미안해요.
솔희	…?
도하	진작 말 못 해서요. 아니… 안 해서요.
솔희	(괜찮은 척 웃으며) 지금 하면 되죠.
도하	어디서부터 얘기해야 될지 모르겠는데….

솔희, 집중하며 조용히 도하의 말을 기다리는데. 테이블에 올려둔 솔희의 핸드폰으로 갑자기 요란한 알람이 울린다. 화들짝 놀라 얼른 알람 끄는데. 그러다 핸드폰 잠금 화면이 풀리고. 직전에 보고 있었던 '김승주 신상 졸업 사진'이 바로 뜬다. 도하의 눈빛이 흔들린다. 솔희, 당황해서 얼른 창 닫으려다가 머그 컵을 엎어버리고. 도하의 손등에 뜨거운 물이 쏟아진다.

솔희	어떡해! 괜찮아요??
도하	(쓰라린) 하….
솔희	이리 와요. 얼른요.

솔희, 도하 끌고 가 개수대 찬물을 도하의 손등에 끼얹는다. 제빙기에서 얼음 퍼서 비닐 팩에 담아 얼음 찜질까지 해주는데. 그렇게 자연스럽게 서로의 손이 닿는다.

| 솔희 | (냉찜질해주며) 궁금해서 좀… 찾아봤어요. |
| 도하 | 나였어도 찾아봤을 거예요. |

솔희	(조심스럽게) 그 여자… 자살한 거 맞죠? 김도하 씨가 죽인 거… 아니잖아요.

도하, 바로 대답하려다가 머뭇거린다. 솔희의 심각한 표정을 바라본다.

도하	혹시 어제 내 말… 거짓말로 들렸어요?
솔희	…!
도하	그래서 다시 한번 물어보는 거예요?
솔희	…네.
도하	(혹시나 싶었지만 놀라는) …!!
솔희	(애써 아무렇지 않은 척) 내가 잘못 들은 것 같애요. 그냥 한번만 다시 말해주면 될 것 같은데….

이미 거짓말로 들린 걸 다시 말할 생각에 괜히 더 긴장되는 도하. 빤히 바라보며 답 기다리는 솔희 보며 천천히 입을 뗀다.

도하	(솔희 바라보며) 내가… 안 죽였어요.

역시나 다시 듣게 된 도하의 거짓말. 냉찜질해주고 있던 손을 떼는 솔희. 헐겁게 밀봉된 얼음 팩이 벌어지면서 얼음이 와르르 쏟아져 굴러가는데.

솔희	살면서 들은… 최악의 거짓말이네요.
도하	(심장이 쿵 떨어지는) …!!
솔희	왜 그랬어요? (생각할수록 기막힌) 아니, 어쩌다….
도하	….
솔희	아무 말이나 좀 해봐요. 변명이든 뭐든 해보라구요. 네??

예상치 못한 솔희의 반응이 당황스럽고, 책망하는 솔희의 모습이 서

운한 도하.

도하	못하겠어요.
솔희	…!?
도하	(서운한) 또 거짓말로 들릴까 봐… 아무 말도 못하겠다고요.
솔희	(도하 가만히 보다가 정신 차리려 애쓰는) …그래요. 더 들을 것도 없죠. 제일 중요한 얘기를 들었으니까.
도하	(솔희 바라보며 참담한) 그럼… 얘기 끝났네요.

도하, 그대로 카페에서 나간다. 솔희, 바닥에 떨어진 얼음을 주섬주섬 줍다가 관둔다. 기막히고 화딱지 난다.

S#18.　　연서동 골목 / 밤

집으로 저벅저벅 걸어가는 도하. 비참하다.

S#19.　　술집 / 밤

6화 6신에서 도하와 함께 갔던 술집에 혼자 앉아 있는 솔희. 도하와 함께 먹었던 새우 버터구이까지 먹고 있자니 절로 도하 생각이 난다. 어느 순간 옆을 보면 맨손으로 새우 까주고 있는 도하가 보인다.

플래시백 6화 6신 술집 / 밤
새우 껍질 벗기는 도하. 과감하게 머리를 떼어내고, 섬세하게 다리를 뜯어내는 손놀림… 왠지 모르게 집중하게 되는데… 예쁜 손가락이 더 눈에 들어오고.

바로 옆에 앉아 있는 것 같은 도하는 지금 없다. 포크로 새우 껍질 대충
벗겨내려 애쓰는 솔희.

S#20. 도하의 집, 테라스 / 밤

수심 가득한 도하. 테라스에서 밤바람을 쐬다가 솔희의 집을 바라보
는데. 깜깜하다. 핸드폰으로 시간을 보면 1시 30분이 넘었다. 신경이
쓰이는데. 마침 솔희에게 전화가 걸려온다.

S#21. 술집 + 도하의 집 (교차) / 밤

잔뜩 취해 있는 솔희. 도하에게 전화를 걸고 있다.

도하   (전화 받는, 시끄러운 배경 소리 들리고) 어디예요? 늦었는데.
솔희   술 마셔요. 김도하 씨 때문에.
도하   나머지는 집에 들어와서 마셔요. 늦었어요.
솔희   (새우 먹으며 중얼중얼) 똑같은 새운데… 이건 왜 이렇게 맛이 없냐. 그
      쪽이 까준 건 맛있었는데….
도하   ….
솔희   이유가 있었죠? 이유가 있어도 이해는 안 되지만…. 그래도 뭔가… 사
      정이 있었을 거 아니에요. 그죠?
도하   어딘데요? 내가 그쪽으로 갈게요.
솔희   (얼른) 아뇨. 그냥 지금… 전화로 말해요.

도하	왜요? 만나서 말하면… 거짓말로 들릴까 봐?
솔희	(대답 못하는) ….

도하, 화도 나고 속상하다. 전화 끊어버린다. 끊긴 핸드폰 바라보다가 술 마시는 솔희.

S#22. 술집 앞 / 밤

취했지만 최대한 멀쩡한 척하려 애쓰는 솔희. 대로변에서 택시 잡으려고 연신 손을 휘적거리는데 다른 손님 태우고 쌩쌩 지나가는 택시들. 솔희, 어지러운 듯 바닥에 쪼그려 앉는데. 옆에서 싸우는 20대 후반 커플.

커플남	그런 중요한 건 미리 말했어야지! 사귀기 전에!
커플녀	그걸 왜 미리 얘기해? 결혼도 아니고 동거가 뭐?
커플남	3년이나 같이 살았다며…. 그건 거의 사실혼이야….
커플녀	동거 안 한 너는 뭐 얼마나 깨끗한데? 너 여자 스무 명 만났다며. 그 많은 여자들이랑 모텔 들락거린 것보단 내가 낫지!
솔희	(피식) 거참 별것도 아닌 거 가지고….

솔희의 말을 들은 커플 남녀. 싸우다 말고 솔희를 본다.

솔희	그 정도 과거는… 걍 웃으면서 넘어갑시다. 네?
커플남	뭐야… 당신?
커플녀	(커플남 말리며) 냅둬…. 이상한 사람이잖아.
솔희	부러워서 그래요. 부러워서….
커플남	(짜증 나는) 남들 싸움 구경하고 싶으면 조용히 귓구멍만 열어요. 주둥이까지 열지 말고. 네??

그런 커플남 막아서는 누군가. 도하다. 도하의 눈빛과 아우라에 주춤 물러선 커플남.

도하   (솔희 내려다보며) 일어나요.

솔희   (쪼그려 앉은 상태에서 도하 올려다보는)

도하, 솔희를 일으킬 생각으로 손 내민다. 그런 도하의 손 가만히 보기만 하다가 스스로 일어나는 솔희. 비틀거리며 조수석에 탄다.

S#23.   **도로, 도하의 차 안 / 밤**

말없이 운전 중인 도하.

솔희   나 여기 있는 거… 어떻게 알았어요?

도하   내가 새우 까준 술집이 여기밖에 더 있어요?

솔희, 그런 도하를 보다가 창밖으로 시선을 돌린다.

S#24.   **드림 빌라 주차장, 도하의 차 안 / 밤**

주차장에 도착한 도하의 차 안. 시동이 꺼지고.

도하   (안전벨트 풀고) 기다려요. 문 열어줄 테니까. (내리려는데)

솔희   (대뜸 아무렇지 않게) 내일 뭐 해요?

도하   (멈칫)

솔희	(도하 보며) 아무래도 내일 해장해야 될 것 같은데…. 같이 해장국 먹으러 가자구요.
도하	(솔희가 무슨 마음인지 모르겠고) 나랑 밥 먹는 거… 괜찮겠어요?
솔희	(피식) 우리가 그동안 같이 먹은 밥이 몇 끼인데….
도하	그때랑 지금이 같아요?
솔희	(자기 할 말만 하는) 해장국 별로면 짜장면도 괜찮아요. 그게 기름기가 많아서 위를 코팅해준다나? 숙취에 좋대요.
도하	(진지하게) 목솔희 씨.
솔희	(자꾸 뭔가를 말하려는 도하가 부담스럽다) 우리 딱 내일 아침 메뉴까지만 정해요. 다른 얘기는 더 하지 말구. 네…?
도하	무서워요…? 내 말이 또 거짓말로 들릴까 봐.
솔희	(눈 피하며) 누가 무섭대요? 나 그냥 피곤해서 그래요.
도하	(솔희 가만히 보다가) 목솔희 씨… 자기 거짓말은 안 들리죠?
솔희	(정곡을 찔린) …!!
도하	(확신하는) 안 들리는 거… 맞는 것 같네.
솔희	(욱하는) 그냥 같이 좀 모른 척해주면 안 돼요?
도하	…!
솔희	나 김도하 씨 그 거짓말 때문에… 머리가 터질 것 같애요. 믿기지도 않고, 믿기도 싫고…. 근데 여기서 거짓말 또 들으면… 모른 척도 못할 것 같단 말이야….

솔희, 그대로 차에서 내린다. 문손잡이를 열고 차에서 내리려다가 멈칫하는 도하. 내가 지금 저 여자를 괴롭히고 있다는 생각에 힘이 들고, 무슨 말을 해도 그게 솔희에게 진실로 들릴지 확신이 서지 않는다. 솔희의 뒷모습을 바라보다가 결국 문손잡이에서 손을 떼고 다시 안전벨트를 매는 도하.

S#25.   드림 빌라, 1층 현관 / 밤
빌라에 들어가자마자 뒤를 돌아보는 솔희. 도하의 차가 주차장에서
나와 다시 골목을 빠져나가는 것을 발견한다. 공용 현관문 열림 버튼
을 누르려다 돌아서는 솔희.

S#26.   도로, 도하의 차 안 / 밤

차 타고 다시 어딘가로 향하는 도하. 일단은 솔희에게서 멀리 떨어지
는 것만이 할 수 있는 최선인 것 같다.

S#27.   펜트하우스 / 밤

현관 스위치를 켜는 도하. 휑하고 넓은 집안 풍경이 한눈에 들어온다.
원래 이렇게 넓었나 싶을 정도로 낯선 풍경. 어딘지 썰렁하고 삭막하
다. 소파에 털썩 앉는 도하.

S#28.   솔희의 집 / 아침

세상모르고 잠들어 있다가 알람 소리 듣고 힘겹게 눈뜨는 솔희. 비틀
비틀 일어나 물부터 마시는데.

솔희   (머리 아픈) 아오, 머리야….

INSERT 8화 22신 술집 앞 / 밤

솔희, 쪼그려 앉은 상태에서 도하 올려다보면. 솔희에게 손 내민다. 그런 도하의 손 가만히 보기만 하다가 스스로 일어나는 솔희.

INSERT 8화 24신 드림 빌라 주차장, 도하의 차 안 / 밤

도하 무서워요…? 내 말이 또 거짓말로 들릴까 봐.

스치는 어젯밤의 기억에 머리가 더 아픈 것 같다. 절로 한숨이 나오는데.

S#29. 복지관, 회의실 / 낮

'미혼모 자립을 위한 간담회 / 경기도 00시 의회' 플래카드 걸려 있고. 모두 발언하는 연미.

연미 안녕하세요, 국회 의원 정연미입니다. 만나서 반갑습니다. 본격적인 이야기를 하기에 앞서 저도 어느 정도 여러분의 고충에 공감하고 있다는 말씀드리고 싶습니다. 저는… 일찍 남편과 사별하고 혼자 아이를 키우며 많은 어려움이 있었습니다.

INSERT 7화 46신 연미의 사무실 앞 + 연미의 차 안 / 밤

도하 아버지 돌아가시고 싱글 맘 이미지로 표 많이 모으셨잖아요.

정곡을 찔렀던 도하의 말이 떠올라 잠시 머뭇거리는 연미. 옆에 앉은 최 의원이 그런 연미를 불안하게 바라보는데.

연미 (얼른 아무렇지 않게) 오늘 간담회는 미혼모의 경제적 자립과 정서적 안정, 더 나아가서는 사회적 인식 개선을 위한…

능숙하게 넘어가는 연미를 보고 안도하는 최 의원.

S#30.   복지관, 복도 / 낮

심각한 표정의 연미에게 슬쩍 다가오는 최 의원. 양손에 녹차 티백 넣은 종이컵을 들고 와 연미에게 건넨다.

연미   감사합니다.

최 의원   그때 대표님 말씀 너무 신경 쓰지 마. 아직 결정된 거 없어.

연미   (쓸쓸) 여성 도지사… 쉽지 않죠.

최 의원   벌써 포기한 것처럼 말하네? 그래도 이번에 전략 공천 아닌 게 어디야. 경선까지는 가봐야 알지.

연미   이번에 쟁쟁한 후보들이 너무 많잖아요. 대표님이 미는 후보도 따로 있고….

최 의원   정 의원한테는 내가 있잖아. 팍팍 밀어줄게.

연미   감사해요.

최 의원   (조심스럽게) 혹시나 해서 하는 얘긴데…. 정 의원 아들만… 다른 문제 생기지 않게 신경 좀 써. 난 그것만 아니면 정 의원 이번에 충분히 승산 있다고 봐.

연미, 쓸쓸하게 웃는데. 복도 코너에서 연미를 훔쳐보는 누군가의 시선. 최 의원이 가고 난 후 혼자 남은 연미. 누군가에게 전화를 건다.

연미   어. 그래. 오늘 좀 볼 수 있을까?

카페 / 낮

테이블 간 간격이 넓은 조용한 카페에서 누군가를 기다리는 연미. 득찬이 헐레벌떡 연미 앞에 앉는다.

득찬 안녕하세요, 어머님.
연미 어. 그래, 득찬아. 오랜만이다.

웃고 있지만 연미가 무슨 이야기를 하려나… 긴장감이 도는 득찬의 표정에서.

CUT TO
득찬, 한 모금 마신 커피 잔을 내려놓는다.

득찬 독일이요?
연미 응. 이제 슬슬 하고 싶던 공부할 때가 되지 않았나 싶어서.
득찬 (잠시 생각하는) ….
연미 도하한테도 얘기했었는데…. 득찬이 너 때문에 망설이는 것 같더라. 근데 이제 도하 없이도 회사 충분히 커졌잖아.
득찬 곧… 선거철이죠?
연미 (속내를 들켜 순간 표정 굳지만 얼른 웃으며) 꼭 그것 때문이 아니라….
득찬 제가 잘 얘기해볼게요.
연미 (의외의 반응에 놀란)
득찬 저도… 도하가 잠시 독일 가 있는 게… 여러모로 좋을 것 같거든요.

S#32. 카페 앞 / 낮

오래된 SUV 차량 한 대가 카페 앞에 서 있다. 안에 타고 있는 사람은…
엄호다. 카페에서 나와 인사하는 득찬과 연미를 바라본다.

엄호   (중얼중얼) 웃기는 조합이네…. 둘이 만나 할 얘기가 뭔데?

득찬은 왼쪽으로, 연미는 오른쪽으로 향하는데. 둘 중 누구를 따라갈
까… 번갈아 보는 엄호의 모습에서.

S#33.   펜트하우스, 작업실 / 밤

오랫동안 비워뒀던 작업실을 둘러보는 도하. 악기와 장비들을 살펴
보고 있는데 핸드폰 진동이 울린다. 솔희일까 싶어서 확인해보면 발
신자는 '샤온'이다. (*기존에 샤온이 설정해둔 사진은 없어진 상태. 기본 화
면 뜬다.) 잠시 고민하다가 전화를 받는 도하.

도하   어. 어디야?

S#34.   J 엔터, 사무실 / 밤

아무도 없는 빈 사무실에서 혼자 부산스러운 샤온. 도하가 곧 올 거라
는 생각에 화장을 고치고, 머리를 만지고…. 거울로 자신의 모습을 몇
번이고 확인한다. 그때 철컥 문이 열리고. 깊이 눌러쓴 야구 모자 벗는
도하.

샤온   (긴장되는 와중에 반가움 숨길 수 없는) 오빠…!

CUT TO

사무실 의자에 나란히 앉아 있는 도하와 샤온.

샤온	(도하 눈치 보며) 미안해….
도하	그 카페는 어떻게 알고 간 거야?
샤온	그냥… 우연히.
도하	(안 믿기는 얼굴로 보는)
샤온	진짜야. 오빠 기다리다가… 사람들 피해서 우연히 가게 됐는데… 거기 그 여자 있었어. 오빠가 원하면… 다시 찾아가서 내가 잘못 알고 있었던 거라고… 얘기할게. 응?
도하	다시는 거기 찾아가지 마. 그런 거짓말도 할 필요 없어.
샤온	(눈치 보며) 으응…. 그럴게….
도하	나 이제 연서동에도 없으니까… 거기도 그만 가고.
샤온	(살짝 놀란) 그럼 지금 어디서 지내는데…?
도하	알 거 없어. 난 할 얘기 다 했다. (일어나는)
샤온	(마음 급해지는, 얼른) 왜? 그 여자가 오빠 무서워해?
도하	(멈칫)
샤온	그래서 그 집에서 나와준 거잖아. 맞지?
도하	그런 거 궁금해하지도 말고.
샤온	왜 그런 여자 때문에 힘들어해? 나 속상해. 진짜!
도하	(말없이 나가려는데)
샤온	(가로막아 선) 난 오빠 다 이해해! 과거에 무슨 일이 있었든 다 괜찮아. 아무 상관없다구!

'얘도 나를 살인자로 생각하고 있구나…' 씁쓸해지는 도하.

| 도하 | 내가 죽였다고 생각하는구나…? |
| 샤온 | …! |

정곡을 찔려 아무 말 못하는 샤온. 나가는 도하 잡지 못하고 멍하게 서 있다.

S#35.   타로 카페 / 낮

솔희, 멍하게 앉아 창밖만 보다가 한숨 푹 쉰다. 카산드라가 그런 솔희를 걱정스럽게 보다가 따라서 한숨 쉬고, 그 모습을 본 치훈도 이어서 한숨 쉰다. 의뢰 시간이 다가올수록 초조한 카산드라. 핸드폰 시간을 가리키며 치훈에 뭔가를 속삭이고. 같이 속닥이던 치훈이 벌떡 일어난다.

치훈   (카산드라에게) 걱정하지 마. 내가 해결한다.

슬쩍 솔희 앞에 앉는 치훈. 뭔 소리를 하려나 불안한 카산드라.

치훈   헌터님, 그 남자는 처음부터 아니었어요.
솔희   (뭔 소린가 싶어서 보는) …?
치훈   같은 샤이닝으로서 짐작하자면… 그 김도하라는 분의 취향은 샤온처럼 사랑스럽고 애교 많은 스타일일 거예요. 근데 헌터님은 시크하고 쿨하고…. 여튼 샤온하고는 정반대 스타일이시니까….
카산드라   (보다 못해 치훈의 옷소매 끌어당기는)
치훈   아, 왜에~.
카산드라   아, 쫌옴!

그때 환한 얼굴로 카페에 들어온 보로. 양손 가득 빵 봉투 들려 있다.

보로   사장님~. (솔희 앞에 빵 봉투 턱 올려놓고) 덕분에 매출 다시 회복했어요.

이거 팔고 남은 거 아니고, 따로 더 만든 거예요.

솔희   (멍한 얼굴로) 네…? 팔고 남은 거라고요?

보로   아뇨. 따로 더 만든 거라구요.

솔희   아… 고맙습니다.

보로   하나는 사장님 꺼, 하나는 그분 꺼. 꼭 전달해주세요. 근데 그분 요즘 안 보이네요? 어디 갔어요?

카산드라   (솔희 눈치 보며 어쩔 줄 모르고)

솔희   (빵 꺼내 우걱우걱 먹는) 와~ 이거 진짜 맛있네요?

보로   그래요? 그거 이번에 새로 만들어본 건데. 너무 달지 않을까 걱정했거든요.

솔희   에이~ 이 정도는 달달해야죠. 빵 이름이 뭐예요?

애써 밝은 척, 아무렇지 않은 척해보는 솔희의 모습에서.

───────
S#36.   타로 카페 앞 / 낮

운전석에 앉아 있는 치훈. 솔희가 타길 기다리고 있다. 의뢰를 위해 카페에서 나가는 솔희를 급하게 잡는 카산드라.

카산드라   헌터님!

솔희   (보는)

카산드라   의뢰 갈 수 있겠어요?

솔희   어. 왜?

카산드라   컨디션 안 좋아 보이는데 신령님께서 잘 찾아오실지.

솔희   (웃으며) 아냐. 나 멀쩡해.

카산드라   (솔희의 핸드폰 건네는) 멀쩡할 땐 이런 실수 안 하시죠.

솔희   (머쓱한 얼굴로 받는) 고마워.

솔희, 차 타고 가면. 안쓰럽게 멀어지는 차 바라보는 카산드라.

S#37.　　대학 병원, 엘리베이터 + 1층 / 낮

제법 많은 사람들이 타 있는 엘리베이터. 거의 만원이다. 닫히려던 문
이 다시 열리며 급하게 엘리베이터에 타는 사람… 강민이다.

강민　　(솔희 발견 못하고 사람들 틈에 들어가며) 죄송합니다….

강민이 병원에는 무슨 일로 온 건가 싶은 솔희. 3층 문이 열리며 강민
이 엘리베이터에서 내린다. 자연스럽게 접수대로 향하는 강민의 옆
으로 '위암 센터'라는 글씨가 보인다. 표정 심각해지는 솔희. 스르륵
닫히는 문을 다시 열고 자기도 모르게 엘리베이터에서 내린다.

S#38.　　대학 병원, 위암 센터 / 낮

엘리베이터에서 내렸지만 이미 진료실로 들어가는 강민의 모습만 보
이고.

솔희　　(접수대에 서서) 저… 방금 온 이강민 환자 보호잔데요.
간호사　　아, 네.
솔희　　지금… 어떤 상태예요?
간호사　　(황당) 네…? 오늘 추적 검사 받으러 오셨잖아요. 자세한 내용은 지금
　　　　담당 선생님께 들으실 거구요.
솔희　　추적… 검사요…? 위암 추적 검사요??

간호사	네…. 보호자시라면서요?
솔희	(자기도 모르게 흥분한) 언제부터 아팠던 건데요? 이제 괜찮아요?
간호사	(단호하게) 환자 개인 정보는 알려드릴 수 없습니다. 죄송합니다.

정신없는 솔희에게 전화가 온다. 발신자 이름 없이 010으로 시작하는 번호만 뜨는데.

솔희	(할 수 없이 받는) 네….
의뢰남(E)	헌터님, 언제 오십니까? 애들 지금 왔는데.
솔희	죄송합니다. 지금 얼른 가겠습니다….

강민이 들어갔던 진료실을 보며 다시 엘리베이터에 타는 솔희의 모습에서.

S#39.　　대학 병원, 진료실 / 낮

긴장한 얼굴로 앉아 있는 강민. 담당 의사1이 강민의 검사 결과지를 사뭇 심각한 표정으로 보고 있다.

담당 의사1	아휴, 뭐 좋네요.
강민	(그제야 안도의 미소 번지는) 아, 다행이다…. 3기는 재발률 높다고 해서 검사할 때마다 긴장돼요.
담당 의사1	덤핑이라든지 다른 부작용은 특별히 없죠?
강민	네.
담당의사1	혈당도 괜찮고…. (강민 보며) 체중도 많이 늘으셨네요? 보기 좋아요.
강민	선생님 덕분입니다.
담당 의사1	환자분이 관리를 잘하신 덕분이죠.

기분 좋은 강민의 모습에서.

S#40.   대학 병원, 1인실 / 낮

침대에 누워 링거 맞고 있는 의뢰남(80대/남) 주위로 그의 아내, 딸, 아들이 서 있다. 꽃바구니 들고 온 솔희의 등장에 가족들 모두 의아한 표정 짓고 있는데.

솔희   안녕하세요? 회장님 비서입니다.

아들   (의심의 눈초리) 처음 보는데….

의뢰남   니가 뭐 내 직원들 다 아냐? (솔희에게) 여기 와 앉아요.

솔희   수술 결과가 좋다는 소식 듣고 축하 인사드리러 왔습니다. (꽃바구니를 의뢰남 옆 선반에 놓는)

의뢰남   고마워요. (가족들 보며) 나… 진짜 수술 잘된 거 맞지?

아들   맞다니까요. 몇 번째 물어보시는 거예요….

아들의 거짓말에 살짝 표정 굳는 솔희. 그때 담당 의사2가 병실에 들어온다.

담당 의사2 좀 어떠세요?

의뢰남   죽겠습니다, 의사 양반. 나 수술 잘된 거 진짜 맞나? 몸이 왜 이렇게 아픈지….

담당의사2 (가족들 눈치 살피며) 수술은… 아주 성공적이었습니다. 통증은 수술 후 자연스러운 증상이고요. 진통제를 좀 놔드리겠습니다.

모두가 거짓말하는 상황이 의아한 솔희. 의뢰남이 솔희의 굳은 표정을 보며 대충 상황을 짐작한다.

　　대학 병원, 복도 / 낮

휠체어 탄 의뢰남과 복도 구석에 서 있는 솔희.

솔희　　(어렵게) 가족들, 담당의 말 모두… 거짓말입니다.

의뢰남　　(착잡하지만 덤덤하게 끄덕이며) 그래…. 그럴 것 같았어.

솔희　　(할 말이 없는) 유감입니다….

의뢰남　　내가 건강에 유난을 좀 떨었거든. 몸에 좋다는 거 다 하고 온갖 난리를 쳤는데 죽는다니까… 나 위한답시고 저러는 거겠지. 잔금 입금은 비서가 오늘 중으로 처리할 겁니다. 잘 가요.

솔희, 꾸벅 인사하고 돌아서서 가려다가 아무래도 마음에 걸린다.

솔희　　이제… 어떻게 하실 거예요?

의뢰남　　저렇게 애쓰는데 나도 모른 척해줘야지. 별수 있나.

솔희　　(의아한) 그럴 거면… 의뢰는 왜 하신 거예요?

의뢰남　　이런 일 전문이니까 잘 알잖아요. 안다고 다 아는 척할 수 없는 거. 모른 척하고, 속아주기도 해야지. 어떤 거짓말은… 그 마음이 느껴지기도 하고.

솔희　　(강민 생각이 나는데)

아들　　아버지! 여기서 뭐 하세요? 찾았잖아요! (솔희 보며 좀 까칠하게) 뭐 더 하실 말씀 있어요?

솔희　　아뇨.

의뢰남　　(솔희에게) 잘 가요.

아들　　(휠체어 밀고 가며) 의사가 안정 취하라고 했어요.

의뢰남　　그래. 그래~. 알았어~.

의뢰남과 아들의 모습을 보며 마음이 복잡해지는 솔희.

S#42.   대학 병원 앞 / 낮

엄마와의 전화 끊고 아무것도 모른 채 걷고 있는 강민. 좋은 결과 때문에 기분이 좋은데.

솔희(E)   오빠!

강민, 익숙한 목소리에 돌아본다. 다가오는 솔희를 보고 놀라서 손에 들린 영수증을 대충 접어 주머니에 넣는다.

강민   어. 여긴 웬일이야…?
솔희   오빠는…?
강민   *아… 아는 사람 병문안 왔어.*

예상했지만 강민의 거짓말에 가슴이 욱씬거리는 솔희. 애써 아무렇지 않은 척한다.

솔희   그랬구나…. 나도 아는 사람 병문안.

잠시 어색한 침묵 흐르는데.

솔희   그럼… 잘 가. (돌아서는데)
강민   솔희야!
솔희   (보는)
강민   내일 저녁… 같이 먹을래?
솔희   (잠시 생각하다가) 응. 그러자.
강민   (의외의 대답에 살짝 웃는) 연락할게.

돌아서서 걸어가는 솔희의 얼굴이 슬픔으로 일그러진다. 반면 아무것도 모르는 강민은 싱글벙글 웃는다. 대조적인 두 사람의 모습에서.

S#43.   오아시스 / 밤

잔잔한 피아노 솔로 곡을 연주하는 도하. 솔희가 앉아 있었던 자리를
바라보지만 아무도 없다.

CUT TO
영업 끝난 오아시스. 도하, 테이블에 의자 엎어 올리며 중규와 뒷정리
중이다.

중규   (슬쩍) 그 아가씨랑 싸웠어?
도하   네…?
중규   요즘 안 보이잖아. 얼른 화해하고 놀러 오라고 해. 내가 보고 싶으니까.
도하   (씁쓸하게 웃는)
중규   (답답한) 뭔데? 무슨 일인데?
도하   제가….
중규   (보는)
도하   과거가 좀 복잡해서요.

복잡한 마음 정리하듯 부지런히 의자 올리는 도하의 모습에서.

S#44.   편의점 / 낮

어딘지 실험적인 느낌의 노래가 흘러나오는 편의점. 우르르 몰려와

음료수 고르는 보로, 오백, 초록.

오백   내가 쏘는 거니까… 마음껏 골라.
초록   어우, 겨우 편의점에서 음료수 쏘면서… 생색은….

각자가 골라온 음료수 바코드 찍는 영재.

오백   근데 너는 뭐 이런 노래를 틀어놨냐?
영재   제가 만든 건데요.

오백의 탈룰라에 눈으로 욕하는 초록과 보로.

오백   (수습하려 애쓰는) 편의점에 틀어놓기엔 너무 고급지다, 그거지~.
영재   (아무렇지 않게) 5,400원입니다.

오백, 지갑에서 카드 꺼내서 카드 기계에 꽂으려는데 함께 딸려 나온 인생 4컷 사진. 영재, 몸 굽혀 사진 줍는데. 오백과 초록의 커플 사진이다. 팔 올려 하트 만들고 뽀뽀하는 장면들…. 무표정하던 영재의 얼굴에도 당혹감이 번지는데.

보로   뭐야. 그거?
오백   (그제야 발견하고 놀라서) 아오! 이게 왜 여기…. (얼른 지갑에 넣고)
보로   여친 생겼어? 커플 사진 같던데. (초록 보며) 너랑 되게 닮았어.
초록   (당황해서 표정 관리 안 되고)
오백   아오, 뭔 말도 안 되는 소리야. 나가. 나가!

오백, 나가면서 영재에게 입에 지퍼 채우는 제스처하는데. 이미 아무 관심 없다는 듯 책 읽는 영재.

초록 샐러드 / 낮

손님 없는 가게 안. 오백과 단둘이 있는 초록. 초록, 흥분해서 오백의 지갑에서 인생 4컷 사진 꺼낸다.

초록   이 사진을 왜 아직도 가지고 있어?
오백   남자들은 원래 이런 거 정리 잘 안 해. 있는 줄도 몰랐어.
초록   (심각하게) 여기서 이렇게 같이 장사하게 된 것도 어이없는데. 사귀었던 것까지 들키면… 둘 중 하나 가게 정리해야 되는 거야.
오백   뭘 또 들킨다고 가게 정리까지 하냐…?
초록   이 동네에서 오빠가 안 찝쩍거린 여자가 있어? 쪽팔리게….
오백   야, 너랑 헤어졌으니까 찝쩍거린 거지.
초록   호빠 다녔던 것도 들키지 마라? 쪽팔리니까.
오백   몇 번을 말해. 그런 데인지 모르고 갔고, 바로 그만뒀다니까?
초록   그 와중에 끈기도 없어요….
오백   그래! 니 마음대로 생각해! (나가려다가 멈칫) 사진 내놔.
초록   왜?
오백   내가 잘 나왔단 말이야!

오백, 사진 낚아채듯 가져가더니 가게에서 나간다. "어휴~!" 하는 초록.

S#46.   카페 전경 / 낮

외곽의 한적한 카페에 들어가는 솔희.

S#47.   카페 / 낮

테이블 간 간격이 넓은 카페. 들어와 누군가를 찾아 두리번거리는 솔희. 구석에 앉아 있던 득찬이 그런 솔희 발견하고 벌떡 일어난다.

득찬   미안해요. 바쁘실 텐데 이렇게 나오게 해서.
솔희   대표님이 더 바쁘시죠.
득찬   (사무적으로) 서로 바쁘니까… 빨리 본론으로 넘어갈까요?

득찬, 서류 가방에서 비밀 유지 계약서 꺼내 솔희에게 쓱 밀어준다.

솔희   (의아한 얼굴로) 이게… 뭐예요?
득찬   비밀 유지 계약섭니다. (펜 꺼내고)
솔희   (좀 황당한) 이렇게까지 해야 돼요?
득찬   저희 J 엔터는 도하랑 샤온 때문에 큰 회사예요. 잘 모르시겠지만 도하가 쓴 곡이 수익도 제일 많이 나고. 그래서… 도하의 과거가 알려지면… 타격이 큽니다.
솔희   그건 아는데요…. 저 이런 거 얘기할 생각도 없고, 얘기할 사람도 없어요.
득찬   목솔희 씨를 못 믿는 건 아닌데요.
솔희   (거짓말에 살짝 표정 굳고) ….
득찬   그냥 형식적인 절차라고 생각해주세요.

솔희, 어쩔 수 없이 계약서를 넘겨 보다가 멈칫한다. 커피 마시며 솔희의 표정을 기민하게 살피는 득찬.

솔희   여기 보상에 대한 내용만 삭제해주시면 사인할게요.
득찬   기왕이면 보상금까지 받으시는 게 부탁하는 저희 입장에서도….
솔희   (단호하게) 아뇨. 지금 이 상태로 사인하면… 김도하 씨한테 오해 살 것 같아서요.

순간 득찬의 표정이 굳는다. 솔희도 도하에 대한 마음이 진심임을 알아차린다.

득찬	(서류 집어넣으며) 네. 알겠습니다.
솔희	근데 요즘 김도하 씨는… 어디서 지내요?
득찬	(멈칫, 도하가 연서동에 없구나 싶고) …!
솔희	다시 오긴 하는 거예요?
득찬	(얼른 표정 관리하고) 아뇨. 안 갈 겁니다. 지금 독일 갈 준비 중이에요.
솔희	(득찬의 거짓말을 듣고) …!
득찬	그럼.

꾸벅 인사하고 가는 득찬을 바라보는 솔희. 득찬이 자신을 경계하고 있음을 느낀다.

S#48. 카페 앞 / 낮

주변 경계하며 낮은 목소리로 도하에게 얼른 전화 거는 득찬.

| 득찬 | 어. 너 지금 어디야? (사이, 놀라며) 뭐?? |

S#49. 펜트하우스 / 밤

펜트하우스에 찾아와 흥분해서 잔소리 쏟아내는 득찬.

득찬	넌 진짜… 나한테 말도 없이 여길 오면 어떡해??
도하	(무기력한) 나 걱정해주는 건 알겠는데…. 내가 집 옮기는 것까지 일일이 형한테 허락 받아야 돼?
득찬	그럼 어디 호텔에 가 있어야지!
도하	(흥분한 득찬을 진정시키며) 형… 왜 그래? 이제 샤온 열애설도 잠잠해졌어. 나 기다리는 기자도 없고….
득찬	(말 끊으며) 엄호 형!
도하	…!?
득찬	엄호 형 찾아왔었어. 나한테 김승주가 김도하냐고 묻더라. 그래서 회사도 오지 말고, 여기도 오지 말라고 한 거야!
도하	(놀란) 그걸 왜… 이제야 말해?
득찬	너 사람답게 살길래… 그거 방해하기 싫어서 그랬다!
도하	….
득찬	(설득 조로) 당분간 해외에 좀 나가면 어때? 너 독일에서 공부하고 싶어 했잖아.
도하	뭐…?
득찬	곧 너희 어머니 선거철이기도 하고…. 괜히 여기 있다가 엄호 형한테 해코지당하고, 아들 살인자인 거 또 이슈되면…. (말하다가 아차 싶은)
도하	…!
득찬	(당황해서 수습하는) 아니… 살인자가 아니라 살인 용의자….

득찬도 나를 살인자라 생각하고 있구나…. 세상에 자신을 믿어주는 사람은 없음을 다시 깨닫고 참담해진 도하. 갑자기 차분해진다.

도하	그냥… 한번 붙어보지 뭐.
득찬	…?
도하	나 더는 도망치기 싫어. 그러니까 엄호 형 회사에 또 찾아오면… 그냥 여기로 오라고 해.

득찬, 달라진 도하의 모습에 당혹스럽다. 도하의 분위기에 압도당해 더 이상 설득할 수 없다.

S#50. **펜트하우스, 욕실 / 밤**

득찬이 가고 난 후 욕실에서 샤워하는 도하. 등의 흉터가 보이며.

S#51. **(과거) 학천 뒷골목 / 밤**

5년 전. 모자 푹 눌러쓰고 초췌한 몰골로 골목을 걷던 도하. 엄호가 그런 도하를 주시하다가 "이야아!" 하며 예리한 칼을 들고 뒤에서 덮친다. 목을 향해 들어오는 칼을 피하며 바닥에 넘어진 도하. 엎치락뒤치락 몸싸움하는 두 사람. 하지만 칼을 든 엄호를 제압하는 게 쉽지 않다. 결국 도하를 바닥에 눕히고 위에 올라탄 엄호.

엄호 (칼로 위협하며, 악에 받친) 엄지 어딨냐? 어딨 됐냐고!

도하, 아무 말도 할 수 없는데. 칼을 든 엄호의 손이 덜덜 떨리는 것을 발견한다. 억울함과 분노로 칼은 들었지만 스스로도 이 모든 것이 감당 안 되는 엄호의 복잡한 표정.

도하 저도 몰라요…. 죄송해요.

엄호, 칼을 꽉 쥔 손으로 도하를 찌르려는 시늉만 할 뿐 망설인다. 들고 있던 칼이 바닥에 떨어진다. 얼굴을 감싸며 우는 엄호. 도하, 그런 엄호를 보다가 일어난다. 터벅터벅 걸어가는데. 탁탁- 빠르게 다가오는 발소리 들려 돌아보면! 기어이 도하의 등에 칼을 꽂은 엄호. 도하, "억!" 하며 주저앉는다. 바닥에 주르륵 흐르는 피. 씩씩거리며 그런 도하 내려다보는 엄호의 분노에 찬 눈빛.

S#52.   펜트하우스, 침실 / 밤

다시 현재. 엄호의 꿈을 꾸고 "헉!" 하고 일어나는 도하. 득찬 앞에서 큰 소리쳤지만 엄호가 가까이 다가왔다는 사실에 긴장하고 있다.

S#53.   연미의 사무실 / 낮

분주한 연미의 사무실 풍경. 정장 차림의 연미가 사무실에 들어오자 모두들 "오셨어요?" "안녕하세요, 의원님." 하며 꾸벅 인사한다. 연미, 여유로운 미소로 인사 받아주며 자리에 앉는데. 직통 전화기 옆에 붙은 포스트잇 보고 표정이 굳는다.
[1층 카페에서 기다리고 있겠습니다. 김도하]

연미   이, 이 메모… 누가 남겼어요…?
직원   아, 제가 받은 전환데요.
연미   (정색) 언제요?
직원   (살짝 당황) 한… 30분쯤 됐는데.

연미, 포스트잇 구겨 손에 꽉 쥐고 사무실에서 나간다. 의아한 얼굴로 그런 연미 바라보는 직원.

1층 카페 / 낮

같은 건물 1층 카페에 들어온 연미. 꽤 넓은 규모에 손님이 많아서 정말 도하가 있는 건지 바로 확인하기 어렵다. 도하에게 전화를 걸어보지만 도하는 받지 않고. 정신없이 테이블 확인하며 도하를 찾는 연미. 연미가 지나친 카페 으슥한 구석에 앉아 있던 엄호. 정신없이 카페 안을 돌아다니는 연미를 지켜보며 피식 웃는다.

엄호   (중얼중얼) 니년 아들 맞네. 김도하….

레스토랑 / 밤

근사한 레스토랑에 마주 보고 앉은 솔희와 강민. 강민은 솔희를 보며 마냥 좋다. 반면 감정 억누르며 덤덤한 척하려 애쓰는 솔희.

강민   입에 맞아?
솔희   응. 맛있다.
강민   열심히 고른 식당인데. 다행이다.

어딘지 어색한 분위기 감도는데. 옆에서 "최진우 씨죠?" "아, 네. 반갑습니다." 하는 소개팅 남녀의 목소리 들린다.

강민   (작게) 여기… 소개팅 명소래.
솔희   (피식) 그래?
강민   우리도 소개팅으로 만났으면 어땠을까? 난 애프터 했을 텐데. 니가 어땠을지 모르겠다.
솔희   오빠… 내가 왜 좋았어? 엄마라는 사람은 불륜으로 머리채 잡혀오고…. 콩가루 집안인 거 뻔한데.

강민   그 와중에 착해서.

솔희   ….

강민   예쁜데 착하기까지 한 여자 잘 없잖아.

피식 웃던 솔희. 자신을 보며 웃어주는 강민을 보다가 들고 있던 포크
를 놓는다.

솔희   더는 못하겠다.

강민   (의아한 얼굴로 솔희 보는)

솔희   아무렇지 않은 척… 못하겠어. 오빠… 얼마나 아팠던 거야?

강민   (당황) 뭐? 무슨 소리야. 갑자기….

솔희   그날 병문안 온 거 아니었잖아. 오빠가 아파서 간 거였잖아.

눈물 그렁그렁한 솔희 보며 더 이상 거짓말할 수 없는 강민.

강민   (망설이다가 힘겹게) 위암 3기였어.

솔희   …!

강민   이제 괜찮아….

솔희   그거 알았을 때… 오빠 옆에 나 있었어?

강민   (말하기 어려운) ….

솔희   말해봐.

강민   그래. 있었어.

솔희   근데 왜 말 안 했어?

강민   너 힘들까 봐.

강민의 말에 참고 있던 눈물이 뚝 떨어진다. 우는 모습 보이기 싫어 얼
굴 감싸는 솔희. 강민, 그런 솔희 보며 마음 아프다.

강민	(애써 웃으며) 이것 봐~. 다 나았다는 데도 이러는데…. 아플 때 알았으면 더 힘들었을 거 아냐.
솔희	미안해.
강민	…!
솔희	하나도 몰랐어…. 미안.

아프게 그런 솔희 바라보는 강민의 모습에서.

S#56.　　연서동 공원 / 밤

공원 벤치에 앉아 있는 솔희와 강민. 아까보다 조금 진정이 된 솔희.

강민	(덤덤하게) 나는… 기쁨을 나누면 배가 된다는 말은 알겠는데 슬픔을 나누면 반이 된다는 말은… 잘 모르겠더라. 난 니가 내 옆에서 힘들어하면… 더 힘들 것 같았거든.
솔희	안 해보고 어떻게 알아? 반 됐을 수도 있지.
강민	(피식 웃고) 근데… 너 그때 마지막으로 나한테 했던 말은 무슨 뜻이었어?
솔희	(보는)
강민	거짓말 들린다고 했잖아.
솔희	말 그대로야. 나 거짓말 들려. 그래서 오빠 거짓말에 오해해서 헤어지자고 했던 거고….
강민	(농담으로 받는) 그건 좀 억울한데? 니가 거짓말은 들어도… 거짓말한 이유까지는 안 들리나 보다.

솔희, 강민의 말에 생각이 많아지는데.

강민	(잠시 생각하다가) 우리… 다시 만나자. 내가 더 잘할게.
솔희	(훅 들어오는 강민의 말에 놀라는) …!
강민	(다정한 눈빛으로 솔희 보는) 이거 거짓말 아니잖아. 그지?

그런 강민을 바라보는 솔희. 무슨 말을 해야할지 모르겠는데.

솔희	(고민하다가 힘겹게) 나… 이런 순간에 딴 남자 생각나면… 미친 거지?
강민	미친 게 아니라 좋아하는 거지.
솔희	…!
강민	그 남자는…? 너 안 좋아해?
솔희	좋아했던 것도 같은데…. 이제 싫어졌을 거야.

도하 생각에 복잡한 솔희와 그런 솔희를 보며 마음 아픈 강민의 모습에서.

S#57.　드림 빌라 앞 / 밤

집 앞까지 솔희 바래다준 강민.

솔희	고마워. 들어가.
강민	(돌아선 솔희 바라보다가 대뜸) 그냥 빨리 고백해.
솔희	(보는)
강민	그 남자 그냥 후딱 만나고 오라고. 기다릴게.

피식 웃고 돌아서는 솔희. 애써 웃고 있던 강민의 얼굴에서 웃음 사라진다. 쓸쓸하게 돌아서는 강민. 솔희, 빌라에 들어가려다가 멈칫. 5층 올려다본다. 여전히 불 꺼진 도하의 집. 깜깜한 창문을 보며 마음이 휑

한데. 무슨 생각에선지 갑자기 주차장으로 향하는 솔희.

S#58. 드림 빌라 주차장, 솔희의 차 안 / 밤

차 시동을 걸고 내비를 찍는다.

내비(E) 목적지 한남 팰리스. 안내를 시작합니다.

핸들을 돌리는 솔희.

S#59. 도로, 솔희의 차 안 / 밤

도하에게 향하는 솔희. 여러 생각이 스쳐 간다.

플래시백 8화 17신 타로 카페 / 밤
도하 (서운한) 또 거짓말로 들릴까 봐… 아무 말도 못하겠다고요.

플래시백 8화 56신 연서동 공원 / 밤
강민 니가 거짓말은 들어도… 거짓말을 한 이유까지는 안 들리나 보다.

플래시백 8화 24신 드림 빌라 주차장, 도하의 차 안 / 밤
도하 (솔희 가만히 보다가) 목솔희 씨… 자기 거짓말은 안 들리죠?

솔희, 마음이 급하다. 좀 더 속도를 내는데.

펜트하우스 입구, 솔희의 차 안 / 밤

펜트하우스 입구까지 왔지만 차단기가 내려오고. 멈춰 설 수밖에 없는 솔희.

경비원   몇 동 몇 호 방문이십니까?
솔희   (운전석 창문 내리고) 아… 그게… 잘 모르겠는데…. 잠깐만요.

솔희, 주섬주섬 핸드폰 꺼내 도하에게 전화를 걸어보는데.

S#61.   펜트하우스 / 밤

솔희에게 걸려온 전화에 놀란 도하.

도하   (전화 받는) 네….

S#62.   펜트하우스 입구 + 솔희의 차 안 / 밤

뒤에서 기다리는 차 때문에 다급한 솔희.

솔희   나 지금 김도하 씨 집 앞인데…. 몇 동 몇 호예요?
도하(E) 지금 집 앞이라고요?
엄호   저기요, 아가씨.

형광 조끼 입고 펜트하우스 단지 안을 어슬렁거리고 있던 엄호가 솔

희에게 자연스럽게 다가온다.

엄호	아까부터 뒤차가 기다리는데…. 차 좀 빨리 빼주시죠?
솔희	어우, 죄송해요.
엄호	(솔희 유심히 보다가 중얼거리는) 어디서 봤는데…?

S#63. 펜트하우스 / 밤

엄호의 목소리를 알아들은 도하.

도하	솔희 씨, 목솔희 씨!? 방금 옆에 누구였어요?
솔희(E)	여기 경비원 아저씨요.

아무래도 수상하다. 불안한 도하의 표정에서.

S#64. 펜트하우스 입구 + 솔희의 차 안 / 밤

솔희, 일단 차를 옆으로 빼는 데 집중하느라 도하에게 제대로 답을 못한다. 차단기 부스의 경비원이 형광 조끼 입은 엄호를 이상하게 바라본다.

경비원	그쪽은 누구시죠?
엄호	(아무렇지 않게) 요즘 관리 잘 안 된다고 인력 충원했는데 못 들으셨습니까?

솔희, 엄호의 거짓말에 의아한 얼굴로 엄호 바라보는데.

도하(E) 그 사람… 나 죽이려던 사람이에요. 당장 집으로 돌아가요.

솔희, 도하의 말에 놀라 엄호를 다시 보다가 눈이 마주친다. 순간 소름 돋는데.

S#65. 펜트하우스 / 밤

애가 타는 도하. 일어서서 안절부절못하며 통화 중이다.

도하 솔희 씨?

대답이 없어 확인하면 이미 통화 종료되어 있다. 다시 전화 걸어보는 데 하필 전원이 꺼져 있고. 미치겠는 도하. 생각할 겨를도 없이 집에서 튀어나간다.

S#66. 펜트하우스 입구 + 솔희의 차 안 / 밤

일단 펜트하우스 단지에서 빠져나가려는 솔희의 앞을 가로막는 엄호.

엄호 와 그냥 갑니까. 몇 동 몇 혼데예? 내가 차단기 올려줄게예.
솔희 아니에요. 지금 집에 없는 것 같아요.

돌아가는 솔희의 차를 아쉽게 바라보는 엄호.

S#67.   도로, 솔희의 차 안 / 밤

도하에게 전화를 걸어보려는데 핸드폰이 꺼져 있는 것을 뒤늦게 발
견한 솔희.

솔희   아, 뭐야….

S#68.   펜트하우스, 엘리베이터 / 밤

도하, 솔희에게 계속 전화 시도하지만 여전히 폰 꺼져 있다.

플래시백 2화 12신 (과거) 고속버스 안 / 낮
솔희   아저씨 때문에 버스 못 가고 있잖아요! 내리세요!
엄호   (잠시 당황하다가 다 알겠다는 얼굴로, 도하에게) 니… 서울서 새로
       사귄 아를… 여까지 데꼬 왔나?

엄호가 솔희를 알아보고 해코지하는 건 아닐까… 불안한 도하. 엘리
베이터 문이 열리자마자 밖으로 나간다.

S#69.   펜트하우스 단지 안 / 밤

솔희를 찾아 두리번거리는 도하. 모자도, 마스크도 쓰지 않은 맨얼굴
이다. 멀리 형광 조끼를 입은 누군가가 보이고. 도하, "저기요!" 하며 그
에게 물어볼 생각으로 다가간다. 형광 조끼도 도하를 발견하고 다가
오는데. 그런 도하의 손목을 잡아끄는 누군가. 놀라서 보면 솔희다. 솔

희, 쉿! 제스처하고. 도하를 끌고 사각지대로 숨는다.

솔희   (작게) 저 사람이 그 사람이에요!

도하   네?

그런 두 사람이 있는 쪽으로 어느새 가까이 다가온 엄호.

엄호   어딨습니까? 제가 여기 경빕니다. (예리한 눈으로 두리번거리며)

엄호의 거짓말에 두려워 눈 질끈 감는 솔희. 도하, 그런 솔희의 손을 잡아주다가 혹시나 엄호에게 발각될까 벽에 밀어붙이고 솔희를 보호한다. 밀착하게 된 두 사람. 엄호 때문에 생긴 긴장감 때문인지, 서로 붙어 있어서인지 심장이 미친 듯이 쿵쾅거리는데. 바로 옆까지 다가온 엄호. 들키기 일보 직전이다!

경비원   이봐요! 거기! (손짓하며) 이리 와봐요! 안 오면 당장 신고합니다?

자신을 부르는 경비원의 목소리에 "하…" 한숨 쉬는 엄호.

엄호   (밝은 얼굴로 돌아보며) 와예?

멀어지는 엄호를 보며 한숨 돌리는 솔희와 도하. 도하, 그 틈을 타 솔희의 손목을 잡고 펜트하우스 단지 안쪽으로 들어간다.

S#70.   펜트하우스, 정원 / 밤

엄호를 피해 사람 없는 펜트하우스 정원으로 들어온 솔희와 도하. 두 사람, 그제야 안도하며 숨을 몰아쉰다.

도하   갑자기 말도 없이 여길 오면 어떡해요?

솔희   갑자기 할 말이 생겼으니까 그렇죠.

도하   아까 내가 한 말 못 들었어요? 그 사람 위험하다고….

솔희   그러니까요! 그 위험한 사람이 근처에 돌아다니는데 어떻게 그냥
            가요?

도하   일단 내 말부터 들어요. 처음부터 끝까지 다 설명할게요. 목솔희 씨 궁
            금한 거 다….

솔희   됐어요!

도하   …?!

솔희   나한테 그랬잖아요. 안 죽였다고. 설명 같은 거 필요 없어요. 김도하
            씨 믿어요. 믿는다구요!

솔희의 진심을 느낀 도하, 서로를 바라보는 두 사람의 모습에서. 엔딩.

_《소용없어 거짓말 대본집 2》에 계속

소용없어 거짓말 ①

1판 1쇄 인쇄	2024년 3월 1일
1판 1쇄 발행	2024년 3월 22일
지은이	서정은
발행인	황민호
본부장	박정훈
책임편집	강경양
기획편집	김사라 이예린
마케팅	조안나 이유진 이나경
국제판권	이주은
제작	최택순
발행처	대원씨아이㈜
주소	서울특별시 용산구 한강대로15길 9-12
전화	(02)2071-2017
팩스	(02)749-2105
등록	제3-563호
등록일자	1992년 5월 11일
ISBN	979-11-7203-342-2 04810
	979-11-7203-341-5 (세트)